진홍의
마녀
1

정지원 장편소설

가하

지은이 정지원
펴낸이 이형기
펴낸곳 도서출판 가하

초판인쇄 2014년 2월 6일
1판 2쇄 2014년 4월 28일
출판등록 2008년 10월 15일 제 318-2008-00100호

주소 서울 영등포구 양평로 67, 1209 (당산동5가, 한강포스빌)
전화 02-2631-2846 **팩스** 02-2631-1846

www.ixbook.co.kr

ISBN 978-89-6647-945-0 04810
978-89-6647-944-3 04810(set)

값 11,000원

prologue

난생 처음 보는 화려한 곳이었다. 사방을 금박으로 발라놓았고 창을 가린 묵직한 커튼과 벽에 걸어놓은 태피스트리는 금실과 은실을 엮어 두툼하게 만들었다. 지나가는 사람들은 남자든 여자든 움직이면 바스락거리는 고급 비단으로 된 눈부신 옷을 입었고, 달콤하고 묘한 향기를 풍겼다.

하지만 자세히 살펴볼 여유는 없었다. 사바의 팔을 움켜쥔 남자는 긴 다리로 성큼성큼 걸어갔고, 그 뒤를 쫓아가기 위해서는 조그만 다리를 재게 놀려야 했다. 마른 팔을 우악스럽게 잡은 남자의 손 때문에 아팠지만 사바는 아무 말도 하지 않았다.

남자가 마침내 기나긴 복도를 지나다가 어느 방문 앞에서 멈추었다. 방문 앞을 지키고 선 병사들이 남자를 보고서 고개를 숙인 다음 문을 열었다. 남자는 사바를 놓아주지 않은 채 안으로 질질 끌고 들어갔다. 방 안 역시 복도만큼이나 화려했지만, 여기는 공기가 가라앉아 있었다. 공기 속에서 냄새가 났다. 뭔지는 모르겠지만, 무거운 냄새다. 좋지 않은 냄새. 사바는 코를 킁킁거리다가 남자의 눈길을 받고서 곧장 멈추고 고개를 숙였다.

불편해 보이게 목 주위에 커다란 주름장식이 달린 옷을 입은 남자가 일어나서 사바의 팔을 잡은 남자를 맞았다.

"부코타 백작님."

"저하께서는 좀 어떠신가?"

사바의 팔을 잡은 백작은 남자를 향해 고개를 끄덕인 다음 물었다. 남자는 입술 위에 팔자 모양을 그리고 있는 수염을 손가락으로 비틀며 말했다.

"뭐 언제나와 비슷합니다. 더 나빠지지는 않으셨지만, 그렇다고 좋아지지도 않으시지요."

"이게 어쩌면 도움이 될 수 있을지도 모르지. 저하께 내가 왔다고 알리겠나?"

콧수염 남자는 공손하게 허리를 굽혀 인사한 다음 안쪽 방문 앞으로 다가갔다.

"저하, 부코타 백작 나리께서 알현을 청하십니다."

안쪽에서는 아무 소리도 들리지 않는다. 사바는 온갖 장식이 새겨져 있는 금색의 문을 쳐다보았다. 무거운 공기는 저 안에서 흘러나오고 있다. 저 안에 누군가 있다. 누군가…… 어둡고 무거운 사람이.

잠시 후 안에서 나직한 목소리가 들렸다. 뭐라고 하는지 사바와 백작이 있는 곳까지는 들리지 않았지만 콧수염 난 시종장은 알아들었는지 백작을 쳐다보고 고개를 끄덕인 다음 문을 열며 물러섰다. 백작이 사바의 팔을 잡아당긴 다음 그녀를 내려다보았다.

"공손하게 굴어라."

사바는 아무 말도 하지 않았다. 백작은 그녀를 질질 끌며 안으로 들어갔다. 사바의 발은 안으로 들어가기 싫은 것처럼 두툼하고 고급스러운 양탄자 위에서 길게 자국을 남겼다.

방 안은 어두웠다. 창문이 있지만 커튼을 내려 온통 가려놓았고, 촛불만 몇 개 켜놓았다. 마치 금방이라도 죽을 사람이 있는 것처럼 방은 음침한 분위기를 풍겼다.

방 한쪽에 있는 침대 위에서 누군가가 움직였다. 사바의 시선이 곧장 그쪽으로 향했다. 침대 위에서 하얀 주름장식 같은 것이 저 혼자 움직인다. 잠시 사바는 도망칠까 생각했지만, 백작이 그녀를 놓아줄 것 같지 않았다.

백작이 그쪽으로 조금 더 다가가서는 고개를 숙여 인사를 했다.

"저하."

"어쩐 일이지, 부코타 백작? 여기는 오는 사람들이 별로 없는데."

침대에서 나지막한 목소리가 들린다. 사바는 눈을 가늘게 뜨고 하얀 주름장식을 좀 더 자세히 살펴보았다. 주름장식은 옷이었다. 그 옷을 입고 있는 사람은 촛불의 빛이 비치지 않는 그림자 속에 있어서 잘 보이지 않았다.

"저하께 드릴 것이 있어서 왔습니다."

"옆에 있는 그…… 아이? 누구지? 그대의 친척이라도 되나?"

백작의 자식이라면 이런 허름한 옷을 입지 않았을 테니까. 사바도 그 정도는 알았다. 침대에 있는 사람도 아마 그것을 알고 그렇게 말한 것이리라. 사바는 여전히 아무 말도 하지 않았다. 백작의 커다란 손이 그녀의 팔을 놓고서 목덜미와 등 사이를 툭 쳤다. 조그맣고 마른 몸이 비틀거리며 앞으로 움직였다.

"왕자 저하께 인사 올려라, 마녀."

"마녀?"

침대 위의 사람이 몸을 조금 움직이자 촛불의 붉은 빛이 그를 비추었다. 사바는 눈을 깜박이고 침대 위의 소년을 보았다.

왕자의 얼굴은 창백했다. 붉은 빛 속에서도 하얗게 보일 정도였다. 거기다가 까마귀 깃털처럼 새카만 머리에 새카만 눈을 갖고 있다. 딱히 머리나 눈 색깔에 터부시되는 것은 없지만, 왕자는 대단히 특이해 보였다. 어찌 보면 아름답고, 어찌 보면 무시무시하다. 석고상에 흑요석으로 눈과 머리를 만들어놓은 것처럼.

살아 있는 인간이 아닌 것처럼.

"저 아이가 마녀라고?"

왕자의 물음에 백작은 사바가 무슨 짓이라도 할까 걱정하는 것처럼 목덜미를 커다란 손으로 붙잡았다. 어린 강아지처럼 사바는 몸을 움츠리고 고개를 숙였다.

"그렇습니다. 마녀에 대해 아십니까?"

"그런 게 있다는 건 알아. 하지만 그것 말고는 모르지."

"마녀는 계약자에게서 세 가지 소원을 들어준다고 합니다. 특히 어린 마녀는 당장에 대가를 요구하지 않고 계약자의 옆에 붙어 있으며 자랄 때까지 여러 가지 일을 해줄 수 있다고도 하지요. 어린 마녀를 찾는 것은 상당히 어려운 일입니다만, 우연히 제 영지에서 발견할 수 있었습니다. 저하의 옆에 두면 도움이 되지 않을까 싶어 제가 여기까지 데려왔습니다."

"소원을 들어준다고? 어떤 소원을?"

왕자가 침대 옆쪽으로 조금 몸을 움직였다. 사바는 자신도 모르게 코를 킁킁거렸다. 무겁고 진한 향기. 고통과 죽음의 향기.

저 왕자는 아프다. 병이 있어. 그녀는 고개를 들고서 왕자를 다시 쳐다보았다. 물기가 있는 검은 눈이 그녀를 바라보고 있다. 눈이 마주치자 그녀는 황급히 도로 고개를 숙였다.

"아직 어린 마녀이니 큰 소원을 들어주지는 못할 겁니다. 하지만 옆에 두고 있다 보면 점차 힘이 클 거고, 그러면 더 큰 소원을 들어줄 수 있을 겁니다. 속는 셈치고 옆에 한번 둬보시지요."

"너, 내 병을 낫게 할 수 있느냐?"

왕자의 물음에 사바가 고개만 수그리고 있자 백작이 그녀의 목덜미를 잡고 흔들었다. 마른 몸이 휘청휘청 흔들린다.

"저하께서 물으시지 않느냐. 대답해라."

사바는 고개를 흔들다가 백작의 손이 목덜미를 꾹 쥐자 헉 하고 숨을 들이켰다.

"병을 낫게 해주지도 못한다면 뭐하러 옆에 두지? 필요 없어."

왕자의 말투는 날카로웠다. 사바는 슬그머니 다시 고개를 들고 왕자를 보았다.

"지금은…… 못 해요. 아직은 힘이 없어요."

"그럼 좀 더 자라면 할 수 있다는 것이냐?"

왕자의 목소리에 간절한 희망이 어렸다. 사바는 다시 바닥을 내려다보았다.

"잘 몰라요."

"마녀란 것들은 분명한 대답을 하지 않지요. 하지만 분명히 가능성이 있습니다. 제 말을 믿어보십시오, 저하. 저는 저하의 충실한 종이니까요."

부코타 백작이 고개를 숙이고서 단호하게 말했다. 왕자의 시선이 그녀에게 닿아 있는 것이 느껴졌다. 왕자의 시선은 마치 뜨거운 불빛 같았다. 그녀의 머리를 지나 몸, 발치까지 내려갔다 다시 올라오는 것이 고스란히 느껴졌다. 사바는 마른침을 삼키고서 계속해서 고개를 숙이고 있었다.

마침내 왕자가 한숨을 내쉬었다.

"안 될 것도 없겠지. 어차피 여기 틀어박혀 있는 인생, 시중들 사람이 하나쯤 늘거나 줄거나 무슨 상관있겠어? 두고 가게."

부코타 백작이 웃는 것이 느껴졌다. 사바는 여전히 고개를 들지 않은 채 가만히 있었다. 그녀의 주인이 정해졌다. 최소한 몇 년 동안은.

1

토르카인 왕국의 첫째 왕자 루헤인은 창밖을 내다보고 있었다. 바깥으로는 식물이 무성하게 자란 정원이 내다보인다. 정원사들이 성실하게 나무를 자르고 꽃들을 다듬고 있다. 그는 한참이나 그 모습을 바라보고 있다가 고개를 돌렸다.

"지루해."

책상 앞에 앉아 책장을 넘기고 있던 사바가 곧장 일어나서 그의 근처로 다가왔다.

"광대라도 불러드릴까요?"

"광대? 내가 광대야. 광대 놈 따위가 여기 와서 내 꼬락서니를 보고 잘못된 우스갯소리를 할까 봐 진땀 빼는 꼴을 보라고? 됐어."

루헤인이 침대에서 벌떡 일어섰다. 어울리지 않게 큰 키에 비썩 마른 몸이 마치 한 줄기 버들가지처럼 보인다. 그가 문으로 걸어갔다.

"밖에 나갈 거야."

"그러면 안 된다는 거 아시잖아요."

"뭐가 안 된다는 거야? 내가, 이 나라의 왕자가 밖으로 나가겠다는데 지금 네가 감히 막는 거냐?"

루헤인의 목소리가 날카로워졌다. 사바는 곧장 입을 다물었지만 걱정스럽게 찌푸린 표정으로 그를 바라보았다. 그가 문손잡이를 잡고 벌컥 열자 곁방에 있던 병사들과 시종이 엉거주춤 일어서서 그를 보았다.

"어디를 가시려고요?"

시종이 놀란 표정으로 루헤인을 쳐다보았다. 루헤인이 차가운 눈으로 시종을 쳐다보았다.

"밖에."

"하지만 궁정 의사가 바깥바람을 쐬는 것이 옥체에 좋지 않다 하였습니다. 저하를 절대로 밖에 내보내서는 안 된다고요."

"의사 나부랭이가 뭘 안다는 거야? 난 나갈 거야. 내 몸에 손가락 하나라도 댔다가는 가만두지 않을 테다!"

루헤인이 버럭 소리를 질렀다. 시종이 초조한 표정으로 이쪽저쪽을 쳐다보다가 사바를 보았다. 네가 좀 어떻게 해봐, 그런 표정이다. 사바는 입술을 적신 다음 가능한 한 차분한 목소리로 말했다.

"저하께서 나가고 싶으시다면 우선 그럴 만한 채비를 한 다음에……."

"뭐? 들것에 실려서 머리 위에 양산을 받치고 그러고 나가라고? 내 두 다리로 걸어갈 거야. 다리는 멀쩡하다고!"

루헤인은 조금도 목소리를 낮추지 않고 고함을 질렀다. 시종이 당

황한 표정으로 주위를 둘러보고 있는데 바깥문이 열리고서 시종장이 모습을 드러냈다. 루헤인의 검은 눈이 곧장 시종장에게 향했다. 시종장은 팔자수염을 손끝으로 살짝 꼬며 루헤인을 쳐다보았다.

"저하께서 기분이 안 좋으신 것 같군요. 들어가서 쉬시는 편이 좋겠습니다."

"난 나갈 거야."

"죄송합니다만, 궁정 의사가 허락할 때까지 그것은 불가능합니다."

"누가 무슨 허락을 한다는 거지! 난 이 나라의 왕세자야. 내 말이 의사 나부랭이의 말보다 권위가 없다는 것이냐!"

루헤인의 하얀 얼굴이 벌겋게 달아오르기 시작했다. 시종장은 짐짓 정중한 듯 고개를 숙였지만, 말투는 별로 정중하지 않았다.

"왕세자이시니 저희는 저하의 옥체를 가능한 한 소중하게 보살필 의무가 있습니다. 그러니 안으로 들어가주십시오."

루헤인이 크게 숨을 들이켰다. 그러다가 갑자기 기침을 쏟아냈다. 사바가 황급히 그의 옆으로 와서 팔을 붙잡고 구부러진 등을 두드렸다. 루헤인은 한참이나 콜록거리다가 간신히 사바에게 의지한 채 방으로 들어갔다. 뒤에서 문이 덜컥 닫히는 소리가 들렸다.

루헤인은 비틀거리며 침대 위로 쓰러졌다. 기침은 꽤 오랫동안 계속되다가 마침내 멈추었다. 그가 숨을 색색 몰아쉰다. 사바는 곧장 한쪽 옆에 있는 약초 서랍으로 가서 분주하게 몇 가지 약초를 꺼냈다.

"흥분하시면 안 됩니다. 심장에 좋지 않습니다."

"빌어먹을 심장. 약 따윈 그만두고 칼을 가져와서 가슴을 갈라 심장을 꺼내버려. 꺼내서 내던지면 차라리 나아질지도 모르지. 이따위 쓸모없는 걸 들어내는 편이 나을지도 몰라."

루헤인이 낮은 소리로 말했다. 크게 말할 기운도 없는 것 같았다. 사바는 그저 말린 약초를 작은 절구에 넣고 찧어 가루로 만든 다음 걸쭉하게 물에 섞어서 그의 옆으로 가져갔다.

"드세요."

루헤인은 침대에 드러누운 채 꼼짝도 하지 않았다. 하얀 얼굴이 창문으로 들어온 햇볕에 반짝인다. 얼굴에까지 완연하게 드러난 병색만 아니었다면, 광대뼈가 툭 튀어나와 보일 정도로 마르지만 않았다면 상당히 잘생긴 얼굴이었을 것이다.

불행히 그를 보면서 사람들이 가장 먼저 보는 것은 '병'이었다.

토르카인 왕국의 왕세자가 태어난 그 순간부터 그의 몸을 갉아먹고 있는 약한 심장. 언제 멈출지 모르는 신체의 가장 중요한 부분.

팔이 하나 없거나 다리가 하나 없다 한들 이 정도로 문제가 되지는 않았을 것이다. 하지만 왕세자가 언제 죽을지 모르는 몸이라는 것은 대단히 곤란한 문제였다. 그에게는 검술은커녕 기초적인 체력 훈련조차 불가능했다. 왕으로서의 공부 역시 오랫동안 할 수 없었다. 아무리 의욕을 불태워도 그의 몸은 그가 바라는 만큼 따라주지 않았고, 결국 어느 샌가 그는 사람들에게서 '탑의 왕자'라고 불리게 되었다. 탑에 있었던 적은 단 한 번도 없었건만.

스무 살. 웬만한 왕세자라면 지금쯤 실제로 귀족들을 앞에 두고 정치를 하고 있었을 것이다. 이웃한 나라의 왕녀 등과 하다못해 맞선이라도 보며 결혼할 준비를 하고 있었을 것이다. 하지만 그에게 있는 거라고는 궁 안의 이 방 하나뿐이었다. 방 밖을 나가는 것조차 마음대로 할 수가 없다.

그는 손을 뻗어 사바가 들고 있는 그릇을 집었다. 그리고 목을 콱콱 틀어막을 것 같은 끔찍한 맛의 약초 죽을 마셨다. 빈 그릇을 그녀에게 도로 내밀며 그가 말했다.

"밖에 나갈 거야. 준비를 해두라고 해."

사바는 그저 고개만 한 번 끄덕이고서 그릇을 약초 서랍 앞에 갖다 놓은 다음 문으로 향했다. 루헤인은 누운 채 창밖의 하늘을 보았다. 새들이 날아간다. 빌어먹게 건강하고 자유로워 보이는 새들이 날아서 지나간다. 그를 놀리는 것처럼.

빌어먹을 것들.

사바가 나직하게 바깥의 시종에게 말하는 소리가 들렸다. 그녀는 언제나 조용했다. 공기처럼, 침대 시트에서 나는 세척제의 향기처럼 그녀는 그저 그곳에 있을 뿐이었다. 처음 이 방에 들어오게 된 이래로 항상. 언제나.

마녀.

사바가 문을 닫는 소리가 들렸다. 루헤인이 한 손을 내밀었다.

"이리 와, 사바."

바닥에서 살짝 떠 있기라도 한 것처럼 그녀는 거의 소리를 내지 않고 다가왔다. 루헤인이 손을 까딱거리자 그녀가 조심스럽게 그의 손에 자신의 차가운 손을 얹었다. 마녀의 손은 원래 차갑다고 그녀가 말한 적이 있었다. 평생에 자기 외의 마녀는 본 적도 없다고 말했던 주제에. 어떻게 아느냐고 묻자 그저 안다고 대답했다. 건방진 계집.

마녀.

그가 당기자 그녀의 몸이 침대 위로 쓰러졌다. 루헤인은 몸을 굴려 그녀의 위로 올라가 입술을 겹쳤다. 손은 차가울지 몰라도 그녀의 입술, 뺨, 목덜미, 가슴, 그런 곳들은 어디 하나 차갑지 않았다. 따뜻하다. 그리고 건강한 심장이 쿵쿵 뛰는 것이 느껴진다. 루헤인은 그녀의 입안으로 혀를 밀어 넣으며 한 손으로 뺨을 쓰다듬고 목덜미 부근, 맥박이 뛰는 곳에서 멈추었다. 쿵쿵쿵, 힘차게 뛰는 맥박. 힘차게 뛰는 심장.

걸핏하면 문제를 일으키는 그의 심장과는 다르게.

부드러운 입술에서 아래로 내려가 그가 목덜미에 입술을 눌렀다. 그녀의 피부에는 건강한 혈색이 흘렀다. 창백하기만 한 그의 피부와는 달랐다. 드레스를 어깨 아래로 잡아당기자 그녀가 움찔하는 것이 느껴졌다.

"왜, 싫으냐? 끝까지 가지도 못하는 병신 같은 놈을 상대해주는 데 진력이라도 난 거냐?"

루헤인이 거친 웃음을 터뜨리며 그녀를 내려다보았다. 사바의 호수 같은 파란 눈이 그를 가만히 쳐다보았다.

그녀가 화를 내거나, 짜증을 부리거나, 하다못해 울음이라도 터뜨린다면 이렇게까지 하지 않을지도 모른다. 단 한 번이라도 그녀가 그만두고 싶다고 외친 적이 있다면 이렇게까지 하지는 못했을 것이다.

그녀마저 떠난다면 그의 곁에는 아무도 없는 셈이 되니까.

하지만 그녀는 단 한 번도 저항하지 않았다. 단 한 번도 화를 내지 않았다. 몸이 나아질 가능성이 없다는 걸 받아들이며 그가 성질을 부리고 온갖 물건들을 내던져도 그저 묵묵히 그것을 치울 뿐이었다. 그녀를 밀치고 욕설을 퍼부어도 가만히 있었다. 뭘 해도 그녀는 그저 얌전히 그것을 감내할 뿐이었다.

그의 손이 거칠게 그녀의 드레스 윗부분을 끌어내렸다. 부드럽고 풍만한 가슴이 드러나자 그는 곧장 고개를 숙이고 그 부분을 입으로 한껏 물었다. 그녀가 낮게 숨을 들이켰다. 다른 손으로 나머지 가슴을 감싸고 손으로 주무르고 문지르며 그가 입으로 힘껏 여린 살을 빨았다. 그녀의 몸이 흠칫 떨렸다. 끄트머리가 단단해지고, 그녀의 몸이 점점 더 뜨거워졌다. 그녀가 숨을 내쉬자 낮은 신음소리가 함께 흘러나왔다.

루헤인의 몸 역시 반응을 보이고 있었다. 온몸이 뜨거워지고 목덜미에서 땀이 나는 것 같다. 다리 사이가 욱신거리며 고동친다. 단단하게 솟아오른 그의 일부가 바지를 밀고 튀어나오려는 것만 같았다. 어쩌면, 어쩌면 오늘은 할 수 있을지도 모른다. 약을 먹은 직후니까, 오늘은…….

치맛자락을 끌어올리고서 사바의 가는 다리를 벌렸다. 속바지 안쪽으로 손을 밀어 넣자 뜨거운 열기가 곧장 느껴졌다. 심장이 쿵쿵거렸다. 가슴 속에서, 머리에서, 다리 사이에서. 루헤인은 거칠게 숨을 몰아쉬며 바지 끈을 풀려고 하다가 눈앞이 순간적으로 새카맣게 변하는 것을 느꼈다. 아무것도 보이지 않는다. 몸이 기울어지는 것 같다. 보이지 않는 세상이 빙 돈다.

차가운 손이 그의 얼굴을 잡았다. 등에 푹신한 것이 닿았다. 침대다. 그는 눈을 감았다. 좌절감이 온몸을 가득 채우는 것 같았다. 빌어먹을, 빌어먹을, 빌어먹을.

"쉬셔야 돼요. 약기운이 돈다 해도 금세 좋아지지는 않습니다."

사바의 나직한 목소리가 들렸다. 그는 눈을 떴다가 여전히 검은 반점이 시야를 가리며 춤을 추자 다시 눈을 감았다. 차라리 보지 않는 편이 낫겠다.

옆에서 사바가 옷을 도로 입는 듯 바스락거리는 소리가 들렸다. 눈을 감은 채 그가 빈정거리는 어조로 말했다.

"이런 사내구실도 못 하는 병신을 상대해주느라 힘들지? 왕세자라는 이름을 달고 있는 주제에 혈통을 이을 만한 짓조차 못 하니. 왕자 노릇을 못 하면 애라도 만들 줄 알아야지. 그것조차 못 하는 놈이 왕가에 무슨 소용이 있겠어. 안 그래?"

사바는 아무 대답도 하지 않았다. 루헤인은 도로 눈을 떴다. 검은 반점은 여전히 춤을 추고 있지만, 아까 전보다는 조금 크기가 줄어들었다. 반점 사이로 사바의 무표정한 얼굴이 보인다. 그가 이를 갈며 몸을 반쯤 일으켰다.

"넌 도대체 할 줄 아는 게 뭐냐, 응? 마녀잖아! 마녀답게 뭔가 해볼 수 없어? 하다못해 이 쓸모없는 놈의 거시기라도 세울 줄 알든가!"

"그런, 그런 건……."

사바가 잠깐 난처한 표정을 짓고서 그를 쳐다보았다.

"그게 소원이신가요?"

망할 놈의 소원. 소원을 여기다가 허비할 생각은 없었다. 루헤인이 그저 노려보기만 하자 그녀는 도로 눈을 내리깔았다.

"나가. 나가라고! 네 꼴은 보기도 싫으니까. 쓸모없는 마녀 같으니라고."

사바는 입술을 살짝 깨물고서 조심스럽게 침대에서 일어났다. 루헤인은 고개를 반대편으로 돌리고 침대에 드러누웠다. 그녀가 방을 가로질러 가는 소리가 들린다. 잠깐 머뭇거리는지 소리가 없다가 문이 조용히 열렸고, 잠시 후 닫혔다.

루헤인은 한 손으로 얼굴을 문질렀다. 열이 식지 않아서 아직도 심장은 쿵쿵거렸고 얼굴과 목에는 진땀이 배어 있었다. 이대로 있으면 감기에 걸릴지도 모른다. 그런 잔병에 걸리면 심장에는 또다시 무리가 가겠지.

"차라리 죽어버리면 좋을 텐데. 그냥 죽어버리는 편이 나을 텐데."

그는 나직하게 중얼거리며 한 손으로 이불을 끌어당겼다. 죽어버리고 싶다고 말하면서도 생존본능에 따라 움직이고 있는 자기 자신이 너무나 한심해서 웃음이 나올 지경이었다. 하지만 웃음은 금세 사라졌다.

사바한테 그러지 말았어야 했는데.

항상 하고 나서 후회하지만, 성질이 치밀 때는 아무 생각도 할 수가 없었다. 나중에, 나중에 사과하자. 어차피 그런 걸로 화를 내는 아이도 아니니까. 갈 데라고는 없는 그녀를 받아준 것이 그였고 왕궁이었다. 그에게 충성을 바치지 않으면 그녀가 어디서 뭘 하겠는가. 마녀라고 하면서도 별다른 능력도 없는데. 그래, 그녀는 여기 있는 편이 나았다. 그를 섬기고 있는 편이.

부코타 백작이 데려온 비쩍 마르고 볼품없는 계집아이는 그저 하녀나 다름없었다. 거의 말도 하지 않았고, 그가 뭔가 시키면 그 일만 재빨리 했다. 어디서 왔느냐고 물어도 잘 모른다고 말할 뿐이었다. 그와 비슷한 나이 또래인 것 같긴 했지만, 나이를 묻자 나이 역시 모른다고 했다.

"마녀는 혼자 살아요."

부모는 어디 있고 왜 부코타 백작이 데리고 온 거냐고 묻자 아이는 이렇게 대답했다. 루헤인이 인상을 찌푸렸다.

"너처럼 어린 마녀도? 그럼 마법이나 그런 건 어떻게 배우는데?"

"그런 건…… 그냥 알아요."

"계약은? 부코타 백작은 내가 너와 계약을 해야 한다고 하던데."

"계약은 어렵지 않아요. 계약은…… 그냥 하면 돼요."

"어떻게?"

"당신의 의지로 저와 계약을 하시겠습니까?"

사바가 그를 쳐다보고 말했다. 그제야 루헤인은 사바의 눈이 정원에 있는 호수 같은 파란색이라는 사실을 깨달았다. 그녀의 눈을 들여다보고 있으니 바깥에서 물을 바라보고 있는 기분이 들었다. 시원하

고, 상쾌하고, 자유로운 느낌.

"응."

순간 뭔가가 번쩍 빛나는 느낌이 들었다. 루헤인은 눈을 깜박였다. 잘못 본 건가? 그럴지도 모른다. 사바는 여전히 똑같은 모습이기 때문이었다.

"계약이 된 거야?"

사바가 고개를 끄덕였다. 루헤인은 인상을 찌푸리고 그를 보다가 말했다.

"그럼 마법을 부려봐."

"어떤 마법이요?"

사바가 눈을 깜박이며 그를 쳐다보았다. 루헤인은 한 손을 흔들었다.

"아무거나. 뭔가 진짜로 마법을 쓸 줄 안다는 걸 보여줘야 할 거 아냐."

"어, 그게 소원이신가요?"

"그래, 소원이야. 그러니까 마법을 부려봐."

사바는 머뭇거리다가 그를 보았다.

"저는 아직 어려서 큰 마법은 잘 쓰지 못해요."

사바가 허공에 손을 흔들고서 눈을 감고 뭔가 나지막한 소리로 알 수 없는 말을 외었다. 그러자 갑자기 방 안에 있는 물건들이 온통 흔들리기 시작했다. 루헤인은 눈을 휘둥그렇게 뜨고 주위를 둘러보았다. 장식용 초상화 하나가 허공으로 떠올라 사바의 손 위로 날아와 멈추었다.

사바가 그를 쳐다보았다.

"이 정도예요."

실망감이 루헤인의 온몸에 내려앉았다. 방 안이 흔들리기에 뭔가 대단한 마법을 상상했는데 겨우 물건이 하나 날아오는 정도라니. 이런 게 마녀라면 실망이었다. 부코타 백작이 왜 이런 계집애가 그에게 뭔가 해줄 수 있을 거라고 생각한 건지 이해할 수가 없었다.

"그럼 자라면 더 대단한 마법을 쓸 수 있는 거야?"

"그건 계약자의 신뢰와 애정을 받아야 해요."

"내 신뢰와 애정? 그런 건 왜?"

루헤인이 이해할 수 없는 표정으로 쳐다보자 사바가 어깨를 으쓱였다.

"그냥 그래요."

"말도 안 돼. 마녀라더니, 하나도 쓸모가 없잖아."

사바는 고개를 숙였다. 몇 끼는 족히 굶었을 것 같은 어린애가 그러고 서 있으니 왠지 나쁜 짓을 한 기분이 들어서 루헤인은 손을 흔들었다.

"됐어. 나가 봐."

그녀가 어딘가 하인들이 머무는 곳 같은 데로 갈 거라고 생각하고 루헤인은 한동안 잊고 있었다. 그러다가 몇 시간 후 시종을 부르자 시종이 그에게 물었다.

"저하, 그 꼬마 마녀는 어떻게 할까요?"

"그 마녀가 왜?"

"허드렛일 하는 하녀들의 숙소로 보내려고 했더니 하녀들이 아무리 어린애라 해도 마녀는 옆에 둘 수 없다고 해서 지금은 곁방에 있습니다. 어딘가 다른 곳으로 보내야 할까요?"

곁방은 병사들이나 그의 시종들이 기다리며 일을 보는 곳이었다. 루헤인은 인상을 찡그리고 그쪽으로 걸어갔다. 대기하고 있던 병사들이 문을 열어주었고, 곁방 구석에 마치 걸레자루처럼 웅크리고 있는 여자아이가 보였다.

"넌 돌아갈 곳은 없어? 갔다가 아침에 오면 돼. 그렇게 출퇴근하는 하인들도 많이 있으니까."

사바는 시종과 병사들의 눈치를 살피며 고개를 살살 흔들었다. 루헤인은 찌푸린 표정으로 그녀를 보다가 시종을 쳐다보았다.

"저 애가 머물 만한 곳이 궁 안에 하나도 없어?"

"다른 하인들의 숙소를 찾아볼 수는 있습니다만, 다들 반기지 않을 겁니다. 소문은 금세 퍼지니까요."

시종 역시 마뜩찮은 눈으로 사바를 쳐다보고 있었다. 사바는 고개를 숙이고 바닥만 쳐다보고 있다. 루헤인이 손을 까딱거리자 그녀가 슬금슬금 다가왔다.

"그럼 내 방에서 자."

사바가 번쩍 고개를 들었다가 도로 숙였다. 시종이 침을 튀기며 반대의사를 밝혔다.

"이 계집애는 마녀입니다, 저하! 무슨 일을 벌일지 모르는 것 아니겠습니까!"

"나한테 해를 입힐 거냐?"

루헤인의 물음에 사바는 고개를 황급히 흔들었다.

"계약자에게 해를 입히면 안 돼요. 그러면 안 돼요."

"그럼 됐잖아. 내 방에서 자. 일일이 바깥에 대고 소리 지를 필요도 없고, 좋지."

"하지만, 하지만……."

시종은 한참 말을 더듬다가 결국 포기한 듯 입을 다물었다. 병약한 왕세자의 시중을 들려고 하는 시녀가 별로 없는 것도 사실이었다. 뭔가 잘못되기라도 하면 책임을 뒤집어쓸까 봐 걱정해서 그런 모양이었다. 언젠가 몸이 나아질 거라고 생각하던 루헤인은 그런 시녀들을 관대하게 봐주기로 했다. 사바에게도 그냥 간단한 심부름 정도만 시키겠다고 생각했다. 그는 좋은 왕, 훌륭한 왕, 관대한 왕이 될 거니까.

그때는 그랬다.

지나가는 사바를 보며 궁 안의 사람들이 시선을 반대편으로 돌렸다. 다른 하급 하녀들과 크게 차이나지 않는 옷을 입고 있고 특별히 눈에 띄는 구석도 없지만 궁에 드나드는 사람들에게 왕세자를 모시는 마녀의 존재는 익히 알려져 있었다. 짙은 갈색 머리에 파란 눈, 마르고 볼품없지만 '그' 왕세자를 모시는 마녀. 마녀들이란 뭔가 기묘한 마법을 쓴다고 하던데. 혹시 왕가에 해를 입히는 건 아닐까. 소원을 들어준다던데 무슨 소원을 들어줄까. 마녀와 계약을 하면 우리 집안도

부귀영화를 누릴 수 있을까.

인간의 생각이라는 것은 거의 비슷비슷하다. 두려워하면서도 한편으로는 호기심으로 가득하다. 눈길을 피하는 척하면서도 그녀가 안 본다고 생각하면 힐끔거리며 관찰한다. 팔이 하나쯤 더 달렸을까 봐? 가끔은 그들을 놀라게 만들어주고 싶은 생각도 들었지만, 그런 생각은 오래가지 않았다. 그래도 될 만큼 대단한 마녀가 아니니까.

세상에는 대단한 마녀들도 많이 있다. 하지만 아직 첫 번째 계약조차 끝내지 못한 사바는 새끼 마녀 축에도 들지 못했다. 아직은 마녀라고 부를 수도 없었다. 첫 번째 계약을 마쳐야만 마녀가 될 수 있다.

하지만 마칠 수 있을까?

왕궁 도서관은 드나들기가 대단히 어려웠다. 루헤인 덕택에 사용허가는 받았지만 현자들의 눈총을 받아야 하는 건 당연한 일이고, 입구를 지키는 병사들도 그녀를 못마땅하게 여겼다. 마녀 따위가 도서관에 드나들어 귀중한 지식을 더럽힐지도 모른다고 생각하는 것 같았다.

다행히 오늘은 운이 좋았다. 도서관 앞에 있던 둘째 왕자 다흐란이 그녀를 보고서 미소를 지으며 고개를 끄덕였다.

"책이라도 보러 온 건가? 나한테 마녀의 지식이라도 가르쳐주면 좋겠군."

루헤인과 한 살 차이인 다흐란은 어머니가 달랐다. 루헤인을 낳고 곧장 사망한 롤라나 왕비와 달리 다흐란의 어머니인 주카 귀비는 왕을 따라 사냥에 나갔다가 멧돼지의 공격으로 사망할 때까지 사내처럼 활발하고 씩씩한 사람이었다고들 했다. 귀비를 닮아서인지 다흐란 역시 활달하고, 무엇보다도 건강했다.

왕과 같은 금발에 푸른 눈을 가진 다흐란은 겉보기에도 건장했다. 키라면 루헤인이 더 클 것 같지만, 떡 벌어진 어깨에 햇볕에 탄 모랫빛 피부, 강인한 팔다리는 기사로서의 품격을 고스란히 드러냈다. 왕궁 최고의 기사에게 검술 훈련을 받고 왕궁 최고의 현자에게 교육을 받은 다흐란은 모두가 쉬쉬하고 있지만 실질적인 왕위계승자로 거의 낙점된 상태였다. 설령 루헤인이 왕위를 물려받는다 해도 그런 건강 상태로는 오래가지 못할 테니 어차피 다흐란이 왕위에 앉게 될 거라는 예측이 지배적이었다.

다흐란이 옆에 있어서인지 병사들은 아무 말 않고 사바를 도서관으로 들여보내주었다. 안에 있던 현자들 역시 사바를 보고 눈살을 찌푸리기는 했지만 대놓고 뭐라고 말을 하지는 않았다.

왕가 사람을 위한 자리에 앉은 다음 다흐란은 맞은편에 앉으라는 듯이 고개를 끄덕였다. 사바는 가만히 자리에 앉았다. 다흐란이 낮은 목소리로 물었다.

"형님은 어떠시지? 요즘 통 뵙지를 못했는데. 뵈러 가도 거절하시는 일이 많아서. 혹시 상태가 더 안 좋아지신 건 아니겠지?"

"괜찮으십니다. 다만 바깥나들이를 하고 싶으신 것 같습니다."

"그래, 그 방 안에만 있으면 갑갑하시겠지. 내가 그건 처리하도록 하지. 내일이라도 나와서 구경을 하실 수 있게 준비해두겠어."

"송구합니다."

사바가 얌전히 말하고서 눈을 내리깔았다. 다흐란은 빙그레 웃었다.

"천만에. 형님의 기분이 좋아진다면야 뭘 못 하겠어."

사바는 잠시 다흐란을 쳐다보았다. 다흐란의 짙은 파란 눈에는 진심어린 안타까운 표정이 담겨 있다. 루헤인과 외모뿐만 아니라 정말로 모든 면에서 다른 사람이었다.

공부를 하라며 일어나려던 다흐란이 갑자기 생각난 것처럼 인상을 찌푸리고 말했다.

"내일은 안 되겠군. 아마 며칠 동안은 형님이 밖에 나오기 힘드실 거야."

사바가 그를 쳐다보았다. 다흐란이 한 손으로 머리를 긁적이며 안 듣는 척 고개를 돌리고 있는 현자들 쪽을 힐끔 보고 목소리를 낮추었다.

"그루제펜 왕국에서 공주 일행이 올 거야. 여기에 한동안 머물 예정이라 보안도 강화될 거고 이래저래 시끌시끌할 거라서. 형님이 나오시지 않는 편이 나을 거야."

그루제펜은 토르카인과 한쪽 국경을 맞대고 있는 이웃 국가였다. 소국이라고 할 수 있지만 수많은 광산으로 가치가 있는 곳이었고, 무엇보다도 그루제펜에는 드래곤이 있었다.

기사들이 종종 심심풀이로 잡기도 하는 작고 평범한 늪지의 용과 달리 지상에서 가장 강한 존재로 여겨지는 고대의 드래곤이 드물게 존재한다. 이들 드래곤은 뛰어난 지성과 엄청난 마법의 힘을 갖고 있어서 특히 마녀들은 드래곤을 숭배하고 드래곤을 섬기기도 했다. 드래곤은 마음이 내키면 국가나 한 사람, 혹은 지역 등을 수호하기도 하고 어느 날 갑자기 훌쩍 떠나기도 하는 존재였다.

그루제펜에는 이 고대의 드래곤 중 청록의 드래곤이 안주하고 있었다. 청록의 드래곤은 그루제펜의 광산을 수호했고, 그 때문에 이웃 국가들은 그루제펜의 광산을 탐내면서도 어느 하나 공격을 감행하지 못했다. 청록의 드래곤을 모시는 마녀들까지 어우러져 그루제펜은 작지만 대단히 강한 나라였다.

이런 나라의 공주 일행이 토르카인에 온다는 것은 보통 일이 아니리라. 사바는 잠시 그를 바라보다가 신중하게 물었다.

"혹시, 왕자 저하와 약혼을 하시는 것인가요?"

"눈치가 빠르군."

다흐란은 웃으려는 것 같았지만 그 웃음은 눈가까지 닿지 않았다. 고개를 돌리고서 현자들을 잠깐 본 다음 그가 나직한 한숨을 내쉬었다.

"그루제펜은 함부로 할 수 없는 나라니까. 사돈 관계를 맺어두면 최소한 싸움이 일어날 일은 없겠지."

게다가 보통 사돈 관계가 아니라 그루제펜의 공주가 토르카인의 왕비가 되는 것이다. 그루제펜으로서는 거부할 이유가 없으리라.

애초에 이 문제에서 루헤인이 빠져 있다는 사실만 봐도 그가 얼마나 왕실에서 미미한 존재인지를 알 수 있었다. 아무도 그와 그루제펜의 공주를 혼인시킬 생각조차 하지 않았던 거다. 그루제펜 측도 어쩌

면 병약해서 언제 죽을지 모르는 왕자와의 혼담을 거부했을지도 모르지. 다흐란 왕자라면 양쪽 모두가 만족할 만한 인물이다.

"형님께는 알리지 마라. 때가 되면 내 입으로 알릴 테니까."

사바는 그저 고개만 살짝 숙였다. 루헤인이 어떤 반응을 보일지 이미 훤히 보였지만, 이야기를 꺼낼 필요는 없을 것이다.

다흐란이 자리를 뜬 다음 그녀는 현자들의 눈총을 받으며 잠시 마법과 자연에 관련된 책을 읽다가 조용히 도서관을 나왔다. 가만히 앉아 있기가 힘들었다.

정원에는 다행히 사람이 없었다. 루헤인의 방에서 보이지 않는 왕궁 안쪽의 가장 작은 정원은 관리가 소홀했지만 그래서 사바는 더욱 좋아했다. 구석구석에 그녀가 심어둔 약초도 자랐다. 하지만 이 약초들로 루헤인의 병세를 막는 것에는 한계가 있었다.

구석진 그늘 아래 앉아서 그녀는 가만히 나무에 머리를 기대고 눈을 감았다. 바람이 부드럽게 불고, 풀과 나무 냄새가 코를 스친다. 마녀에게 있어서 자연 속에 있는 것만큼 편안한 것도 없다. 마녀의 힘이 꼭 자연에서 오는 것은 아니지만, 자연은 마녀의 힘을 조율하는 데 도움이 된다. 아직 힘이라고 할 만한 게 부족한 그녀 같은 초보에게도.

루헤인이 세 번째 소원을 빌면 그녀도 정식 마녀가 된다. 그리고 이 궁을 떠날 수 있다.

사람 소리가 들리자 그녀는 재빨리 모습을 감추는 마법을 사용했다. 부코타 백작과 또 다른 귀족의 모습이 보이자 그녀는 숨을 죽이고 꼼짝하지 않고 가만히 그들의 이야기에 귀를 기울였다.

"어차피 왕세자라고 해봐야 명목일 뿐, 이미 다흐란 왕자 저하의 혼인이 결정된 상황에서는 아무 의미도 없지 않소."

"뭐, 나도 장래가 어떻게 될지 모르는 상황에서 만에 하나에 대비했던 거니까. 이제 와서 왕세자가 마녀에게 무슨 소원을 빌든 그게 뭐 그리 중요하겠소? 어차피 왕세자의 목숨은 다한 셈인데."

"그 마녀는 언제쯤 떠나는 거요? 세자에게서 떠나는 즉시 우리가 마녀를 붙잡아 소원을 빌기로 한 것이 아니었소?"

"소원까지 이미 준비해두신 것 같은 말투로군. 뭘 비실 생각이오?"

"그야 비밀 아니겠소. 하지만 그루제펜에서는 모두가 마녀에게 소원을 빈다던데. 마녀의 힘이라는 것이 그렇게 강력하다고. 우리도 그 덕을 좀 볼 필요가 있지 않겠소?"

"뭐, 모를 일이지. 어쨌든 왕세자의 병 하나 고쳐주지 못하는 마녀가 뭐 그렇게 도움이 될까 싶기도 하고……."

두 귀족이 걸음을 옮겨 정원 반대편으로 나간다. 사바는 그들의 소리가 완전히 사라지고 나서야 마법을 풀었다.

한 사람의 소원이 끝나고 나면 그다음 사람이 붙잡아 소원을 빌겠다니, 참으로 순진한 생각이다. 사바의 입가에 희미하게 미소가 떠올랐다. 소원이란 그런 식으로 빌 수 있는 것이 아니다. 마녀에게 소원을 빌고 나면, 계약자 외의 사람들은 마녀가 존재했다는 사실조차 기억하지 못하게 된다. 그것이 마녀의 계약이었다. 그녀가 이곳을 떠날 즈음, 저들은 그녀의 존재를 기억하지 못할 것이다.

하지만 언제쯤 떠날 수 있을까. 떠날 수는 있을까?

거의 십 년이 넘게 이곳에 있었다. 바깥세상이 어떤 모습인지조차 모른다. 마녀들이 어디에 모여 살고 있는지는 알지만, 그곳에서 그녀가 환영받을 수 있을지도 알지 못했다. 모르는 것투성이인 세상으로 나가고 싶은 건가?

고개를 흔들며 사바는 일어섰다. 어차피 세상은 그녀가 무엇을 바라고 무엇을 생각하든 자기만의 방식으로 흘러가게 마련이다. 고민한들 아무 소용도 없다. 다만, 그저…….

그저.

여기 좀 더 있을 수 있으면 좋을 텐데.

그저 그의 곁에 좀 더 있을 수 있으면 좋을 텐데.

그녀의 손가락이 살짝 부은 입술을 건드렸다. 아무도 알아채지 못했든지, 아니면 알면서도 모른 척하는 것이리라. 방 안에 갇힌 채 누구 하나 만날 수 없는 왕세자에게 시중을 들 여자란 중요한 존재니까. 설령 실제로 아이가 생길 만한 행위는 할 수 없는 상태라 해도, 어느 정도의 욕구를 해소해줄 상대는 필요한 법이다. 애초에 부코타 백작이 계집아이를 데려와서 왕세자의 옆에 두었을 때 아무도 막지 않았던 것은 이런 일이 생길 것을 고려해서였을 것이다.

그의 시중을 들고, 모든 욕구를 해소시켜줄 도구. 그의 분노를 받아주고, 짜증을 들어주고, 성욕을 처리해줄 도구.

"하지만 마녀는 어차피 물건일 뿐이지. 누가 소유하느냐에 따른 물건."

사바는 나직하게 중얼거리고서 주위를 둘러보았다. 바람결에 관목의 이파리들이 흔들린다. 루헤인은 항상 자유를 갈망했지만, 원하는 대로 움직일 수 있다고 자유로운 것은 아니라는 걸 그녀는 잘 알고 있었다.

2

루헤인은 방 안에서 혼자 검을 휘두르고 있었다. 사람 크기의 나무 인형이 또 하나의 검을 잡고 그의 상대를 하고 있다. 찌르고, 피하고, 베고, 몸을 돌려 다시 베고, 막는다. 나무 인형의 솜씨는 훌륭했지만, 루헤인의 솜씨는 그보다 더 훌륭했다.

숨이 가빠오기 시작하자 그가 동작을 멈추었다. 나무 인형 역시 즉각 동작을 멈추었다. 루헤인이 검을 내려놓자 나무 인형은 한쪽 구석으로 가서 검을 제자리에 내려놓고 원래 모습인 옷걸이로 돌아갔다.

두 번째 소원이 그거였다.

“검을 쓰고 싶어.”

사바는 그의 말에 잠시 동안 이해가 안 가는 얼굴로 서 있었다. 정원 너머 멀리 연병장을 바라보며 루헤인은 다시 말했다.

“검을 쓰고 싶다고. 저놈들처럼. 아니, 저놈들보다 더 잘 쓰고 싶어.”

“소원이신가요?”

그가 뭔가를 이야기하면 사바는 꼭 그렇게 물었다. *소원이신가요.* 빨리 세 개의 소원을 들어주고 죽어가는 병신 따윈 내버려두고 도망치고 싶은 거겠지. 삐딱한 생각이 들었다. 몇 년이나 소원을 빌지 않았지만, 그때는 소원을 빌고 싶었다.

게다가 사바가 그런 걸 할 수 있을 거라고 생각하지 않았다. 그녀가 몇 년간 부린 마법이라고는 기껏해야 방 안을 청소한다거나 물건을 이쪽저쪽으로 알아서 옮기는 것 정도였다. 어디서 배울 곳도 없는데 어떻게 마법을 쓸 수 있겠는가. 그녀는 마녀는 그냥 안다고 했지만, 그런 건 말이 되지 않는다. 그냥 안다니.

왕세자지만 그가 그냥 아는 것 따윈 아무것도 없었다. 제왕학 공부 따위는 일 년 전에 때려치웠다. 더 이상 몸이 나아지지 않을 거라는 걸 알자 공부를 하는 의미가 없어졌으니까. 방 안에 있는 책들은 이제 전부 다 사바가 읽는 거였다. 그는 글자 한 자 보고 싶지 않았다.

봐서 뭘 하는데? 그가 직접 회의실에 들어가 귀족들과 국사(國事)를 논할 것도 아니지 않은가. 이미 궁정 최고의 현자들은 전부 다 다흐란을 가르치고 있다는 걸 모르는 바 아니었다. 그의 방에 들르는 귀족들의 발길이 끊어지면서부터 모르려야 모를 수가 없었다.

이름만 왕세자일 뿐, 그는 아무것도 아니었다.

"그래, 소원이야. 저기 있는 그 어떤 기사보다도 검을 잘 쓰고 싶어."

사바는 천천히 고개를 끄덕였다. 잠깐 방 안에 바람이 휙 하고 불어드는 것 같은 느낌이 들었다. 루헤인은 주위를 둘러본 다음 자신의 손을 내려다보았다. 아무런 느낌도 없다. 뭔가가 달라진 것 같지도 않다. 역시나라는 생각에 그가 삐딱한 미소를 짓는데 사바가 조용히 말했다.

"상대가 필요할 거예요. 저거 정도면 괜찮을 것 같습니다. 검을 잘 쓸 수 있게 된다고 해서 저하의 체력이 좋아지는 건 아니니까요."

그녀가 옷이 걸려 있는 나무로 된 사람 키만 한 옷걸이 앞으로 가더니 그 위에 손가락으로 뭔가를 썼다. 그저 손가락일 뿐이니 글자가 보이는 건 아니지만, 뭔가 빛이 나는 것 같기도 했다. 루헤인은 눈을 가늘게 뜨고 옷걸이를 보았다. 옷걸이는 꼼짝도 하지 않았다.

그럼 그렇지, 라고 생각하는데 갑자기 옷걸이가 마치 사람이 기지개를 켜는 것처럼 살짝 늘어나는가 싶더니 앞뒤로 휘어졌다. 옷을 거는 가지 부분이 팔처럼 길어진다. 루헤인의 눈이 커졌다. 심장이 쿵쿵 뛰었다. 사바가 물러났다.

"검을 드시면, 이 인형이 반응을 할 거예요."

검을? 루헤인은 멍하니 서 있다가 뒤늦게 그녀의 말을 이해했다. 그가 방 한쪽 벽에 걸려 있던 검을 내린 다음 사바를 보았다. 사바는 옷걸이 쪽을 가리켰다.

"하나를 주세요."

그가 여전히 반신반의하는 기분으로 검을 던지자 옷걸이에서 손가락이 돋아나 검을 낚아챘다. 그러고는 능숙한 태도로 검을 뽑았다. 루헤인도 놀라서 반사적으로 검을 뽑았고, 다음 순간 옷걸이가 그를 향해 덤벼들었다. 눈앞으로 은빛 검이 날아든다. 이대로 죽는 건가 싶은 순간, 팔이 저절로 검을 들어 옷걸이의 검을 막아냈다. 옷걸이가 계속 해서 공격을 퍼붓는다. 하지만 루헤인의 몸이 저절로 움직이기 시작했다. 검을 들어올리고, 막는다. 발이 거기에 맞춰서 움직였다.

몇 년간 지겨울 정도로 이 방 안에서 저 너머 연병장을 보았다. 기사들, 병사들이 훈련하고 훈련을 받는 곳을. 그들이 내지르는 함성이 여기까지 들리곤 했다. 가끔씩 혼자서 그들의 움직임을 따라하고, 머릿속으로 상상하곤 했었다. 검을 들어올리고, 내리고, 오른쪽, 왼쪽. 앞으로 나갔다가, 뒤로 물러났다, 다시 앞으로 돌진. 검조차 들지 못한 채 혼자서 팔을 휘두르고 방 안을 쿵쿵 뛰어다니며 그런 행동을 하곤 했다. 시종장이 알았다면 아마 금지시켰겠지. 하지만 그거라도 하고 싶었다.

열다섯 살을 넘어서며 키가 놀랄 만큼 자랐다. 심장이 이 모양 이 꼴만 아니었어도, 정상적으로 건강하기만 했어도 그 누구보다 훌륭한 기사가 되었을 거라고 그는 생각하곤 했다. 근육이 붙고 덩치가 커졌다면 아무도 그를 얕보지 못했으리라.

하지만 기다란 키에 비쩍 마른 몸은 오히려 우습기만 할 뿐이었다. 그보다 머리 하나는 작은 시종들조차 그를 안됐다는 듯한 눈으로 종종 쳐다보곤 했다. 그게 소름이 끼치도록 싫었다. 시종들을 전부 다 잘라버리고 차라리 맹인들을 들이고 싶다고 생각할 때가 한두 번이 아니었다. 그를 보지 못하면, 그러면 저런 동정어린 표정을 짓지도 않을 테지. 건방진 놈들. 빌어먹게 건방진 버러지들.

그런데 지금, 그는 검을 휘두르고 있었다. 상상만 했던 그것을 하

고 있었다. 옷걸이는 날카롭게 다시금 검을 찔러왔지만 그의 팔은 저절로 움직여 앞을 막았다. 심장이 두근거리고 온몸이 순식간에 가벼워졌다. 머릿속이 붕 떠오르는 느낌이었다.

검을 휘두르고 있어. 내가 검을 쓰고 있어.

옷걸이의 검이 날아든다. 루헤인은 눈을 부릅뜨고 그 궤적을 바라보다가 몸을 옆으로 틀고 검을 쳐냈다. 옷걸이가 검을 황급히 고쳐 쥐고 다시 공격 태세를 취했지만, 루헤인은 검을 내렸다. 어느새 땀이 흘러 얼굴과 목덜미가 따끔거렸다. 검을 쥐고 있던 부드러운 손바닥은 빨갛게 벗겨져 있었다. 숨이 가쁘고 심장이 두근두근 가슴을 두드리며 뛴다. 그가 얼빠진 미소를 지으며 사바를 쳐다보았다.

"내가 검을 썼어."

사바는 고개만 한 번 끄덕였다. 언제나처럼 무심한 얼굴로. 그의 옆에 너무나 오래 머물러서 이제는 방 안의 가구와 똑같이 익숙해진 얼굴로.

"내가 검을 썼다고. 검을 휘둘렀어."

그가 자신도 모르게 웃음을 터뜨렸다. 사바는 가만히 서서 그를 바라보기만 했다. 루헤인은 미친 듯이 목소리를 높여 웃다가 그녀의 앞으로 걸어왔다. 한 손에는 아직까지 검이 들려 있었다.

"저 옷걸이, 저건 어떻게 한 거야?"

"기사단장이자 검술이 가장 뛰어나다고 알려진 드말로 경의 정수를 넣었습니다. 옷걸이가 하는 검술은 드말로 경이 하는 것과 똑같습니다."

루헤인은 눈을 깜박여 눈으로 흘러들어가던 땀방울을 떨구고 그녀를 보았다.

"어떻게 그렇게 할 수가 있지? 그럼, 드말로 경은 괜찮은 거야?"

"정수라는 것은 그 사람에게도 있지만, 그 사람이 움직일 때마다 주변으로 흘러나옵니다. 그 사람이 만졌던 물건에도 깃드는 법이고요. 저는 그런 것을 모아 집어넣었을 뿐입니다. 드말로 경에게는 아무 해도 없을 거예요."

"그럼…… 나는? 난 어떻게 검을 쓸 수 있는 거지? 난 검을 쓸 줄 몰라. 그건 너도 알잖아."

루헤인의 말에 사바는 가만히 몸 앞으로 손만 모아 쥐었다.

"마법이니까요."

마법이라. 그는 아직까지 검을 쥐고 있던 손을 내려다보다가 그녀를 다시 쳐다보았다.

"그럼 마법이 풀리면 끝나는 건가? 지금 잠깐 쓸 수 있게 된 거야?"

가슴이 무거워졌다. 단 한 번의 즐거움을 맛보고, 그러고 다시 제자리로 돌아가는 건가? 그럴 거라면 차라리 맛보지 않는 편이 나았을 텐데!

"저하께서 소원으로 비신 것은 되돌아가지 않습니다. 마녀는 계약자의 소원으로 이룬 것을 원래대로 되돌릴 수 없습니다. 저하께서는 계속 그렇게 검을 쓰실 수 있어요."

머리가 뜨거워졌다. 온몸이 타오르는 것 같았다. 기쁨이, 환희가 그의 온몸을 사로잡고 공중으로 둥둥 띄웠다. 검을 쓸 수 있어. 내가 검을 쓸 수 있다고. 기사단장 드말로 경과 거의 비슷할 정도로 검을 쓸 수 있어.

"아까 봤어? 저 옷걸이, 저게 드말로 경이란 말이지? 그런데 난 그자와 거의 똑같을 정도로 검을 썼어. 안 그래? 안 그래?"

사바는 다시금 고개를 한 번 끄덕이고 조용한 파란 눈으로 그를 쳐다보았다. 루헤인은 다시금 웃음을 터뜨리며 검을 떨어뜨리고 그녀를 덥석 껴안았다. 그녀가 숨을 헉 하고 들이켰지만 그는 상관하지 않은 채 그녀를 껴안고 웃어댔다.

열기가 조금 가라앉고, 웃음이 멈출 무렵 그는 두 가지를 깨달았다. 사바는 그에 비해 덩치가 훨씬 작았다. 아주 작고, 가녀렸다. 한 번도 그런 생각을 해본 적이 없는데.

두 번째는 그녀에게도 가슴이 있다는 거였다. 그의 가슴에 닿아 있는 풍만한 두 개의 덩어리. 따뜻하고 말랑말랑하면서도 살짝 단단한 여자의 몸.

그의 손이 저절로 등을 쓰다듬으며 내려갔다. 드레스 아래로 가는 뼈대가 느껴지고, 등의 곡선이 느껴진다. 허리 부분에서 잘록하게 들어갔다가 둔부에서 다시 풍만해지는 몸매. 드레스의 빳빳한 천 아래로 느껴지는 온기.

한 번도 그녀를 여자라고 생각해본 적이 없었다. 물론 나이가 열일곱이니 여자에 대해서 생각해보지 않았던 건 아니었다. 하지만 그가 생각했던 여자는 귀족의 딸이거나 다른 나라의 공주이거나 누가 되었든 그와 신분이 맞는 여자들이었다. 혼인할 만한 상대들. 나이도 있으니 이제 조만간 누구하고든 혼인 이야기가 나오겠지. 아직은 죽지 않았으니 왕가의 규율상 어찌되었든 혼인은 시켜야 할 테니까. 어떤 여자일까. 여자와 함께 있는 건 어떤 걸까. 그런 어설픈 생각이 전부였다. 육체적으로 강하게 욕구를 느껴본 적은 없었다.

지금까지는.

열기가 아까 전과는 다른 방식으로 치솟았다. 입이 마르고, 심장박동이 다시 빨라졌다. 그는 몸을 조금 떼고서 그녀의 얼굴을 내려다보았다. 발그스름한 얼굴, 커진 눈, 벌어진 입술. 분홍빛에 부드러워 보이는 여자의 입술.

왜 한 번도 생각해보지 않았던 걸까. 바로 옆에 이 애가 있다는걸.

안 될 건 없다. 그렇지 않은가? 귀족들은 항상 하녀들을 건드린다. 애인을 궁으로 데려와 욕구를 해소하는 자들도 있다. 그가 누구와 혼인하든 상대도 그가 동정일 거라고 생각하진 않을 것이다. 오히려 귀족 집안의 여자들은 솜씨가 좋은 남자를 원한다는 이야기도 들었다. 그러면 최소한 후계자를 가질 때까지 즐거운 시간을 보낼 수 있으니까.

그가 고개를 숙였다. 하지만 그녀의 입술 바로 앞에서 잠시 머뭇거렸다. 사람의 체온이 보이지 않는 손처럼 그의 입술에, 입가에, 뺨에 닿는다. 그녀의 온기가. 그가 천천히 입술을 겹쳤다.

처음에는 그렇게 대고만 있었다. 그러다가 살짝 문질러보았다. 문지르고, 혀를 내밀어 맛을 본다. 꼼짝 않고 있던 그녀가 입술을 벌리고 떨리는 한숨을 내쉬었다. 그사이에 그는 그녀의 입안으로 혀를 밀

어 넣었다. 그녀가 흑 하고 숨을 들이켰지만 그는 물러나지 않았다. 그녀의 입은 달콤하고, 혀는 말랑말랑했다. 그녀의 혀를, 입안을 차례차례 핥고 맛본다. 타액이 뒤섞이고 할짝거리는 소리가 자신의 귀에 들리자 아랫배에 힘이 들어갔다. 맛있는 음식을 먹는 것처럼 그는 계속해서 그녀의 입안을 핥았다. 심장이 점점 더 빠르게 뛰었다.

입술을 떼고서 그가 그녀를 쳐다보았다. 사바는 발갛게 달아오른 얼굴로 눈을 내리깔고 있었지만, 가슴이 숨을 쉬느라 들먹이는 게 보였다. 가쁘게. 솟아오른 풍만한 젖가슴이 오르락내리락 움직인다. 그가 손을 들어 드레스 위로 그 부분을 감싸자 그녀가 다시금 숨을 들이켰다. 놀란 눈이 그의 얼굴로 올라왔다가 눈이 마주치자 곧장 아래로 내려간다. 그가 손에 힘을 주자 그녀의 얼굴이 점점 더 빨개졌다. 귓가까지 빨갛게 변한다.

그게 마음에 들었다. 손을 가득 채운 부드러운 부분도 마음에 들고. 그가 계속해서 주무르자 손바닥 한가운데로 도톰하게 뭔가가 솟구치는 게 느껴졌다. 그가 손가락을 움직여 그 부분을 건드리자 그녀가 움찔 어깨를 움츠린다. 그녀의 반응을 응시하며 그가 다시 손가락을 움직였다. 그녀는 고개를 숙인 채 주먹을 꼭 쥐고 떨었다. 그의 목덜미가 뜨겁게 달아올랐다. 입에서 숨이 거칠게 흘러나왔다.

여자의 드레스를 벗겨본 적은 없지만, 어떻게 벗기는지 알아내는 건 어렵지 않았다. 끈을 풀고 천을 벌리기만 해도 금세 맨살이 드러났다. 매끄럽고 따스한 피부. 손을 천 안으로 집어넣고 양쪽으로 벌리자 천이 더 넓게 벌어지며 얇은 천으로 가린 가슴이 드러났다. 사바가 움찔거리며 손을 들어 올릴 듯 하다가 도로 내린다. 그의 손가락이 멋대로 가슴을 가린 천을 끌어내렸다. 햇빛을 보지 못해 얼굴이나 손보다 더 하얀 피부가 드러나고, 그 끄트머리에 도톰하게 솟아 있는 분홍빛 유두가 있었다. 그의 손바닥을 찔러대던 그 부분. 그는 손가락을 입에 갖다 대고 살짝 핥은 다음 젖은 손으로 그 부분을 문질렀다. 사바가 몸을 떨며 숨을 짧게 들이켰다. 살살 끄트머리와 주변을 문지르다가 천천히 가슴 전체를 손으로 쥐었다. 보이지 않을 때와 보일 때는 느낌이 다르다. 전혀 다르다.

가슴속에서 고동치던 맥박이 이제는 아랫배로, 더 아래로 내려갔다. 다리 사이가 거의 한 번도 느껴본 적 없을 만큼 강하게 솟아올라 쿵쿵거렸다. 진땀이 흐르고 맥박이 고동칠 때마다 그 부분이 욱신욱신 아팠다. 그의 호흡이 더 거칠고 빨라졌다. 그녀의 옷을 전부 벗기고 보고 싶었다. 그리고, 그리고…… 어떻게 해야 되지? 여자의 몸에 그의 곤두선 부분을 넣는다는 건 아는데, 어디다가?

머리가 어지러웠다. 눈앞에 검은 점이 왔다 갔다 하는 것 같았다. 그는 눈을 깜박이다가 주춤 물러났다. 다음 순간 세상이 기울어졌다. 사바가 놀란 표정으로 양팔을 내밀어 그의 몸을 붙잡았다. 그의 몸이 그녀 쪽으로 기울어지고, 그녀가 무거운 듯 뒤로 비틀거리다가 주저앉았다. 그의 몸 역시 그녀의 위로 쓰러졌다.

팔다리가 제대로 움직이지 않는다. 다리 사이에서는 계속해서 단단하고 무겁게 살덩이가 고동치는데, 몸은 그의 명령대로 움직이지 않았다. 숨을, 숨이 쉬어지지 않는다. 루헤인은 가슴을 움직이며 숨을

쉬기 위해서 노력했다. 머릿속이 점점 더 몽롱해지고 공포가 치밀었다. 죽는 건가? 이대로 죽는 거야? 아니, 그럴 리 없어. 그럴 순 없어!

사바가 그의 몸을 밀어 바닥에 눕힌 다음 위로 올라왔다. 그리고 평소처럼 무심하면서도 단호한 표정으로 그의 가슴에 손바닥을 대고 압박하기 시작했다. 하나, 둘, 셋, 넷, 다섯……. 그녀가 심장 위에 손을 얹고 세게 누를 때마다 심장이 반항하듯 버둥거리다가 점차 제 리듬을 찾기 시작했다. 펄떡, 펄떡, 펄떡, 펄떡. 피가 온몸으로 흐르고, 머릿속이 차츰 맑아졌다.

그리고 온몸을 태울 것 같은 수치심이 솟아올랐다.

여자에게 키스를 하고, 가슴을 만지고, 딱 그만큼에 심장이 버티지 못하고 쓰러졌다. 맙소사, 뭐 이런 병신 같은 일이. 차라리 성욕 같은 걸 못 느꼈다면, 이런 짓을 하지 않았더라면 이런 무능함을 느끼지 않았을 텐데. 아예 사바를 건드리지 않았다면 이런 창피를 당하지 않았을 텐데. 몇 번 만지는 정도로 쓰러지다니, 제대로 된 남자라면 절대로 그렇지 않을 것이다. 제대로 된 남자라면 얼마든지 여자의 몸에 자신의 물건을 넣고 즐기겠지. 제대로 된 남자라면…….

그는 제대로 된 남자가 아니었다. 병신이었다. 아무것도 제대로 할 수 없는 몸. 검 좀 휘둘렀다고 해서 대단한 인물이 된 것처럼 날뛴 머저리, 천치.

"비켜!"

루헤인은 거칠게 사바를 밀어냈다. 아직까지 그녀의 가슴은 훤히 드러난 상태였다. 그녀에게서 눈을 돌린 채 비틀거리며 간신히 바닥에서 일어나서 그가 그녀를 내려다보았다.

"그렇게 드러내고 있어도 내가 끝까지 못 한다 이거지? 나 같은 놈한테 구경 좀 시켜줘봤자 별거 아니다 싶어서, 그래서 가만히 있었던 모양이지? 응? 그래, 너도 나가면 끝까지 갈 수 있는 멀쩡한 사내놈들을 얼마든지 만날 수 있겠지. 마녀란 게 그런 거 아니었나? 어떤 남자든 넋을 놓게 만들어서 원하는 걸 빼앗아가는 사악한 요물! 안됐군, 나한테서는 빼앗아갈 게 없어서. 나 같은 게 뭘 줄 수 있겠어? 그 짓도 못 할 정도의 몸인데."

사바가 창백한 얼굴로 잠시 그를 올려다보고 있다가 고개를 숙였다. 그러고는 뒤늦게 옷차림을 깨달은 듯 천천히 옷자락을 여미기 시작했다.

"왜? 그냥 놔둬보지. 혹시 알아? 내가 그걸 보고 흥분해서 방방 뛰다가 쓰러져 죽어버릴지. 내가 죽으면 너도 다른 놈한테 갈 수 있으니 좋을 거 아냐."

빈정거리는 그의 말에 그녀가 살짝 고개를 들고 그를 보았다.

"계약이 끝나기 전에 계약자가 죽으면 안 됩니다. 그럼 끝맺지 못한 계약이 마녀를 영원히 따라다니게 돼요."

허. 그는 잠시 말문을 잃은 채 그녀를 쳐다보다가 말했다.

"그럼 뭐, 넌 내가 세 번째 소원을 빌 때까지 날 죽지 않게 보호해야 하는 거야? 웃기는군. 내가 십 년, 이십 년, 그렇게 계속 소원을 안 빌고 버티면 어떻게 할 건데?"

사바는 아무 대답도 하지 않았다. 그것이 오히려 대답이 되는 것 같았다. 어떻게든 그의 목숨을 살려두려고 할 테지. 이 방에 갇힌 채 어디 한 발자국 제대로 나가지도 못하는 인생을 앞으로 십 년, 이십 년, 저 마녀에게 소원을 빌 때까지 부지해야 한다는 거다.

그가 날카롭게 웃었다. 아까 전, 검을 휘두를 수 있다는 기쁨에 넘쳐서 웃던 것과는 전혀 다른 소리였다. 공기를 찢는 것처럼 날카롭고 불쾌한 웃음소리. 사바는 바닥에 앉은 채 그저 옷을 마저 여미고 고개를 숙였다.

그냥 아무 소원이나 빌어버릴까 하는 생각이 들었다. 그래서 저 빌어먹을 마녀를 쫓아내고, 다음번 발작이 일어나면 그냥 죽어버리는 거다. 그가 죽으면 아마 왕족들부터 시작해서 귀족들까지 전부 다 만세삼창을 부르겠지. 처치 곤란인 왕세자가 사라지는 거니까. 아마 순식간에 다흐란을 세자 자리에 올리고, 루헤인 드 레발론 같은 건 애초에 존재하지 않았던 것처럼 살아가겠지.

그냥 죽어줄 줄 알고? 그들 모두가 괴로워서 주리 난장을 틀 때까지 버틸 것이다. 절대로 쉽게 죽어주지 않을 것이다.

“나가. 꺼져! 꼴 보기 싫으니까 당장 나가!”

그가 작은 탁자 위에 놓여 있던 장식품을 집어 그녀를 향해 내던졌다. 금속 세공 장식이 그녀를 스치고 지나가 벽에 부딪쳐 산산조각난다. 사바는 그를 힐끗 쳐다보고 조심스럽게 일어났다.

“나가라니까!”

그가 다시 고함을 지르자 그녀가 문으로 향했다. 나가기 전 그를 한 번 더 돌아보았지만 그가 표정을 누그러뜨리지 않자 결국 조용히 나갔다. 문이 닫히자마자 루헤인은 장식장을 엎어버렸다. 와장창 소리가 나며 장식장을 채우고 있던 온갖 공예품들이 떨어지고 부서졌다. 침대 이불을 내던지고 침대 지붕과 늘어져 있는 커튼을 잡아 찢었다. 찌이익 소리가 가학적인 쾌감을 주었다.

바닥에 떨어져 있던 칼을 집어 들고 그는 천을 자르고 침대 기둥을 내리그었다. 검이 이런 일을 할 수 있을 거라는 생각조차 못 했지만 기둥은 깨끗하게 잘려나가고 침대 지붕이 한쪽으로 기울어졌다. 창문의 커튼도 잘라버리고 벽의 태피스트리를 긋고 굴러다니는 공예품 조각을 발로 짓밟고 검으로 내리쳤다.

숨이 가쁘고 심장이 위험하다는 듯이 가슴을 쿵쿵쿵 두드리자 마침내 그가 팔을 늘어뜨리고 엉망진창이 된 방 안을 보았다. 아무것도 멀쩡하게 남아 있지 않다. 책장도 쓰러져서 귀한 책들이 바닥을 굴러다니고, 탁자와 의자도 다 부서졌고, 바닥은 그 잔해로 가득했다. 침대 역시 제 모습을 잃은 지 오래였다.

부서진 침대에 엉덩이를 걸치고 앉아서 그는 양손으로 얼굴을 감쌌다. 얼굴이 뜨겁고 땀이 흘렀다. 가슴이 답답했다. 다리 사이는 아직까지 화끈거렸지만 더 이상 흉측할 만큼 곤두서 있지는 않았다. 제 역할도 못하는 주제에 서기는 왜 서는 건지 한심하기 짝이 없다. 잘라버리는 게 나을지도 모른다.

하지만 약간의 희망도 남아 있었다. 이번엔 처음이었으니까. 어쩌면, 어쩌면 몇 번 더 해서 익숙해지면 조금 더 할 수 있을지도 모른다. 조금씩 더 하다가 결국에는 끝까지 갈 수 있을지도. 하다못해 후손을 남길 수 있는 상태라는 게 알려지면 부왕께서도 그를 좀 더 중요하게 여기실지 모른다. 최소한 세자라는 이름하에 혼인 정도는 시켜주실지도. 그 정도 역할은 할 수 있지 않을까? 나가서 싸우지도, 회의실에서 국사를 논하지도 못한다 해도, 혈통을 잇는 역할 정도는 할 수 있을지도.

다른 걸 할 수 없다면 그거라도 하고 싶었다. 그런 사소한 것 하나라도.

루헤인은 내려놓은 검을 보았다. 옷걸이 검술 상대는 언제 그랬냐는 듯이 옷걸이의 형태로 구석에 서 있다. 그가 방에서 이런 일을 한다는 건 아무도 알지 못했다. 안다면 아마 못 하게 막겠지. 그의 건강에 전혀 좋지 않은 일이니까.

때로는 궁정 의사가 누군가의 사주를 받은 게 아닌가 싶을 때가 있었다. 다흐란을 왕위에 올리고자 하는 어느 귀족의 사주를 받아 그가 하는 모든 일을 가로막으려 하는 게 아닌가 하고. 물론 사바가 붙어 있으니 의사가 위험한 처방 따위를 하진 못할 테지만, 이런 식으로 그를 방에 가둬놓고 서서히 말려 죽인다는 음모는 그럴 듯하지 않은가? 정원에 좀 나간다고 해서 죽을 리는 없을 텐데.

아무것도, 아무것도 할 수가 없다. 이 빌어먹을 심장만 아니었어도.

창밖으로 보이는 정원에는 온갖 꽃들이 피어 있다. 저 멀리 연병장에서는 사열식 같은 게 진행되는 모양이었다. 기사들의 갑옷이 번쩍

거리며 빛을 반사한다. 루헤인은 눈살을 찌푸리고 그쪽을 보다가 문이 열리는 소리에 고개를 돌렸다. 아무 알림 없이 문을 열고 들어올 사람은 사바뿐이었다.

"바깥에 무슨 일이라도 있는 거냐?"

"아뇨. 잘 모르겠습니다."

사바의 목소리는 작고 낮았다. 그가 성질을 부릴까 봐 경계하는 것 같기도 했다. 루헤인은 인상을 찌푸리고 그녀를 돌아보았다.

"긴장할 거 없어. 이리 와."

사바가 조용히 다가왔다. 그녀에게서는 꽃향기, 또는 나뭇잎과 풀냄새 같은 것이 났다. 정원에 있다가 온 모양이었다.

"내가 성질부리는 게 하루 이틀 일도 아니잖아."

"그렇다고 해서 제가 그걸 좋아해야 하는 건 아니지요."

사바의 대답에 그는 피식 웃었다. 틀린 말은 아니다. 그녀에게 성질을 부리지 말아야 한다는 걸 알지만, 그래도 가끔은 참을 수가 없었다. 누군가에게 화를 내야만 했고, 그녀는 언제나 그의 옆에 있었다.

그가 손을 내밀자 그녀가 잠시 머뭇거렸다. 그가 가만히 바라보자 결국에 그의 손에 조그만 손을 얹는다. 그녀의 손가락이 그의 손바닥을 살짝 문질렀다.

"또 검을 휘두르셨군요."

"알아, 건강에 좋지 않겠지. 발작이 일어날지도 모르고. 하지만 가만히 앉아 있는다고 해서 별로 다를 것도 없잖아."

틀린 말이 아니기에 사바는 아무 대답도 하지 않았다. 그의 손가락이 그녀의 손을 가만히 감싸 쥐고 끌어당겼다. 그녀는 그가 당기는 대로 얌전히 다가와서 침대 옆에 앉았다. 그가 그녀의 어깨에 팔을 두르고 자신의 옆으로 당겨서 머리를 기댔다.

"나한테는 너밖에 없어, 사바."

"네."

국왕은 오래전에 큰아들을 포기했다. 이제는 거의 보러 오지도 않았다. 다흐란이 가끔씩 의무라도 되는 듯 그를 보러 왔지만, 건장한 동생을 볼 때마다 그의 가슴은 불타올랐다. 내가 건강하기만 했어도. 내 심장이 멀쩡하기만 했어도.

한 팔로 그녀를 안은 채 그는 무릎 위에 놓여 있는 자신의 다른 손을 보았다. 검을 잡기 시작한 지 3년, 손바닥에 굳은살이 생긴 게 조금 놀라웠다. 그 3년 중 검을 휘두른 시간을 다 합치면 얼마 되지 않을 텐데. 초보 기사가 두어 달 훈련하는 양밖에는 되지 않았으리라. 기사들의 팔다리가 강건하고 손바닥이 그렇게 단단한 것도 다 이유가 있었다.

그렇게 될 수만 있다면.

그는 사바에게 기댄 채 그녀의 향기를 들이켰다. 풀과 꽃 냄새가 그의 곤두선 신경을 조금 안정시켜주었다. 바깥 멀리서 팡파르 소리, 음악 소리, 북 두드리는 소리 같은 것이 들려온다. 마치 개선행진이라도 하는 것처럼.

"밖에 누가 왔나? 음악소리가 들리는데."

"글쎄요."

"궁에서 무슨 일이 있는지 좀 알아보고 다녀. 내가 나갈 수 없으면, 나갈 수 있는 너라도 알아 와야 할 거 아냐. 여기 갇혀서 세상 돌아가는 상황도 모른 채 살고 싶진 않아."

"세상 돌아가는 상황 같은 거 알아봤자 아무 달라질 거 없다고 공부를 그만두셨잖아요."

사바의 지적에 그는 인상을 찡그리고 고개를 들었다. 비난하는 말투는 아니지만, 그래도 아픈 곳을 찔리니 기분이 좋지는 않았다.

공부를 그만둔 걸 후회할 때가 가끔 있긴 했다. 무료해서 죽을 지경일 때에는. 하지만 공부를 하면 하는 대로 좌절감이 들었다. 해서 뭐한담, 그가 할 수 있는 일은 아무것도 없는데. 그에게는 이웃 나라들과의 관계, 정치적 상황, 나라의 역사와 왕가의 상황 따위가 전혀 중요하지 않았다.

"그루제펜에는 공주가 셋 있다지. 셋을 각기 다른 나라로 시집을 보내 동맹을 공고하게 만드는 게 그루제펜 왕의 목표일 거라고 전에 다메룬 선생이 말한 적이 있었지."

그가 멍하니 말했다.

"가끔 생각해. 그루제펜의 공주는 어떻게 생겼을까. 만약에 그루제펜의 공주가 우리 나라로 시집을 오게 됐다면, 처음으로 신부가 될 여자를 만났다면 어떤 기분이 들었을까 하고. 그녀가 어떤 사람이었을지, 좋은 왕비가 되었을지."

사바가 잠시 동안 가만히 있다가 그를 돌아보았다. 파란 눈에 뭔가가 스쳐갔지만, 너무 빨리 사라져서 뭔지 그로서는 알 수가 없었다.

"혼인하고 싶으셨나요?"

루헤인은 코웃음을 치며 웃었다.

"어이, 난 스무 살이야. 혼인할 나이가 이미 넘었다고. 건강만 괜찮았으면 최소한 2, 3년 전에는 혼인을 했을걸. 빠르면 열 살을 넘기자마자 혼인하기도 하는데."

사바는 그저 천천히 고개를 끄덕였다. 루헤인은 한숨을 내쉬고 창밖을 바라보았다. 날씨는 지독하게 좋다. 나가겠다는 그의 청에 대해서는 조금 기다리라는 답만 왔다. 준비하는 데 뭐 그렇게 시간이 걸린다고. 물론 궁정 의사가 진찰을 한 다음 약을 처방하고, 의사의 지시에 따라 외출 준비를 해야 한다는 따위의 변명이 주절주절 붙어 왔지만, 그는 절반도 믿지 않았다. 그저 내보내고 싶지 않은 거겠지. 아직까지 생명을 부지하고 있는 쓸모없는 왕자의 꼬락서니를 남들에게 보이고 싶지 않아서.

"그루제펜의 공주가 혼인 상대로는 1순위겠지. 그다음으로는 상급 귀족의 영애고. 요즘 귀족들 사이의 정치구도에 대해서는 잘 모르겠지만, 왕가를 지지할 수 있는 힘을 가진 공작이나 후작 가문 정도가 되지 않았을까?"

그가 한 손으로 얼굴을 문지르고 자조적으로 웃었다.

"그런데 지금 내 옆에는 마녀 하나가 전부지. 빌어먹을 노릇이야."

사바의 어깨가 그의 손 아래에서 살짝 움츠러들었다. 루헤인은 얼굴에서 손을 떼고 그녀를 돌아보았다. 그녀는 언제나처럼 무심한 표정으로 창밖을 바라보고 있다. 호수처럼 투명한 파란 눈에는 어떠한 감정도 없다. 그가 잘못 느꼈으리라. 검을 휘두른 탓에 손가락에 쥐가 났거나.

음악소리는 연신 이어졌다. 축포를 터뜨리는 펑펑 소리도 들렸다. 오늘이 무슨 축제일은 아닐 텐데. 루헤인은 인상을 찌푸리고 일어나서 창문으로 다가갔다. 연병장 너머에서 일어나는 일이라 도저히 확인할 수가 없었다.

"사바, 나가서 확인하고 와. 이 연약한 몸께서 낮잠을 주무시는 데 방해가 된다고 하든지, 하여튼 무슨 일인지 확인하고 와."

사바가 머뭇거렸다. 루헤인의 눈이 가늘어졌다. 그가 그녀의 얼굴을 빤히 쳐다보았다.

"너 저게 무슨 일인지 알고 있는 거지? 뭐야, 대체?"

사바가 입술을 잘근잘근 깨물다가 그의 눈치를 살폈다.

"그루제펜에서 사신이 왔다고 들었어요."

루헤인의 미간에 주름이 잡혔다.

"한낱 사신이 왔다고 저렇게 축포를 쏘고 음악을 연주하진 않을 텐데. 뭐야? 아는 대로 빨리 말하지 못해?"

"그리고…… 그루제펜의 공주님 일행이 오셨다고 합니다."

"그루제펜의 공주? 공주가 왜? 왜 아무도 나한테 알리지……."

거기까지 말하는 순간, 깨달았다. 아무도 그에게 알리는 위험한 일은 맡고 싶지 않았던 거겠지. 공주는 그를 위해서 오는 게 아니니까. 왕세자를 제치고 둘째 왕자인 다흐란을 위해서 오는 거니까.

방금 전까지 그루제펜의 공주가 혼인 상대로 1순위일 거라고 낄낄

거리며 말했는데, 정작 그 공주에게 그는 혼인 상대 1순위가 아니었다. 2순위도 아닐 테지. 완전히 순위권 바깥이었으리라. 그루제펜에 있어서 혼인 상대 1순위는 토르카인의 둘째 왕자 다흐란이었던 것이다.

언젠가 왕위를 이을 게 분명한 왕자. 건강하고, 혈통을 이을 능력이 충분한 사내.

분노는 마치 마른 지푸라기를 삼키는 불꽃 같았다. 이런 일을 정하면서 그에게 귀띔 한 마디 해주지 않은 아버지에게, 귀족들에게, 동생에게. 그리고 그의 이야기를 다 듣고 있으면서도 그가 캐물을 때까지 아무 말도 하지 않은 사바에게.

사바는 잘못을 알고 있는지 고개를 살짝 숙이고 가만히 앉아 있었다. 그녀의 어깨를 안고 있던 그의 손에 힘이 들어갔다. 루헤인은 이를 악물고 감정을 억누르려고 노력했지만, 도저히 억누를 수가 없었다.

"옷 꺼내와."

"네?"

사바가 놀란 듯 고개를 들었다.

"옷 꺼내오라고! 내 말 못 들었어? 예복을 꺼내와. 나도 나간다. 그루제펜의 공주가 왔는데 이 나라의 왕세자가 그 자리에 참석하지 않는다는 게 말이 돼? 나도 참석한다. 당장 옷을 가져와!"

그가 버럭 소리를 질렀다. 사바는 머뭇거리다가 일어났다.

"하지만 발작을 일으키시면……."

"어차피 그런 건 모두가 아는 사실이잖아. 그 앞에서 발작 한 번쯤 더 일으키든 말든 알 게 뭐야. 빨리 가져오지 못해!"

그의 얼굴이 더욱 하얗게 얼어붙는 것을 보고 마침내 사바가 움직이기 시작했다. 옷장에서 거의 입을 일이 없는 예복을 꺼내고, 시종을 부른다. 시종들은 당황했지만, 이런 중요한 행사에 왕세자가 참석하겠다는 것을 막을 수도 없는 노릇이었다. 무엇보다 이 일을 막을 만한 권위를 가진 시종장은 예식 때문에 세자궁에 없었다.

예복은 그의 몸에 딱 맞지 않았다. 매년 옷을 새로 맞추고는 있지만 예식에 참석할 일이 없기 때문에 예복을 손본 지가 꽤 되었던 것이다. 전보다 더 살이 빠진 탓에 가슴과 허리 부분은 헐렁하고, 소매와 바짓단은 짧았다. 시종들이 황급히 장식을 덧대려고 했지만 그러면 시간이 훨씬 더 걸릴 것이다. 사바가 잠시 바라보다가 시종에게서 천을 받아들고 그의 소매에 감으며 나직하게 알아들을 수 없는 말을 외었다. 천은 마치 원래 그랬던 것처럼 예복에 달라붙어 화려한 모양을 만들었다. 시종들은 두려움에 찬 시선을 교환했지만, 루헤인은 차가운 눈으로 그녀를 노려보기만 했다.

시종들이 그의 차림새를 마무리하고 본궁까지 타고 갈 마차를 불렀다. 사바가 그의 뒤를 따라가는데 루헤인이 홱 돌아보았다.

"어딜 따라오는 거냐? 한낱 마녀 주제에 다른 나라의 공주를 맞이하는 예식에 참석하겠다는 거냐? 심지어는 그 꼴로?"

사바가 흠칫 멈춰서는 자신의 차림새를 내려다보았다. 회색 드레스는 별다른 귀족들이 없는 세자궁에서 시중을 들거나 정원 일을 하

는 데에는 아무 상관없지만, 궁의 예식에 참석할 수 있을 만한 차림새는 결코 아니었다. 루헤인은 날카로운 눈으로 그녀를 노려본 다음 몸을 돌려 마차에 올랐고, 시종들이 마차 뒤에 매달렸다. 마부가 이랴 소리를 내자 마차가 출발했다.

사바는 잠시 떠나는 마차를 보고 있다가 하늘을 올려다보았다. 그런 다음 허공으로 뛰어올랐다. 그녀의 모습이 한 마리의 새카만 까마귀로 바뀌자 근처에 있던 하인들이 헉 하고 숨을 들이켰지만 그녀는 그들을 돌아보지 않은 채 마차가 가는 길을 따라 하늘을 날아갔다.

본궁 앞에는 귀족들이 몰려 있었다. 수도에 있는 귀족 가문들은 전부 다 참석했는지 다들 요란하고 화려하게 차려입고서 그루제펜에서 온 공주 일행을 어떻게든 보려고 고개를 한껏 빼고 있다. 마차가 다가와서 멈추자 그들은 웬 어중이떠중이가 왔나 하는 표정으로 보다가 문이 열리고 새카만 머리에 창백한 피부, 새카만 눈을 가진 키 큰 청년이 내리자 헉 하고 숨을 들이마셨다. 처음에는 그가 누군지 알아보지 못한 사람들도 숙덕거리는 소리를 듣고는 눈이 휘둥그레져서 왕세자를 쳐다보았다. 시종들이 그의 앞, 그의 옆에서 사람들을 몰아내고 길을 텄다.

단 위에 앉아 있던 국왕과 다흐란, 고위 귀족들이 그를 발견하는 순간을 정확하게 알 수 있었다. 주변에서 시끌시끌하던 귀족들이 물결처럼 차례차례 조용해지고, 그 이상한 정적을 알아챈 사람들이 고개를 돌려 루헤인을 보았다. 다흐란은 벌떡 일어서고, 다른 귀족들은 엉거주춤하게 일어서다 만 자세로 그를 바라보았다. 국왕은 아무 말도 하지 않고 주름진 얼굴로 그를 응시했다.

루헤인은 단상 앞까지 걸어간 다음 정중하게 고개를 숙였다. 이마와 목에 땀방울이 맺히고 숨이 가빴지만 흥분해서일 거라고 스스로를 다독이고 그가 아버지와 동생을 바라보았다.

"국가의 중대사가 있다 하는데 저에게 아무도 전하러 오지 않았더군요. 아마도 어느 부주의한 시종이 전갈을 잃어버리고는 혼이 날까봐 솔직히 말하지 않았던 거겠지요."

국왕은 그저 목을 그르렁거리는 소리만 냈고, 다흐란이 재빨리 그의 앞으로 다가가서 한쪽 무릎을 꿇었다.

"세자 저하, 그런 무례를 범한 자가 있다니 제가 직접 처리하도록 하겠습니다. 단상으로 오르시지요."

루헤인은 동생의 금발을 내려다보았다. 그의 허리에 찬 칼을 뽑아 그 자리에서 목을 쳐버리고 싶었다. 네가 나를 무시하고 몰아냈던 주제에 뭐가 어쩌고 어째? 하지만 지금은 그렇게 목소리를 높이며 싸울 자리가 아니었다. 여기는 아니다. 모든 귀족들이 지켜보고 있는 이곳은.

그는 천천히 계단을 올라갔다. 방 안에서 혼자 검을 휘두르는 걸로는 체력이 전혀 좋아지지 않는 거였던 모양이다. 벌써부터 머리가 어찔했다. 사람이 너무 많아서 그럴지도 모른다. 여자들은 지독하게 향수를 뿌렸고, 남자들 역시 파우더로 떡칠을 했다. 냄새가 목을 틀어막는다.

그는 이를 악물고서 계단을 간신히 올라가 다흐란이 앉아 있던 의자에 풀썩 앉았다. 다흐란이 고갯짓을 하자 귀족 하나가 물러났다.

찌푸린 표정의 시종장이 상황을 보고 있다가 손짓을 하자 악대가 다시 음악을 연주하기 시작했다. 아마도 토르카인의 주요 역사를 낭독하고 있었던 것 같은 현자가 다시 목소리를 높여 나라의 주요한 일대기를 읊는다. 루헤인의 눈이 귀족들을 살폈다. 평민들은 궁 안까지 들어오지 못한 모양이다. 아마도 바깥에 몰려 있으리라.

자리에 앉아 있으니 점차 땀이 식고 심장의 욱신거림도 가라앉았다. 여기가 원래부터 그의 자리여야 했다. 여기가 항상 그의 자리였다. 예전에도, 지금도, 앞으로도.

현자가 기나긴 낭독을 끝내고, 팡파르가 울렸다. 시종장이 목소리를 높였다.

"그루제펜의 공주 저하께서 드십니다."

귀족들이 오오 하고 감탄의 함성을 울렸다. 단상 앞까지 깔린 붉은 카펫을 따라 화동들이 꽃을 뿌리며 가장 먼저 들어왔다. 그다음으로는 광대들이 재주를 부리고, 시종들이 왕에게 바칠 귀중품이 담긴 상자를 들고 걸어온다. 시종들은 상자를 단상 아래 계단에 놓고서 뚜껑을 열었다. 고개를 한껏 뺀 귀족들은 반짝이는 금과 보석을 보고서 다시금 오오 하고 탄성을 내질렀다.

루헤인의 시선은 상자가 아니라 카펫 가장 끝, 시종들에게 둘러싸여 양산을 쓰고 있는 여자에게 고정되어 있었다. 머리에 쓴 관과 얼굴 주위로 두른 베일 때문에 여자의 얼굴은 아직 보이지 않았다. 여종들이 움직이자 여자도 함께 움직이기 시작했다. 뒤로 2, 3미터 정도 되는 치맛자락에는 온통 보석들이 매달려 햇빛을 받아 반짝거렸다.

토르카인의 시종들이 보석 상자를 치우고, 그 자리로 점차 그루제펜의 공주가 다가왔다. 여시종들이 바쁘게 그녀의 치맛자락을 잡고 정리하고, 이쪽저쪽으로 움직인다. 공주는 계단 바로 앞에서 멈추어 천천히 절을 했다.

"그루제펜의 카밀라 공주 저하이십니다."

여시종들이 긴 베일을 잡고 뒤로 넘기자 백옥처럼 곱고 조각처럼 아름다운 얼굴이 드러났다. 루헤인은 잠시 숨을 멈추었다. 공주가 내리깔고 있던 눈을 들자 여름날 풀잎처럼 생생한 초록색 눈동자가 드러났다. 베일 아래의 머리카락은 달무리처럼 곱고 하얀 금발이었다. 단상 위에 있던 모든 사람들이 숨을 멈추는 것 같았다.

"토르카인에 오게 되어 무한한 영광으로 여깁니다."

목소리는 마치 은쟁반에 구슬이 굴러가는 것 같았다. 그 목소리만 듣고 있어도 세월 가는 줄 모를 것만 같았다. 아름답고 청아하다.

저 여자는 그의 신부가 될 수도 있었다. 그의 신부가 되었어야 했다. 그가 왕세자니까. 누군가가 그루제펜의 공주와 결혼을 한다면 그건 당연히 왕세자여야 하지 않겠는가.

하지만 그가 자리에서 일어나기도 전에 다흐란이 일어나서 계단을 내려가 그녀의 손을 붙잡고 일으켜 세웠다.

"잘 오셨습니다. 토르카인에 오신 것을 환영합니다. 제가 다흐란 드 레발론입니다."

공주의 다홍빛 입술에 미소가 떠올랐다. 초록 눈이 부드러운 미소를 짓는다. 잠깐 그 눈이 다흐란의 어깨 너머 루헤인에게로 향했다. 그 눈과 마주치는 순간 루헤인은 세상이 멈추는 것 같은 느낌을 받았다.

저 여자는 그의 것이어야 했다.

그가 가져야 하는 모든 것을 다흐란이 채가고 있다.

왕위, 이 나라, 그리고 여자까지도.

3

"흥분하시는 것은 몸에 좋지 않습니다. 바깥바람도 저하의 몸에는 독이나 다름없습니다. 창문으로 바람을 쐬시는 정도는 괜찮지만, 나가시는 것은 안 됩니다."

궁정 의사 구프는 루헤인을 보고 찌푸린 얼굴로 말했다. 카밀라 공주의 환영식 끄트머리쯤 발작을 일으켜 다시 세자궁으로 실려 온 이래 루헤인은 계속해서 구프의 실험동물 상태였다. 궁정 의사는 그의 몸을 이리저리 찌르고, 눈꺼풀을 뒤집어보고, 심장 소리 및 숨소리를 들어보는 것이 꽤나 재미있는 모양이다. 질리지도 않는지 계속해서 한다.

루헤인은 신경 쓰지 않았다. 이따위 몸. 최소한 카밀라 공주의 앞에서는 쓰러지고 싶지 않았는데. 그가 숨을 몰아쉬며 가슴을 붙잡고 쓰러질 때, 사람들이 나직하게 소리를 지를 때, 그녀의 푸른 눈이 그를 바라보는 게 보였다. 그 깎아놓은 조각같이 아름답던 얼굴에 충격이 스쳐가는 것도.

수치스러웠다.

차라리 그 자리에 나가지 말 것을. 그랬다면 최소한 그런 모습은 보이지 않을 수 있었을 텐데.

구프가 나가자 한쪽 옆에 조용히 서 있던 사바가 다가와서 그의 얼굴을 닦아주었다. 루헤인은 시선을 돌린 채 아무 말도 하지 않았다. 그가 쓰러지자 사바가 어디선가 나타나서 그를 데리고 세자궁으로 돌아왔다는 이야기를 나중에 다흐란에게 전해 들었다. 다흐란은 그의 방으로 찾아와서 미리 그루제펜의 공주 이야기를 알리지 못한 것에 대해서 사과의 말을 길게 늘어놓았다.

"형님께 먼저 말씀을 드려야 한다고 부왕께도 간언했지만, 완고하셨습니다. 차라리 형님께서 모르시는 편이 더 나을 거라 하시면서요. 하지만. 어찌되었든 제가 더 강하게 설득을 했어야 했습니다. 죄송합니다."

너 따위와 이야기하고 싶지 않아, 당장 나가. 그렇게 말하고 싶었지만 자존심 때문에 그렇게 말할 수가 없었다. 다흐란은 그가 이해해줬다고 생각하는지 그루제펜과 토르카인 사이가 요즘 약간 긴장되어 있다는 이야기를 잠깐 늘어놓다가 그의 얼굴을 보고서 어색하게 웃었다.

"이런 이야기는 피곤하시죠? 구프 경이 긴 이야기는 하지 말라고 했는데, 생각하고 있던 여러 가지가 나와버렸네요. 죄송합니다. 쉬세요."

"잠깐만."

일어서려는 다흐란을 그가 붙잡고서 침대에서 약간 몸을 일으켜 쳐다보았다. 다흐란은 의아한 표정으로 그를 보았다.

"넌 그루제펜의 공주와 혼인하는 걸…… 찬성하는 거냐?"

다흐란은 한 손으로 머리카락을 쓸어 넘기며 잠시 생각에 잠겨 있다가 그를 보고 나직하게 대답했다.

"그게 제 의무라면 받아들여야지요. 카밀라 공주도 영리한 사람인 것 같으니 함께 잘 맞추어 나라를 이끌 수……."

다흐란이 말을 하다가 황급히 입을 다물고 어색하게 말을 돌렸다.

"잘 맞추어 살 수 있을 거라는 말이었습니다."

그렇겠지. 루헤인은 더 이상 묻지 않았다. 다흐란이 무슨 말을 하려고 했는지는 뻔하니까.

"아, 그리고 공주께서 형님께 정식으로 인사를 드리고 싶다고 하시더군요. 괜찮겠습니까?"

다흐란이 자리에서 일어서면서 말했다. 루헤인은 거절했다. 아픈 모습을 보여 심려를 끼치고 싶지 않다고 돌려 말하면서. 다흐란은 그 말을 액면 그대로 받아들인 것 같았지만, 그거야 그 녀석이 멍청해서 그런 거고.

이런 꼴을, 이런 흉측한 꼴을 보이고 싶지 않았다. 그녀가 동정심 가득한 표정으로 그를 바라보는 것을 원치 않았다. 혹은 혐오감을 드러내는 모습을 보고 싶지도 않았고.

가끔 창밖의 정원으로 다흐란과 공주가 지나가는 모습을 볼 수 있었다. 두 사람은 뭔가를 속삭거리고 웃음을 터뜨리곤 했다. 창백한 금발의 호리호리한 공주와 짙은 금발에 강인한 몸을 가진 다흐란은 함께 서 있으면 잘 어울렸다. 바깥을 지나가는 귀족들이 가끔씩 이야기하는 소리도 들렸다. *이 관계는 아주 잘 풀릴 거야. 우리나라와 그루제펜의 관계도 개선될 거고. 다행이야, 다행이야.*

다행일 테지, 네놈들에게는.

사바가 그의 옆에서 약을 만드느라 분주하게 움직였다. 볼품없는 회색 드레스에 모랫빛 피부, 갈색 머리. 사바는 어디를 보나 평범하기 짝이 없었다. 심지어는 웬만한 귀족의 여식만큼도 되지 않는다. 사바는 그저…… 하녀일 뿐이었다.

그리고 그의 옆에 있는 여자는 바로 그 하녀였다. 공주도 아니고, 심지어 귀족도 아니고, 하녀. 저잣거리에 내놓으면 어울릴 평민이나 다름없는 계집. 그리고 그는 그런 계집 하나도 만족스럽게 안을 수 없는, 아무것도 할 수 없는 이름뿐인 왕세자였다.

"너 말이야, 여기서 나가면 어떻게 되는 거냐? 갈 곳은 있어?"

갑작스러운 루헤인의 물음에 사바가 그를 쳐다보았다. 루헤인은 침대에 누운 채 멍하니 허공을 바라보고 있었다. 사바는 새로 캐 온 약초를 탁자에 내려놓으며 대답했다.

"마녀들이 모이는 곳이 있지요."

"거기에 누가 있는데? 네 가족이라도 있는 거냐?"

"마녀에게는 가족이라는 것이 없습니다. 그저 각자가 알아서 살 뿐이에요."

"그럼 거기에 가서 뭘 하는데?"

사바는 어깨를 으쓱였다.

“다른 누군가와 계약을 해서 소원을 들어주겠지요. 그게 마녀가 하는 일이니까요.”

“소원을 들어주면 마녀는 뭐가 좋은 거지? 다른 사람을 위한 일밖에는 안 되잖아.”

“마녀는…… 계약자가 소중하게 여기는 걸 가져갑니다. 그게 마녀의 힘의 원천이 되지요.”

루헤인의 눈이 갑자기 날카로워졌다.

“나한테는 뭘 가져가는데? 내 건강? 네가 지금까지 내 건강을 빨아먹고 있었던 거냐? 줄 게 얼마 없어서 안됐구나.”

그가 빈정거리듯 말하고서 웃었다. 사바는 아무 대답도 하지 않았다. 그는 잠시 누워 있다가 그녀를 향해 손을 까딱거렸다. 약초를 손질하던 손을 앞치마에 닦고서 그녀가 그의 곁으로 다가왔다. 그가 팔을 들어 올리자 그녀가 조심스럽게 그의 상체를 안고서 일으켜 앉혀 주었다. 루헤인은 한숨을 크게 들이켰다가 천천히 내쉬었다.

“창문 열어봐.”

사바는 조금 머뭇거렸지만 결국 그가 시키는 대로 덧문을 열었다. 봄이고 여기저기 꽃이 피었지만 아직 바람은 쌀쌀했다. 루헤인은 정원을 바라보았다.

“너와 내가 계약을 하긴 했지만, 왜 네가 내 옆에 있는지 모르겠다. 내가 모시기 쉬운 사람도 아닌데. 아무 소원이나 들어주고 빨리 떠나고 싶었던 적은 없느냐?”

"소원이란 그런 식으로 이룰 수 있는 게 아니니까요."

사바의 대답에 루헤인은 피식 웃고서 그녀를 바라보았다.

"나는 지금도 네가 무슨 생각을 하는지 모르겠다. 넌 어렸을 때도 그랬고 지금도 알기가 힘들어. 모든 마녀는 다 그런 거냐?"

"그건…… 잘 모르겠습니다. 저도 다른 마녀를 본 적이 없으니까요."

루헤인이 인상을 찌푸렸다.

"다른 마녀를 본 적이 없으면, 마녀들이 모이는 곳은 어떻게 찾아가려고? 그런 곳에 가면 누군가 널 반겨줄 사람은 있는 거냐?"

사바는 다시금 어깨를 으쓱였다. 루헤인은 코웃음을 치며 창문으로 다시 시선을 돌렸다.

"내가 빨리 죽어야 편해지는 사람이 여럿이로군. 너도 그렇고."

"그렇게 말씀하지 마세요."

사바의 말에 그가 인상을 찌푸리고 돌아보았다.

"뭐라고?"

"그렇게 말씀하지 마시라고요. 진심이 아니시잖아요."

그녀가 가만히 그를 바라보며 말했다. 루헤인의 표정이 더 험악해졌다.

"그걸 네가 어떻게 알지? 네가 내 입장이 되어보기라도 한 거야, 응?"

"아뇨. 하지만 진정으로 죽고 싶은 사람은 죽고 싶다 말하지 않습니다. 그런 말조차 할 수 없을 정도로 괴로우니까요."

"그럼 뭐, 나는 덜 괴롭다고?"

그의 목소리가 점점 더 날카로워졌다. 사바는 물끄러미 그를 바라보다가 말했다.

"저하는 괴로운 것이 아니라 화를 내고 계실 뿐이에요. 항상요."

"화를 내는 게 뭐가 잘못됐는데? 날 이런 꼴로 낳아놓은 아바마마, 어마마마에게, 이 빌어먹을 운명에 화를 내는 게 뭐가 잘못됐어?"

"저하께서도 갖고 계신 게 있잖아요. 주위를 둘러보시면……."

사바의 말에 루헤인이 눈을 굴리고 몸을 조금 더 일으켰다. 가슴 주변이 뻐근하고 심장이 제멋대로 뛰는 게 느껴졌다.

"내가 뭘 갖고 있는데? 이 방? 써먹지도 못할 왕세자의 금관? 아니면 뭐, 너?"

마지막 말에 사바가 입을 꾹 다물었다. 루헤인이 그녀를 쳐다보고 허탈하게 웃었다.

"너 말이냐? 널 갖고 있으니 됐다고? 널 갖고 뭘 하는데? 네가 뭘 할 줄 아는데? 네가 대체 뭔데? 마녀? 그게 나한테 무슨 도움이 되지? 세 가지 소원? 무슨 소원이 도움이 되겠어? 내가 건강해질 수 있어? 내가 건강해져서 다흐란처럼 검을 휘두르고 말을 타고 남들의 신망을 받을 수 있겠냐고! 아니면 내가 이 나라의 왕세자라고 말했을 때 저 빌어먹을 귀족 놈들이 고개를 숙이고 존경을 표하게 만들 수 있어? 응? 못 하잖아! 그따위 게 무슨 마녀야!"

그가 벌겋게 된 얼굴로 숨을 색색 몰아쉬며 그녀를 보았다. 사바는 눈을 내리깔고 침대 이불만 바라볼 따름이었다.

"너 같은 것 열을 준다 한들, 카밀라 공주의 발치에도 못 미칠 게 뻔하잖아. 지상의 존재가 아닌 것처럼 아름답고, 듣자 하니 영리하기까지 하다지. 게다가 그루제펜의 공주야. 언감생심 나 같은 게 탐내서는 안 되는 존재일지도 모르지. 나 같은 쓸모없는 놈이 말이야."

그가 손가락으로 이마로 흘러내린 머리카락을 긁어 넘겼다. 한숨이 절로 나왔다. 가슴이 시원해지지 않는다. 지난번에 쓰러졌던 것이 아무래도 정말로 몸에 좋지 않았던 모양이다. 이대로라면 다흐란과 공주가 결혼식을 올리기 전에 죽어줄 수 있을지도 모르겠다. 장례식 다음에 말끔한 기분으로 결혼식을 치르면 좋기도 하겠군. 빌어먹을.

빌어먹을 마녀 같으니.

그가 아무 말도 하지 않자 사바는 조용히 탁자로 돌아가서 새로 캐온 약초들을 다듬기 시작했다. 조그만 칼이 삭삭 소리를 내며 흙투성이 껍질을 벗겨낸다. 궁정 의사는 그녀가 쓰는 약에 대해 마뜩찮은 얼굴이었지만, 그녀의 약을 먹으면 그가 조금이나마 나아진다는 것은 확실한 사실이라 뭐라 할 수 없는 모양이었다.

약도 싫고, 그의 기분을 엉망으로 흩뜨려놓은 것조차 모르는 다흐란도 싫었다. 사바가 약초의 껍질을 모두 벗기고 자르는 소리를 듣고 있다가 그가 나직하게 말했다.

"그렇게까지 말할 생각은 아니었어."

약초를 써는 통통통 소리가 잠깐 멈추었다가 다시 이어진다. 루헤인은 침대에 도로 누워 이불을 잡아당기며 조용히 말했다.

"난 죽을 준비를 해야 돼. 아무리 저항해도 달라지지 않아. 아, 그래. 내 장례식에서 모든 사람들이 무조건 울게 해달라고 빌까? 어때?"

사바가 칼을 내려놓고 그를 쳐다보았다.

"소원이신가요?"

몇 초쯤 생각하다가 루헤인은 고개를 흔들었다. 그런 걸 소원으로 빌고 싶지는 않았다. 그가 죽은 걸 기쁘게 생각하는 작자들이 눈물 콧물을 줄줄 흘리는 꼴을 보면 꽤나 재미있겠지만, 그가 직접 볼 수 있는 것도 아닌데 뭐하러 그런단 말인가. 그러느니 아직 살아 있을 때 즐길 수 있는 뭔가를 비는 편이 낫지.

사바는 다시 칼을 들고 약초를 자르기 시작했다. 통통통통, 규칙적인 소리가 어쩐지 그의 마음을 달래주었다. 사바에게서 풍기는 익숙한 존재감과 낯익은 풀 냄새, 약초 냄새에 그는 눈을 감았다.

그리고 금세 잠이 들었다.

마녀는 마녀다. 다른 사람이 될 수 없다. 애초에 마녀는 인간이 아니니까.

마녀가 공주가 된다는 것도 있을 수 없는 일이다. 마녀는 공주가 될 수 없다. 공주는 공주니까. 마녀는 공주가 될 수 없고, 공주도 마녀가 될 수 없다. 마녀는 애초부터 그렇게 태어나는 것이고, 공주도 애초부터 그렇게 태어나는 거니까.

하지만 환영식에서, 그 연단 위에서, 공주가 베일을 벗고 얼굴을 드러낸 순간 루헤인의 얼굴을 보았을 때, 그녀는 공주가 되고 싶었다.

그는 한 번도 그녀를 그런 눈으로 봐준 적이 없었다. 아니, 한 번쯤은 있었는지도 모르겠다. 처음 그녀의 알몸을 보았을 때. 하지만 그 표정은 너무나 빠르게 분노로 바뀌었고, 그 이래로는 항상 똑같았다. 그녀를 안을 수 없어서 화를 냈고, 그녀가 곁에 있기 때문에 화를 냈다. 그녀에게는 그런 표정을, 그런 홀린 듯한 표정을 지어준 적이 그 이래로 한 번도 없었다.

그 표정을 보고 싶었다. 그녀가 옆에 있어서 기뻐하는 표정, 반가워하는 표정, 홀린 듯한 그 표정을. 그녀를 향해서.

하지만 짓지 않겠지. 그의 곁에 있은 지 벌써 십 년인데. 이제 와서 그가 그런 표정을 지을 리가 없었다. 그에게 있어서 그녀는 그저 곁에 놔두는 하녀에 불과했다.

사바는 다 자른 약초를 탁자 위에 늘어놓은 다음 양손을 펼치고 주문을 외었다. 약초들이 순식간에 바싹 말라버린다. 말라서 비틀어진 뿌리들을 절구에 넣고 조심스럽게 공이를 비틀어서 부수기 시작했다. 루헤인이 잠이 들었으니 시끄럽게 찧어서는 안 된다. 잠에서 깨면 그는 신경질을 부릴 테니까. 게다가 지금은 정말로 몸이 좋지 않은 것 같고.

약한 심장은 계속해서 그를 좀먹고 있었다. 그녀의 약으로 그의 수명이 어느 정도 연장된 건 사실이지만, 심장의 힘은 점점 더 떨어져가고 있었다. 그는 처음부터 그렇게 태어난 몸이었다. 만약 그녀의 약이 없었다면 지금까지 살 수 없었을지도 모른다.

그를 위해서 뭔가 해줄 수도 있다. 하지만 마녀는 계약자가 먼저 말을 꺼내지 않은 것을 해줄 수 없었다. 그건 규칙이었다.

어떻게 그런 것들을 알게 되는 건지는 사바 자신도 몰랐다. 마녀란 핏속에 흐르는 거라고들 하니까, 그런 걸지도. 그저 어느 날 아침에 일어나면 하나하나 잊었던 기억이 되살아나는 것처럼 저절로 알게 되는 거였다. 마법도 마찬가지이고.

공이로 약초를 가는데 문득 눈가에 자신의 어깨 아래로 흘러내린 갈색 머리가 보였다. 갈색 머리, 초라한 회색 드레스. 그가 그런 옷으로 예식에 참가할 거냐고 호통 치던 것이 떠올랐다. 사바는 잠깐 잠들어 있는 그를 본 다음 양손을 옷 위로 가져갔다. 손에서 빛이 나며 드레스가 변했다. 그날 공주가 입고 있던 드레스. 금빛에 갖은 보석들이 달려 있는 화려하고 아름다운 드레스. 그녀가 한 손을 움직이자 머리 색깔이 변했다. 달무리 같은 금발이 머리 위로 올라가 올림머리 형태를 만들었고, 눈을 감았다 뜨자 이끼처럼 푸른 눈동자가 나타났다.

자리에서 일어나 그녀는 벽으로 다가갔다. 한 손을 내밀자 벽이 물처럼 투명하게 변하며 그녀의 모습을 비추었다. 순간적으로 다른 사람이 거기 서 있다고 생각할 뻔했다. 우아하게 틀어 올린 금발, 초록빛 눈, 아름답고 사치스러운 드레스.

하지만 얼굴이 아니다. 얼굴이…… 마녀의 얼굴일 뿐이다. 공주가 아니라 마녀. 사바는 물끄러미 자신의 얼굴을 바라보다가 오른손을 흔들었다. 올렸던 머리가 저절로 풀리며 갈색으로 돌아오고, 보석 장식의 드레스도 평범한 회색 드레스로 바뀌었다. 물처럼 흔들리는 벽에는 다시 평범하기 짝이 없는 사바 자신의 모습만이 남았다.

그는 너를 그렇게 보지 않아. 넌 그저 마녀일 뿐이야. 소원을 들어주는 마녀. 그 이상의 존재는 될 수 없어.

그런 적도 없고, 그럴 수도 없다. 마녀란 한낱 도구에 불과하니까.

"그러니까 돌아오지 그래. 소원 같은 건 대충 아무렇게나 들어주면 되는 거야."

벽에 비친 그녀의 모습이 흔들리며 바뀌었다. 늙고 흉측한 마녀의 모습이 나타나자 사바는 흠칫 뒤로 물러났다.

"소원이라는 건 대충 들어줄 수 있는 게 아니잖아요. 그건 우리 마녀들에게 있어서 가장 중요한 임무예요."

나이 든 마녀는 벽 안에서 그녀를 보며 낄낄 웃었다.

"처음에는 다들 그렇게 생각하지. 하지만 시간이 지나면 그렇지 않다는 걸 알게 될 거야. 너는 아직 너무 어려. 첫 번째 계약이 끝나고 나면, 마녀는 어른이 되지."

과연 그럴까? 그럴 것 같지 않았다. 가끔은 자신이 마녀라는 생각이 들지 않을 때도 있었다.

"항상 규칙에 따를 필요는 없어. 규칙이라는 건 휘어지기도 하고, 비틀리기도 하고, 심지어 가끔은 깨지기도 하는 거야."

늙은 마녀는 뭔가 다른 것을 보는 것처럼 고개를 돌리고 어딘가를 보다가 다시 사바를 쳐다보았다.

"여기엔 네 자리가 있어. 어서 계약을 마치고 여기로 오너라. 나한테도 손이 하나쯤 더 있으면 좋지. 좋고말고."

마녀의 모습이 순식간에 사라지고, 벽이 다시 벽으로 돌아갔다. 사바는 가만히 벽을 쳐다보았다.

루헤인에게 다른 마녀를 본 적이 없다고 말한 건 거짓말은 아니었다. 실제로 본 건 아니니까. 물에, 벽에, 거울 속에 떠오르는 마녀를 보는 것이 실제로 보는 것은 아니지 않은가.

하지만 가끔씩 그들의 말이 들릴 때가 있었다. 조용한 곳에서 가만히 귀를 기울이면, 먼 곳에서 그들이 이야기하는 소리가 들렸다. 그들이 웃고 떠드는 소리가 들렸다. 언젠가는 나도 저 사이에 낄 수 있을까, 언젠가는 나도 여기서의 생활을 다 잊고 한 사람의 마녀로 독립해서 살아갈 수 있을까, 그런 생각을 하곤 했지만 그들에게 자신의 존재를 알릴 만한 용기는 없었다. 그녀는 너무 어렸고, 이곳을 떠나고 싶지 않았으니까.

이대로 영원히 있을 수 있다면 좋으련만. 루헤인의 곁에서. 그와 단둘이.

어차피 그의 곁에 다른 사람이 올 수 없으니까. 그가 아파서 누워 있는 한, 다른 사람은 아무도 다가올 수 없다.

그가 성질을 부리든, 고함을 치든, 혹은 우울하게 상념에 빠져 있든, 어쨌든 그가 아픈 한 그는 그녀만의 것이었다.

이 방 안은 그들만의 낙원이었다.

혹은 그녀만의 낙원.

그러니까 나가고 싶다 하지 말아줘요. 바깥을 바라보지 말아줘요. 여기를 봐줘요. 나를 봐줘요.

나는 이곳에서 영원히 당신과 단둘이 있을 수 있는데. 여기서.

사바는 천천히 침대로 다가갔다. 루헤인은 창백한 얼굴로 낮게 숨을 쉬며 자고 있었다. 그에게서는 희미한 영기가 흘러나왔다. 다른 사람들보다 훨씬 약한 빛. 하지만 그녀의 눈에는 세상에서 가장 아름다운 빛이.

널 갖고 뭘 하는데? 네가 뭘 할 줄 아는데? 네가 대체 뭔데?

너 같은 것 열을 준다 한들, 카밀라 공주의 발치에도 못 미칠 게 뻔하잖아.

"그래도 저는 당신의 곁에 있잖아요. 다른 사람들은 아무도 없는데."

다른 사람들은 있으려고도 하지 않는데. 권력이 없는 왕자란 아무것도 아니니까.

조심스럽게 침대에 앉아 그녀는 차가운 손으로 그의 이마를 쓰다듬었다. 루헤인은 고개를 살짝 들었다가 그녀의 손이 움직이는 방향으로 고개를 돌리고 뺨을 기댔다. 사바는 한참이나 그의 얼굴을 보며 꼼짝도 하지 않았다.

"카밀라 공주께서 알현을 청하셨습니다."

보고를 하는 시종조차 얼굴이 창백해져서는 진땀을 흘리고 있었다. 루헤인은 눈을 커다랗게 뜨고 그를 쳐다보았다.

"뭐?"

"카밀라 공주께서 알현을 청하셨습니다. 곁방에서 기다리고 계십니다. 저기, 어떻게 할까요?"

높은 사람이 알현을 청한 지가 워낙 오래되어서인지 시종까지도 당황한 티가 역력했다. 루헤인은 뭘 어떻게 해야 할지 모르는 얼굴로 사바를 쳐다보았다.

"무슨, 이게 무슨……. 카밀라 공주가 알현을 청해? 왜?"

마치 사바에게 답이 있기라도 한 듯이 그가 쳐다보고 있다. 사바는 어깨를 살짝 으쓱였다. 루헤인은 다급하게 검은 머리를 손으로 쓸어 넘기며 어떻게 해야 하나 생각했지만, 아무 답도 나오지 않았다. 카밀라 공주가 바깥방에서 기다리고 있다는데 알현을 거절하는 것도 지나친 처사인 것 같다. 어쩌면 다시는 오지 않을지도 모른다.

하지만 이런 꼴을 보이고 싶지도 않았다! 침대에 누워 병자 꼴을 한 채 맞이하는 것도 싫다. 어떻게 하지? 어떻게…….

"사바, 어떻게 좀 해봐!"

사바가 의아한 표정으로 그를 바라보았다. 루헤인이 허공에 손을 저었다.

"방을, 방 분위기를 좀 바꾸든지, 아니면, 아니면…… 최소한 카밀라 공주 앞에서 흉해 보이지 않게 어떻게든 좀 해보라고!"

소리를 냅다 지른 다음 루헤인이 다급하게 침대에서 일어나려고 했다.

"옷, 옷부터 갈아입어야지. 창문! 창문을 열고 환기를 좀 해. 방 안에서 약 냄새가 진동을 할지도 몰라. 맙소사, 씻어야 하나? 하지만 그건 시간이 너무 걸릴 텐데."

사바는 허둥거리는 그를 바라보고 있다가 앞으로 다가와 침대에 있는 그의 어깨에 손을 얹고 시종을 보았다.

"저하께서 준비를 하셔야 하니 잠시 기다리시라고 전하세요. 준비가 끝나면 알릴 테니까. 그리고 옷 갈아입는 걸 도울 사람을 들여보내요."

"아, 예."

시종은 불안한 표정으로 사바를 힐끔거리다가 뒷걸음질을 쳐서 문으로 향했다. 시종이 사라지자마자 루헤인이 사바를 보았다.

"어떻게 하려고?"

"의자에 앉아서 만나시면 될 것 같아요. 일어서실 필요 없고, 아픈 것도 덜해 보일 테니까요."

"옷은? 방은? 병자 티가 풀풀 날 거라고. 죽어가는 것 같은 꼴을 보일 순 없잖아!"

문이 열리고 시종들이 들어왔다. 사바는 옷장으로 가서 알현을 받는 데 적당한 옷을 꺼내 시종들에게 건넸고, 시종들이 곧장 루헤인의 옷을 갈아입히기 시작했다. 그사이 사바는 약초 서랍에서 몇 가지 말린 이파리를 꺼낸 다음 손바닥으로 부숴서 허공에 훅 불었다.

가루가 날아가며 반짝거리다가 허공에서 사라지고, 방 안이 갑자기 밝아졌다. 해가 머리 위로 지나가며 창문으로 더 이상 햇살이 들어오지 않는데, 방 안에서 그냥 빛이 나는 것처럼 그렇게 주변이 금빛으로 가득해졌다. 공기에서는 꽃과 풀 냄새가 났다. 루헤인의 옷을 갈아입히던 시종들이 놀라서 고개를 돌렸다가 사바와 눈이라도 마주칠까봐 도로 시선을 돌린다. 루헤인은 냄새를 킁킁 맡고서 마음에 든다는 의미로 고개를 끄덕였다.

사바는 루헤인의 단장을 시종들에게 맡겨놓은 채 탁자를 방 가운데로 끌어당기고 탁자에 새 천을 씌웠다. 금색에 왕가의 문장과 꽃, 덩굴무늬가 수놓인 아름다운 천이었다. 탁자 위에는 작은 접시를 놓고 물을 담은 후 말린 약초 두어 개를 띄웠다. 약초는 순식간에 꽃송이로 바뀌어 물 위에 둥둥 뜬다.

의자에는 방석과 쿠션을 얹었고, 등받이도 새로 씌웠다. 침대 앞으로는 수가 놓인 높고 기다란 칸막이를 쳐서 보이지 않게 가리고 나자 방은 순식간에 아늑한 분위기로 바뀌었다.

옷을 다 갈아입고 난 루헤인은 방 안을 보고 만족스러운 미소를 지었다. 시종들은 할 일이 끝나자 이제 뭘 해야 하나 하는 표정으로 사바 쪽을 힐끔거렸다. 사바는 한 손을 흔들었다.

"나가서 다과를 준비해요. 준비가 끝나는 대로 알릴 테니까요."

시종들이 줄줄이 나가자 루헤인은 의자에 풀썩 앉았다. 옷을 갈아입는 것만으로도 피곤했다. 사바는 뭔가 가루를 섞은 찻잔을 그의 앞에 내려놓았다.

"드세요."

"뭔데?"

"몸이 맑아질 거예요."

루헤인은 찌푸린 눈으로 거무튀튀한 색의 액체를 바라보다가 천천히 들이켰다. 맛은 지독했지만, 마시고 나자 갑자기 온몸이 시원해지는 느낌이 들었다. 피부까지 말끔해지는 것 같다.

사바가 그의 뒤로 다가와서 머리카락 사이에 손을 넣고 가볍게 문질렀다. 머릿속이 맑아지는 듯한 느낌에 그는 뒤로 머리를 기대고 눈을 감은 채 말했다.

"왜 항상 이렇게 하지 않는 거지? 몸이 훨씬 나아지는 것 같은 느낌인데."

"이건 잠깐의 효과에 불과해요. 오래 가는 게 아니라 일종의 눈속임일 뿐이에요. 그러니까 몸이 좋아진 것 같다고 너무 오래 이야기하시면 안 돼요."

루헤인이 인상을 찌푸렸지만 사바는 곧 그의 머리카락 사이에서 손을 뺀 다음 물러났다. 그러고는 문으로 가서 살짝 열고 바깥의 시종들에게 공주를 들여보내라는 이야기를 전하는 것 같았다.

그녀가 물러나자 문이 활짝 열리고 공주의 시종인 듯한 자들이 먼저 안으로 들어와 고개를 숙였다. 그리고 카밀라 공주가 들어왔다. 루헤인은 곧장 자리에서 일어섰다.

공주는 여전히 아름다웠다. 오늘은 초록색 드레스를 입고 머리에는 간단한 관만을 썼을 뿐이지만, 그녀는 따로 꾸밀 필요가 없었다. 그녀 자체가 아름다움의 화신이었으니까. 루헤인의 시선이 그녀에게 고정된 채 그녀의 움직임에 따라 같이 움직였다.

"그루제펜의 공주 카밀라가 토르카인의 세자 저하를 뵙습니다."

입안에서 혀가 커다랗게 부풀어 오른 것만 같은 느낌이었다. 몇 번이고 침을 삼킨 다음에야 간신히 말을 할 수 있었지만, 이번에는 목소리가 갈라져 나와서 헛기침을 해야 했다.

"토르카인의 왕세자 루헤인입니다. 알현까지 청해주시다니, 감사합니다."

"천만의 말씀이십니다. 진즉에 찾아뵈어야 했는데 저하께서 몸이 불편하시다는 이야기에 이제나 저제나 하고 기다리고 있다 참지 못하고 이리 왔습니다. 무례를 용서해주십시오."

"무례라니요. 저도 적적하던 차에 오히려 기쁠 따름입니다."

시종들이 다과를 갖고 다가왔다. 루헤인은 시종의 손을 막고 직접 차를 따르는 카밀라 공주를 쳐다보았다. 하얀 손이 주변에서 반짝이는 빛에 금색으로 빛났다. 찻잔을 받으며 그는 미소를 지었다.

"여기 생활은 어떠십니까? 즐거우신지요?"

"물론입니다. 모두들 참으로 잘해주십니다. 다흐란 왕자님께서도 친절하시고요."

루헤인의 얼굴이 잠깐 흐려졌지만, 다시 미소를 지으며 그녀를 보았다.

"그렇군요. 다행입니다. 문화가 다르거나 하여 적응하기 어려운 부분은 없으십니까?"

"저는 토르카인에 오기 위해 어릴 때부터 교육을 받았습니다. 그래서인지 여기 있는 것이 오히려 본국에 있을 때보다 더 편안한 것 같기도 합니다."

두 사람은 잠시 동안 이런저런 토르카인 왕궁 내에서 할 만한 일에 대해 이야기를 나누었다. 루헤인은 자신이 어떤 대답을 했는지 반도 알지 못했다. 그저 공주의 목소리를 듣고 있는 것만으로도 즐거웠다.

한창 이야기하던 중에 카밀라 공주가 문득 한숨을 내쉬었다.

"저하께서도 아마 아시리라 생각합니다만……. 어릴 때 저는 저하께서 저의 정인이 되시리라 믿고 있었습니다. 아마 그때는 이렇게 병이 위중하지 않으셨을 때였겠지요."

루헤인은 눈을 깜박였다. 그녀가 이렇게 대놓고 이야기할 거라고는 생각을 못 했던 탓이었다.

"다흐란 왕자님도 물론 좋은 분이십니다만, 그래도 저로서는 생각을 안 해볼 수가 없었습니다. 저하께서 저의 정인이 되었다면 어떠했을지 말입니다."

루헤인은 마른침을 삼켰다. 뭐라고 대답을 해야 할지 알 수가 없었다. 결국에 그가 아무 말 않고 앉아만 있자 카밀라 공주가 탁자 앞쪽으로 몸을 기울였다. 드레스 위로 드러난 금빛 어깨가 눈이 부시도록 빛난다.

"아쉽습니다. 물론 저는 주어진 처지에 맞추어 최선을 다하려고 생각합니다만, 그래도 조금은 아쉽습니다."

카밀라 공주가 입가에 옅은 미소를 지으며 속삭였다. 그러고는 일어섰다.

"저하께서 피로하실 텐데 제가 너무 오래 머무른 것이 아닌가 저어됩니다. 이만 물러나겠습니다."

"아니, 나는, 아니 그게……."

그가 뭐라고 막기 전에 카밀라 공주가 우아하게 허리를 굽혀 인사를 하고서는 물러났다. 루헤인은 멍하니 나가는 그녀를 바라보기만 했다. 머릿속이 빙빙 돌았다.

카밀라 공주는 어쩌면 다흐란보다 그를 더 마음에 들어 하는지도 모른다. 어쩌면. 어쩌면 그녀는 검은 머리를 더 좋아하는 건지도 모르지. 아니면 비쩍 마른 남자가 좋은 건지도 모르고, 아니면…….

어쨌든 그녀는 아쉽다고 말했다. 아쉽다고. 그가 정인이 되지 않아 아쉽다고.

심장이 두근거렸다. 목덜미에서 열기가 솟구치는 느낌이었다. 그는 사바를 돌아보았지만, 그녀는 그 자리에 없었다.

"난 병약하긴 해도 머리가 좋거나 예리한 왕자를 생각했는데, 말투도 어눌하고 이야기하는 것도 무식해. 움직이기에는 그쪽이 더 나았을지도 모르겠어. 다흐란 왕자는 지나치게 영리하거든."

카밀라 공주는 빠르게 복도를 걸어가며 시녀에게 말했다. 시녀는 고개를 숙였다.

"하지만 모두가 오래가지 못할 거라고 했는데도 왕세자가 지금까지 버티고 있다는 것을 생각하셔야 합니다. 이대로라면 왕위가 세자에게 먼저 갈 수도 있지요."

"지금 상태로 봐서는 그럴 것 같기도 해. 환영식 때 봤을 때에는 금방 죽어도 이상하지 않다고 생각했었는데, 지금은 의외로 혈색이 좀 있어 보이더란 말이지."

카밀라 공주는 우아한 어깨를 으쓱였다.

"어느 쪽이 우리에게 더 이득이 될지는 생각을 좀 해봐야겠어. 문제는 아버지가 이미 상대를 바꿔버리셨다는 점이야. 차라리 세자의 상대로 왔다면 세자가 죽은 후 다흐란 왕자에게 승계되는 식으로 혼인약정을 바꾸자고 해볼 수 있는데, 지금 와서 세자비가 되겠다고 하면 세자가 왕위에 오르지 못하고 죽었을 때 죽도 밥도 안 되잖아. 건강을 보건대 다흐란 왕자에게 붙어 있는 편이 낫긴 하겠지만……. 그래도 다흐란 왕자와 있으면 이야기하는 재미라도 있는데, 저 왕자는 상대하기가 피곤했어. 금방 입에서 침이라도 흘릴 것 같았거든."

카밀라가 입술을 비죽거렸다. 시녀는 주위를 살피고서 눈살을 찌푸렸다.

"그렇게 말씀하시면 아니 됩니다. 여기는 토르카인의 왕궁입니다. 누가 들을지 모를 일입니다."

"누가 듣든 상관없어. 어차피 이곳의 귀족들조차 그렇게 말하잖아. 왕세자가 죽는 날만 손으로 꼽고 있다는 이야기를 여기저기서 들었는걸."

갑자기 복도에 찬바람이 쌩 하니 일자 시녀와 시종들, 카밀라 공주까지 모두가 손을 들어 올려 얼굴을 가렸다. 한 줄기 바람은 어디서 왔는지 모르게 그들을 스치고 사라진다. 카밀라 공주는 인상을 찌푸렸고 시녀들이 그녀의 비뚤어진 장식들을 황급히 바로잡아주었다.

"덧문이라도 열려 있었던 거야? 웬 바람이람."

"여기는 안쪽 복도입니다. 창문은 없습니다."

시녀장이 당황한 어조로 말했다. 카밀라 공주가 인상을 찌푸렸다.

"그럼 어디서 갑자기 바람이 불어온 거야?"

갑자기 시종 하나가 헉 하고 숨을 들이켰다.

"토르카인의 왕세자에게는 마녀가 붙어 있다는 소문이 있던데요. 설마……."

"왕세자에게? 하지만 아까 전에 그런 건 못 봤는데. 마녀라니. 얼굴이 쭈그러진 노인 같은 거 아니야?"

"대부분의 마녀들이 그렇긴 하지만, 아주 아름다운 마녀도 있다고 합니다."

"쭈그러진 노인네건 아름다운 여자건 왕세자의 방에선 아무도 못 봤어."

카밀라는 인상을 찌푸렸다. 시녀 하나가 아 하고 말했다.

"하녀가 하나 있는 것 같긴 했는데……."

"어떻게 생긴 여자였지?"

"어, 잘 기억이 나지 않습니다. 그냥, 저기, 허드렛일을 하는 하녀 같았어요. 가장 직급이 낮은 별 볼 일 없는 계집아이요."

"그런 게 마녀일 리 없잖아. 말도 안 되는 이야기야. 애초에 마녀 같은 게 붙어 있다면, 왕세자가 저렇게 아플 리 있겠어? 마녀의 마술로 낫게 했겠지."

카밀라가 한 손을 흔들며 자신만만하게 말했다. 시녀와 시종들도 그건 그래, 라는 얼굴로 고개를 끄덕였다.

"어찌되었든 왕세자와의 관계도 어느 정도는 돈독히 해두는 게 좋겠어. 이쪽은 어렵지 않은데, 다흐란 왕자가 문제야. 그 사람을 상대할 전략을 좀 생각해봐야겠어."

공주가 걸음을 옮기자 시종들이 줄줄이 따라갔다. 그들이 지나가는 복도 옆쪽에는 그들의 눈에 보이지 않는 회색 드레스의 여자가 그림자 진 호수 같은 눈으로 공주를 빤히 바라보고 있었다.

4

루헤인의 외출 허가가 떨어졌지만, 한 번 외출을 하기 위해서는 꽤나 많은 준비가 필요했다. 가마를 가져오고, 가마를 들 하인들을 불러야 한다. 거기에 양산을 받칠 하녀들과 앞길을 확보하기 위한 병사들이 있어야 하고, 주변에서 신기한 눈으로 쳐다보지 않도록 길을 미리 통제해둬야 한다. 물론 만약의 사태에 대비한 의사도 따라와야 했다.

왕궁 안인데도 이런 수많은 절차를 지켜야 한다는 걸 솔직히 루헤인은 이해할 수가 없었다. 그의 건강 때문이라는 건 알지만, 그래도 가마와 하인들 정도면 충분하지 않나? 문제가 생기면 사바가 알아서 처리할 거고.

어쨌든 나갈 수 있다는 것만으로도 기뻤다. 사바의 말대로 카밀라 공주가 왔을 때 잠깐 상태가 좋았던 건 오래가지 않았다. 공주가 나가자마자 진이 빠져버려서 침대까지 가는 데 사바의 어깨를 빌려야 할 정도였으니까. 하지만 기분은 좋았다. 공주가 언제 다시 와줄까 손꼽아 기다릴 정도였다. 기대하다 실망하지 않기 위해서 다시 안 올지도

모른다고 스스로에게 이야기하고는 있지만.

바깥은 봄 햇살이 화창했다. 의사는 햇살이 비치지 않는 곳으로 가라고 하인들을 다그쳤지만 루헤인이 막았다.

"연병장에 가보고 싶어."

"그런 곳은 먼지도 많이 나고 시끄럽고 저하의 건강에 득이 될 것이 전혀 없는……."

의사가 침을 튀며 떠들었지만 루헤인은 짜증스러운 표정으로 의사를 침묵시켰다. 조금만 더 하면 사바에게 어떻게든 하라고 시킬지도 모른다. 알아서 처리하겠지. 그 애는 그의 인생을 편하게 만들기 위한 존재니까.

최소한 옆에 있는 동안은. 그나마 그것도 세 번째 소원을 빌면 끝날 것이다. 하지만 뭘 빌어야 할까? 빌고 싶은 것도 없는데.

세 번째 소원을 빌면 사바는 떠날 것이다. 그게 계약이니까. 문득 사바가 없는 것을 생각해보았지만, 전혀 상상이 가지 않았다. 뭔가 달라질까? 어차피 지금도 있는지 없는지 모를 때가 많은데. 게다가 그는 걸핏하면 침대에 누워 있으니 누가 시중을 들든 뭐가 달라지겠는가.

연병장 근처까지만 가도 벌써 시끄러운 소리가 들렸다. 말이 달리는 소리, 검이나 창을 휘두르는 소리, 활을 쏘는 소리. 온갖 소리가 귀를 찌르고 먼지가 코를 찔렀다.

갑자기 사바가 가마 옆으로 와서 뭔가를 들어올렸다.

"이걸 대고 계시면 나을 거예요."

초록색 손수건을 받아들고서 그는 입과 코에 갖다 댔다. 놀랍게도 숨을 쉬기가 훨씬 쉬워졌다. 그대로 그는 가마를 타고 연병장 안으로 들어갔다. 병사들이 앞을 가로막는다.

"훈련 중에는 함부로 들어오실 수 없습니다. 훈련이 끝날 때까지 기다려주십시오."

"무엄하다. 왕세자 저하께서 훈련을 보고 싶다고 하시는데!"

병사들이 놀란 눈으로 가마 위의 루헤인을 쳐다보았다. 루헤인이 찌푸린 눈으로 마주 보며 손수건을 내리자 병사들은 눈을 끔벅거리다가 물러났다. 곧 훈련대장이 뛰어나와 그들을 맞았다.

"세자 저하께서 여기까지 나와주시다니 영광입니다. 불편하실 수도 있겠지만, 단상에 계시는 것이 편안하실 겁니다."

가마를 탄 채 단상에 올라가는 것은 쉽지 않아서 결국 가마에서 내려 계단을 걸어 올라가야 했다.

병사들 속에 섞여 훈련을 하고 있던 다흐란이 그를 보고 달려왔다.

"오늘은 건강이 좀 나으신가 보네요, 형님. 훈련이 별로 볼 만한 건 아닙니다만, 그래도 한 번쯤은 보실 만하실 겁니다."

한 번쯤은. 그래, 두 번은 못 볼 거다 이건가? 루헤인은 계단을 뛰어 내려가는 다흐란을 노려보았다. 계단을 뛰어 내려가 연병장을 가로질러 가는 모습이 꼴 보기 싫었다. 검을 집어 들고 유쾌하게 병사와 이야기를 하는 것도 꼴 보기 싫었다. 그가 할 수 없는 모든 것을 하고 있는 그 모습이 싫었다. 그는 손수건을 꽉 쥐었다. 이런 것에 의존해야 하는 게, 이런 걸 대고 숨을 쉬면서 숨쉬기가 편하다고 만족하던

자신이 싫었다.

저기에 서고 싶었다. 서서 검을 휘두르고, 다른 기사들의 존경을 받고 싶었다. 그들이 감탄하는 눈으로 그를 바라보는 걸 단 한 번만이라도 느끼고 싶었다.

빌어먹을.

다흐란은 어느 기사와 일대일로 검을 휘두르기 시작했다. 훈련을 하던 병사들이 자신들의 훈련은 그만두고 그 주위로 몰려들었다. 소리를 지르는 걸 가만히 듣자니 저 사람이 바로 드말로 경인 모양이었다. 그의 방에 있는 옷걸이의 원래 인물. 다흐란은 그 남자에게 밀리는 것 같았다. 한참이나 칼이 부딪치는 소리가 챙챙 울렸고, 결국에 다흐란이 밀려서 넘어졌다. 주변의 병사들은 환호를 지르거나 야유를 보냈고, 드말로 경이 검을 내리고서 손을 내밀어 그를 일으켜 세워주었다. 다흐란은 몸을 툭툭 털고 웃으며 그에게 뭐라고 말을 했고, 드말로 경은 엄격한 표정으로 뭐라고 지적하고 있었다.

내가 더 잘할 수 있어. 난 저 사람을 이길 수 있다고. 루헤인의 몸이 저절로 앞으로 기울어졌다.

"나도……."

그가 말을 하려는데 의사가 큼큼 헛기침을 하고 쳐다보았다.

"이만하면 된 것 같습니다. 이제 들어가시는 것이 어떻겠습니까?"

루헤인의 눈에서 불꽃이 튀었다. 한낱 의사 나부랭이가 지금 그에게 이래라저래라 명령을 하는 건가? 어디서 감히! 그가 벌떡 일어났다가 순간적으로 눈앞이 흐릿해지자 한 손으로 눈을 가렸다. 몸이 흔들거린다. 옆에서 시종들이 다급하게 그를 붙잡아 도로 의자에 앉혔다. 의사가 종알거리며 잔소리를 한다.

"너무 오래 계신 겁니다. 햇살도 지나치게 뜨겁고 먼지도 많습니다. 이런 환경은 저하께 전혀 좋지 않습니다. 이런 곳에 나오는 자체가 저하의 옥체에 부담이 됩니다."

맙소사, 제발, 제발. 병사들이 보지 않게 해줘. 아무도 못 보게 해줘. 제발 부탁이니까…….

"형님, 괜찮으십니까?"

다흐란의 목소리에 짜증과 분노, 좌절감이 한꺼번에 치솟았다. 왜 하필 이 자식일까. 왜 하필 이 녀석이 와서 아는 척을 하는 거야?

"너무 멀리까지 모시고 나온 게 아닌가? 의사는 뭘 하는 거지? 어서 그늘진 곳으로 모셔가. 연병장의 공기가 세자 저하께 좋을 리가 없지 않나!"

시종들이 긴장해서 이리저리 움직이고, 그의 몸을 가마에 싣는다. 차가운 손이 이마에 닿았다. 사바다. 그녀를 떠밀고 싶은 마음과 그 손을 움켜쥐고 의지하고 싶은 마음이 뒤섞였다. 이런 꼴을 보이고 싶지 않아. 이렇게 약해빠진 몸이 죽도록 싫다고!

"모두 비켜주세요. 세자 저하는 구경거리가 아닙니다. 왕자 저하께서는 연병장으로 돌아가 병사들을 단속해주세요. 의원님께서는 먼저 돌아가서 치료 준비를 해주시고요. 어서요."

사바의 날카로운 말에 모두가 비켜선다. 루헤인은 천천히 손을 내리고 주위를 둘러보았다. 의사는 못마땅한 얼굴이었지만 돌아서서 먼저 서둘러 걸어가기 시작했고, 시종들은 가마 주위로 부산스럽게 움직였다. 다흐란은 루헤인과 눈을 마주치자 미안한 듯한 미소를 지으며 고개를 살짝 숙여 보인 다음 연병장으로 내려갔다. 이쪽을 빤히 쳐다보고 있던 병사들은 다가오는 다흐란을 보고 그쪽으로 시선을 돌린다.

가마가 흔들거리며 움직인다. 연병장을 빠져나가 정원을 지나 세자궁으로 향하고 있는데 맞은편에서 여자들 일행이 오는 것이 보였다. 달무리 같은 금빛 머리카락을 보는 순간 그의 심장이 철렁 내려앉았다. 카밀라 공주 일행이다.

앞에 있던 병사들이 길을 트느라 고함을 지르자 공주 일행이 옆으로 물러났다. 공주는 그의 가마를 알아챈 듯 허리를 숙여 우아하게 인사를 했고 시녀들도 전부 다 고개를 숙였다. 루헤인은 우울한 표정으로 그녀의 숙인 몸을 보다가 고개를 돌렸다. 어딘가 가는 길인 것 같다. 연병장인가? 다흐란을 보러 가는 건가? 정혼한 사이니 그녀가 다흐란을 보러 간다 해서 놀랄 일은 아니지만, 그래도 속이 쓰렸다.

침대에 누워 시종들이 나가고 방문이 닫히는 걸 보니 마치 감옥 문이 닫히는 것 같은 느낌이었다. 지난 20년간 그에게 이 방은 감옥이었다. 끔찍하고 지겨운 감옥. 빠져나갈 수 없는 감옥.

여기서 나가는 방법은 죽는 것밖에 없는 건가.

"괜찮으세요?"

차가운 손이 그의 얼굴을 쓰다듬었다. 루헤인은 시선을 들어 사바를 보았다. 지금 여기 있는 게 사바가 아니라 카밀라 공주라면. 그녀가 그의 약혼녀라 옆에 앉아 위로를 해주고 있다면. 그러면 얼마나 좋을까. 그러면.

"카밀라 공주가 뭘 하고 있는지 보고 싶어."

"네?"

사바가 그를 쳐다보았다. 그가 다시 강하게 말했다.

"카밀라 공주가 뭘 하고 있는지 알고 싶다고. 네가 나가서 보고 오든지, 사람을 보내든지, 알아봐. 아까 전에 어딜 가고 있었던 건지, 다시 나를 알현하러 올 건지, 그런 걸 알고 싶다고. 어서!"

사바는 그에게서 손을 떼고 일어섰다. 돌아서서 천천히 문으로 가던 그녀가 갑자기 걸음을 멈추었다.

"정말로 알고 싶으신 건가요? 왜요?"

"내가 시키는 일에 이유가 필요해? 그냥 알고 싶어. 그뿐이야."

사바가 그를 쳐다보았다. 파란 눈이 그림자를 드리운다.

"그 사람은 저하께 어울리지 않아요. 그 사람은…… 저하를 조금도 아끼지 않아요."

"네가 그걸 어떻게 아는데? 내 약혼자가 될 수도 있었던 사람이야. 말조심해."

루헤인의 날카로운 호통에 사바는 입을 다물었지만 눈빛은 달라지지 않았다. 반항적인 눈빛이다. 이불을 움켜쥔 그의 손에 힘이 들어갔다.

"말을 듣지 않을 거라면 나가. 내 말도 듣지 않는 놈의 마녀가 무슨 필요가 있지? 나가라고!"

사바는 한참을 가만히 서 있었다. 그러다가 돌아서서 탁자로 가더니 그릇에 물을 따랐다. 그리고 물그릇을 들고서 그의 앞으로 왔다. 루헤인이 찌푸린 얼굴로 쳐다보자 그의 무릎 위에 물그릇을 내려놓았다.

"물을 가만히 들여다보세요."

사바는 물그릇 위에 한 손을 뻗고서 나직하게 뭐라고 웅얼거렸다. 물 표면이 흔들리는가 싶더니 갑자기 뭔가가 떠올랐다. 루헤인이 숨을 들이켜며 양손으로 물그릇을 잡았다. 물에는 웃고 있는 카밀라 공주와 다흐란의 모습이 떠올라 있었다.

홀린 듯이 그는 그것을 바라보았다. 카밀라 공주가 뭐라고 말을 하고, 다흐란이 고개를 흔들며 웃는다. 소리는 들리지 않았다. 하지만 그의 머릿속에서는 제멋대로 두 사람이 나누고 있을 대화가 흘러갔다. *검을 휘두르는 모습이 근사하세요, 아뇨 별거 아닙니다, 남자란 역시 그렇게 씩씩한 모습이 좋은 것 같아요, 남자라면 누구든 할 수 있는 일이죠…….*

아니, 난 할 수 없어. 할 수가 없다고.

물그릇을 잡은 손에 힘이 들어갔다. 카밀라 공주는 여전히 웃고 있다. 다흐란은 그녀에게 살짝 고개를 숙여 인사를 했고, 카밀라 공주가 돌아서서 떠나기 시작했다. 연병장이 멀어지고, 시녀들이 그녀의 옆으로 다가와서 함께 걸어간다.

"아름다워. 그렇지 않아?"

루헤인이 나직하게 말했다. 사바는 아무 대답도 하지 않았다. 고개를 들고 쳐다보자 그녀는 무표정한 얼굴로 그를 쳐다보고 있었다. 그는 다시 그릇을 내려다보았다.

"그래, 내가 한심하겠지. 나도 알아. 하지만 난 이런 식으로밖에는 그녀를 볼 수가 없다고. 이런 식으로라도…… 보고 싶어."

사바는 말없이 몸을 돌려 탁자로 걸어가버렸다. 카밀라 공주가 왔을 때 침대를 가려놓았던 칸막이는 벽에 기대 세워져 있었다. 잠시 그걸 치라고 할까 생각하다가 루헤인은 그만두기로 했다. 그런 걸 치든 안 치든 어차피 상대는 사바니까. 그가 이 물그릇을 들여다보고 있는 걸 본들 그녀가 뭐라고 하겠는가. 누군가와 뒤에서 험담을 할 것도 아니잖아?

그는 다시 물그릇을 내려다보았다. 공주는 지나가는 귀족들에게 가볍게 미소를 띠고 인사를 하며 걸어가고 있었다. 걷는 모습조차 아름답다. 한 떨기 꽃처럼 살랑살랑 흔들린다.

그는 한숨을 쉬었다. 그녀에게 어울리는 모습이었으면 좋았을 텐데. 그녀에게 어울리는 남자가 될 수 있었으면. 이런 방 안에 갇혀 있지 않아도 되는 몸이었다면.

그럼 좋았을 텐데.

루헤인이 볼 때마다 카밀라 공주는 바깥에 있었다. 물론 그도 공주의 사생활을 존중해서 방 안으로 들어가는 순간 물그릇을 치우곤 했다. 하지만 대부분의 경우 그녀는 궁전 건물 바깥에서 누군가를 만나고 있거나 궁전 안에 있어도 귀족들과 어울렸다.

그리고 대부분의 경우에 다흐란이 그녀의 옆에 있었다. 정중하고 우아하게 그녀를 호위한다. 근사한 옷을 입고, 허리에 검을 차고, 왕자다운 풍모를 자랑하면서. 카밀라 공주는 그 옆에 팔짱을 끼고 서서 가끔씩 그를 올려다보며 웃고, 그의 팔을 다른 한 손으로 두드리고, 그에게 기대곤 했다.

질투심은 속을 파먹어 들어가는 벌레 같은 것이다. 그 벌레가 몸 안을 헤집고 다니는 기분이었다. 카밀라 공주의 고운 손이 다흐란의 팔을 잡을 때마다, 다흐란을 건드릴 때마다 눈앞이 시뻘겋게 변하곤 했다.

"카밀라 공주께서 알현을 청하십니다."

며칠간 방을 나가지 못한 상태에서 시종이 들어와 말을 하자 루헤인은 눈을 휘둥그렇게 떴다. 카밀라 공주가 그에게 알현을 청한 것이 얼마 만인지 기억나지 않았다.

하긴, 이 방에 있으면 며칠이 지나는지 전혀 알 수가 없다. 전혀 알 수가 없지.

"사바는? 사바는 어디 갔지?"

그가 다급하게 주위를 둘러보았다. 시종은 눈을 깜박였다.

"어, 잘 모르겠습니다."

"사바를 찾아 와, 당장! 공주는……, 공주께는 잠시 기다리시라고 해라."

"예. 그리고 왕자 저하께서도 함께 기다리고 계십니다."

다흐란이? 그 녀석은 왜 같이 온 거지? 결혼할 상대니까 혼자 보낼 수 없다는 건가? 루헤인은 침대에서 급히 일어서다가 물그릇을 떨어뜨렸다. 물이 양탄자 위로 번지고, 그릇이 굴러간다. 낮은 욕설을 내뱉으며 그는 주위를 둘러보았다. 시종은 양탄자부터 닦아야 할지 아니면 나가서 사바를 찾아야 할지 모르는 듯 당황해서 그를 쳐다보았다.

"나가서 사바부터 찾아 와. 이건, 이걸 치울 사람을 들여보내. 옷도 갈아입어야겠다. 하인들을 불러라. 빨리!"

시종이 황급히 방을 나갔다. 루헤인은 주위를 둘러보았다. 방을 정리해야 하는데. 옷도 갈아입어야 하는데. 사바는 이럴 때 어디를 간 거지? 도대체 뭘 하고 있는 거야! 이런 빌어먹을 계집애 같으니.

하인들이 들어와서 양탄자의 물을 천으로 눌러 닦고, 두 명은 옷장으로 가서 옷을 찾았다. 루헤인은 그들이 꺼내는 옷을 보며 고개를 흔들었다.

"아니, 그건 안 돼. 아니야! 다른 걸 꺼내봐. 그거 말고! 그건 지나치게 예복 같잖아! 신경 쓰지 않은 것 같으면서도 우아한 옷으로 찾아봐. 어서!"

하인들이 다급하게 옷장을 뒤졌지만, 옷을 전부 다 꺼내놓아도 마음에 드는 것이 하나도 없었다. 제기랄, 사바는 도대체 어디에 있는 거야? 루헤인은 성난 표정으로 옷들을 바라보다가 그나마 나아 보이는 것을 골랐고, 하인들은 재빨리 그에게 옷을 입히기 시작했다. 양탄자를 닦은 다른 한 명이 루헤인의 날선 명령에 창문을 열고 탁자를 방 가운데로 가져와 배치를 했다.

옷을 갈아입고, 침대 앞을 칸막이로 가리고, 탁자에 천을 깔고 의자에 쿠션도 올려놓았지만 영 지난번 같은 분위기는 나지 않았다. 항상 사바가 이보다는 나은 분위기를 만들어주었는데. 게다가 그의 상태도 그리 보기 좋지 않을 것이다. 사바가 기운이 나는 약을 만들어줘야 되는데.

심장이 불규칙하게 뛴다. 가슴이 답답하다. 루헤인은 숨을 크게 들이켜다가 기침을 했다. 창문으로 들어오는 바람은 왠지 모르게 여전히 차가운 것 같았다.

사바를 찾으러 간 시종도, 사바도 여전히 오지 않은 채 시간이 흘러간다. 결국에 루헤인은 하인들에게 고개를 끄덕였다.

"공주 저하를 모셔라."

하인들이 문을 열었다. 바깥에서 기다리고 있던 공주가 안으로 들어왔고, 다흐란은 바깥에서 기다릴 모양이었다. 정말로 여기까지 그냥 에스코트를 하고 온 건가? 궁 안에서 움직이는데 누가 해라도 입힐까 봐? 지극정성이로군. 루헤인은 속으로 코웃음을 치고서 공주를 보았다. 공주는 절을 하고서 일어나서 그를 보다가 조금 놀란 표정을 지었다.

"상태가 안 좋으신데 제가 방해를 드린 것이 아닌가 모르겠습니다."

단지 사바가 옆에 없다는 이유만으로 그렇게 나빠 보이는 건가? 루헤인은 치미는 짜증을 간신히 억누르고 자리에 앉았다.

"아닙니다. 앉으시지요."

"저는 그저……."

카밀라 공주는 탁자와 방 안을 쳐다본 다음 고개를 갸웃했다. 예쁜 코가 살짝 꿈틀거렸다. 안 좋은 냄새라도 나는 건가? 제기랄, 사바, 필요할 때는 도대체 어디에 가 있는 거야? 그는 욕설을 내뱉으며 공주를 향해 미소를 짓기 위해 노력했다.

"담당 하녀가 자리를 비워서 조금 어수선할지 모르겠습니다."

"그런 건 아닙니다만, 몸도 안 좋으신 저하를 제가 귀찮게 하고 있는 게 아닐까 싶어서 마음이 쓰입니다. 다흐란 왕자 저하께서 세자 저하께 심려를 끼치지 않으면 좋겠다고 하시었지만, 제가 고집을 부렸습니다. 결국에 왕자 저하께서 여기까지 함께 오셨고요."

심려를 끼치지 않으면 좋겠다고? 그저 공주가 나를 보러 오는 게 마음에 들지 않는다고 솔직하게 말을 하지? 루헤인은 이를 갈며 그녀에게 간신히 미소를 지었다.

"그렇지 않습니다. 왜 다흐란이 그런 생각을 하는지 모르겠군요. 저는 사람을 만나는 것이 낙입니다."

"다흐란 왕자께서는 그리 말씀하시지 않던데요. 세자 저하께서는 조용하고 편안한 것을 즐기신다고, 사람들과의 만남은 그리 즐기지 않는다고 하셔서요."

"그렇지 않습니다! 저는 오히려 공주와의 만남을 기다리고……."

루헤인이 말을 멈추었다. 괜한 말을 꺼냈다. 얼굴이 달아오르고 가슴이 답답해졌다. 아, 젠장, 지금은 안 돼. 이러지 마. 지금은 안 된다고!

"저하?"

카밀라 공주가 당황한 얼굴로 그를 보았다. 루헤인은 한 손으로 가슴을 눌렀다. 지금은 안 돼, 제발!

"저하! 누구, 누구 없느냐! 저하께서……."

카밀라 공주가 소리를 질렀다. 루헤인은 괜찮다고, 아무도 부를 거 없다고 말을 하려고 했지만 입이 벌어지지 않았다. 눈앞이 하얘졌다 까맣게 변한다. 숨을 쉴 수가 없다. 한 손으로 가슴을 누르고 다른 손으로 탁자를 짚은 채 그가 몸을 앞으로 기울였다. 탁자가 흔들린다. 아니, 그의 몸이 흔들리다가 옆으로 미끄러졌다. 탁자에 씌운 보가 그와 함께 바닥으로 떨어진다.

"누가 당장 들어와서……."

문이 벌컥 열렸다. 다흐란의 목소리가 들렸지만 뭐라고 말하는지는 알 수가 없었다. 다음 순간 몸이 번쩍 위로 들렸다. 루헤인은 눈을 깜박였다. 흐릿한 시야로 다흐란의 얼굴이 들어왔다.

"그저 이야기를 나누고 있었을 뿐인데……."

카밀라 공주가 설명하는 소리가 멀어졌다 가까워지기를 반복한다. 다흐란이 뭐라고 말을 하며 그의 말라빠진 몸뚱이를 들어 침대로 옮긴다. 루헤인은 가슴을 쥐어뜯으며 숨을 쉬려고 노력했다. 제발, 제발 움직여. 제발 지금 이 순간만큼은! 카밀라 공주의 앞에서 이런 꼴을 보이고 싶진 않단 말이다.

제발!

"의사를 불러라. 공주께서는 자리를 비워주시지요. 차가운 물을 가져오고, 너희는 저하의 옷을 편한 걸로 바꿔 입혀드려라. 빨리빨리 움직이지 못하겠느냐!"

다흐란이 권위적인 목소리로 명령을 내리고, 하인들은 그가 명령할 때보다 훨씬 더 빠르게 움직였다. 다흐란이 음울한 얼굴로 그를 내려다보았다.

"죄송합니다, 형님. 역시 제가 막았어야 했는데. 형님께서 건강이 좋지 못하니 다음 기회로 하자고 했는데도 공주께서 고집을 부리시더군요. 제 불찰입니다."

다흐란은 거기 서서, 고개를 숙여 그를 내려다보며 말을 하고 있었다. 그가 조금도 듣고 싶지 않은 말을 대단히 진지한 듯이 읊어대고 있었다. 그는 조금도 관심 없는 말을. 전혀. 조금도.

"저는…… 죄송합니다. 제가 좀 더 저하의 상태에 대해 생각을 했어야 했는데. 왕자 저하의 잘못이 아니에요. 제가 잘못 생각했던 거예요."

카밀라 공주가 다흐란의 팔에 손을 얹고서 말했다. 다흐란이 공주를 쳐다보았고, 공주는 다흐란을 올려다보았다. 두 사람은 마치 말없이 단둘이 대화를 하는 것처럼 잠시 그렇게 바라보고 서 있었다. 루헤인은 가슴을 움켜쥔 채 두 사람을 쳐다보았다.

다흐란이 공주의 손을 자신의 팔에 얹은 채로 그에게 뭐라고 말을 하고 돌아섰다. 아마 의사가 올 수 있도록 비키겠다는 이야기인 것 같았다. 공주를 데리고 그가 나간다. 루헤인은 침을 삼키고 말을 하려고 노력했지만, 침조차 삼킬 수가 없었다. 목이 조여들어 그대로 붙어버

린 것만 같았다. 꼼짝할 수가 없다. 제발, 제발 누가 좀 도와줘. 제발 날 이 모양으로 놔두지 마. 제발…… 공주를 데려가지 마.

이런 몸뚱이가 싫어. 이 몸이 싫어. 끔찍해.

네가 싫어.

내가 가져야 할 모든 걸 가져가버린 네가 싫어.

널 증오해.

방문이 쿵 소리를 내며 닫혔다. 그는 다시 이 감옥 안에 혼자 남았다.

"이제 슬슬 계약을 마칠 때가 되었을 텐데."

부코타 백작은 가느다란 눈으로 사바를 쳐다보았다. 사바는 아무 말도 하지 않고 그를 쳐다보기만 했다.

"내가 너를 구해 여기까지 데려왔다. 그러니 은혜를 갚아야지. 아무리 마녀라고 해도 은혜 정도는 알겠지? 그러니만큼 너의 다음번 계약자가 내가 될 거라는 사실 정도는 알고 있을 거다. 마녀는 아무 데서나 찾을 수 있는 존재가 아니라서 말이야."

사바는 여전히 대답하지 않았다. 부코타 백작은 마음에 안 드는 듯 그녀를 노려보다가 말했다.

"어쨌든 간에 소원을 들어주는 건 너에게도 이득일 거다. 네가 원한다면 얼마든지 돈을 주마. 마녀들은 금은보화를 굉장히 밝힌다고 들었는데. 나는 네가 꿈도 꾸어보지 못한 정도의 돈을 줄 수 있어. 왕궁에 있다 해도 지금은 그리 부귀영화를 누리지는 못할 테니 말이다.

어서 계약을 끝내고 나에게 와라. 나도 기다리는 데 한계가 있으니까. 네가 빨리 계약을 완료하지 않으면, 나도 다 생각이 있어."

부코타 백작이 휙 돌아서서 걸어가기 시작했다. 사바는 가만히 그의 뒷모습을 쳐다보다가 말했다.

"세자 저하께 해가 될 일을 저지르면 당신을 가만히 두지 않겠어."

"뭐?"

그가 홱 돌아서서 그녀를 보았다. 그러고는 성큼성큼 그녀의 앞으로 다가와서 한 손으로 그녀의 목을 턱 움켜잡고 위로 들어 올려 벽에 댔다. 등이 벽에 부딪혀 몸 전체가 텅 하고 울리는 것 같았다.

"감히 한낱 마녀가 나를 위협해? 이 몸을? 어디서 감히!"

갑자기 그의 손 안에서 그녀의 몸이 수십 마리의 나비로 갈라져 나왔다. 수십 마리의 나비들이 그의 손 주위로 날아오르자 부코타 백작이 놀라서 양팔을 휘저으며 물러났다. 나비 떼는 옆으로 물러나 다시 사바의 모습을 이루었다.

"한낱 인간 주제에 나를 위협해? 이 몸을? 마녀를?"

그녀의 몸이 허공으로 떠올랐다. 부코타 백작이 놀란 듯 숨을 들이켰다. 사바의 눈이 파랗게 타올랐다.

"내가 언제까지나 네가 처음 데려왔던 어린애일 줄 알았더냐? 내가 언제까지나 힘없는 모습 그대로 머무를 줄 알았단 말이냐? 오만한 것 같으니."

보이지 않는 밧줄로 묶인 것처럼 갑자기 온몸이 조여들자 백작의 눈이 커졌다. 사바가 그의 앞으로 다가왔다. 허공을 걷듯이 한 걸음

한 걸음 발을 내딛어 오다가 그의 앞에서 멈춰 얼굴을 바싹 들이댄다.

“다시 한 번 나에게 이런 짓을 하면 네 자손들까지 저주를 걸어주지. 네 자손들까지 썩어문드러져 죽기를 바라도록 만들어주마. 알겠느냐?”

백작의 몸이 뒤로 넘어갔다. 그는 넘어지지 않으려고 발버둥을 쳤지만 팔다리가 전혀 움직이지 않는다. 쾅 소리가 나며 그는 바닥에 그대로 부딪혔다. 눈동자가 머리 뒤로 돌아가는 것을 보고서 사바는 바닥으로 내려섰다. 그녀의 온몸에서 마치 증기처럼 분노가 피어오르다가 서서히 가라앉았다.

운이 나쁜 날이었다. 도서관에서는 현자들이 그녀를 구석에 몰아넣고 마녀사냥을 하듯 쏘아붙였다.

“너 같은 계집이 왕궁에 있다는 자체가 수치다. 당장 나가지 못할까!”

“애초에 네가 힘이 있다면 세자 저하께서 계속 저리 아프실 리가 없지. 마녀라고 입을 놀리고 다니는 그 자체가 우리에 대한 모욕이야.”

“세자 저하의 병은 나을 수 있는 병이 아니야. 세자 저하와 국왕 전하께 괜한 희망을 안겨드려 너의 영화를 누리려 하지 말고 당장에 여기서 나가거라!”

누가 무슨 영화를 누린다는 건가. 가장 저급한 하인들이나 입을 옷을 입고, 십 년을 보수라고는 한 푼도 없이 봉사했다. 왕궁에서 일하는 자들은 하다못해 급료를 받는다. 그녀에게는 그런 것이 없었다. 휴 일도 없었다.

현자들과 싸워봐야 득 될 일이 없기에 그녀는 말없이 눈을 내리깔고 있다가 빠져나왔다. 도서관을 쓰는 것도 이제는 자제해야겠다. 차라리 시종에게 필요한 책을 가져오라고 시켜서 방에서 보는 편이 나을지도 모른다. 루헤인은 그녀가 책을 읽으면 조금 툴툴거리긴 했지만, 책을 읽어주는 것은 싫어하지 않으니까. 게다가 그가 잠든 사이에 볼 수도 있고.

그렇게 생각하며 나오는데 이번에는 부코타 백작이 그녀를 잡고 구석으로 끌고 가서 다그쳤다. 두 번의 공격만큼은 그녀도 참을 수가 없었다. 그녀를 이용하겠다는 마음을 십 년 동안 버리지 않은 이 작자에 대한 인내심은 이미 오래전에 사라졌다. 이제는 참지 않을 것이다. 루헤인이 그녀의 손가락 사이로 빠져나가는 것 같은 지금은.

그는 그녀를 쳐다보지 않았다. 그녀를 원하지 않았다.

"여기 있었느냐!"

숨을 헐떡이는 소리에 사바는 뒤를 돌아보았다. 루헤인의 시종이 한참을 뛰어다녔는지 색색거리며 말했다.

"저하께서 널 찾으신다. 카밀라 공주 저하께서 알현을 오셔서……."

그가 숨을 몰아쉬느라 말을 잇지 못했다. 루헤인이 찾는다는 말에 잠시 붕 떠올랐던 기분이 그다음 말에 바닥까지 가라앉았다.

차라리 혼자 있는 것이 싫어서 그녀를 찾는 편이 나았다. 그녀가 어디 있는지 궁금해서. 그의 옆에는 그녀밖에 없으니까.

그런데 이제 그의 모든 관심은 그루제펜의 공주를 향해 있었다. 그 여자는 그에게 아무런 관심도 없는데. 그를 이용할 생각밖에는 하지 않는데.

가르쳐줄 수도 있었다. 물그릇에 비친 영상에 소리까지 들리게 만들면, 그도 알게 될 것이다. 하지만 그렇게까지 그의 마음을 부수고 싶지는 않았다. 그의 병을 빌미로 사로잡고 있는 걸로 충분하다. 그가 그렇게까지 마음을 다치게 만들고 싶지는 않았다.

그가 행복하기를 바랐다. 하지만 그녀의 옆에서 행복해질 순 없는 걸까? 그녀의 옆에서 웃어줄 순 없는 걸까?

그림자처럼 뒤에 숨어 그가 다른 사람을 향해 웃어주는 모습을 보고 있는 건 이제 싫은데.

물론 가장 싫은 건 그를 잃는 거지만.

바깥방으로 들어가는 순간, 뭔가가 잘못되었다는 걸 알 수 있었다. 막 나오려던 다흐란과 카밀라 공주가 그녀를 보았고, 다흐란이 고개를 끄덕였다.

"형님께서 쓰러지셨어. 지금 의사를 부르러 갔네."

사바는 숨을 들이켜고 황급히 안으로 들어갔다. 그녀가 없는 사이에 이런 일이 벌어지다니. 이게 다 저 공주 탓이다! 공주 때문에 그가 흥분했던 게 분명했다.

시종들은 방 안에서 우왕좌왕하고 있었다. 사바가 들어오자 이제야 한시름 놨다는 듯이 다들 조르르 밖으로 나가고 문을 닫는다. 사바는 재빨리 침대 옆으로 다가가 루헤인을 보았다.

"저하."

루헤인이 그녀를 향해 고개를 돌렸다. 창백하기 짝이 없는 그의 얼굴에는 기묘한 표정이 떠올라 있었다. 사바는 조심스럽게 침대에 앉아 그를 보았다.

"괜찮으신가요?"

"괜찮지 않아."

루헤인이 나직한 쉰 소리로 대답했다. 사바의 심장이 조여들었다. 그녀가 한 손으로 그의 이마를 쓰다듬으려고 하는 순간, 그가 양손을 들어 올려 자신의 눈을 가렸다.

"괜찮지 않다고, 빌어먹을. 빌어먹을! 왜, 왜, 왜!"

사바는 손을 도로 내리고서 그를 쳐다보았다. 그의 온몸에서 강렬한 감정이 뿜어져 나왔다. 강렬한…… 증오가.

싫어, 미워, 증오해. 그의 온몸에서 그 감정이 뿜어져 나와 그녀의 몸까지 근질거릴 정도였다. 사바는 마음을 진정시키기 위해 조용히 숨을 들이켠 다음 차분하게 말했다.

"저하가 바라시는 공주가 오셨었잖아요."

그가 갑자기 손을 홱 내리고 그녀를 쳐다보았다. 새카만 눈이 차갑게 번뜩였다.

"그래서? 공주가 왔는데 난 그 앞에서 쓰러졌지. 그리고 다흐란이 내 이 쓸모없는 몸뚱이를 들어다가 여기다 놔두고 둘이서 나가버렸고. 그걸 기뻐해야 하나, 응? 네가 여기 없었기 때문이야. 네가 여기 없어서, 네가 날 도와주지 않았기 때문에 이렇게 된 거라고!"

그가 쉰 소리로 고함을 질렀다. 사바는 입을 다문 채 그를 쳐다보기만 했다. 이 증오는 전부 다 그녀를 향한 거였을까?

심장이 내려앉았다. 온몸이 얼어붙었다. 그가 뿜어내는 증오의 크기에, 증오의 빛깔에. 시커멓게 그림자 져 소용돌이치며 주위 모두를 끌어들이려 하는 그 감정에.

그녀의 감정은, 그녀가 갖고 있는 이 작고 여린 감정은 그의 증오에 비하면 하잘것없이 약했다. 그녀의 감정은 그의 소용돌이 속에서 버텨내지 못할 것이다. 그는 알아주지 않을 것이다.

그는 알아주지 않을 거야.

십 년이나 여기 있었는데. 옆에 있었는데.

"그놈이 싫어. 그놈이 싫고 밉다고. 다흐란 그놈만 없었어도. 그 자식만 없었어도!"

증오가 소용돌이친다. 그의 안에서, 그의 위에서, 그의 주변의 모든 것을 휩쓸며. 시커먼 소용돌이가 그녀까지 끌어넣을 것만 같다.

"건강이 좋지 않으니 만나지 말라고? 사람과의 만남을 즐기지 않는다고? 조용한 걸 좋아한다고? 내가? 내가! 나도 이런 몸만 아니었으면 이 빌어먹을 방에 붙어 있지 않았을 거야. 이 빌어먹을 곳에 있지 않았을 거라고! 실내 따위는 소름이 끼쳐! 조금만 움직여도 색색대는 이따위 몸이 죽도록 싫다고! 제 놈이 뭘 알아서, 제가 뭘 알아서 이러니저러니 아는 척을 해! 제가 뭘 안다고!"

루헤인이 숨을 몰아쉬며 고개를 들고 사바를 보았다. 얼어붙은 채 꼼짝하지 못하고서 그녀는 그를 쳐다보았다. 증오로 가득한 검은 눈이 그녀를 응시했다.

"그놈이 내 입장을 알았으면 좋겠어. 그놈이 나 같은 상황이 됐으면 좋겠다고. 그놈이…… 내가 됐으면 좋겠어."

그가 천천히 말했다. 천천히, 강하게, 한 마디 한 마디.

"나와 그놈이 바뀌었으면 좋겠어. 우리 입장이 바뀌었으면 좋겠어. 그놈이 누워 있고, 내가 진짜 세자가 되고 싶어. 그놈이 여기 누워 꼼짝 못하고 있을 동안 나는 바깥에서 모든 일들을 하고 싶다고. 그놈이 나 같은 꼴이 되고, 내가 그놈처럼 되게 만들어줘."

소용돌이. 귀를 찌르는 듯한 바람소리. 그 속에서 나직하게 퍼지는 그의 목소리.

"그놈과 나의 입장을 바꿔줘. 건강하게 움직이는 나를 보며 그놈이 부러움으로 가슴을 쥐어뜯게 만들어줘."

사바는 멍하니 그를 보았다. 소원이란 강렬한 감정을 담고 있어야만 한다. 그게 아닌 모든 말들은 그저 지나가는 말일 뿐이다. 그리고 이 강렬함은 마녀로서의 그녀가 움직일 수밖에 없게 만들었다.

하지만, 하지만…….

"그게 소원이신가요?"

"그래, 그게 내 소원이야."

루헤인이 새카맣게 빛나는 눈으로 그녀를 바라보았다. 증오의 소용돌이가 그의 머리카락을 들썩이고 잠옷을, 이불을 들썩였지만 그는 알아채지 못하는 것 같았다.

"세 번째 소원이에요. 정말로…… 비시겠어요?"

"그래, 그게 내 소원이라고. 들어줄 수 있어, 없어?"

그가 핏발 선 눈으로 그녀를 쳐다보았다. 증오가 그녀까지 휘감는다. 소용돌이가 그녀의 온몸을 빨아들인다. 몸 안의 피 한 방울까지 외친다. 미움, 원한, 증오, 더, 더, 더!

마녀가 가장 좋아하는 감정들.

사바는 천천히 침대에서 일어섰다. 뒤로 한 걸음, 두 걸음 물러난다. 루헤인은 꼼짝도 하지 않고 그녀를 바라보았다.

"당신의 소원은 이루어졌습니다."

그녀가 양손을 늘어뜨렸다. 다음 순간 그녀의 온몸이 검은 깃털처럼 부서지며 한 마리 까마귀가 날개를 펼치고 창밖으로 날아가버렸다. 루헤인은 그것을 가만히 바라보고 있다가 침대에서 일어나 비틀거리며 깃털이 떨어져 있는 곳으로 다가갔다. 무릎을 구부리고 깃털을 건드리자 그것은 마치 그 자리에 없었던 것처럼 먼지가 되어 사라졌다.

그가 떨리는 자신의 손을 쳐다보고, 창문을 보았다. 덧문이 훤히 열려 있는 창문을.

아무것도 변하지 않은 현실을.

"이 못된 년, 빌어먹을 년, 소원을 빌었잖아! 이루어주지도 않고 네 년 혼자 내뺀 거냐? 빌어먹을 년! 빌어먹을, 빌어……."

있는 힘껏 소리를 질러대다가 마침내 한숨을 내쉰 루헤인은 일그러진 얼굴로 침대로 돌아왔다. 늙은 노인처럼 천천히.

마녀 따위, 더러운 속임수로 가득한 빌어먹을 년들.

침대에 앉아 긴 한숨을 내쉬고 그는 양손으로 얼굴을 감쌌다. 이제는 이렇게 죽는 일만 남은 건가? 이렇게, 이런 식으로…….

바깥에서 갑자기 소란스러운 소리가 들렸다. 누군가 여러 사람이 복도를 뛰어가는 것 같은 소리다. 루헤인은 고개를 들고 찌푸린 눈으로 문을 바라보았다. 무슨 일이지? 뭐야?

복도에서 웅성거리는 소리가 들렸다. 바깥쪽 문이 열렸다가 닫히는 소리가 들리고, 시종들이 뭐라고 속닥거리는 것 같다. 그는 천천히 일어나서 문으로 걸어갔다. 방을 가로질러 가는 데에는 시간이 좀 걸렸지만, 문 앞에 도착하자 열지 않아도 그들이 나누는 이야기 소리가 들렸다.

시종 하나가 충격 받은 목소리로 말하고 있었다.

"다흐란 왕자님이 쓰러지셨다나 봐. 갑자기 가슴을 움켜쥐고 괴로워하며 쓰러져서 아직 정신을 차리지 못하고 계신대."

루헤인의 온몸에서 희열의 감정이 솟구쳤다.

소원이 이루어졌다.

5

토르카인 왕국의 실질적인 왕세자였던 다흐란 왕자가 쓰러진 지 3개월, 왕자의 용태는 조금도 좋아지지 않았지만 반대로 놀라운 일이 벌어졌다. 태어나서부터 지금까지 단 한 번도 건강했던 적이 없었던 루헤인 왕세자의 건강이 급속도로 좋아졌던 것이다. 다흐란 왕자가 쓰러진 이래로 조금씩 바깥출입을 시작했던 루헤인 왕자는 약 한 달 만에 단 한 번도 누워 있던 적이 없는 사람처럼 움직이게 되었고, 다흐란 왕자가 맡았던 일을 하나둘씩 이어받기 시작했다. 귀족들은 전혀 생각지 못했던 사태에 어떻게 반응해야 하나 당황해서 관찰만 하고 있었다.

발 빠르게 움직인 사람들도 있었다. 그들은 루헤인 왕세자의 시중을 들리기 위해 자신들의 딸을 시녀로 넣었고, 왕세자에게 온갖 선물을 상납했다. 루헤인은 다흐란과 달리 그런 선물들을 돌려보내지 않고 전부 다 받았다. 그런 선물을 노골적으로 반긴다는 이야기도 퍼지면서 다른 귀족들까지 최소한 남들에게 지지 않기 위해 그에게 선물을 보냈다.

루헤인은 그들이 계산하지 못했던, 상상도 하지 못했던 요소였다. 토르카인뿐만 아니라 이웃 국가들 역시 갑작스럽게 왕세자와 다흐란의 입장이 바뀔 거라고는 생각도 못 했으리라. 모두가 그를 어떻게 대해야 하는지 전전긍긍했다. 그리고 루헤인은 솔직히 그런 상황이 즐거웠다. 기분이 좋아 미칠 지경이었다.

가장 발이 빨랐던 세이지 백작이 딸을 그의 시녀로 들여보냈을 때 그가 가장 먼저 한 일은 예쁘장한 백작의 딸 루나를 침대로 불러들이는 거였다. 루나는 조금도 저항하지 않았다. 세자비라는 지위는 누구든 탐나는 거겠지. 애초에 세이지 백작이 딸을 보낸 이유도 바로 그 자리를 노렸기 때문일 거고. 세자의 침대에 들어 아이를 밴다면 그것만큼 지위를 보장해주는 것도 없다. 그녀도 그것을 알았으리라.

루나는 처음인 척했지만 처음은 아니었다. 설령 경험이 없는 루헤인이라 해도 알 수 있었다. 아니, 그가 경험이 없었기 때문에 알 수 있었던 건지도 모른다. 그녀는 더듬거리는 그의 손을 잡아 정확한 위치로 인도해주었고, 그가 서투르게 움직이자 짜증스러운 표정을 잘 감추지 못했다. 그래도 거의 완벽하게 연기를 했다. 시종 중 한 사람에게 왕세자의 솜씨가 영 아니더라 하고 이야기하는 것을 그가 엿듣지만 못했어도 그냥 넘어가줄 수 있었을 것이다.

그는 한 달가량 그녀와의 관계를 즐겼다. 그다음에는 또 다른 귀족의 딸 파하에게로 넘어갔다. 파하는 루나의 용태를 살핀 후 그녀가 월경을 시작하자마자 루헤인에게 알렸고, 그 즉시 그는 더 이상 필요치

않다는 서신을 곁들여 루나를 본가로 돌려보내버렸다.

파하와의 관계는 겨우 2주 만에 끝이 났고, 그다음에는 또 다른 시녀를 불러들였다. 이쯤 되자 귀족들은 세자에게 딸을 넣었다가는 신세만 망칠지 모른다는 위험에 고민하게 되었다. 아이를 가지면 만사형통이지만, 세자가 관심을 갖고 있는 그 짧은 시간 안에 아이를 갖지 못하면 끝장이다. 세자와 관계를 갖는 사이에 다른 사내들과도 관계를 가져 어찌되었든 임신만 하면 된다는 생각을 하는 사람이 없는 건 아니었지만, 세자의 애인이 된 여자들에게는 항상 시종이 하나둘 정도는 뒤를 따랐다. 그들의 눈을 피해 바람을 피우는 것도 쉬운 일이 아니었다.

소문을 들은 국왕은 직접 루헤인을 불러 과한 행동을 하지 말라고 일렀지만, 루헤인은 피식 웃으며 대답했다.

"그럼 정혼자를 정해주시든지요. 아, 다흐란이 쓰러졌으니 그루제펜과의 관계가 문제가 되겠군요. 카밀라 공주를 저에게 주시는 건 어떻겠습니까?"

국왕은 찌푸린 표정으로 세자를 물렸지만, 안 된다는 대답은 하지 않았다는 점이 중요했다. 귀족들은 국왕이 정말로 혼인계약을 바꿀 건지, 그렇게 된다면 만에 하나 다흐란 왕자가 회복했을 때에는 어떻게 되는 건지 숙덕거렸지만 아무도 답을 알지 못했다.

카밀라 공주는 올바른 정혼자답게 다흐란의 병상에 붙어 있었다. 다흐란의 햇볕에 탄 얼굴은 그새 창백하게 말랐고, 근육이 탄탄하던 팔과 어깨 역시 말랐다. 그의 상태는 루헤인보다 훨씬 심했다. 금방 죽는다 해도 이상하게 느껴지지 않을 정도였다.

왜 이렇게 된 걸까. 적당한 인물과 혼인하기 위해 그렇게 재고 따져서 고른 것이 다흐란 왕자였는데, 왜 갑자기 생각지도 못했던 루헤인이 건강해지고 다흐란 쪽이 쓰러진 건지 카밀라로서는 이해할 수가 없었다.

"계속 이렇게 옆에 있으실 거 없습니다. 다른 사람들의 시선이 저어되어 나가실 수 없다면, 그냥 방에 돌아가 계셔도 됩니다."

다흐란이 색색거리는 숨소리가 섞인 어조로 말했다. 카밀라는 그를 쳐다보았다.

"아뇨, 괜찮습니다. 정혼자로서 마땅히 해야 할 일인걸요."

"정혼이라는 것이 순전히 국가를 위한 거라는 걸 피차 알지 않습니까. 공주께서 여기 계시면 저도 편히 쉬기가 어렵습니다. 그냥 방으로 가주십시오."

카밀라는 그를 노려보지 않기 위해서 노력했다. 다흐란은 지나치게 눈치가 빠르고 영리했다. 그 점이 내내 마음에 들지 않았던 거였다. 그는 그녀가 뭘 노리고 있는지, 뭘 하는지 눈치 채고 그걸 막으려고 들었다. 루헤인과의 관계를 좀 더 진전시키지 못했던 것도 순전히 그녀가 루헤인을 보러 가려는 걸 알아챈 다흐란이 매번 막은 탓이었다. 그때 좀 더 관계를 진전시켜뒀더라면 좋았을 텐데.

지금 와서 그녀가 루헤인에게 관심을 보이면, 아픈 약혼자를 내팽개친 계집처럼 보일 것이다. 그런 이미지는 좋지 않았다.

"저하, 세자 저하께서 문병을 오셨습니다만."

시종이 그의 옆으로 다가와서 나직하게 알렸다. 다흐란이 놀란 표정으로 일어나 앉으려고 하는데 문이 벌컥 열리며 루헤인이 성큼성큼 들어왔다.

카밀라는 조금 놀랐다. 마지막으로 본 루헤인의 모습은 병상에 있을 때였다. 일어났다는 이야기는 들었지만 겨우 석 달 사이에 대단히 달라졌을 거라고는 생각하지 않았었다. 그저 이제 겨우 운동이나 조금 하고 나랏일에 대해 배워가는 중이겠지, 그렇게 생각했다. 그런데 그녀의 상상과는 전혀 달랐다. 비쩍 말랐던 몸은 그새 근육이 붙었는지 검은색과 금색이 섞인 옷 안을 꽉 채우고 있었고, 얼굴 역시 광대뼈가 그리 많이 드러나 보이지 않았다. 피부는 여전히 하얗지만 전처럼 병색이 뚜렷한 창백한 기미는 없었다. 검은 눈은 흑요석처럼 빛났고 입술은 깎아놓은 듯한 모양에 분홍빛이 돌았다. 전에는 길고 초라하게 목덜미에 늘어져 있던 검은 머리를 짧게 깎아서 잘생긴 턱 선이 뚜렷하게 드러났다.

간단히 말해서, 마치 전혀 다른 사람을 보고 있는 것 같았다. 다흐란보다 덩치가 더 좋은 것 같다. 세자가 이렇게 컸던가? 게다가…….

카밀라는 그와 눈이 마주치는 순간 침을 꿀꺽 삼켰다. 다흐란의 첫인상은 호방하고 씩씩하다는 느낌이었다. 하지만 지금 본 루헤인은, 그는…….

그녀의 온몸이 달아오르게 만들었다. 마치 그의 눈길이 그녀의 알몸을 훑고 있는 것처럼. 그와 단둘이 은밀한 침실에 있는 것처럼.

맙소사, 맙소사. 카밀라는 황급히 시선을 돌려 다흐란을 보았지만, 실제로 눈에 들어오는 것은 루헤인의 눈과 매혹적인 입술뿐이었다.

"형님, 몸이 좋아지셨다는 이야기는 익히 들었습니다만 직접 뵈니 정말 기쁩니다."

다흐란이 몸을 조금 일으켜 앉은 다음 그를 바라보고 미소를 띠었다. 루헤인은 그를 바라보며 묘하게 눈을 빛냈다.

"그래. 너는 쓰러졌다는 이야기를 들었다. 방에 있는 건 어떠냐?"

"갑갑합니다."

다흐란이 낮게 웃으며 대답했다.

"형님도 이런 기분이셨을까 생각하니 참으로 죄송스럽습니다. 그때 제가 좀 더 많은 걸 해드렸어야 했는데요."

루헤인은 아무 대답도 하지 않았다. 아니, 많이 해주었다, 정도는 예의상 대답해야 할 것 같은데 그저 침묵을 지킨 채 동생을 바라보기만 한다. 카밀라는 어쩐지 이상한 느낌에 루헤인을 힐끗 보았지만, 그와 눈이 마주칠까 봐 재빨리 도로 돌렸다. 똑바로 볼 수가 없다. 이런 세상에.

성적 매력이 그녀에게 낯선 감정은 아니었다. 그루제펜의 공주들은 광범위한 교육을 받는다. 그중에는 성적 매력에 관한 것도 있었다. 근사하고 멋진 남자들을 모아 공주의 교육용으로 사용하고, 나중에는 그들을 휘어잡는 방법까지 배운다. 어느 누구와 혼인을 하게 되더라도 상대를 그루제펜에 가장 유용하게 이용하기 위하여.

그런데 그루제펜의 그 수많은 남자들을 다 합쳐도 지금 루헤인과

눈 한 번 마주친 것을 따라갈 수가 없었다. 전에는 이런 사람이 아니었는데. 전에는 전혀 저렇지 않았어. 그녀를 보고 반한 티를 감추지 못하고 침 흘리고 꼬리치는 강아지 같은 느낌이었는데.

"내가 오래 머물면 너도 피곤하겠지. 공주께서 계속 옆에 있는 것도 아마 피곤할 거고. 내가 공주 저하를 모셔가서 네가 없는 동안 즐거운 시간을 보내게 해드리마."

"아니 저는……."

"그리 해주신다면 저로서야 더 바랄 것이 없겠습니다, 형님."

카밀라가 거부하기도 전에 루헤인이 그녀의 곁으로 다가와 손을 내밀었다. 그녀를 내려다보고 살짝 미소 띤 얼굴은 정말로 다른 사람의 것 같았다. 그의 손을 거부할 리 없다는 듯한 표정.

어차피 다흐란마저 그녀를 내보내려고 하는 참이니 거절한들 아무 소용없을 것이다. 카밀라는 한숨을 내쉬며 그의 손에 손을 얹고 일어섰다.

"어쩔 수 없는 일이군요. 그럼 잠시 쉬었다 돌아오겠습니다. 왕자 저하께서도 편안히 쉬고 계세요."

물러나되 쉽게 물러나지는 않겠다는 인사의 말을 남기고서 카밀라는 루헤인을 따라 나왔다. 그는 일반적인 예절에 맞게 그녀의 손을 잡고 일으켜 세운 후 팔을 내미는 대신에 그대로 그녀의 손을 잡은 채 밖으로 나갔다. 그의 손가락이 그녀의 손가락 사이로 미끄러져 들어와 깍지를 끼자 그녀가 헉 하고 숨을 들이켰다. 그가 그녀를 힐끗 보고 입술 끄트머리를 들어 올리며 미소를 지었다.

"불편하신 건 아니겠지요? 어쨌든 공주님께서도 쉬셔야 할 테니까요. 그간 저희들도 보지 못했으니 나눌 이야기도 많을 것 같고요."

"다흐란 왕자님이 걱정되어 제가 잘 반응을 못 한다 해도 이해해주십시오."

카밀라의 말에 루헤인은 다시금 입술 끝을 비틀며 웃었다.

"그럼요, 이해하지요. 정원을 산책하는 건 어떻겠습니까?"

그는 그녀의 답을 기다리지 않고서 정원으로 이끌었다. 카밀라는 인상을 찌푸린 채 그를 따라 걸어갔다. 자신만만한 건 좋지만 제멋대로 하는 것을 좋아하지는 않는다. 어쨌든 그녀도 공주였고, 왕세자보다 못한 것은 전혀 없으니까.

여름이 온 정원은 새파랬다. 봄에 피는 꽃들이 지고 난 이래 온통 새파란 이파리로 가득하다. 카밀라는 환한 햇살과 정원을 조금 놀란 표정으로 쳐다보았다.

"그간 내내 다흐란의 침대 옆에 붙어 계셨다 들었습니다. 지극히 헌신적인 약혼자이신 것 같습니다."

루헤인의 말에 카밀라는 고개를 돌렸다. 그는 그녀의 손을 놓아주고 관목 쪽으로 걸어가고 있었다.

그가 예전에 했던 말을 기억하고 있을까? 그가 정인이라면 어땠을지 궁금하다는 말. 그때의 루헤인은 그 말에 쉽게 넘어갈 만한 인물이었지만, 지금도 마찬가지일까? 지금의 왕세자는 어떤 인물인지 도저히 계산이 되지 않았다. 카밀라는 신중하게 말했다.

"어찌되었든 정혼자이니까요. 정혼자가 쓰러진 마당에 간호를 하

지 않는다면 안 될 일이 아니겠습니까?"

"그렇긴 하지요. 하지만 석 달이라니, 대단하십니다. 답답하고 힘드셨을 텐데요."

카밀라가 문득 그를 쳐다보았다. 루헤인의 검은 눈이 그녀를 바라보고 있었다. 바람결에 날리는 짧은 검은 머리에 비교되어 피부가 더욱 하얗게 보인다. 전에는 그 하얀 피부가 대단히 흉측해 보였는데, 지금은 그 하얀 피부가 오히려 다른 사람들보다 훨씬 우아한 분위기를 자아냈다.

"저하께서 아프신 동안에는 옆에서 간호해준 사람이 없었나요?"

"물론……."

갑자기 그가 입을 다물었다. 하얀 얼굴에 기묘한 표정이 스쳐갔지만 어떤 의미인지는 알 수가 없었다. 왕세자에게는 약혼자도 없었고, 아무도 없었다. 헌신적인 시종들이 있었는지는 모르겠지만, 그녀가 파악한 바에 따르면 그것도 아닌 것 같았다. 아무도 이 왕세자가 이렇게 권력자의 위치에 앉을 수 있게 될 거라고는 생각하지 못했던 것 같으니까.

"없었습니다. 아무도 없었지요. 저에겐 아무도 없었으니까요. 이렇게 헌신적인 약혼녀는 더더욱 말입니다."

그가 그녀의 앞으로 다가와서 손을 잡고 살짝 들어 올려 입을 맞추었다. 얼굴이 달아올라 귀 끝까지 빨개지는 느낌이 들었다. 이런 일을 겪어보지 않은 것도 아닌데 도대체 왜지? 스스로도 이해할 수가 없었다.

루헤인이 그녀를 가만히 내려다보았다. 그의 키는 다흐란보다 훨씬 커서 그저 바로 앞에 서 있는 건데도 그에게 안겨 있는 듯한 느낌이 들었다. 카밀라는 자신도 모르게 몸을 떨었다.

"제가 처음부터 아프지 않았었다면 공주는 나의 약혼녀였겠지요."

그가 나직하게 말했다. 그의 목소리가 그녀의 귀를 간질이고 몸 안으로 파고드는 것만 같았다. 현기증이 나는 것 같아서 카밀라는 숨을 쉬기 위해 노력했다.

"그랬다면 어땠을지 생각해보신 적 있으십니까? 우리가 약혼한 사이였다면 말입니다."

그의 한 손이 그녀의 뺨을 부드럽게 쓰다듬었다. 그의 손은 살짝 거칠었다. 매일 검이나 무기를 드는 사람처럼. 그의 얼굴이 천천히 가까워지자 카밀라의 눈이 커졌다. 그를 밀어내야 한다는 걸 아는데, 몸이 말을 듣지 않았다.

"우리가 약혼한 사이였다면, 우리가 매일 이런 것을 나누었다면, 이런 키스를, 이런 손길을 나누었다면……."

그의 입술이 그녀의 입가에 닿았고, 그의 손이 목덜미를 쓰다듬었다.

"이런 키스를……."

그의 입술이 반대편 입가에 닿는다.

"이렇게……."

그의 목소리가 머릿속을 울린다.

"이렇게……."

그가 그녀의 온 세상을 감싼다.

카밀라는 눈을 감았다. 그의 입술이 그녀의 입술을 눌렀다. 헉 하는 숨이 새어나오고, 온몸에서 기운이 빠졌다. 그의 입술은 부드러우면서도 강했다. 차가우면서도 뜨거웠다. 밀어내려고 해도 밀어낼 수가 없었다. 팔이, 손이 말을 듣지 않았다.

"당신이 내 것일 수도 있었겠지요."

그가 그녀의 입술에 대고 속삭이고는 손등으로 뺨을 살짝 쓰다듬고 얼굴을 뗐다. 카밀라는 눈을 뜨고 그를 보았다. 연기가 아니라 정말로 입술이 떨렸다.

"하지만 전 당신의 약혼녀가 아니에요."

목소리는 그녀가 생각했던 것보다 훨씬 힘없이 흘러나왔다. 루헤인은 빙그레 웃었다.

"될지도 모르지요. 공주께서 마음만 먹으면."

그가 손을 내밀었다. 카밀라는 자신도 모르게 그의 손에 손을 얹었다. 그가 살짝 끌어당기자 다리가 저절로 움직이며 아랫배 안쪽이 뜨겁게 뭉쳐 있다는 사실을 알린다. 놀라서 그녀는 다시금 숨을 들이켰다. 어떻게, 어떻게 이런 일이. 그루제펜에서는 멋진 남자들 여럿이 그녀를 상대로 공략해도 눈 하나 깜박하지 않았었는데.

"가시죠. 성 안쪽의 근사한 정원을 보여드리죠. 예전에 마녀가 약초를 심었다는 곳이지요."

"마녀요? 토르카인에 마녀가 있다는 이야기는 들어본 적이 없는데요."

카밀라가 간신히 말했다. 루헤인이 그녀를 힐끗 돌아보고 웃었다.
"아, 있었던 적도 있지요. 있었던 적도 있었어요."

연병장에서 훈련하던 병사들이 루헤인이 들어서자 전부 다 동작을 멈추고 열을 맞추어 섰다. 루헤인은 관심 없는 눈으로 그들을 보고서 고개를 끄덕였다.
"저하, 나오셨습니까."
훈련대장인 크로울 경이 인사를 한다. 언젠가 그가 연병장에 구경을 왔을 때 그를 연단 위로 올려 보냈던 자였다. 하지만 그도 더 이상은 루헤인을 무시하지 못했다. 이미 솜씨를 보여줬으니까.
그는 주위를 둘러본 다음 크로울 경을 보았다.
"드말로 경은 어디 있나?"
"아, 오늘은 아직 나오지 않으셨습니다만……."
크로울 경이 루헤인의 눈치를 살폈다. 루헤인은 고개를 끄덕이고 활쏘기 연습장으로 걸어갔다. 크로울 경이 그의 뒤를 조심스럽게 따라왔다.
"그럼 그가 올 때까지 기다려야겠군."
"아, 음, 사람을 보낼까요?"
루헤인은 뒤를 힐끗 돌아보고 눈썹을 치켜 올렸다.
"그래야 되지 않겠나? 여기에는 내 상대가 될 만한 자가 아무도 없으니까."
크로울 경은 입을 다물었다. 뭐라고 대답해야 할지 모르는 얼굴이

다. 루헤인이 신경 쓰지 않는 듯 걸어가서 연습용 활을 집어 들자 크로울 경은 뒤를 돌아보고 병사 하나를 손짓으로 불러 드말로 경을 데려오라고 시켰다.

루헤인은 삐딱한 웃음을 띤 채 화살을 재고 활을 들어 올렸다. 시위를 당겼다가 놓자 화살이 쌩 소리를 내며 날아가서는 옆 과녁에 박혀버린다. 그가 하하 웃었다.

"이런, 내 활솜씨는 아직 한참 멀었군. 안 그런가?"

옆에 있는 병사를 쳐다보고 묻자 병사는 창백한 얼굴로 시선을 이쪽저쪽으로 돌리다가 나직하게 대답했다.

"아, 아닙니다……."

"아니긴. 화살이 엉뚱한 과녁에 가서 맞았는데. 최소한 이쪽 과녁에라도 맞힐 수 있게 만들어야지. 안 그런가?"

병사는 대답하지 않았다. 다른 병사들도 그를 힐끔거리기만 할 뿐이었다.

처음 연병장에 나왔을 때에는 병사들이 그를 경계하긴 했어도 두려워하진 않았다. 하지만 처음 검을 들어보는 것이 분명한 그가 드말로 경의 검을 날려버리고 그의 목에 칼을 들이댔을 때, 병사들은 전부 다 경악했다. 드말로 경 본인조차도 왕세자가 고집을 부리니 상대해준다는 태도를 보였다가는 그 상황이 되자 얼굴빛이 변했다. 루헤인은 웃었고, 드말로 경은 아무 말도 하지 않았다.

사실 검을 들 때까지만 해도 루헤인 자신도 반신반의했다. 사바가 없어졌으니 이제 검술 실력도 원래대로 돌아간 게 아닐까, 그런 두려움이 조금 들었다. 그런데 그의 검술 실력은 그대로였다. 그대로, 훌륭했다. 펄쩍펄쩍 뛰고 환호를 지르고 싶었지만 그러는 대신에 드말로 경의 콧대를 꺾는 것으로 기쁨을 표현했다.

병사들도, 다른 기사들도 전부 다 그를 두려워했다. 검을 처음 들었으면서 드말로 경을 무찌른 왕자를 존경한다기보다는 경외했다. 그들은 다흐란에게 그랬던 것처럼 웃고 손을 부딪치며 장난을 걸지 않았다. 몇 걸음 떨어져서 겁먹은 눈으로 그를 쳐다보았다.

그리고 솔직히 그는 그편이 더 좋았다. 그는 이들과 친해질 생각이 없었다. 다흐란과 친밀했던 놈들의 애정을 사고 싶진 않았다. 그저 그들이 그를 올려다보기만 하면 그만이었다. 그의 대단함을 알고 인정하기만 하면 된다.

태어날 때부터 건강했다면 항상 이랬으리라. 항상 이런 존경을, 이런 대우를 받았겠지. 이제부터는 그동안 받지 못했던 것을 벌충할 생각이었다. 병사들의 존경심, 여자들의 관심, 귀족들의 뇌물공세, 전부 다 받아줄 것이다. 그가 마땅히 누려야 하는 것들이었으니까.

"저하, 찾으셨습니까?"

뒤를 돌아보니 드말로 경이 서둘러 온 듯 약간 숨을 몰아쉬고 있었다. 그를 불러온 병사는 재빨리 물러나서 제자리로 돌아갔다. 루헤인은 씩 웃었다.

"그래, 찾았다네. 자네가 없으면 내 검 상대를 해줄 사람이 없지 않나."

"저하, 검도 중요하지만 다른 무기도 중요합니다. 다른 것도 연습을 하시는 것이…….”

“아, 순서대로 하지. 우선은 자네와 검술 연습을 하고 싶어. 그런 다음 다른 것들은 차츰 하면 되지 않겠나? 차츰.”

마지막 말에 강세가 들어간 것을 깨닫고 드말로는 어쩔 수 없다는 듯이 고개를 끄덕이고 돌아서서 검술 연습장 쪽으로 이동했다. 루헤인은 주변에서 걱정스러운 눈으로 그들을 바라보는 병사들을 둘러보고 다시 한 번 웃었다.

“저하!”

“저하, 이제 오십니까.”

“저하, 잠시 드릴 말씀이…….”

바깥방에서 기다리고 있던 여자들이 줄줄이 일어나서 그를 보았다. 루헤인은 기다리라는 듯이 한 손을 흔들고서 시종을 보았다.

“정원사에게 꽃다발을 하나 만들라고 해라. 클 필요는 없어. 적당히, 가장 아름다운 꽃으로. 그걸 카밀라 공주께 갖다 드려라.”

카밀라 공주라는 말에 세 여자가 즉각 입을 다물고 서로의 눈치를 살폈다. 루헤인은 그들에게 신경 쓰지 않고 방으로 들어가며 또 다른 시종에게 물었다.

“목욕물은 준비를 해뒀느냐?”

“예, 예. 지금 방금 물을 부어뒀으니 아직 식지 않았을 것입니다.”

루헤인은 서 있던 세 여자를 쳐다보았다.

“누가 목욕시중을 들 거냐? 들 마음이 있는 사람만 들어와라.”

세 여자가 다시금 서로의 눈치를 살핀다. 루헤인은 기다리지 않고 안으로 들어갔다. 시종이 따라 들어와서 그가 옷을 벗는 것을 도왔다.

바깥에서는 경쟁이 끝났는지 갈색 머리의 여자가 안으로 들어와서 시종과 함께 그의 옷을 벗겼다. 그가 김이 오르는 목욕통 안으로 들어가자 여자가 소매를 걷으며 모랫빛 피부를 드러냈다.

"훈련을 하고 오셨나 봅니다."

여자의 목소리가 가늘게 떨렸다. 이미 그것이 두려움이나 긴장 때문이 아니라 흥분 때문이라는 걸 알 만큼 경험을 쌓았다. 루헤인은 여자의 얼굴을 쳐다보았다. 눈을 목욕통 한쪽 모서리에 고정한 채 손을 움직이고 있다. 얼굴에 발그스름한 홍조가 떠올라 있다. 그가 젖은 손을 들어 여자의 턱을 살짝 건드리고 눈을 맞췄다.

"어떻게 네가 들어오게 됐지?"

"제가 가장 저하를 모실 권한이 있다는 결론을 내렸습니다."

여자가 살짝 당차게 말했다. 루헤인의 입가에 삐딱한 미소가 떠올랐다.

"그래? 왜?"

"저는 답토 후작가의 사람이니까요."

답토 후작가라. 온갖 귀족들 따위는 선물을 줄 때가 아니면 그가 알 바 아니었다. 국내의 복잡다단한 정치? 알 게 뭔가. 그에게 잘하는 자가 권력을 쥐는 거다. 당연한 일이 아닌가.

여자가 눈을 들어 그를 쳐다보았다. 순간적으로 루헤인의 손이 굳어졌다. 여자의 맑고 파란 눈이 누군가를 연상시킨 탓이었다.

사라져버린 마녀.

지난 석 달 동안 한두 번쯤, 아니 두세 번쯤, 아니 사실을 말하자면 그 이상 여러 번 사바를 찾은 적이 있었다. 방에 들어가자마자 사바를 불러와, 라고 말하고서 시종들의 의아한 눈길을 받았었다. 놀랍게도 아무도 그녀를 기억하지 못했다. 십 년을 함께 궁 안에서 지냈는데 그를 제외한 그 어떤 사람도 사바를, 그를 모신 마녀를 기억하지 못했다. 애초부터 그녀가 존재하지 않았던 것 같은, 그냥 원래부터 그는 건강했던 것 같은 기분이었다. 심지어 그녀가 만들어주었던 옷걸이 검술 상대도 그냥 평범한 옷걸이로 되돌아가버렸다.

모랫빛 피부, 갈색 머리, 호숫빛 눈동자. 이 여자는 그 빌어먹을 마녀를 꼭 닮아 있다. 아무도 기억하지 못하는 그 마녀를. 오로지 그만이 기억하고 있는 마녀를.

"넌 꽤나 평범하게 생겼구나."

루헤인의 얼굴에 여자의 얼굴이 새빨갛게 달아올랐다. 상대가 여느 사내였다면 이미 손이 올라가고도 남았을 것 같지만 여자는 용케 참았다. 왕세자를 후려치고도 세자비가 되겠다는 꿈을 꾼다면 미친 거겠지. 여자는 그저 목욕용 천을 꽉 쥔 채 입을 꾹 다물고 참다가 간신히 말했다.

"제가 눈에 띄게 미인은 아닙니다만, 여러 가지 재주를 많이 갖고 있습니다."

"그래? 어떤 재주지? 날 즐겁게 해줄 수는 있느냐?"

그가 몸을 조금 일으킨 다음 여자가 깨닫기도 전에 그녀의 몸을 번쩍 들어 목욕탕 안으로 끌어들였다. 첨벙 소리가 나며 물이 사방으로 튀고, 여자의 드레스가 푹 젖어버렸다. 여자가 자신도 모르게 꺅 소리를 지르며 양팔로 목욕통을 잡았다. 그사이에 루헤인은 그녀의 드레스 끈을 풀었다.

“저, 저하! 이러시면, 이건, 이런 건…….”

“얼굴은 평범해도 몸매가 좋은 경우는 있으니까. 어디 한번 보자. 안 보고서 내가 어떻게 네가 마음에 드는지 이야기를 하겠느냐.”

“하, 하지만, 하지만 이것은, 이건…….”

여자가 말을 더듬는 사이 그가 고개를 숙여 입을 맞추었다. 여자는 순식간에 양팔을 그의 목에 감고서 그의 품에 안겨 들었다. 여자들이란 다 비슷하다.

만약 지금 사바를 안으면, 사바 역시 이렇게 될까. 몇 번 만지고 키스하는 것만으로도 헐떡대던 심장이 아닌, 지금의 튼튼한 심장으로 그녀를 안으면 그녀도 이 여자들처럼 그에게 달라붙어 신음소리를 내며 허리를 흔들까.

그 애의 입술은 이보다 좀 더 부드러웠다. 그리고 묘하게 달콤한 맛이 났었다.

그의 손이 드레스를 헤치고 가슴을 감싸 쥐자 여자가 그의 입술에 대고 낮은 비명을 질렀다. 그래, 가슴 크기도 다르다. 사바의 가슴은 이보다는 컸다. 아주 큰 건 아니었지만, 그의 손을 적당히 채울 정도의 느낌. 아니, 어쩌면 지금은 다를지도 모르지. 검을 들고 무기를 쥐면서 팔도, 손도 조금은 달라졌을 테니까. 지금은…….

그가 입술을 뗐다. 여자의 물빛 눈동자는 욕망으로 흐려져 있었다. 흥분으로 발갛게 달아오른 얼굴로 숨을 몰아쉰다. 그는 엄지손가락으로 여자의 젖은 입술을 문질렀다. 여자가 할딱거리다가 그의 손가락을 살짝 핥았다. 물속에서 그의 몸이 뚜렷한 반응을 보였지만, 가슴 한구석에서는 예전의 기억을 상기시키고 있었다.

아무도 사바를 기억하지 못한다. 마치 그가 오랫동안 꿈을 꾸었던 것처럼, 그 꿈속에 존재했던 것처럼 사바는 사라졌다. 하지만 여자들을 안을 때마다 그녀가 생각났다. 그녀의 피부, 그녀의 가슴, 그녀의 입술이 주었던 느낌, 그리고 그녀의 맛. 뭐라고 설명할 수 없는 그 달콤하고 독특한 맛.

빌어먹을 계집. 소원을 들어주었으니 이제는 끝났다는 건가. 자신이 들어준 소원이 다 잘되었는지 확인하러 오지도 않는 건가. 날 떠나서 속이 시원한가.

어쩌면 마녀의 사소한 복수일지도 모른다. 십 년이나 괴롭혔으니 앞으로 십 년간 그 역시 여자들을 안을 때마다 사바의 기억을 떠올려야 하는 건지도. 하지만 상관없다. 여자와 할 때 갑자기 실패하는 일만 생기지 않는다면 사바에 대한 기억이 떠오르든 말든 전혀 중요하지 않다.

"저하, 저를, 저를 안으셔도 괜찮습니다……. 다만 나중에, 카밀라 공주께 가신다 해도, 저를 잊지 말아주세요. 저, 저는 저하께 모든 걸 바치기 위해 지금껏 기다렸습니다……."

여자가 그를 바라보며 속삭였다. 루헤인은 여자의 뺨을 쓰다듬었다. 그에게 모든 걸 바치기 위해 기다렸다고? 그럴 리가. 어쩌다 보니 타이밍이 맞았던 거겠지. 그가 멀쩡해진 타이밍과 이 여자가 처녀로 남아 있던 시기가.

그를 기다린 사람 따위는 없다. 지금부터 그가 강탈하고 낚아채고 빼앗을 것들만 남아 있지.

"그렇다면 네가 바치는 걸 내가 받지 않는 것도 나쁜 일이 되겠구나. 그렇지?"

그가 다시 여자의 입술을 덮으며 여자의 몸을 한 팔로 안은 채 목욕통으로 밀어붙였다. 젖은 드레스가 거추장스럽게 휘감긴다. 그 속에서 여자의 다리를 찾아내 다른 손으로 쓰다듬으며 위로 올라갔다. 스타킹과 가터벨트를 지나 속바지 틈새로. 그 안쪽의 여린 살결로.

여자가 나직하게 신음했다. 그는 손가락을 움직이며 계속해서 여자의 입술을 사로잡고 공격했다. 여자가 다리를 버둥거릴 때마다 물이 찰랑거리며 목욕통 너머로 넘친다. 여자의 신음이 그의 입안에서 사라지고, 여자의 몸이 그의 손가락을 조인다. 아픈 듯이 여자가 움찔거렸다. 정말로 처녀이긴 한가 보다. 그는 조금 더 강하게 입술을 밀어붙이며 손가락을 더 깊이 밀어 넣었다. 여자가 어깨를 움츠리며 낮은 비명을 질렀다.

사바도 항상 어깨를 움츠리고 당황한 듯이 눈을 내리깔곤 했다.

그의 남성이 불끈 솟구쳤다. 그는 허리를 안고 있던 팔을 내려뜨리며 여자의 다리를 자신의 허벅지 양쪽으로 벌렸다. 여자가 당황해서 그의 팔을 붙잡았다. 그는 양손 모두를 여자의 드레스 안으로 밀어 넣어 속바지의 터져 있는 부분을 잡아 찢고서 은밀한 부분을 완전히 드러냈다. 그러고는 여자가 무슨 일인지 깨닫기도 전에 자신의 몸을 밀어 넣었다. 여자가 놀라서 비명을 질렀다.

"아, 아파요! 아파……."

"인생이 원래 고통스러운 거야. 몰랐다면 지금이라도 알아두라고."

그가 속삭였지만 여자는 그의 말이 들리지 않는 모양이었다. 눈을 질끈 감고 온몸을 긴장한 채 그의 팔에 손톱을 박고 있다. 그는 상관하지 않고서 몸을 움직이기 시작했다. 물이 찰랑찰랑 리듬에 맞춰 넘친다. 여자가 눈물을 흘리며 몸을 떤다. 루혜인은 웃으며 여자의 목덜미를 깨물었다. 그리고 더 깊게 몸을 박아 넣었다.

6

안도 바깥도 별로 다를 바가 없다는 것이 유한한 생명들이 깨달아야 하는 가장 중요한 진리인지 모른다고 사바는 생각했다.

왕궁 안에 있을 때에는 바깥에 나가면 어떻게 살아야 하나 생각했었다. 넓고, 아무것도 없고, 막막하기만 한 바깥을 생각했으니까. 그런데 바깥도 왕궁 안과 별로 다를 바가 없었다. 하루하루의 삶은 별로 다르지 않다.

그녀에게 말을 걸었던 마녀의 이름은 줄레나라고 했다. 줄레나의 오두막은 숲 속 깊은 곳에 있었다.

“인간들이 안 오는 편이 낫거든. 어차피 우리의 장사 상대는 귀족들이니까. 한낱 평민들의 사소한 소원 따위를 이뤄줘봤자 좋을 거 하나 없지.”

주름지고 옹이진 얼굴을 바라보고 있던 사바는 그녀를 본 이래 내내 궁금하던 것을 물었다.

“저도 그렇게 늙나요?”

갑자기 줄레나의 모습이 젊고 아름다운 여자로 변했다. 붉은 빛이 도는 금발에 새파란 눈은 사바가 본 중에서 가장 아름다웠던 여자, 그루제펜의 공주보다도 더 아름다운 모습이었다. 피부는 크림처럼 부드러워 보이고, 목소리는 은방울 소리처럼 청명하다.

"물론 그럴 리 없잖니? 우린 마녀야. 마녀는 그런 식으로 늙지 않아. 다만 귀족들은 그런 마녀를 좋아하거든. 장사밑천이지. 그들이 좋아하는 모습을 보여주어 유혹하는 거야."

줄레나가 다시 늙고 쪼글쪼글한 노파의 모습으로 변했다. 회색머리에 주름진 얼굴. 파란 눈조차 흐릿해 보인다.

"게다가 이쪽이 돌아다니기도 편하고. 아름다운 모습은 필요할 때 쓰면 돼. 너도 잘 알아둬."

줄레나는 가느다란 눈으로 사바를 쳐다보았다.

"첫 번째 계약을 끝냈으니까 이제 너도 그걸 기반으로 계속해서 계약을 하고 힘을 끌어 모아야지. 시절이 혼란스러워서 그런지 계약자가 꽤 많아. 잘만 하면 금세 힘 있는 마녀가 될 수도 있을 거야."

사바는 자신의 발치만 물끄러미 내려다보았다. 줄레나는 그녀의 등을 툭툭 쳤다.

"너는 꽤나 양질의 힘을 갖고 있으니 많은 걸 할 수 있을 거다. 어서 들어와. 네 힘이 더 강해져서 네 오두막을 만들게 될 때까진 내 집에서 지내. 어차피 난 또 계약을 하러 돌아다닐 거니까. 그러면 한동안 못 들어오기도 하고 그럴 거야. 집세는 누가 찾아왔을 때 집을 지켜주는 정도로 해. 그 정도는 할 수 있지?"

사바는 고개를 끄덕이고 그녀의 뒤를 따라 들어갔다.

줄레나가 사는 숲은 경계상으로는 토르카인 왕국 내였지만, 워낙에 숲 깊은 곳에 있어서 아무도 들어오지 않았다. 가끔씩 들르는 것은 다른 마녀 한두 명이었지만, 마녀들은 원래 서로 친한 존재가 아니었다. 서로가 계약을 하기 위해 경쟁을 하고 있는 상황에서 친구를 만든다는 것은 쉬운 일이 아니다. 친구끼리도 서로의 영역을 침범하지 않기 위해서 가능한 한 먼 곳에 살기 때문에 자주 볼 일이 없었다.

덕택에 사바의 생활은 왕궁에 있을 때와 별로 다를 게 없었다. 약초를 키우고, 재배하고, 약을 만들고, 줄레나가 갖고 있는 몇 안 되는 책을 보는 것.

"마녀는 책을 보고 마법을 익히는 게 아니야. 쓰다 보면 저절로 알게 되는 거지. 그건 핏속에 흐르는 거니까."

줄레나는 사바가 하는 행동을 보고 혀를 찼지만, 사바는 이쪽이 좋았다. 아무것도 하지 않고, 생각하지 않는 것이 좋았다.

루헤인은 잘 지내고 있을까.

몸이 나아졌으니 잘 지낼 테지.

이미 오래전부터 그의 병을 낫게 만들어줄 힘은 있었다. 다만 그가 빌지 않았고, 그녀가 해주고 싶지 않았던 것뿐이었다. 그 증오의 감정이 그녀 안에 있는 마녀를 자극하지만 않았어도, 이번에도 해주지 않았을지도 모른다. 그를 다독여 세 번째 소원을 빌지 않게 만들었을지도 모른다.

아니, 때가 됐어. 알고 있었잖아. 그녀는 멍하니 탁자 위의 촛불을 바라보았다. 줄레나는 새 계약자를 찾아 나갔고, 오두막에는 그녀 혼자였다. 탁자에 펼쳐져 있는 책은 읽지 않은 지 오래다. 그저 거기에 펼쳐만 놓고 있을 뿐이었다. 글자는 저 혼자 꿈틀거리는 것 같다.

예전에는 그의 숨소리가 들렸다. 방에서 잠을 자면 항상 그의 숨소리와 불규칙적이고 약한 심장소리가 들렸다.

지금은 숲에서 우는 벌레 소리, 짐승 소리, 그런 것뿐이다. 사람의 소리는 들리지 않는다. 그녀 자신의 심장소리조차 들리지 않았다.

당신의 손발을 묶고, 팔다리를 부러뜨리고, 침대에서 꼼짝할 수 없게 만들어놓는다 해도 좋았어. 그렇게 해서라도 나 혼자 독점할 수 있다면, 그랬을 거야.

정말로?

아니, 그러지는 못했을 것이다. 그의 고통이 그녀 때문인 것은 싫었다. 그의 고통이 바깥에서 오기를 바랐다. 그래서 안으로 들어오기를, 그녀의 곁에 있어주기를 바랐다.

나의 것이 될 수 없다면, 차라리 버리는 것이 나을지도 모르지.

사바는 책을 다시 내려다보았다. 뭘 읽고 있었는지조차 모르겠다. 그녀는 책을 도로 덮고 일어나다가 움직임을 멈추었다.

"이런, 알아챈 모양이네."

문가에 기대 서 있던 남자가 몸을 펴고 그녀를 쳐다보며 빙그레 웃었다. 사바는 다급하게 뒤로 물러났다. 오두막 근처로 다가오는 것은 커녕 안으로 들어오는 소리조차 듣지 못했다. 문이 열리고 닫혔을 텐데 어째서? 그녀가 그렇게 깊게 생각에 잠겨 있었던 건가?

"줄레나는 어디 갔지? 새로운 마녀를 들였다는 이야기는 하지 않던데. 그럴 예정이라는 얘기도 하지 않았고. 의외인걸. 물론 마녀는 많으면 많을수록 좋지. 특히 어린 마녀는 더더욱. 넌 아주 꼬마로구나. 마음에 드는데."

"줄레나는 계약을 하러 나갔어요."

사바는 긴장한 어조로 남자를 보며 말했다. 남자는 큰 키에 기묘한 색의 머리카락을 갖고 있었다. 마치 해질녘 하늘 같은 색깔이다. 붉게 타오르는 빛깔. 머리카락이 흔들리는 것이 꼭 불꽃이 이글거리는 것처럼 보였다.

"줄레나가 계약을 하러 갈 리가. 줄레나는 늙은 마녀야. 아주 나이가 많지. 그 나이의 마녀는 계약 같은 걸 통해서 힘을 모으지 않아. 인간 따위에게 관여할 필요도 없지."

남자가 앞으로 다가와서는 조금 전까지 그녀가 앉아 있던 의자를 잡아 빼서 거기 걸터앉았다. 사바는 남자를 빤히 쳐다보았다. 남자의 뺨이, 광대뼈 윗부분이, 눈이 변하는 것 같다. 뭔가가…….

"드래곤."

그녀의 중얼거림에 남자가 씩 웃었다. 송곳니가 갑자기 길어졌다가 다시 돌아간다. 남자가 턱을 몇 번 움직인 다음 이를 딱딱 마주치고서 흠 하고 한숨을 내쉬었다.

"인간 형태는 여러 가지 면에서 제약이 많아. 하지만 별수 없는 일이지. 자, 어서 와서 내 앞에 무릎을 꿇고 경배하지 그래?"

"토르카인에도 드래곤이 남아 있는 줄은 몰랐는데요."

고대의 드래곤이란 지극히 드문 존재였다. 어디에 있는지 아무도 모른다. 유일하게 알려져 있는 그루제펜의 드래곤이 그렇게 경외의 대상인 이유도 바로 그거였다. 다른 고대의 드래곤들은 어디에 있는지 '아무도' 모른다.

드래곤은 세상에서 가장 강한 존재였다. 드래곤에 비하면 인간이란 하잘것없는 존재에 불과하다. 드래곤은 수천 년을 살았고, 세상의 흥망성쇠를 보았으며, 세상의 모든 것을 알았다. 그들의 마력은 세상을 부수고 다시 만들 수 있을 정도이며 그들이 한 번 움직이면 세상이 흔들린다고들 했다.

하지만 그렇기 때문에 그들은 세상에 별 관심이 없었다. 그들 자신에게도 별 관심이 없어서 점차 그 수가 줄어갔으며 지금에 와서는 남아 있는 드래곤이 몇 안 된다고들 했다. 그나마 이름이 알려져 있는 드래곤은 그루제펜에 있는 청록의 드래곤, 드물게 모습을 드러낸다는 황금의 드래곤, 대단히 강한 힘으로 한때는 세상을 다스렸다지만 지금은 아무도 생사를 알지 못하는 칠흑의 드래곤과 순백의 드래곤, 서쪽 먼 곳에 있다는 심해의 드래곤과 동쪽에 있다는 열사의 드래곤, 그리고…….

"진홍의 드래곤."

사바는 그를 빤히 쳐다보았다. 남자가 씩 웃었다. 남자의 숨결에서는 불의 냄새가 났다. 그리고 저 머리, 눈.

진홍의 드래곤이다.

"그게 바로 나지."

그가 양팔을 벌렸다. 사바는 꼼짝도 할 수가 없었다. 드래곤이 있다는 건 알고 있었지만 그녀가, 그야말로 새끼 마녀에 불과한 그녀가 드래곤을 이렇게 가까운 곳에서 볼 일이 있을 거라고는 상상조차 하지 못했다.

"뭐야, 계약해달라고 무릎 꿇고 애원하지 않는 거야? 자랑은 아니지만 그런 마녀들이 꽤 많았지. 그게 귀찮아서 나도 마녀들 앞에서 모습을 숨기고 있는 거고. 하지만 너라면 해줄 수도 있는데."

그가 몸을 앞으로 기울이고 그녀를 쳐다보고 다시금 웃었다. 눈동자 안에서 불꽃이 이글거리는 것만 같다. 눈동자가 마치 뱀처럼 세로로 길게 변했다.

"아기나 다름없는 새끼 마녀인데 놀랄 만큼 네 안에 어둠이 꿈틀거리고 있어. 냄새가 나. 내 마음에 꼭 들어. 네가 나이가 들면 어떤 모습이 될지 굉장히 궁금해. 어때? 계약을 하자고."

사바는 황급히 고개를 흔들었다. 그가 눈썹을 치켜 올렸다.

"왜?"

"드래곤의 창녀가 되진 않을 거예요."

마녀의 마력은 유한하다. 계속해서 인간과 계약을 하여 소원을 들어주고 그들에게서 무언가를 빼앗아와야만 마력을 유지할 수 있다. 하지만 그런 것에 싫증이 나거나 혹은 더 많은 마력을 무한히 쓰기를 바라는 마녀들은 때로 드래곤을 찾아 계약을 맺었다. 드래곤이 갖고 있는 엄청난 마력을 마음껏 쓰는 대가로 그들은 드래곤을 주인으로 모시고 드래곤의 모든 명령을 따른다. 이런 마녀들을 '드래곤의 창녀'라고 불렀다.

하지만 드래곤의 수가 줄면서 이런 마녀들 역시 줄어들었다. 청록의 드래곤 밑에는 계약을 한 마녀들이 여럿 있다지만, 그 외에는 드래곤과 계약한 마녀 이야기를 들어본 적이 없었다. 그런 마녀가 없거나 혹은 있다 해도 자신의 존재를 거의 드러내지 않는 모양이었다.

마녀들 사이에서 드래곤의 창녀는 가장 저급한 존재로 취급되었다. 그들은 풍부한 마력을 위해 자신의 몸을 팔아넘긴 자들이었다. 자신의 힘으로 계약을 통해 마력을 모은 것이 아니라 무한한 마력을 쉽게 얻기 위해서 드래곤에게 자신을 판 자들. 설령 드래곤의 수가 줄었고 청록의 드래곤과 계약한 마녀들이 무한한 마력으로 주변 마녀들의 부러움을 사고 있다 해도, 그들의 입장이 달라지는 것은 아니었다.

진홍의 드래곤은 그녀를 보고서 고개를 갸웃했다.

"뭐가 어때서? 내가 이상한 일을 시키려는 것도 아닌데. 드래곤과 계약하면 굉장히 편해. 무엇보다도 마력에 신경을 쓸 필요가 없지. 귀찮게 인간과 계약하지 않아도 되고."

"상관없어요. 드래곤과 계약을 맺진 않을 거예요."

"그거 아쉽네."

그가 의자에 기대 뒷다리로 균형을 잡고 덜그럭 덜그럭 소리를 내며 앞뒤로 움직였다.

"나 말이야, 아직까지 어떤 마녀하고도 계약한 적이 없거든. 그래서 다들 굉장히 노리고 있지. 나와 계약하면 아마 다른 모든 마녀들이 부러워할걸.”

“드래곤의 창녀를 부러워하는 마녀는 없어요.”

사바가 인상을 찌푸리고 말하자 그가 낄낄 웃었다.

“어리군.”

사바가 찌푸린 표정으로 바라보자 그가 의자를 똑바로 내린 다음 몸을 앞으로 기울이고 그녀를 보았다.

“모두가 드래곤의 마녀를 부러워하지. 창녀라고 부르는 이유는 바로 그거야. 자신들도 하고 싶지만 그럴 용기가 없으니까. 드래곤은 쉬운 상대가 아니거든. 인간이야 소원을 들어주고 치워버리면 그만이지만, 드래곤에게는 그렇게 할 수가 없어. 거기다가 드래곤의 엄청난 마력 역시 마녀들에게는 탐욕의 대상이지. 드래곤의 창녀는 마력을 위해 몸을 팔았다? 그건 드래곤과 계약할 능력이 안 되는 마녀들이 분풀이로 떠드는 소리일 뿐이야.”

사바는 가만히 드래곤을 바라보다가 고개를 흔들었다.

“그래도 싫어요. 나한테는 마력이 필요 없어요.”

“마력이 필요 없다니, 그런 마녀가 어디 있어?”

드래곤은 놀란 듯이 그녀를 쳐다보았다.

“마녀에게는 마력이 필요한 법이지. 세상을 흔들기 위해서라도. 자신의 탐욕을 이루기 위해서라도.”

“이루고 싶은 건 아무것도 없어요.”

“그럴 리 없잖아. 그 가슴속에 꿈틀거리는 시커먼 욕망이 다 보이는데.”

그가 손가락으로 그녀의 가슴을 가리키며 씩 웃었다. 사바는 입을 꾹 다물었다.

"원하는 게 있잖아? 있으면 가져야지. 마녀가 되어서 욕망을 억누른다는 건 바보 같은 짓이야. 나와 계약하면 네가 원하는 건 뭐든지 가질 수 있어."

뭐든지. 마력이 있다면 그녀의 외모를 아름답게 바꿀 수 있다. 토르카인 전체를 뒤흔들 수 있을지도 모른다. 그러면, 그런 힘을 가지면 루헤인이 그녀에게 관심을 가질지 모른다. 힘, 외모. 그 모든 걸 그에게 줄 수 있다면.

아름다운 여자가 되어 그의 곁에 앉아 있을 수 있다면.

사바는 문득 정신을 차리고 드래곤을 보았다. 붉은 눈동자가 그녀를 바라보고 있다. 그녀는 날카롭게 손을 휘저었다. 드래곤이 움찔 뒤로 물러나고서 낄낄 웃었다.

"들켰나?"

드래곤은 인간의 감정을 쉽게 자극하고 증폭시킬 수 있다. 마녀보다 훨씬 쉽게. 넘어가면 안 된다. 그리고 어쨌든 루헤인은 마녀를 좋아하지 않았잖아. 그가 원한 건 '이웃나라의 공주, 하다못해 토르카인 대귀족의 영애'였다. 마녀 같은 건 그에게 아무런 매력도 발휘하지 못한다.

생각하지 마. 저 드래곤이 읽을지 모르니까.

"날 너무 경계하는 것 같은데, 그럴 필요 없어. 네가 마음에 들었거든. 정말이야. 너와 계약하고 싶어. 잘 생각해보라고."

드래곤이 일어서서 문으로 향했다. 밖으로 나가던 그가 문득 그녀를 돌아보았다.

"줄레나에게는 이야기하지 마. 줄레나에게는 한 번도 계약하자고 한 적이 없거든. 질투할지도 모르니까."

그가 낄낄거리며 사라졌다. 사바는 찌푸린 눈으로 그가 커다란 드래곤의 모습으로 변해 하늘 높이 사라지는 것을 한참동안 문가에 서서 바라보고 있었다.

며칠 후 줄레나가 돌아왔다. 어디에 다녀온 건지, 계약은 했는지, 어떤 소원을 들어줬는지 그녀는 한 마디도 하지 않았다. 사바도 묻지 않았다. 그것은 마녀들 사이에서 기본적인 예의였다.

"토르카인이 법석이네."

드래곤의 이야기를 할까 말까 망설이고 있던 사바는 즉각 다른 생각을 잊어버린 채 줄레나의 말에 귀를 기울였다.

"멀쩡하던 둘째 왕자가 쓰러지고 평생 아프던 왕세자가 멀쩡해지고 나니까 내정이 엉망이 된 모양이야. 귀족들은 어디에 어떻게 줄을 대야 하나 정신이 없는 모양이고, 왕세자는 뇌물과 아첨을 환영한다고 노골적으로 밝히고 다니는 모양이고, 거기다가 왕까지 골골 하고 있거든."

루헤인. 사바는 침을 삼켰다. 줄레나는 고개를 흔들고서 아름다운 모습으로 변했다.

"젊은 애가 있으니 나도 가끔은 좀 외모에 신경을 쓰고 싶네."

그녀가 낄낄거리고 웃었다. 사바는 자신의 손을 내려다보았다.

"저한테 그런 종류의 신경은 쓰실 필요 없으실 텐데요. 제 외모는 그런…… 그렇게 다른 사람과 경쟁이 되는 외모는 아니니까요."

"경쟁이 되든 안 되든 여자는 여자야. 다른 여자가 있으면 신경이 쓰이게 마련이지. 남자들은 여자가 여럿 있으면 그 여자들이 자길 어떻게 보는지만 궁금하지만, 여자들은 남자의 시선과 다른 여자의 시선 모두를 신경 쓰거든."

그런가? 사바는 루헤인과 마주 앉아 있던 그루제펜 공주를 떠올렸다. 공주의 눈에 그녀는 아예 들어오지도 않았었다. 그녀라는 존재는 벽지에 그려진 꽃이나 다름없었고, 그녀 자신도 그걸 당연하게 여기면서도 한편으로는 불쾌했었던 것 같다.

만약에 공주가 그녀를 적으로 여겼다면, 연신 신경을 썼다면 어땠을까? 그랬다면 루헤인도 그녀에게 신경을 썼겠지. 아예 없는 존재로 취급되는 것보다는 차라리 그게 더 기뻤을지도 모르겠다는 문득 생각이 들었다.

"어쨌든 그 왕세자 참 대단해. 그간 밀린 온갖 방탕한 짓을 다 하고 싶은 모양이지? 궁에 있는 여자란 여자는 다 건드리는 모양이던데. 귀족들이 아주 골치가 아픈 모양이야. 자기 딸이 왕세자의 아이를 가져서 세자비가 되기를 바라는 한편, 아이를 갖지 못하면 치욕이란 치욕은 다 당하고 돌아오는 셈이 되니까."

사바는 움찔했다. 귀족의 영애들. 그가 바라던 여자들이다. 이제는 마음껏 여자를 안을 수 있는 모양이지?

그를 위해서 기뻐해야 하는데, 잘됐다고 생각해야 하는데, 분노가 타올랐다. 그의 주변에 있는 여자들이 전부 다 얽은 얼굴에 곱사등이로 변해버렸으면 좋겠다. 그리고 그는 여자 앞에서 절대로 세울 수 없는 몸이 되면 좋겠다. 다른 여자들 앞에서는.

저주를 걸어버리고 싶어. 토르카인 왕궁 전체를 저주해버리고 싶어. 그의 주변에 다가가는 여자들, 귀족들, 모든 자들을 저주해버리고 싶어.

거긴 내 자리였는데. 내가 있던 곳이었는데.

"그런데 딱히 누구 하나를 좋아하는 건 아닌가 봐. 이 여자랑 한동안 즐기다가 싫증이 나면 쫓아내고, 저 여자를 데려와서 즐기다가 또 쫓아내고 그런다더군. 유일하게 끈질기게 관심을 보이는 상대는 그루제펜의 공주인 모양이야. 그런데 그 여자는 아직도 둘째 왕자의 약혼녀지."

줄레나는 무척 재미있다는 듯이 낄낄 웃었다. 사바는 웃지 않았다. 그러니까 아직도 그는 그 공주에게 사로잡혀 있다는 이야기로구나. 어쩌면 그 공주를 갖기 위해 다른 여자들을 연습용으로 쓰고 있는 건지도 모르지.

원하는 게 있잖아? 있으면 가져야지. 마녀가 되어서 욕망을 억누른다는 건 바보 같은 짓이야. 나와 계약하면 네가 원하는 건 뭐든지 가질 수 있어.

드래곤의 목소리가 머릿속을 울린다. 마치 옆에서 이야기를 듣고 있다가 속삭이는 것처럼, 그 목소리가 그녀의 귀를 채웠다.

사바는 고개를 흔들었다. 아니, 드래곤의 창녀가 된다는 것은 그녀가 아는 상식으로는 결코 해서는 안 되는 일이었다. 그 드래곤이 뭐라고 주장했든 상관없다. 그에게는 노예가 하나 늘어나는 셈이니 좋은 말만 하겠지. 이제 다시는 누군가의 노예로 살지 않을 것이다. 십 년이나 그렇게 지냈다.

이젠 안 해. 보답 받을 수 없는 그런 짓은 더 이상 안 할 거야.

"계집질에 온갖 뇌물에……. 아직 정식으로 국사를 맡지는 않았지만, 이 왕자가 정치에 끼게 되면 과연 어떤 상황이 벌어질지 참 궁금하단 말이야. 애초에 아파 드러누워 있는 통에 왕학 같은 건 거의 공부하지 못했잖아."

줄레나는 사바가 듣든 말든 신경 쓰지 않는 것처럼 허공을 보고 이야기하다가 갑자기 그녀를 쳐다보았다.

"계약을 했던 사이로서 네가 생각하기엔 어때? 그 왕세자가 과연 정치를 잘할 수 있을까? 이러다가 토르카인이 망하는 거 아니야?"

사바는 아무 대답도 할 수가 없었다. 루헤인이 원한다면 할 수도 있을 것이다. 그는 떼를 쓰고 억지를 부려서라도 자신이 원하는 걸 할 것이다. 머리가 나쁜 사람도 아니었다. 오히려 영리하다고 할 수 있었다. 하지만 원하는 대로 되지 않는 몸에, 원하는 대로 되지 않는 상황에 좌절해서 가장 안 좋은 방향으로 파고들어버렸다. 포기하고 증오하는 쪽으로.

그가 토르카인을 좋은 방향으로 이끌까? 그럴 마음이 있을까?

"뭐, 망해도 상관은 없지만. 전쟁이라는 건 마녀가 가장 좋아하는 거니까. 피와 공포와 증오와 복수, 그것만큼 마녀의 가슴을 두근거리게 만드는 것도 없지. 수많은 마녀들이 허공을 날아다니며 인간들의 괴로움과 증오를 빨아들이는 게 눈에 선한걸."

사바가 줄레나를 보았다. 줄레나는 붉은 입술에 한껏 미소를 띤 채 의자에 기대 콧노래를 흥얼거리고 있었다.

"마녀는 그렇게밖에는 살 수가 없나요? 항상 미움과 증오, 그런 감정에만 반응하나요?"

사바가 나직하게 물었다. 줄레나가 눈썹을 치켜 올리며 그녀를 보았다.

"그럼, 당연하지. 마녀니까. 너도 느끼고 있잖아. 우리들은 항상 증오와 탐욕 같은 감정에 가장 예민하게 반응하지. 그렇기 때문에 탐욕으로 우리를 불러내는 인간들과 계약하고, 그들이 결국에 절망해서 무너져가는 감정을 빨아들여 마력을 키우지. 마녀와 계약해서 끝이 좋았던 인간은 아무도 없어. 그들은 나름대로 마녀와 계약하면 뭔가 인생이 더 잘 풀릴 거라고 생각하지만, 그럴 리가 없지."

사바는 눈을 깜박였다. 줄레나는 깔깔거리며 다시 고개를 들고 허공을 바라보았다.

"소원을 들어주고 그 대가로 받아오는 걸로 마력을 키우는 게 아니었나요? 왜……."

"한번 계약했던 상대는 언제까지나 그 마녀와 어느 정도 이어져 있지. 그들이 느끼는 절망과 증오와 좌절 같은 감정은 그대로 마녀의 먹이가 돼. 계약자가 더 처절하게 몰락할수록 마녀는 더 많은 마력을 얻게 되지. 그렇기에 절정에 있는 자와 계약하는 게 좋아. 절정에서 굴러 떨어지는 거야말로 풍요로운 마력의 원천이 되니까."

사바는 인상을 찌푸렸다.

"하지만 전 계약이 끝난 이래로 계약자의……, 왕자의 감정을 전혀 느낀 바가 없는데요. 마력이 더 쌓이거나 하지도 않았고요."

줄레나가 고개를 갸우뚱하고 그녀를 쳐다보았다.

"네가 느끼지 못하는 거겠지. 그럴 리가 있나."

그런가? 물론 첫 계약자니까 그럴 수도 있지만……. 모르겠다. 사바가 고개만 설레설레 흔들자 줄레나는 걱정 말라는 듯이 한 손을 휘저었다.

"신경 쓸 거 없어. 다음 계약자와 계약을 해보면 명확하게 알 수 있을 거야. 어떤 게 연결된 느낌이고, 어떤 식으로 마력이 쌓이는지."

그래, 그렇겠지. 첫 번째 계약자였으니까. 앞으로 계속해서 다른 사람과 계약을 하고, 소원을 들어주고, 마력을 모으고…….

아니, 그러지 않을 것이다. 다시는 계약을 하지 않을 것이다. 다시는 다른 사람의 소원을 들어주지도 않을 거고. 마력 없이, 그저 평범한 인간과 똑같이 살다가 죽을 것이다. 그편이 낫다.

"나도 피곤하네. 좀 자야겠다."

줄레나가 안으로 들어가는 것을 보고 있다가 사바는 허공을 보았다. 루헤인의 증오가 그녀에게 안겨준 마력도 더는 필요치 않다. 그렇다면 이 마력으로 뭘 할 수 있을까? 어떻게 하면 이 마력을 없애고 그저 평범한 인간처럼 살다가 시들어 죽을 수 있을까?

그녀는 홀로 멍하니 고민에 잠겼다.

루헤인은 탁자를 톡톡 치며 한참동안 빌로인 후작이 하는 이야기를 듣는 척했다. 솔직히 앞의 몇 마디가 지나간 다음엔 거의 듣지 않았다. 여자가 징징거리는 것도 듣기 싫은데 남자, 그것도 흉측한 중년 사내가 징징거리는 소리 따위를 들어주고픈 마음은 눈곱만큼도 없었다.

징징거리는 소리가 그칠 기미를 보이지 않자 마침내 그가 탁자를 탕 소리가 나게 내리쳤다. 빌로인 후작이 입을 다물고 놀란 눈으로 그를 쳐다보았다.

"이제 그만 좀 하시지. 지겨우니까."

"저, 저하?"

빌로인 후작을 포함하여 원탁에 모여 앉아 있는 대귀족들 모두가 그를 쳐다보았다. 루헤인은 탁자를 손가락으로 탁탁 두드리며 그들을 둘러보았다.

"이해도 안 가고 지루한 이야기는 이제 그만하자고. 더 들어봤자 아무것도 없잖아. 당신이 하고 싶은 이야기는 오로지 당신 영지를 늘리고 싶다는 거 아닌가? 영지를 늘리고 싶으면 싸우라고. 이웃 영지와 싸우든 아니면 국경을 넘어가 다른 나라와 싸우든, 싸워서 늘려. 그러면 되잖아?"

"그, 그, 그럴 수는, 그건……."

이웃 영지의 타락상에 대하여 침을 튀기며 늘어놓던 빌로인 후작은 더듬거리다가 결국에 입을 다물고 의자에 늘어졌다. 다른 귀족들 역시 충격 받은 표정을 감추지 못한 채 서로를 힐끔거렸다. 루헤인은 그들을 둘러본 다음 피식 웃었다.

"땅이 탐이 나거든 치라고. 군사를 모아서 쳐. 쳐서 빼앗으면 되는 거 아닌가? 그럴 능력도 없으면서 땅만 탐난다고 찌질거리지 말고. 그런 이야기를 들어주고 있을 만큼 한가하지 않으니까. 인생은 짧거든. 여자를 만나는 데 쓸 시간도 모자라는 터에 그따위 이야기를 듣고 싶진 않다고."

"그러다가 정말로 영지 간 분쟁이 일어나게 되면……."

누군가가 용기를 내어 말했다. 루헤인은 검은 눈썹을 치켜 올렸다.

"그럼 싸워 이기는 자가 갖는 거지. 힘 있는 놈이 차지하는 거야. 잘못됐나?"

"그런 논리라면 지금의 영지가 전부 엉망진창이 될 수도 있습니다!"

다른 귀족이 용감하게 소리쳤다. 루헤인은 어깨를 으쓱였다.

"그 정도로 영지 관리를 못 하고 있었다면 엉망이 되는 게 당연하지. 자기 영지인데 지킬 인력도 없나? 지킬 인력도 없이 그저 작위만 갖고서 쥐고 있었던 거야? 그게 무슨 병신 같은 짓이야? 그런 놈은 빼앗겨도 할 말 없겠지."

귀족들은 서로 기가 막힌 시선을 교환했다. 루헤인은 어깨를 으쓱였다.

"물론 치는 쪽에서도 각오는 해야지. 남을 치는 동안 또 다른 누군가가 자기 영지를 치러 올 수도 있는 거거든. 만반의 준비를 갖춘 다음에 남의 영지를 치라고. 힘으로 빼앗은 건 아무 말도 안 할 테니까. 아, 물론 새 영지가 생겼으면 그에 합당한 공물은 바쳐야지? 곡식이든 물건이든 금이든 새 영지에 합당한 걸로 바치라고. 그러면 되지 않겠어?"

귀족들이 다시금 눈길을 교환했다. 이번에는 찌푸린 표정이었다. 지금 대부분의 큰 영지를 보유하고 있는 귀족들은 서로 병력이 비슷비슷한 상황이었다. 국왕이 애초에 그런 식으로 안배해놨기 때문이다. 그러니 다른 영지를 공격하면 그쪽도 반격을 할 거고, 그사이에 반대편에서 다른 귀족이 공격을 해 올 수도 있다. 거기에 대해서 각오하고 덤비라는 이야기이다.

물론 여러 귀족이 동맹을 맺고 어느 하나의 영지를 갈가리 찢어 갖는 방법도 있다. 하지만 그렇게 할 경우에는 왕실에 공물을 바쳐야 한다는 것이다. 충성심을 잃는다는 걸 제외하면 왕실로서는 그리 나쁜 방법은 아니다.

하지만 충성심이란 이 나라, 토르카인을 묶어온 기틀이었다. 충성심을 버리고 돈을 택하겠다니, 세자가 도대체 무슨 생각을 하고 있는 걸까 하는 표정을 짓는 사람들이 여럿이었다.

"그 외에 또 의논할 게 있어?"

"그게, 최근에 세금이 줄고 있는 문제입니다. 각 영지의 곡식 생산량이 줄고 있고 날씨가 계속 가뭄이 들어 올해도 곡식이 아무래도 제대로 자라지 않을 것 같습니다. 올해는 이런 점을 고려하여 각 영지에

서 올리는 조공을 줄이는 편으로 가자고 다흐란 왕자 저하께서 제의를……."

다흐란이라는 이름이 나오자마자 루헤인의 눈에서 불꽃이 튀었다. 탁자를 탁탁 두드리고 있던 손이 주먹을 움켜쥐고 거칠게 탁자를 내리쳤다. 말을 하던 에마리 백작은 입을 딱 다물었다.

"다흐란 왕자 저하께서 그러셨단 말이지. 그거 참 안됐군. 결정을 내리는 건 그놈이 아니니까 말이야."

귀족들은 침묵을 지킨 채 신중한 눈으로 그를 쳐다볼 뿐이었다.

"날씨가 나쁘다, 작황이 안 좋다, 어쩌고저쩌고. 온갖 이유를 둘러대며 조공을 줄이려는 네놈들의 수작을 왕실에서 모를 거라고 생각하나? 한번 줄이면 그다음엔 계속 줄어들겠지. 웃기는 소리. 무슨 수를 쓰든 정해진 공물 양을 맞춰라. 맞출 수 없다면 네놈들의 재산이라도 긁어서 바쳐."

"저하, 귀족들의 재산은 왕실의 것이 아닙니다! 이는 저희가 피땀 흘려 모은……."

루헤인의 차가운 검은 눈이 말을 한 마브 후작을 응시했다. 마치 뱀 앞에 선 쥐처럼 마브 후작은 한 마디도 하지 못한 채 얼어붙었다.

"왕실이 없고 이 나라가 없다면 네놈들에게 재산 따윈 없었다. 영지 따위도 없었겠지. 그저 떠도는 기사 나부랭이에 불과했을 거다. 이 나라가 준 작위를 갖고 떵떵거리고 살고 있는 주제에 뭐가 어째?"

루헤인이 자리에서 일어섰다. 원탁의 귀족들 모두가 따라 일어섰다. 루헤인은 그들을 둘러본 다음 싸늘한 목소리로 말했다.

"너희들은 왕실의 은덕으로 살고 있는 거다. 그리고 이 왕실에 지금 버티고 있는 사람은 바로 나다. 왕세자인 나라고. 그러니 좀 더 내 말에 귀를 기울이고 따르는 게 좋을 거다. 더 이상 네놈들 멋대로 하게 놔두진 않을 거야."

그가 문으로 성큼성큼 걸어가다가 문득 생각난 것처럼 뒤를 돌아보았다.

"네르, 지난번에 보낸 과일은 맛있더군. 뭔지는 모르겠지만 조금 더 보내봐. 그러면 자네의 청에 대해서 좀 더 생각해보지."

프라텐 백작 네르의 얼굴이 창백해졌다. 다른 귀족들이 즉각 그에게 비난의 눈길을 던졌으나 루헤인은 조금도 아는 척하지 않고서 회의실을 나가버렸다.

귀족들이 전부 다 의자에 도로 앉아서 기가 막힌 한숨을 내쉬었으나 누구 한 사람 입을 열지 않았다. 잠시 후 문이 살짝 열리고서 시종 한 명이 고개를 들이밀었다.

"가셨습니다."

그제야 다들 쌓아놓았던 이야기를 툴툴거리며 털어놓기 시작했다. 누군가가 가장 먼저 프라텐 백작을 향해 투덜거리는 어조로 말했다.

"더 이상 세자 저하께 따로 선물을 올리지 않기로 했잖소!"

"내가 뭐 대단한 선물을 올린 것도 아니잖소! 기껏해야 남부에서 많이 나는 특산물을 좀 올린 것뿐인데……. 저하께서는 그간 그런 걸 못 드셔보셨을 테니까, 으흠."

그가 헛기침을 했다. 다른 귀족들 몇 명이 쯧쯧 혀를 찼다.

"혼자서 그런 식으로 튀는 행동을 하면 세자의 착각이 더해질 뿐이오. 세자가 원하는 대로 뭐든 된다고 생각할 테지."

회의 내내 아무 말 없던 미두레 공작이 처음으로 입을 열었다. 다른 귀족들은 인상을 찌푸린 채 천천히 고개를 끄덕였다. 프라텐 백작이 변명하듯 말했다.

"하지만 저하께서 저렇게 직접 지명하여 보내라 하시는데 어찌 그것을 거부하겠습니까."

"과일의 물량이 부족하다거나 모두 상했다거나, 할 수 있는 이야기는 많지요. 세자가 원하는 대로 모든 일이 되지는 않는다는 것을 가르칠 필요가 있소."

"하지만 세자 저하께서 저대로 왕위에 오르시면, 그러면 어떻게 합니까?"

에마리 백작이 말했다. 모두의 시선이 다시금 미두레 공작에게로 쏠렸다.

"그렇게 되지 않기를 바라는 것이 가장 좋겠지요. 하지만 정말로 그런 상황이 된다면……. 그때는 우리도 극단적인 방법을 생각해봐야 할 것입니다. 우리의 힘이 세자가 생각하는 것처럼 그렇게 약하지 않다는 걸 보여줘야지요."

"지나치게 극단적인 방법은……."

"지나치게 극단적인 방법까지 쓸 필요는 없소이다. 그저 천둥벌거숭이가 제 주제를 알도록 깨우쳐주는 정도라면 충분하지요. 우리 귀족연합이 겨우 애송이 하나에게 이렇게 벌벌 떨어야 할 정도였소?"

그 말에 모두가 인상을 찌푸렸다. 왕실의 힘이 강한 것은 사실이지만, 그 강함을 이루고 있는 것은 실은 귀족연합체였다. 당연한 일이 아닌가. 귀족들이 없으면 왕실도 없다.

모두가 그 사실을 깨달았다는 것을 파악한 것처럼 미두레 공작이 고개를 끄덕였다.

"지금껏 우리는 말이 통하는 다흐란 왕자와 이야기하고 있었기 때문에 간단한 사실을 잊고 있었던 것이오. 왕실이 존재하는 것은 우리 귀족들이 지지해주고 있기 때문이라는 거지요. 지금부터라도 억지를 부리는 세자에게 안 되는 건 안 된다는 사실을 가르치면 되는 거요. 어린애를 가르치듯이 말이오. 어차피 세자는 어린애이지 않소? 내내 병상에 누워 있다가 이제 막 일어나서 자기 힘을 휘두르며 즐거워하는 어린애."

"그렇긴 하지요."

누군가가 중얼거렸고 다들 천천히 고개를 끄덕였다. 미두레 공작은 온화한 미소를 지으며 고개를 끄덕였다.

루헤인은 침대에 기댄 채 반쯤 드러누워 있었다. 시녀들이 그의 주변에 다과를 갖다놓은 다음 숨을 죽이고서 조용히 뒷걸음질쳐나갔다. 그는 과자를 한 주먹 집어 하나씩 입으로 던져 넣었다. 잠시 기다리고 있으니 밖에서 목소리가 들렸다.

"저하, 심부름꾼이 왔습니다."

"들여보내."

문이 열리고 미두레 공작의 시종이 고개를 숙인 채 들어왔다. 루헤인은 말을 하라는 듯이 한 손을 흔들고서 계속해서 과자를 와작와작 씹어 먹었다. 시종은 낮은 목소리로 귀족회의의 이야기를 전달했다. 루헤인은 고개를 끄덕거리고 중간에 몇 차례 웃음을 짓기도 했다.

시종의 말이 끝나자 그가 한 손을 흔들었다. 방 안에 있던 세자의 시종이 구석의 상자에서 보석 두어 개를 꺼내서 공작의 시종에게 건넸다.

"어이."

뒷걸음질치고 있는 시종에게 루헤인이 가벼운 어조로 말했다.

"나에게 잘하는 자에게는 그만한 대가를 지불할 것이다. 그리고 나를 배반하는 자에게도 역시나 그만한 대가를 지불할 것이다."

시종이 힐끔 그를 쳐다보았다. 루헤인은 빙그레 웃었다.

"누구를 모시는 게 네 신상에 유리한지 잘 생각하여 행동해라. 알겠느냐?"

시종은 더욱 몸을 웅크린 채 뒷걸음질로 간신히 문을 빠져나갔다. 루헤인은 문이 닫힐 때까지 과자를 먹고 있다가 침대에서 몸을 일으켰다.

"멍청하군. 귀족연합이 그렇게 단결력이 강하다고 생각하다니."

시종들은 누구 하나 말을 하지 않는다. 그가 아플 때 바깥방을 지키고 있던 시종들은 이미 전부 해고되었고, 모두 새로운 사람으로 바뀐 터였다. 그들은 오로지 세자가 시키는 것만 하는 것이 자신들의 자리를 보전해준다는 사실을 잘 알고 있었다. 혹여 이 안에서 벌어지는 일에 대해 한 마디라도 했다가는 지하 감옥에 갇혀 나오지 못한다는 사실도.

수십 년 동안 왕궁 깊은 지하에 있다는 감옥은 쓰인 적이 없었다. 그런데 지금은 지하 감옥에 꽤 여러 명이 갇혀 있다는 흉흉한 소문이 돌았다. 한밤중에 왕궁 안에서 기묘한 소리가 들린다는 이야기도 있었다. 지하 감옥에 갇힌 사람들이 울부짖는 소리라고. 하지만 이 이야기도 오로지 세자의 시종들 사이에서나 도는 이야기일 뿐, 외부인들은 아무도 알지 못했다. 지하 감옥에 내려갔다가 들켜서 그대로 갇혀 버릴까 봐 겁을 먹은 사람도 있고, 이런 이야기를 다른 사람에게 했다가 같은 꼴이 될까 봐 겁을 먹은 자도 있었다. 어쨌든 그 덕에 세자의 주위에서는 아무도 세자의 행동에 대해 떠들지 않았다.

세자에 대해서 떠들 수 있는 것은 오로지 세자가 건드리는 여자들뿐이었지만, 최근에는 그 수도 줄어들고 있었다. 요즘 그가 만나는 상대는 그루제펜의 공주 카밀라뿐이었다.

"저하, 공주 저하께서 오셨습니다."

바깥에서 목소리가 들렸다. 루헤인은 곧장 침대에서 일어나서 탁자 쪽으로 걸어갔다. 안에 있던 시종이 문을 열자 시녀들이 먼저 들어왔고 뒤를 이어 카밀라 공주가 들어왔다. 루헤인이 그녀를 보고 미소를 지으며 다가갔다.

"공주."

"세자 저하."

카밀라 공주가 무릎을 구부려 그의 앞에 살짝 절을 하고서는 눈을

들어 그를 올려다보았다. 긴 속눈썹 아래로 초록빛 눈동자가 빛나고, 분홍빛 입술이 살며시 미소를 머금었다.

"잘 오셨습니다. 공주를 보니 어둡던 하루가 밝아지는 것 같군요."

그가 손을 내밀자 그녀가 손을 얹었다. 그는 그 손을 그대로 잡아 입술로 가져갔다. 공주의 하얀 얼굴이 발그스름하게 달아오르고, 긴 속눈썹이 젖은 초록빛 눈동자를 가렸다. 그의 입술이 닿자 그녀의 온몸이 파르르 떨린다. 그 긴 속눈썹까지도. 분홍빛 입술은 살며시 한숨을 내쉰다.

"함께 정원이라도 산책하시겠습니까?"

"저하께서 바쁘시다고 들어서 방해를 하고 싶지는 않았는데……. 그저, 저기……."

그녀는 차마 말을 할 수 없는 것처럼 그를 한 번 올려다보고는 다시 눈을 내리깔았다. 얼굴과 목덜미의 홍조가 더욱 진해졌다. 루헤인의 손이 천천히 그녀의 손등을 타고 팔목으로, 그 위쪽으로 움직였다.

"공주의 얼굴을 보는 것이야말로 가장 중요한 일이지요. 귀족들과의 사소한 담소 따위가 뭐 그리 중요하겠습니까?"

"그래도 귀족회의에 빠지셔서는 아니 되지 않으시겠습니까? 어찌 되었든 세자 저하께서 맡아 하셔야 할 일인데요."

그러면서도 카밀라 공주의 손은 그의 어깨에서 떠나지 않는다. 루헤인은 몸을 기울여 그녀의 얼굴에 바싹 고개를 들이밀었다. 그녀의 얼굴이 더욱 빨개지고, 눈은 촉촉해졌다.

"공주에 비하면 그런 자들이 뭐 그리 의미가 있겠습니까."

그녀가 몇 번 속눈썹을 내려 눈을 감추다가 마침내 천천히 그를 올려다보았다. 초록빛 눈동자에서 초점이 흐려지고, 입술 사이로 한숨이 다시 새어나온다. 두 사람의 입술이 천천히 마주쳤다. 공주는 잠깐 동안 입술을 떨며 가만히 있다가 그의 혀가 움직이자 마침내 입술을 벌리고 그를 받아들였다.

쉽다. 너무 쉽다.

여자란 이렇게 쉬운 존재였나. 세자라는 이름이 이렇게 강한 것이었나. 태어날 때부터 건강하기만 했어도 어릴 때부터 이 모든 것을 다 갖고 있었을 것이다. 이 모든 것을.

이 여자조차도.

처음에는 그를 밀어낼 것처럼 거리를 두고 종종 다흐란의 이름을 들먹이던 카밀라 공주도 이제는 형식적으로만 거리를 둘 뿐, 그의 손이 닿으면 항상 무너졌다. 어쨌든 공식적으로는 아직 다흐란의 약혼자라는 입장이기 때문에 마지막 단계까지 밟지는 않았지만, 지금이라면 그가 침대로 이끈다 해도 얼마든지 따라올 거라는 느낌이 들었다.

권력이라는 것이 이렇게나 대단한 것이었나? 일국의 공주까지 이렇게 쉽게 몸을 허락할 정도로?

지금 이 모습을 사바에게 보여주고 싶었다. 그녀의 앞에서 이 여자를 안고, 그에게 모든 것을 내주는 이 여자를 보여주며 말하고 싶었다. *나와 어울리지 않는다고? 나에게 맞지 않는다고? 이 여자는 손가락만 까딱이면 내 것이다. 이 나라의 모든 여자들이 마찬가지지. 너, 한낱 마녀 따위가 감히 이 여자가 나와 어울리지 않는다는 따위의 소리를*

하는 것이냐? 나에게 있는 것이라고는 겨우 보잘것없는 마녀 하나뿐이라고, 그렇게 말하는 거냐?

웃기는 소리. 지금 그는 모든 것을 갖고 있었다. 모든 것을!

입술을 떼자 카밀라는 숨을 헐떡이며 눈을 뜨고 그를 바라보았다. 흐릿한 눈에는 금세 초점이 돌아오지 않았다. 그녀의 하얀 손이 그의 가슴을 눌렀다.

"저, 저하? 왜……."

"아니, 그대가 너무나 아름다워서. 이 얼굴을 조금 더 보고 싶어서."

그가 한 손으로 그녀의 뺨을 문지르며 속삭이자 그녀의 얼굴이 다시금 붉어졌다. 시선을 돌린 채 그녀는 앙탈을 부리듯 그의 가슴을 살짝 때리고 그 부분을 천천히 쓰다듬었다.

"그런, 그런 말씀 하시면 안 됩니다. 어쨌든 저는 아직……."

다흐란의 약혼녀지. 전에는 이 여자를 빼앗으면 대단히 기쁠 것 같았는데, 지금은 어쩐지 그렇게까지 빼앗고 싶지는 않아졌다. 손가락만 까딱이면 얼마든지 할 수 있다는 생각이 들자 갑자기 갖고 싶지 않아졌다.

그가 원한 건 '가질 수 없는 공주'였던 것 같기도 했다. '다흐란의 것이었던' 공주. '그의 것이 아니었던' 공주. 그런데 지금 이 여자는 그의 것이었다. 이름만 아닐 뿐, 모든 면에서 그의 것이다.

"그대의 어여쁜 복숭아를 보고 싶은데. 그대가 그 귀여운 것을 보여주면, 내가 그대를 아주 즐겁게 해드리지요. 어떻습니까?"

그가 귓가에 대고 속삭이자 그녀가 새빨개진 얼굴로 킥킥 웃고는 주변을 둘러보았다. 시종들은 이미 그들이 뭘 하는지 눈치를 챈 듯 소리 없이 자리를 비우는 중이었다.

"그건, 그런 건 아니 됩니다. 아시면서 그러십니까."

"아무도 모를 겁니다. 오로지 저만 알지 않겠습니까?"

카밀라는 잠깐 주위를 둘러본 다음 마지막 시종까지 자리를 비우고 나직하게 문 닫히는 소리가 나자 계산된 수줍은 표정으로 그를 올려보더니 드레스 목선으로 손을 올렸다. 젖은 입술을 혀로 한 번 더 적신 후 그녀가 살그머니 목선을 끌어내린다. 새하얀 복숭아 같은 젖가슴이 목선 위로 부풀어 오르고, 목선이 조금 더 내려가자 입술과 같은 분홍빛 끄트머리가 살며시 드러났다. 카밀라 공주가 부끄러운 듯이 어깨를 살짝 움츠리고 눈으로 그의 반응을 살핀다. 루헤인은 비뚜름한 미소를 지은 채 한 손을 내려 그녀의 풍만한 젖가슴 옆 부분을 손가락 끝으로 부드럽게 쓰다듬었다.

"정말로 아름답군요. 그대의 이런 모습을 보는 사람이 나라는 것이 기쁩니다."

"저하가 아니고서는 하지 않았을 겁니다. 오로지…… 저하께만 보이는 것입니다."

그녀가 낮은 목소리로 속삭였다. 만약 몇 달 전에, 그의 곁에 여자라고는 별 볼 일 없는 마녀 하나밖에 없던 시절에 이런 말을 들었다면 그대로 무릎을 꿇고 이 여자가 원하는 모든 것을 했으리라. 하지만 몇 달 사이에 그의 인생은 달라졌다. 모든 것이 달라졌다.

“나를 위한 것이라니, 거부할 수가 없지 않습니까.”

“하, 하지만 아직, 아직 저희들은, 저희는…….”

그가 고개를 숙이자 카밀라는 거부하려는 듯 손을 들었지만 그를 밀어내지는 않았다. 그의 뜨거운 입술이 가슴에 닿자 그녀가 나직한 신음을 흘렸지만 여전히 저항하지는 않는다. 오히려 그의 입술을 향해 가슴을 더욱 밀어붙일 뿐이었다.

루헤인은 속으로 웃음을 지었다. 제 나라를 대표하여 온 이 여자까지도 그의 앞에 이렇게 알몸을 드러내고 원하는 대로 모든 것을 바치고 있다. 모두가 그의 앞에 무릎을 꿇는다. 더 이상 무엇을 바라겠는가? 이 나라는 그의 것이고, 모든 것이 다 그의 것이 되었다. 아니, 되돌아왔다. 원래 그의 권리를 되찾았다.

그런데 어째서 가슴 한구석이 이상하게 허전한 건지 이해할 수가 없었다. 왜 예전에 상상하던 것처럼 하늘을 날 듯한 기분이 아닌 건지. 왜 뭔가가 없는 건지. 왜…….

가슴 한구석이 텅 빈 기분이 드는 건지.

7

하루하루 방으로 찾아오는 사람들이 줄어든다. 예상하던 일이었지만 실제로 당하고 있으니 어쩐지 웃음이 나왔다. 다흐란은 어두컴컴한 허공을 바라보며 소리 없는 웃음을 지었다. 형님도 항상 이런 기분이셨을까? 어쩌면 조금 더 자주 찾아가는 것이 옳은 일이었는지도 모르겠다.

그나마 얼마 전까지 얼굴이라도 비추곤 하던 카밀라 공주조차 더 이상은 찾아오지 않았다. 사실 최근 얼마 동안 그녀도 점점 더 이상해졌다. 어느 백작은 궁 전체가 나쁜 마법에 걸린 것만 같다고 한탄했다. 그가 쓰러지고 세자가 갑자기 건강해진 것이 흡사 흉악한 마법에 의한 것이라는 듯이. 무엇보다도 여자들이 이상하다고 했다. *세자를 한 번 본 여자들은 너나 할 것 없이 죄다 홀린 것처럼 변해버렸습니다. 제 여식마저도 공식석상에서 세자 저하를 단 한 번 뵈었을 뿐인데 궁에 넣어달라고 저에게 사정을 하더군요. 이게 대체 무슨 일인지!*

다흐란은 그것이 딸에 대한 백작의 아쉬움일 뿐이라고 생각했다.

건강해진 루헤인의 모습은 그가 보아도 대단했다. 어려서부터 건강했다면 원래부터 인기가 있었을 것이다. 단지 그동안 내내 비쩍 마른 채 환자의 모습을 하고 있었기에 아무도 눈치 채지 못했을 뿐이다. 그가 궁에서 가장 검술에 뛰어난 드말로 경마저 쉽게 제압했다는 소문도 전해 들었다. 세자는 세자인 법이지. 다흐란은 그렇게 생각했다.

다만 카밀라 공주의 경우에는, 기묘했다. 그녀는 아름답고 영리했고 항상 자국의 이익에만 주목했다. 카밀라 공주와 다흐란은 그 동안 내내 서로의 이익을 놓고 소리 없는 싸움을 벌이고 있었고, 카밀라 공주는 조금도 지지 않으려 했다. 만약 카밀라 공주와 혼인을 했다면 꽤나 결혼생활이 피곤했을 것이다. 그녀와 함께 있으면 항상 말을 조심해야 할 테니까.

그런데 얼마 전부터는 그런 기색이 전혀 보이지 않게 되었다. 물론 더 이상 그가 정치적으로 쓸모가 없다고 생각하여 그의 앞에서 그런 태도를 보이지 않게 된 것일지도 모른다. 하지만 반쯤 넋이 나간 것처럼 초점이 흐린 눈으로 그의 옆에 앉아 몇 번인가 루헤인의 이야기를 하다가 입을 다물고, 또다시 루헤인의 이야기를 하다가 입을 다물곤 하는 모습은 흡사 사랑에 빠진 저자거리의 평범한 소녀 같았다. 그의 방에서 다른 여자의 향기가 났다든지, 누군가가 다른 여자에 대한 소문을 이야기했다든지, 국왕께서 아직까지 약혼 관계를 정리해주지 않으셔서 세자가 그녀를 탐탁지 않아 하는 것 같다든지.

어쩌면 정말로 형님을 사랑하게 된 것일지도 모르지. 그건 그거대로 좋은 일이 아닌가. 두 사람이 마음을 맞춰 행복하게 살 수 있다면 둘이 혼인을 하는 것이 가장 좋은 일이리라. 특히 카밀라 공주가 루혜인을 사랑하게 되어 그를 위해 토르카인의 부국에 더 힘을 쏟는다면 그것만큼 좋은 일이 어디 있으랴. 그가 갖가지 지략과 노력으로 이루려던 일을 루혜인이 매력을 이용해 간단하게 달성한다면, 정말로 좋을 것이다. 신이 토르카인을 구원하기 위해 일부러 이런 일을 일으킨 것인지도 모른다.

토르카인에 진정으로 필요했던 인물이 바로 루혜인이었는지도.

"전혀 아쉽지 않으신가요?"

갑작스러운 목소리에 다흐란은 감으려던 눈을 뜨고 고개를 돌렸다. 촛불이 거의 꺼져서 어두컴컴한 방 안에 흐릿한 그림자가 움직인다.

"누구냐?"

그의 목소리는 한참 쓰지 않아 쉰 것처럼 흘러나왔다. 그를 돌보는 시종의 수도 나날이 줄어서 이제는 한두 명이 돌아가며 일을 맡는 것 같았다. 병자를 돌보는 걸 좋아하는 사람은 없을 테니 이해할 만한 일이다.

그림자가 천천히 그의 시야 속으로 다가왔다. 별 특징이 없는 여자에게서는 어쩐지 낯이 익은 약초 냄새 같은 것이 났다.

"넌 누구고 여기에 어떻게 들어온 거지? 여긴 왕궁인데."

"저는 오랫동안 이곳에 있었습니다."

여자가 조금 더 다가오자 얼굴이 보였다. 역시나 별 특징이 없는 얼굴이다. 갈색 머리, 가라앉은 눈동자. 촛불이 흐려서 눈동자 색깔은 정확하게 보이지 않았다. 다흐란은 인상을 찌푸렸다.

“시중을 드는 아이냐? 지금은 시킬 일이 없어.”

“저하께서는 이리 누워 있는 것이 원통하지 않으십니까? 화가 나지 않으십니까?”

여자의 물음에 다흐란은 미간을 찌푸렸다.

“답답하기는 하지. 하지만 원통하다니, 어째서 원통해야 하지?”

“글쎄요. 저하께서는 이리 누워 아무 일도 하지 못하시는데 세자 저하께서는 저 바깥에서 자유롭게 노니고 계시니까요.”

“그것은 형님께서 축복을 받으신 것이지. 게다가 형님께서는 나보다 훨씬 오래 이리 자리보전을 하셨다. 나는 기껏해야 몇 달일 뿐이야. 형님께 비하면 한참 멀었지.”

“고통은 누구나 자신의 것이 가장 큰 법입니다. 몇 달이라고는 해도 자유를 아시는 저하께서 더 힘드실 수도 있을 텐데요.”

여자의 말투는 차분했지만 어느 정도는 의아한 빛이 돌기도 했다. 다흐란은 허허 웃었다.

“나는 아무것도 아니야. 형님은 그리 오랫동안 병과 싸워오셨으니 이제 즐기셔도 되지 않겠느냐. 게다가 형님은 세자이시니 원래의 자리를 찾으시는 게 당연해.”

여자는 가만히 그를 바라보았다. 한참동안 아무 말도 하지 않고 그를 관찰하듯 바라보기만 한다. 다흐란이 마침내 인상을 찌푸리고 뭐라고 말을 하려는데 여자가 나직하게 먼저 말했다.

“저하는 참으로 특이하신 분입니다. 상황이 바뀌었을 때 세자 저하께서는 그리 관대하지 않으셨는데 말입니다.”

“형님께서는 나에게 잘해주셨다. 내가 피곤해하는 걸 알고 모두를 물려주시고, 내가 해야 할 일까지 전부 다 떠맡아주셨어. 형님에 대해 허튼소리를 하면 가만 두지 않을 것이다.”

다흐란이 엄중한 어조로 말하자 여자는 낮게 웃었다. 왠지 모르게 기운이 없는 미소였다.

“저하께서는 이리 자리에 누우셨는데도 전혀 변하지 않으셨군요.”

다흐란은 여자를 빤히 보았다. 어딘가 낯이 익은 것도 같은데, 누군지 기억이 나지 않는다. 궁 안에서 일하는 여자일까?

“나를 아느냐?”

“오랫동안 알았지요. 오랫동안이요.”

여자가 나지막하게 말했다. 다흐란은 여자를 떠올려보려고 노력했지만 결국 고개를 흔들었다.

“나는 네가 누군지 모르겠구나. 미안하다.”

“괜찮습니다. 아무도 기억하지 못하는 것이 당연한 일이니까요. 본디 마녀가 소원을 이루어주고 나면 그 소원을 빈 사람 외에는 아무도 기억하지 못하는 법입니다.”

마녀? 그는 찌푸린 눈으로 여자를 보았다.

“우리 토르카인에 마녀가 있었단 말이냐? 그런 건 그루제펜에만 있는 줄 알았는데.”

“토르카인에도 있습니다……. 그리고 저는 여기에 아주 오랫동안 있었습니다.”

여자는 흐릿한 미소를 지으며 그를 내려다보았다. 순간적으로 촛불이 파르르 타오르며 여자의 물빛 눈동자가 보였다. 물빛 눈동자. 머릿속에 뭔가가 떠오를 것도 같았지만, 순식간에 다시 사라졌다. 다흐란은 한숨을 내쉬며 고개를 저었다.

"역시 모르겠다. 그런데 마녀가 여기에는 왜 온 것이냐?"

여자는 잠시 그를 바라보고 있다가 천천히 말했다.

"사과를 드리러 왔습니다."

"사과? 나에게?"

여자는 고개를 끄덕이고 침대 가에 서서 그를 내려다보았다. 다흐란은 몸을 일으키려고 했지만, 한때 용맹한 기사였던 몸은 몇 달 사이에 몰라볼 정도로 쇠약해져서 이제 침대에서 혼자 일어나는 것조차 쉽지가 않았다.

"무슨 사과를 하겠다는 것이지?"

"저하께서 이리되신 것은 제 탓입니다. 제가 소원을 들어드렸기 때문이지요."

"무슨……, 누구의 소원을?"

"세자 저하의 소원을요."

다흐란은 다시 인상을 찌푸리고 여자를 보았다.

"형님께서 무슨 소원을 비셨는데?"

"그분께서는……."

여자는 입을 다물고서 그를 빤히 쳐다보다가 다시 나지막한 목소리로 대답했다.

"그분께서는 자신과 저하의 입장이 바뀌기를 원하셨습니다. 자신이 건강해지고, 저하께서 아프시기를 바라셨지요."

다흐란은 잠시 동안 아무 말도 하지 못했다. 뭐라고 말해야 할지 알 수가 없었다. 마른 입술을 몇 번이나 축이고 나서야 간신히 말이 나왔다.

"형님께서 그렇게 힘들어하셨는 줄은 몰랐다. 알았더라면, 알았더라면 뭔가 다른 방법을 찾았을 텐데. 내가 진작 알았더라면 좀 더……."

"저하께서 하실 수 있는 일은 없었을 겁니다. 그분께서는 자신이 갖지 못한 걸 갖고 싶어 하셨던 것이니까요. 왕자 저하께서 무엇을 하셨어도 달라지지 않았을 것입니다."

자신을 마녀라 주장한 여자는 너무나도 차분한 어조로 말했다. 자신이 세상에서 세자를 가장 잘 알고 있는 것처럼. 다흐란은 다시 여자를 쳐다보았다.

분명히 언젠가, 어디선가 저 여자를 본 적이 있다. 하지만 그게 언제였는지, 어디였는지 아무리 생각을 하려 해도 떠오르지가 않았다. 분명히 아는데. 저 여자를 알고 있는데.

"저하께서는 참으로 좋은 분이십니다. 그래서 제 탓으로 이리 누워 계시는 것을 더 이상 볼 수가 없습니다. 필요 없는 고통을 받고 계시는 것을요."

여자의 말에 다흐란은 피식 웃으며 고개를 저었다.

"네 말대로라면 내가 이리 누워 있는 것은 형님께서 바라신 일이다. 나 역시 형님의 고통을 알 필요가 있는 것이겠지. 네가 괴로워할 이유는 없다."

"제가 그 소원을 들어드리지 않았다면 괜찮았을 것입니다. 지금이라도 저하를 낫게 해 드릴 수 있습니다. 그것을 바라십니까?"

여자의 말에 순간적으로 그래, 바란다, 하고 말할 뻔했다. 언제 찾아들지 모르는 심장의 고통, 숨을 쉴 수 없는 괴로움, 팔다리가 바싹바싹 말라가는 끔찍함에서 벗어날 수만 있다면 뭐든 하겠다고 말하고 싶었다. 하지만 다음 순간 이성이 그의 머리를 다시금 지배했다.

"아니, 싫다."

여자는 조금 놀란 표정으로 그를 쳐다보았다. 그러더니 고개를 한쪽 옆으로 갸우뚱한 채 그를 쳐다보았다.

"이대로 아픈 채, 언제 죽을지 모르는 채로 사시겠다는 것입니까? 건강하게, 오래도록 살고 싶지 않으십니까?"

"그걸 바라지 않는 사람이 어디 있겠느냐. 하지만 내가 지금 건강해지는 것은 우리 토르카인에 있어서 안 될 일이다."

다흐란은 바싹 마른 입술을 똑같이 바싹 마른 혀로 축이려 했지만 조금도 달라지지 않았다. 여자가 그의 곁으로 다가오더니 컵을 입술에 갖다 댔다. 쓰고 짭짤한 맛이 나는 기묘한 액체가 목으로 넘어가자 몸이 조금 편안해진다. 한숨을 내쉬고 그가 그녀를 바라보았다.

"너는 정말로 마녀인 모양이구나."

여자의 입가에 음울한 미소가 스치고 사라졌지만 대답은 없었다. 그는 천천히 숨을 들이켠 다음 조금 편해진 상태로 말을 이었다.

"만에 하나 지금 내가 건강해진다면 이 나라에는 건강한 왕자가 둘이 되는 셈이다. 게다가 그간 앞에 나서 얼굴을 내보였던 사람은 세자 저하이신 형님이 아니라 나였다. 귀족들은 익숙한 나에게 의지하려 할 것이고, 그렇게 되면 정당한 왕위 후계자이신 형님과 나 사이에서 귀족들이 나뉘게 된다. 결국에 나라 전체가 흔들릴 수도 있지. 한 나라에 왕위를 이을 가능성이 있는 자가 둘이 되어서는 안 돼. 형님께서 정당하게 지위를 이어받으셔야 한다."

"세자 저하께서는 왕자 저하께 그리까지 신경을 쓰지 않으실 겁니다. 그래도 그분을 그리 아끼시는 것입니까?"

다흐란은 쓴웃음을 지었다.

"한 분뿐인 형님이시다. 내 어찌 신경을 아니 쓰겠느냐? 거기다가 여기는 우리 모두가 사는 나라가 아니냐. 나는 왕가의 일족이야. 왕가가 가장 중요하게 생각해야 하는 것은 이 나라의 안녕이다. 나 하나 때문에 이 나라 전체가 흔들리게 할 수는 없다."

여자는 표정을 알 수 없는 얼굴로 한참동안 그를 바라보았다. 머릿속으로 무언가 계산을 하는 것처럼 가만히 그러고 있다가 다시금 입을 열었다.

"그렇다면 저하께서 왕자가 아니게 된다면 어떻습니까? 저하의 존재가 이곳에서 사라진다면 말입니다. 아무도 저하를 기억하지 못하고, 저하는 그저 필부(匹夫)가 되어 저 바깥에, 평민들 속에서 평범하게 사시는 겁니다. 건강하게요. 그러면 괜찮으시겠습니까?"

다흐란의 눈이 커졌다.

"그런 일을 할 수 있단 말이냐?"

여자는 다시금 희미한 미소를 지었다.

"저하께서 바라신다면, 할 수 있습니다."

다흐란은 침을 삼켰다. 그렇게만 될 수 있다면, 그렇게만…….

"설마 무언가 해를 입히는 것은 아니겠지? 이 나라라든지 아니면 형님께 해가 된다면……."

"마녀는 소원을 들어주고 그 사람이 아끼는 것을 받아갑니다. 하지만 저는 아직 세자 저하께 아무 대가도 받아가지 않았습니다. 이것은 제가 받아가는 대가이자 속죄가 될 것입니다. 그러니. 안심하셔도 됩니다."

"하지만 왜 형님께서 비신 소원을 네가 그리 미안해한단 말이냐?"

다흐란이 의아하게 묻자 여자는 가만히 자신의 손을 내려다보고 있다가 고개를 흔들었다.

"모르겠습니다. 어쩌면 이 궁 안에서 저에게 잘 대해주셨던 분이 저하뿐이었기 때문인지도 모르지요."

"내가?"

하지만 나는 네가 기억도 나지 않는데. 다흐란은 이렇게 덧붙이고 싶은 것을 참았다. 여자는 그저 고개를 돌리고 커튼을 내려놓은 창문만 바라볼 뿐이었다. 자신의 눈에는 그 바깥이 보이기라도 하는 것처럼.

다시 밖으로 나가서 검을 휘두를 수 있다면, 맑은 공기를 마음껏 마실 수 있다면 얼마나 좋을까. 얼마나.

“밖으로 나가 자유롭게 사실 수 있게 해드리겠습니다. 저하께서는 그저 그것을 원한다고만 말씀하시면 됩니다. 그러면 저 밖에서, 평범한 평민으로서 사실 수 있으실 것입니다.”

“하지만 이 모든 일들은 기억하는 것이냐? 내가 왕자라는 것, 마녀에게 소원을 빌어 그리 되었다는 걸 전부 다 기억하고 살게 되는 것이냐?”

“원하신다면 그리 해드릴 수도 있고, 원치 않으신다면 기억하지 못하게 할 수도 있습니다. 저하께서 선택하시면 됩니다.”

그가 없는 편이 세자에게 훨씬 나을 거라는 것은 잘 알고 있었다. 왕위 후계자는 오로지 한 사람이면 된다. 그러면 귀족들이 분열될 일도 없다. 다흐란은 다시 여자를 쳐다보았다.

“다른 사람들은? 다른 사람들이 내가 있었다는 걸 기억한다면 아무 의미도 없지 않느냐?”

“마녀의 마법으로 바뀐 것들은 다른 자들은 아무도 알지 못합니다. 지금 저하께서 사라지시면, 아무도 저하를 기억하지 못할 겁니다. 처음부터 왕자는 단 한 사람이었던 것처럼요.”

다흐란은 숨을 천천히 들이켰다가 내쉬었다. 그리고 다시 한 번 들이켰다가 내쉬었다. 결정을 내리는 것은 쉬운 일이 아니었다.

그분께서는 자신과 저하의 입장이 바뀌기를 원하셨습니다.

세자가 지금 건강해진 자신의 상태를 얼마나 즐기고 있는지에는 의문의 여지가 없었다. 하지만 앞으로 힘든 일도 많을 것이다. 그때 옆에서 형님을 지지해줄 수 없다는 것이 조금은 아쉬웠지만, 그의 지지보다 그의 존재가 사라지는 것이 형님에게는 훨씬 더 이득이 되리라.

그래, 그가 사라지는 편이 나을 것이다.

다흐란은 눈을 감았다.

"원한다. 모든 걸 잊고 밖으로 나가 평범한 평민으로 자유롭게 살기를 원해."

"소원은 이루어졌습니다."

여자의 목소리가 먼 곳에서 들리는 것 같다. 다흐란은 눈을 뜨려고 했지만 누군가가 눈꺼풀을 꽉 꿰매놓은 것처럼 눈을 뜰 수가 없었다. 숨을 쉴 수가 없다. 목이 조인다. 가슴이 타는 것 같다. 그는 양팔을 허우적거리며 비명을 질렀다.

다음 순간 누군가가 그의 팔을 잡고 끌어냈다. 공기. 맑고 깨끗한 공기가 코와 입으로 들어오자 그가 헐떡거리며 숨을 내쉬고 눈을 번쩍 떴다. 사내 둘이 그를 물에서 끌어내 바닥으로 내던지고 숨을 몰아쉰다.

"무겁기는 지랄맞게 무겁구만! 물에는 왜 들어가서 그러고 있었대?"

"이봐, 살아 있는 거야? 엉?"

사내 한 명이 그를 내려다본다. 눈을 깜박이자 차가운 물방울이 눈꺼풀에서 뺨으로 떨어져 다른 물줄기들과 합쳐져서 줄줄 흐른다. 그는 자신의 몸을 내려다보았다. 온몸이 젖어 있고, 발치에는 개울이 빠르게 흐르고 있었다.

“저런 물에 빠져 있는 놈은 또 처음 보겠구만. 죽을라고 환장한 건 아닐 것이고, 술이라도 퍼마시고 취한 거 아녀?”

“사지는 멀쩡한 놈이……. 쯧쯧쯧.”

왜 저 물에 들어가 있었지? 기억이 나지 않는다. 그는 멍하니 물을 쳐다보다가 남자들을 돌아보았다. 남자들은 젖은 옷을 벗어서 짜고 머리를 털고 있었다. 청명한 하늘에서는 뜨거운 태양이 빛을 내리비추고 있다. 오랜만에 숨을 쉬는 것처럼 그는 커다랗게 공기를 들이켰다. 가슴이 부풀어 올랐다가 숨을 내쉬자 꺼진다. 천천히. 길게.

여기가 어디지?

“그래, 뭘 하고 있었던 거야? 정말로 술을 퍼마셔서 아직 안 깼어?”

“그런 모양인데. 저러고 앉아 있는 꼬라지가 영 뭐……. 이봐, 이름은 뭐야?”

이름. 이름……. 이름이 뭐지? 그는 머리를 문질렀다. 머릿속이 뒤죽박죽이다. 급류에 휩쓸려 내려가는 나뭇잎마냥 아무것도 떠오르지 않는다. 잡으려고 해도 잡히지 않는다.

“어, 어…….”

“말은 할 줄 알어? 머리는 똑바로 박힌 거여?”

사투리가 심한 한 명이 혀를 몇 번이나 차며 말한다. 그는 남자들을 쳐다보았다.

“아무것도 생각이 안 납니다.”

“허, 참.”

사투리가 심한 남자는 혀를 찼고 또 한 남자는 고개를 설레설레 흔들었다.

“젊은 놈이 술독에 빠지면 그리되는 거지. 옛날에 내가 살던 동네에 그렇게 술만 퍼마시던 놈이 있었는데, 나중에는 똥인지 뭔지 구분도 못 하더만. 알아들을 수 없는 소리나 하고 비틀거리고 다니다가 결국에 똥통에 처박혀 죽었지. 술 좀 작작 마셔.”

술 탓이 아닌데. 술을 마신 것 같지는 않은데. 그는 한 손으로 머리를 문질렀지만 머릿속은 계속해서 빙글빙글 돌 뿐이었다.

“좀 지나면 뭔가 기억이 나겠지. 자, 자, 빵이나 한쪽 줄 테니 이거라도 먹어. 술 말고 다른 걸로 속이 차야 정신이 돌아오는 법이야.”

한 사람이 짐 속에서 빵 한 덩이를 꺼내 그에게 던졌다. 그는 재빨리 그것을 받은 다음 다시 숨을 커다랗게 들이켰다가 내쉬었다. 숨을 쉴 때마다 점점 정신이 맑아지는데, 그래도 떠오르는 건 없다. 그저 어깨가 가볍게 느껴질 뿐이었다. 아주 오랜만에, 아주 편안하게 숨을 쉬고 있는 것처럼.

그는 그저 유쾌한 기분으로 빵을 물어뜯고 우적우적 씹기 시작했다.

왕궁 회의실은 조용했다. 왕은 시뻘게진 얼굴로 왕세자를 노려보고 있었다.

“트론게스와 아베다가 서로 싸우고 있는데 그것을 말릴 이유가 없다고? 거기는 우리나라에서 가장 큰 영지야! 그 두 곳이 싸운다는 것이 어떤 의미인지 아는 것이냐?"

"둘 다 무너지지 않을 거라는 의미이지요. 싸울 만큼 싸우고 나면 관둘 겁니다. 그러면 그들의 싸움에 대한 대가로 왕실에서는 벌금만 추징하면 됩니다. 뭐하러 왕실의 병력을 동원해 그런 무익한 싸움에 끼겠습니까?"

"그놈들이 싸우고 있는 동안 다른 나라가 우리 토르카인을 손쉽게 여겨 쳐들어올 수도 있으니까!"

왕은 거의 악을 쓰고 있었으나 루헤인은 눈도 깜짝하지 않았다. 오히려 귀족들만 불편한 태도로 움찔거렸다.

"아무도 쳐들어오지 못할 겁니다. 그들이 쳐들어오는 순간 트론게스와 아베다 둘 다 방향을 돌려 그놈들을 칠 테니까요."

"저들끼리 싸우느라 바쁜 놈들이 방향을 돌릴 리가 있겠느냐?"

"당연히 돌립니다. 어느 쪽이 더 중요한지 아니까요. 서로에게 빼앗긴 영지는 언제든 다시 싸워 찾을 수 있지만, 다른 나라에 빼앗기면 그 땅을 찾기 위해 그 나라 전체와 싸워야 할 수도 있습니다. 외부에 빼앗겨서는 안 된다는 건 그들도 잘 알고 있을 겁니다."

왕은 가슴이 메어 말이 제대로 나오지 않는 것처럼 주먹으로 자신의 가슴을 몇 번씩 치며 아들을 노려보았다. 반백의 머리에 주름진 얼굴을 한 왕은 새카만 머리에 매끄러운 하얀 얼굴, 새카만 눈을 빛내고 있는 아들에 비하면 너무나도 노쇠하고 연약해 보였다. 그 자리에 앉아 있는 모든 귀족들이 느끼고 있었다. 왕의 시대는 이미 저물었다. 이미 왕세자가 모든 것을 쥐고 있다.

미두레 공작이 귀족연합의 힘을 동원하여 왕세자에게 자신의 입장을 알게 해주자고 말한 게 겨우 두 달 전 일이었다. 아니, 두 달도 채 되지 않았다. 그사이에 귀족들 각각의 영지에서는 빠르게 경계선의 이동이 일어났다. 각 경계에서 사소한 싸움이 이는가 싶더니 누군가의 영지는 넓어지고 누군가의 영지는 줄어들었다. 영지를 빼앗긴 자들은 신경이 곤두섰고, 영지를 빼앗아온 자들은 그것을 지키기 위해 예민해졌다. 귀족 사이의 협력 따위가 중요한 것이 아니었다. 이제는 각자의 영지를 지키는 것이 훨씬 더 급선무가 되었다.

귀족연합은 이제 명목상 존재할 뿐이었다. 귀족끼리 힘을 합친다는 것은 불가능한 일이 되었다. 힘을 합치는 척하다가 서로의 뒤통수를 치고 영지를 빼앗아오는 것이 훨씬 더 중요하니까. 게다가 왕세자는 그런 일에 대해 조금도 신경 쓰지 않았다. 영지를 얻은 자가 세금만 정확하게 내면 새로 획득한 영지를 그곳의 땅으로 인정해주었다. 하지만 세금을 내지 않을 시에는 왕실 기사단을 파견하여 영지를 도로 빼앗았다. 그런 식으로 빼앗긴 영지는 작든 크든 간에 왕실 직할지가 되었다. 이는 양측 모두의 손해였다. 왕실 직할지를 도로 빼앗을 수는 없는 일이니까.

세자는 교활했다. 귀족들 모두가 생각한 것보다 훨씬 더. 미두레 공작의 예상보다 훨씬 더.

"너는 이 나라를 분열시키고 있어. 엉망진창으로 만들고 있다고!"

왕이 기침을 하면서 말했다. 루헤인은 어깨를 으쓱였다.

"그래서 제가 마음에 안 드십니까? 아니 되셨습니다. 불행히 아버님께서 앉아 계신 그 자리를 이을 사람은 저 하나뿐이지 않습니까?"

그게 문제였다. 설령 왕이 세자를 마음에 들어 하지 않는다 해도 다른 방법이 없었다. 달리 왕자가 있는 것도 아니고, 심지어 공주 하나 없다. 아무에게도 물려줄 수가 없는 것이다. 게다가 왕세자에게는 그루제펜의 공주까지 있었다. 결혼 날짜만 잡으면 되는 약혼녀. 세자를 너무나 따라서 그루제펜의 비밀마저 전부 다 털어놓고 있는 공주.

카밀라 공주의 말에 따르면 원래 그루제펜의 공주들은 이웃한 각 나라로 시집을 가서 남편과 귀족들을 조종하여 그루제펜에 가장 이득이 되는 쪽으로 모든 결정을 내리도록 만들기 위한 교육을 받는다고 했다. 또한 그것이 쉽지 않을 경우에는 그루제펜에 상주하고 있는 마녀들을 이용하여 마법을 걸기도 한다고. 마녀들의 마법이란 항상 대가를 필요로 하지만, 그루제펜 왕실과 그루제펜 마녀들 사이에는 모종의 밀약이 있기 때문에 그리 큰 대가를 치를 필요가 없다고도 했다. 어떤 밀약인지는 오로지 왕만이 안다고 했다. 하지만 세자가 빙그레 웃으며 어떤 밀약인지 알고 싶다고 말하자 카밀라 공주는 거의 울음을 터뜨릴 듯한 얼굴로 무슨 수를 써서든 알아오겠다고 맹세했다.

그루제펜의 공주쯤 되는 인물이 어째서 왕세자의 모든 요청을 들어주지 못해 저리 안달을 할까 의문을 품는 귀족들도 있었지만, 결국 결론은 하나였다.

여자들이란.

아프던 시절에 비하면 환골탈태했다고 해도 좋을 만큼 세자의 외모가 변하긴 했지만, 그렇다고 얼굴만 보고 그렇게 흠뻑 빠져든다니

여자란 존재가 얼마나 경박한지 알 만했다. 수많은 귀족의 여식들의 세자의 노리개가 되었다가 버림을 받았는데도 누구 하나 세자를 원망하지 않았다. 다른 여자를 원망하고, 자신의 외모를 비관하고, 어떻게든 다시 세자의 눈에 들기 위해 노력했다. 왕궁의 어느 현자는 이를 병이라고 부를 정도였다.

세자 본인은 그 모든 것을 다 알고 있었다. 다 아는 상태로 귀족들을 둘러보고 웃음을 지었다. 덤빌 테면 덤벼보라는 듯이. 어차피 네놈들이 손가락 하나 까딱하지 못할 거라는 걸 잘 아는 듯이.

하지만 귀족연합을 들먹이던 미두레 공작조차 자신의 영지에서 일어나는 싸움에 휘말려 세자에게 덤빌 여유가 없었다. 누구 하나 세자를 막을 수가 없었다. 왕조차도.

“저는 이 나라를 위하여 노력하고 있습니다. 그간 허약해진 이 왕실을 강하게 만들기 위해 노력하고 있고요. 아버님께서 왜 이리 반대하시는지 모르겠군요. 귀족들에게 휘둘리는 가난하고 약한 왕실이 더 좋으신 겁니까? 아버님이, 할아버님이, 그 선대가 휘청거리게 만들어 두었던 그 왕실 말입니다.”

루헤인이 빈정거리는 어조로 말하며 아버지를 쳐다보았다. 왕의 얼굴이 시뻘겋다 못해 눈이 튀어나올 듯 불거졌다.

“네가, 네가 어찌 감히 그런 소리를! 네가 어찌 감히…….”

의자 팔걸이를 내리치던 왕이 급기야 한 손으로 가슴을 쥐어뜯었다. 숨을 몰아쉬며 그가 몸을 기울이고 가슴을 움켜쥐자 귀족들이 황급히 일어나고 시종들이 양옆에서 달려들어 그의 몸을 부축했다. 하지만 루헤인의 검은 눈은 냉정하게 아버지의 고통스러워하는 모습을 바라볼 뿐이었다.

"집안 내력인가 봅니다. 그렇지 않습니까? 왕실의 혈통들은 모두가 심장이 약한 게죠."

왕은 숨만 씨근거리며 아무 대답도 하지 못했다. 루헤인은 피식 웃으며 시종들을 돌아보았다.

"전하를 모셔가거라. 침대에서 편안히 쉬실 수 있도록."

시종들이 양쪽에서 왕을 부축하고 조심스럽게 일으켰다. 왕은 여전히 숨을 힘겹게 씨근거리면서 루헤인을 돌아보았지만, 말은 나오지 않는 모양이었다. 주름지고 일그러진 얼굴이 아들을 바라보다가 결국에 방향을 돌린다.

패배한 왕과 승리를 거머쥔 젊은 세자.

귀족들은 입을 다문 채로 세자를 바라보았다. 왕의 시대는 저물었다. 이제 그들을 다스리는 것은 이 젊고 잔인한 청년이었다.

"여기에 또 나의 방식을 거부하는 자가 있다면 지금 이야기하게. 다른 귀족들의 공격으로부터 영지를 지킬 능력이 없는 주제에 영지를 빼앗기고 싶지는 않다고 징징대고 싶은 사람이 있다면 말이지."

모두가 입을 다물었다. 지금 입을 여는 것은 자신에게 능력이 부족하다는 걸 인정하는 거나 다름없으니까.

루헤인이 빙그레 웃었다.

"그렇다면 다들 나가서 자신의 영지를 지킬 방법을 찾는 편이 좋겠군. 누구 하나 오래도록 쥐고 있던 영지를 잃기를 바라지는 않을 테니까. 물론 나도 마찬가지야. 자네들이 영지를 잃고 떠돌이 기사 나부랭이가 되기를 바라지는 않거든."

귀족들은 입을 딱 다물었다. 만에 하나, 정말로 만에 하나, 떠돌이 용병들이 떼 지어 몰려와 영지를 차지하려 들면 어떻게 될 것인가? 그들이 성을 차지하고 왕실에 세금을 내면 그들을 귀족으로 만들어줄 것인가? 젊은 세자의 행동으로 보아 그러고도 남을 것 같았다. 그리고 그 성에서 쫓겨난 자는 귀족 작위를 잃고 한낱 기사가 되어 제 밥벌이를 하고 살아야만 할 것이다. 그런 굴욕을 당한다면 과연 누가 참을 수 있을까?

루헤인이 성큼성큼 회의실을 나가는 것을 보고 귀족들은 나지막하게 욕설을 중얼거렸지만 누구 하나 커다랗게 외칠 만한 용기는 없었다. 아니, 욕 몇 마디 듣는다고 해서 세자가 딱히 화를 내지는 않을 것이다. 그저 밉살스러운 웃음을 지으며 가서 그 입으로 영지나 지키라는 식으로 말할 테지.

물론 세자가 기껍게 여겨주는 자들도 있었다. 그 예 중 하나가 루첸 남작이었다. 별것도 아니었던 남작 나부랭이는 세자의 온갖 시중을 들어주고 아양을 떤 덕택에 지금 궁중에서 꽤나 위세를 부리고 있었다. 반대로 이유는 모르지만 세자의 총애를 눈곱만큼도 받지 못하는 사람들도 있었다. 부코타 백작이 그중 하나였다. 그가 뭘 잘못했는지 모르지만 세자는 그를 볼 때마다 인상을 찌푸리고 언짢은 기색을 드러냈다. 부코타 백작은 이 상황을 타개하기 위해 온갖 고민을 하고 있었지만, 세자가 무엇 때문에 화가 났는지조차 모르는 이상 해결책을 찾는 것도 쉬운 일이 아니었다.

"차라리 왕궁에 들어오지 않는 쪽이 마음 편하지."

누군가가 중얼거렸고 다들 고개를 끄덕였다. 갑작스러운 영토 전쟁에 휘말린 백성들은 충격과 공포 속에 이쪽저쪽으로 도망 다니고 있고, 농사는 제대로 되지 않고, 각 귀족들은 군대를 늘리느라 쓸데없이 돈을 허비하고 있었다. 과연 세자가 이 상황을 아는지, 가을이 지나 겨울이 되면 엉망진창이 된 농사로 인해 얼마나 많은 백성들이 굶어죽을지 몇몇 생각 있는 귀족들은 벌써부터 걱정하고 있었지만 대부분은 자신의 목숨과 영지를 보존할 방법을 찾기에 바쁠 뿐이었다.

"저하."

루헤인은 걸음을 멈추지 않고 계속해서 걸어갔다. 바깥에서 내내 기다린 것 같은 부코타 백작이 그를 따라 걸으며 눈치를 살폈다.

"저하께서 좋아하실 만한 것을 가져왔습니다. 한번 봐주시지 않겠습니까?"

"자네가 뭘 가져오든 별 관심 없어."

그의 퉁명스러운 말에도 아랑곳 않고서 부코타 백작은 끈질기게 달라붙었다.

"그루제펜에서도 구하기 어렵다는 드래곤의 비늘이 들어 있는 세공품입니다. 대단히 특별한 방법을 동원하여 구한 것입니다. 갖고 있으면 건강을 유지할 수 있다고 합니다. 받아주십시오."

루헤인이 걸음을 멈추고 그를 쳐다보았다. 부코타 백작은 재빨리

고개를 숙였다. 루헤인은 그가 들고 있는 상자를 잠깐 쳐다본 다음 코웃음을 쳤다.

"내가 다시 아프기를 기다리고 있나? 건강을 유지하는 물건이라니."

"그, 그럴 리가요! 저는 저하께서 건강을 되찾으신 것을 누구보다도 기뻐하고 있습니다! 저의 충의를 의심하시다니요!"

"요즘 자네도 영지를 좀 잃었다지? 꽤나 뼈아플 텐데. 그걸 되찾고 싶은 건가?"

부코타 백작은 마른침을 삼켰다. 속이 쓰린 것은 사실이었다. 특히나 그의 영지를 빼앗아간 것이 루첸 남작 따위라는 것을 생각하면 자다가도 벌떡 일어날 지경이었다. 한때는 그의 가신도 못 되는 자였는데, 이제는 세자의 총애를 믿고 사방팔방으로 날뛴다.

"저는 그저 세자 저하를 기쁘게 해드리고 싶을 뿐입니다."

"나를 기쁘게 하고 싶다……. 좋은 말이로군. 좋은 말이야."

루헤인이 한 손으로 자신의 턱을 톡톡 치다가 그를 향해 몸을 살짝 기울였다.

"나를 기쁘게 하려면 어떻게 하면 되는지 알려줄까?"

부코타 백작의 눈이 커졌지만 이제 세자의 장난에 낚이지 않을 정도는 단련이 되었다. 그는 그저 계속 고개를 숙인 채 가만히 서 있었다. 루헤인이 나직하게 속삭였다.

"마녀를 찾아 와."

"어, 예?"

부코타 백작이 고개를 들고 그를 쳐다보았다. 루헤인은 입가에 미소를 띠고 있었지만 그 미소는 겨울날 북풍보다도 차가웠다.

"마녀. 마녀가 필요하다."

"마녀라면, 소원을 들어준다는 그 마녀 말씀이십니까? 굉장히 찾기 힘들다고 하던데요."

"한 번 찾았으니 두 번은 못 찾겠나. 마녀를 찾아오면 자네가 바라는 바를 들어주지."

한 번 찾았다니 무슨 말인지 부코타 백작으로서는 알 수 없었지만, 뒷말만큼은 확실하게 들었다. 그가 바라는 바를 들어주겠다는 말.

"저, 정말이십니까?"

"정말인지는 마녀를 바치면 알게 되겠지. 마녀를 데려와라. 알겠느냐?"

부코타 백작은 고개를 숙여 보인 다음 세자가 지나가기를 기다렸다가 몸을 펴고 인상을 찌푸렸다. 마녀라니, 마녀를 도대체 어디서 찾는단 말인가? 게다가 저 세자가 도대체 마녀를 필요로 하는 이유가 뭐지? 아플 때라면 모르지만 지금은 더 바랄 게 없어 보이는데.

알 수 없는 일이다. 어쨌든 그에게는 마녀가 필요했다. 그루제펜에 있는 연줄에게 연락을 해볼까? 그게 어쩌면 가장 빠른 방법일지도 모른다.

그가 자신의 개인시종에게 손짓을 했다.

"그루제펜에 전령을 보내야겠다. 우파 백작에게, 급전으로. 가장 빨리 갈 수 있는 자를 찾아둬라."

시종은 고개를 숙여 보였다.

"저하, 루첸 남작께서 선물을 보내셨습니다."

방으로 들어가자마자 시종이 알랑거리며 이야기한다. 루헤인은 한 손을 흔들었다.

"어디다 처박아놔. 먹을 거라면 너희들끼리 나눠먹어."

"예, 알겠습니다."

시종들은 그의 말을 두 번 묻지 않을 만큼 익숙해져 있었다. 방 한 구석에는 그가 아직 확인도 하지 않은 선물 상자들이 쌓여 있었다. 그의 방에 드나드는 여자들이나 시종들이 언젠가 나눠 갖겠지.

귀족들은 큰 착각을 하고 있었다. 루첸 남작이 그의 총애를 받아 아무 일이나 저지르고 다닌다는 것. 하지만 그에게 총애하는 귀족 따위는 없었다. 루첸의 장점은 눈치가 빠르다는 거였다. 그자는 언제 그에게 말을 걸어야 하고 언제 입 닥치고 가만히 있어야 하는지를 안다. 단지 그뿐이었다. 다시 말해 귀족들 중에는 그만한 눈치가 있는 자도 몇 없다는 이야기다.

"웃기는 노릇이야."

의자를 끌어당겨 반쯤 늘어지듯 앉은 다음 그는 주위를 둘러보았다. 방 안은 한때 환자의 방을 상상할 수 없을 정도로 화려했다. 수가 놓인 벽지, 금사로 만든 태피스트리, 온갖 보석으로 치장된 화병이며 장신구들, 옷장을 가득 채우고도 모자라 여기저기 상자에 담겨 있는 옷들.

모든 게 그가 원하던 대로 되었다. 모든 게 그가 바라던 대로 되었다.

그런데 왜 뭔가가 부족한 것처럼 느껴지는 걸까? 왜 뭔가가 빠진 것처럼 느껴지는 걸까?

"저하, 카밀라 공주 저하께서 오셨습니다."

시종의 목소리가 들렸다. 루헤인은 찌푸린 눈으로 문을 쳐다보았다. 아무래도 공주가 그의 시종들 사이에 첩자를 심어놓은 것 같았다. 그러지 않고서야 그가 드나드는 시간을 이렇게 정확히 알고 매번 찾아올 수는 없을 것이다. 시종들을 전부 다 바꿔야 하나? 하지만 그러기도 귀찮다.

"지금은 바쁘다고 일러라."

"하지만……."

루헤인의 날카로운 검은 눈이 움직이자 시종이 움찔하고 몸을 구부렸다.

"예, 알겠습니다."

시종이 문틈으로 바깥의 시종에게 말을 전한다. 바깥에서 잠깐 침묵이 흐르다가 시끄러운 소리가 들렸다. 뭔가 물건이 부딪치는 소리다. 루헤인은 인상을 찌푸렸다.

"저하께 내가 왔다고 똑바로 고한 것이냐? 저하께서 나를 만나주지 않으실 리가 없지 않느냐!"

고음의 여자 목소리가 울린다. 루헤인은 이마를 문질렀다. 날카로운 여자 목소리 따윌 들으면 두통이 난다. 그를 놓고 머리채를 잡고

싸우며 소리를 질러대는 여자들이 한때는 재미있었지만 이제는 진력이 났다. 카밀라 공주까지 그럴 줄은 몰랐는데.

권력이란 여자들에게 최음제인 모양이다. 웃기는 노릇이다. 그가 도로 환자가 되어버리면, 심장을 부여잡고 쓰러져 헐떡거리는 허수아비가 되어버리면 죄다 순식간에 다른 곳으로 튀어버리겠지. 다음 왕위 후계자가 될 사람을 찾아서 몸을 던질 테지.

안됐군. 가까운 왕위 후계자가 없으니 누구에게 몸을 던져야 할지 결정하는 데 꽤 시간이 걸릴 텐데.

문이 갑자기 벌컥 열렸다. 시종들이 말리려고 한 것처럼 양옆으로 서 있었으나 차마 그루제펜의 공주 몸에 손을 댈 수는 없었는지 어설픈 동작으로 허둥거리고 있다. 공주의 시녀들이 시종들을 가로막으려는 듯 양팔을 벌리고 서 있고, 공주는 문손잡이를 잡고 여왕처럼 서 있었다.

"저하, 안에 계셨군요."

카밀라 공주가 그를 보고 환한 미소를 지었다. 루헤인은 마음이 조금도 동하지 않는 눈으로 여자를 쳐다보았다. 한때는 카밀라 공주가 그를 향해 저런 식으로 웃어주면 온 세상을 가진 것 같을 거라고 생각한 적이 있었는데. 공주가 다른 사람을 보고 웃는 것이 배알이 뒤틀렸고 그가 가진 모든 것을 빼앗고 싶었다. 그런데 그 모든 걸 이제 그 자신이 차지했는데, 별로 즐겁지가 않다.

아니 잠깐만. 누가 가진 걸 빼앗았다는 거지? 이 궁에 왕자는 나 하나인데? 루헤인은 인상을 찌푸린 채 마지못해 일어섰다.

"공주."

"시종들이 뭔가 잘못 안 모양입니다. 제가 저하를 뵙겠다 하는데 그럴 수 없다고 가로막는 것이 아닙니까? 시종들을 바꾸셔야 할 것 같습니다. 저리 무례한 자들을 곁에 두셔서는 아니 됩니다."

카밀라 공주가 소맷자락에 더러운 것이라도 묻은 듯 홱 떨치고 귀 뒤로 머리카락 한 가닥을 넘긴 다음 그를 향해 살랑거리는 걸음걸이로 다가왔다. 언제나 그녀의 매력을 최대한으로 강조하게 만들어진 드레스가 하얀 가슴 둔덕을 노골적으로 드러낸다. 하지만 루헤인의 몸은 조금도 달아오르지 않았다.

겉모양이 이렇게 생겼든 저렇게 생겼든 여자란 결국에 모두 똑같다. 침대에서 안을 때에는 얼굴이 조금 못생겼어도, 몸에 살집이 조금 있어도 어차피 다르지 않다. 욕구를 해소하고 나서 귀찮게 구는 것 역시 마찬가지고.

그러지 않았던 여자는 하나뿐이었다. 그가 뭘 하든 공기처럼, 혹은 방 안의 가구처럼 조용하고 얌전하게 머무르며 그가 시키는 것을 군말 없이 했던 여자는 단 하나였다.

빌어먹을 사바.

어째서 그가 잘 지내는지 한 번 확인하러 오지도 않는 거지? 그게 마녀들의 특성인가? 소원만 들어주면 끝난다는 건가?

그렇다면 방법은 간단하다. 다시 계약을 하면 그만이다. 그리고 죽을 때까지 세 번째 소원은 빌지 않으면 되는 거야. 그러면 다시 사바를 그의 곁에 둘 수 있다.

그 계집애가 필요하다는 건 아니었다. 그저 궁금한 것뿐이었다. 그리고, 뭐랄까, 유용하니까. 그의 병을 낫게 해줄 정도의 능력이 있는 마녀라면 다른 것도 할 수 있지 않을까? 뭘 시켜야 할지는 모르겠지만, 하여튼 편리할 것이다. 까짓 거, 원한다면 이제는 예쁜 옷이나 장신구 같은 것도 줄 수 있다. 그런 걸 싫어하는 여자는 없으니까. 마녀에게도 그런 게 필요하지 않을까?

아닐지도 모르지. 사바라면. 그 애가 예쁘게 꾸미는 건 한 번도 본 적이 없으니까. 돈 한 푼 받은 적이 없으니 그런 걸 살 여유도 없었을 것이다. 문득 루헤인은 인상을 찌푸렸다. 돈 한 푼 받지 못하고 십여 년을 궁에서 어떻게 지냈던 걸까? 권력의 머리카락 한 올 잡지 못하고 있던 병약한 세자를 돌보는 마녀로서 좋은 대접을 받진 못했을 텐데.

뭐, 마녀니까. 알아서 자기 몫을 챙겼을 테지. 그러니 지금도 나타나지 않는 게 아니겠는가. 뭔가 부족한 게 있거나 원하는 게 있다면 그의 앞에 나타나서 내놓으라고 요구했겠지. 모든 여자들이 그런다. 사바라고 다를 이유가 있나?

빌어먹을 마녀 계집.

"저하, 저하!"

루헤인은 정신을 차렸다. 카밀라가 날선 눈으로 그를 쳐다보고 있다가 눈이 마주치자 속눈썹을 내리깔았다.

"제가 있을 때 다른 여자를 생각하지 마세요."

"다른 여자는 생각하지 않았습니다. 그저 귀족회의에서 나왔던 안

건에 대해 고민하고 있었을 따름입니다."

하지만 카밀라는 그의 대답을 믿는 기색이 아니었다. 여자들의 눈치는 귀신처럼 빠르다. 다른 여자가 관련되어 있을 때에는 더더욱 예리하다. 그가 묻지도 않은 정보를 들고 오던 여자들을 생각하니 새삼스럽게 놀라웠다. 그러나 지금은 그런 눈치가 필요하지 않았다.

그가 한 팔로 그녀의 어깨를 끌어안으며 고개를 기울여 입술에 살짝 키스하자 카밀라의 표정이 곧장 녹아내렸다.

"저하께서 다른 생각을 하시는 것이 싫습니다. 항상 제 곁에 계셨으면 좋겠습니다. 이제는 혼인 날짜를 잡는 것이 좋지 않겠습니까?"

"국왕께서 지금은 건강이 좋지 않으셔서 허가를 내리실 상황이 안 되니 차츰 합시다."

"국왕 전하께서 건강이 좋지 않은 지금이야말로 세자 저하께서 혼인을 하셔 안정되었음을 온 백성들에게 보여줘야 하는 게 아니겠습니까? 그리하면 그루제펜과의 관계도 더 확고해지니 모두가 마음이 편해질 것입니다."

카밀라의 초록 눈이 반짝거린다. 딴에는 꽤나 논리적인 이야기라고 생각하는 모양이다……. 아니, 사실 논리적인 주장이긴 했다. 단지 그의 마음이 동하지 않을 따름이었다.

"국왕께서 조금 안정되시는 대로 말씀을 올려보겠습니다. 그러니 공주는 그런 사소한 일에 신경 쓰지 않아도 됩니다."

"사소한 일이라니요! 저하와 저의 혼인인데 그게 어찌 사소한 일입니까!"

루헤인은 한숨을 내쉬고 싶은 기분을 억눌렀다. 카밀라는 눈을 번뜩이며 그를 노려보고 있었다. 그가 생각했던 우아하고 차분하고 아름답던 공주의 모습은 대체 어디로 간 걸까. 한때 은쟁반에 굴러가는 옥구슬 같다 생각하였던 공주의 목소리조차 이제는 태피스트리가 찢어지는 것 같은 비명소리로밖에는 들리지 않았다.

"그래, 사소한 일은 아니지요. 하지만 나에게는 처리해야 하는 일이 더 많습니다. 오늘은 더 이상 시간을 내드리기가 어려울 것 같군요."

카밀라는 자신이 쫓겨난다는 상황을 도저히 생각할 수가 없는 것처럼 눈을 휘둥그렇게 뜨고 그를 쳐다보았다. 그러다가 그가 조금도 표정을 바꾸지 않는 것을 보고 마침내 진심이라는 걸 깨달은 얼굴이었다.

"그, 그러면, 그러면 이따가 올까요? 저녁식사 후에 오면……."

루헤인은 절로 치솟는 신음을 삼켰다. 지금은 물러가줄 테니 잠자리에서 안아달라는 이야기인가.

한때는 여자를 안는 게 굉장히 즐거웠는데. 이제는 여자들이 안아달라고 몸을 던지는 것이 짜증스러웠다. 그는 세자였다. 그가 봉사를 받아야지, 어째서 그가 여자들에게 봉사를 해야 하느냔 말이다.

아니, 봉사를 받는 것도 싫다. 나가라고 하면 말을 좀 들으란 말이다. 아비의 권력을 이용해 궁으로 들어와 어떻게든 그에게 한 번 더 안기려 드는 계집들에게 진력이 났다.

"오늘은 연이은 회의로 피곤합니다."

"하지만, 하지만……."

카밀라가 계속해서 그의 소맷자락을 붙잡고 중얼거리자 마침내 루헤인도 인내심을 잃고 차가운 얼굴로 그녀를 쳐다보았다.

"피곤하다고 몇 번을 말해야 알겠습니까! 나가라는 말이 들리지 않습니까!"

카밀라의 얼굴이 창백해졌다. 분홍빛 입술을 몇 번이나 빼끔거리고 서 있다가 진주 같은 눈물을 뚝뚝 떨어뜨리기 시작했다.

"저하께서, 저하께서 어찌 제게 이러실 수가……. 어찌 이러실 수가……."

루헤인이 그저 차가운 얼굴로 서 있기만 하자 그녀가 마침내 몸을 돌리고 문으로 향했다. 하지만 그녀가 중얼거리는 목소리가 안 들릴 정도는 아니었다.

"이게 다 저하의 주변을 맴도는 계집들 때문이야. 그 계집들이, 그것들이 저하의 마음을 나에게서 훔쳐가고 있는 것이야. 그것들이 없어져야……."

대기하고 있던 시녀가 문을 열어주고 카밀라 공주가 그 사이로 사라진다. 시녀들 역시 줄줄이 따라 나가고, 마침내 세자의 시종들만이 자리에 남았다. 문이 쿵 닫히는 소리에 그의 마음까지 조금 가벼워졌다. 한숨을 내쉬고서 그는 의자를 끌어당겨 자리에 도로 앉았다.

지겨운 계집들. 사바가 다시 돌아와서 소원을 빈다면, 저 계집들이 그를 좀 귀찮게 하지 않게 만들어달라는 게 첫 번째이리라.

그다음에는? 글쎄. 뭐가 될지는 모르겠지만 한 가지만은 확실했

다. 세 번째 소원을 아껴둘 거라는 것. 다시는 그 계집애가 그의 곁을 떠나지 못하도록 죽기 직전까지 세 번째 소원은 빌지 않을 것이다. 혹은 그 계집애가 그와의 계약에서 영원히 헤어나지 못하도록 아예 세 번째 소원을 빌지 않고서 죽든지.

아아, 그래. 부코타 백작이 사바를 찾아 오기만 하면, 그가 원하는 건 뭐든 들어줄 거라고 생각하며 루헤인은 웃음을 머금었다.

8

"어라? 마력이 다 어디 간 거야?"

남자의 목소리에 사바는 문가를 홱 돌아보았다가 붉은 눈과 시선이 마주치자 한숨을 내쉬었다. 드래곤이다. 한 달도 넘게 다시 오지 않아서 다시는 안 올 건가 보다 생각하고 있었건만.

"썼어요. 저에게는 필요치 않으니까요."

"무슨 소리야? 마력이 필요치 않은 마녀가 어디 있어? 마력이 없으면 심지어는 인간처럼 순식간에 늙어죽는다고. 그러길 바라?"

사바는 어깨를 으쓱였다. 인간과 같은 수명만큼 살다 죽는다 해도 그녀는 별로 아쉽지 않았다. 드래곤 역시 그걸 깨달은 듯 눈을 가늘게 뜨고 그녀를 보았다.

"흉측하게 될 텐데. 늙는다는 건 별로 보기 좋은 게 아니라고."

"줄레나는 아름다울 수 있는데도 일부러 늙고 흉한 모습을 하고 다니던데요."

"그거야 너무 아름다운 모습을 하고 돌아다니면 불편하니까. 하지

만 할 수 있는데 하지 않는 것과 할 수 없는 건 다른 문제 아니겠어?"

드래곤이 나무로 된 조잡한 의자를 빼낸 다음 거꾸로 돌리고 걸터앉는다. 의자는 그의 손이 닿은 순간부터 크고 화려하게 변하더니 그의 몸이 닿을 무렵엔 마치 왕궁에 있는 편안한 가구처럼 변해 있었다.

너무나도 수월하게, 너무나도 아무렇지 않게 마법을 사용한다. 나이가 많은 마녀들 역시 구태여 마법진을 그리거나 주술을 읊지 않고 마법을 쓰긴 하지만, 이 드래곤만큼 편안한 방식은 아니었다.

"어디다 쓴 거야, 마력은?"

드래곤은 의자 등받이에 팔을 걸치고 턱을 댄 채 그녀를 쳐다보고 웃는 얼굴로 물었다. 사바는 아무 대답도 하지 않았다.

"계약을 하고 소원을 들어줬다면 마력이 쌓였겠지. 그렇다면 계약도 하지 않고 마법을 썼다는 건데……. 요즘 마녀들 사이에 토르카인 왕실이 이래저래 변화가 많다더구만. 그건가? 둘째 왕자가 있었는데 그 존재 자체가 지워졌다는 이야기."

사바는 여전히 아무 말도 하지 않았으나 드래곤은 혼자서 조잘거렸다.

"그렇게 광범위한 현실에 영향을 미치기 위해서는 마력이 꽤 많이 필요하지. 게다가 계약도 하지 않고 마법을 썼다는 건 피시술자가 전력으로 원하지 않는 일을 임의로 해줬다는 뜻이 되는데, 그런 쓸데없는 짓을 왜 한 거야?"

사바는 한숨을 내쉬고서 만들고 있던 마법약에서 고개를 들고 그를 쳐다보았다.

"그분이 그렇게 누워 계셨던 것은 제 잘못이니까요. 그분에게 해가 가지는 않게 할 수도 있었는데. 그래서 원래 그래야 하는 방식으로 고쳐놨을 뿐이에요."

"고친 게 아니라 완전히 바꿔버린 거지. 그런 식으로 네 마력을 텅 비운들 뭐가 좋아져?"

아무것도 좋아지지 않는다. 그건 잘 알고 있었다. 루헤인은 아마 지금쯤 자신이 무엇을 증오했고 무엇에 기뻐했는지조차 잊어버리고 있을 것이다. 그게 마녀의 마법이니까. 아무도 기억하지 못하는 것. 오로지 마녀들만이 바뀐 현실을 기억하고 있지만, 일일이 그 궤적을 따르는 것은 어려운 일이기 때문에 어느 순간 마녀들조차 인간의 역사를 따르게 마련이다.

지금은 시간이 이르지만, 조금 더 지나면 모두들 토르카인에는 원래 왕자가 한 명뿐이었다고 생각하게 될 것이다. 그때가 되면 그녀의 마력도 어느 정도는 회복되겠지.

안 되면 말고. 어차피 중요치도 않으니까. 정상적으로, 루헤인과의 계약의 대가로 다흐란의 존재를 말소했다면 그녀의 마력을 사용할 필요가 없었을 것이다. 하지만 그렇게 되면 다흐란의 인생은 그저 말소될 뿐이다. 그에게 새 인생을 만들어줄 수가 없다.

그녀의 마법으로 인생을 잃은 사람이 다시 잘되기를 바라는 건 마녀답지 못한 걸까?

"마녀는 남이 잘되길 바라고 마법을 써주는 존재가 아니야. 그런 건 마녀가 할 일이 아니라고. 마녀가 퍼뜨리는 건 미움과 증오, 폭력

과 저주 같은 거야. 그리고 그편이 훨씬 재미있다고. 남 잘되는 마법 따윈 쓰지 마. 재미없으니까."

드래곤이 그녀를 쳐다보며 말했다. 웃고는 있지만 붉은 눈은 차가운 불길처럼 그녀의 몸을 쓰다듬는다. 사바는 침을 삼키고 고개를 돌렸다.

"당신에 관해 줄레나에게 물어봤어요."

"내가 왔다고 했어?"

그의 물음에 사바는 고개를 저었다. 그렇게까지 털어놓을 용기는 없었다. 그저 진홍의 드래곤이 어떤 존재냐고 물었을 뿐이었다.

"당신은 인간 세상에 거의 내려오지 않아 당신의 존재에 대해 아는 마녀도 몇 없다고 하더군요. 본 적이 있는 마녀는 더욱 드물고. 인간 세상에 관심을 끊은 지도 오래되었다고 하던데요."

"아주 끊지는 않았지. 아주 끊었다면 애초에 줄레나를 찾아오지도 않았을 테니까."

그의 붉은 눈은 사바에게서 떠나지 않았다. 불편한 기분이 지나칠 정도로 강해지자 마침내 그녀도 마법약을 만들던 것을 그만두고 그를 향해 돌아서서 똑바로 쳐다보았다.

"왜 저를 찾아오시는 거죠?"

"재미있으니까."

"전 재미있지 않아요."

"자기가 재미있는 줄 모른다는 사실이 가장 재미있는 거야. 말했잖아. 난 네가 어떻게 자랄지 보고 싶어. 네 안에 있는 그 어둠이 어떤 식으로 자라날지 궁금하다고."

드래곤이 손가락을 흔들며 그녀를 쳐다보았다. 뱀처럼 홍채가 가느다란 눈이 그녀를 탐나는 먹이처럼 바라본다.

"너에게 무제한의 마력을 공급해주면 그 어둠이 어떤 식으로 자라나서 어떤 식으로 촉수를 뻗어 주변을 망가뜨리고 시커멓게 물들일지 궁금해. 마녀도 어쨌든 근본은 인간이거든. 인간은 모두 똑같아. 무제한의 뭔가를 공급해주면 본성이 나오지. 돈이든, 건강이든, 권력이든…… 혹은 마력이든 말이야."

순간적으로 사바의 몸이 굳었다. 마력이 자신의 내부에 어떤 영향을 미치는지 그녀 자신도 잘 알고 있었다. 다흐란이 부탁하지도 않았던 마법을 사용했던 이유도 일부는 그것 때문이었다. 마력이 없다면 마음이 흔들릴 일도 없을 테니까. 하지만 무제한의 마력이 생긴다면?

아니, 유혹에 넘어갈 것이다. 루헤인을 보고 싶다는 유혹에, 그를 갖고 싶다는 유혹에. 지금까지 보지 않고, 생각하지 않고 잘 지냈건만.

사실 생각은 했다. 끝도 없이 했다. 하지만 그를 보고 싶다는 유혹을 떨쳤고, 심지어 수경(水鏡) 한번 사용하지 않았다. 그를 보면, 그루제펜의 공주나 다른 여자들과 함께 있는 그를 보면 괴로울 테니까.

"하지만 저에겐 마력이 없고, 마력을 받고 싶은 마음도 없어요."

사바는 단호하게 말하고 다시 돌아서서 만들고 있던 마법약을 만지작거리기 시작했다. 드래곤이 나직하게 웃었다.

"그래, 지금은 그렇지. 하지만 미래라는 건 마녀들도 모르는 거거

든. 앞으로 무슨 일이 생길지 누가 알겠어?"

그가 기다란 머리카락을 한 가닥 뽑더니 허공에 훅 하고 불었다. 머리카락이 하늘거리다가 저 혼자 꼬이더니 갑자기 얇은 팔찌 같은 형태로 바뀌어 사바의 팔목에 착 달라붙었다. 놀란 그녀가 팔을 흔들며 그것을 빼내려고 했지만 팔찌는 순식간에 그녀의 피부 위에 녹아 붙어 문신처럼 변해버렸다.

"그렇게 놀랄 거 없어. 별거 아니고, 그저 내가 필요하면 이름만 불러. 그럼 그걸 통해서 들을 수 있으니까. 아주 가벼운 마법이야."

"필요 없어요. 당신을 부를 일은 없을 거예요!"

사바는 손으로 문지르면 지워지기라도 할 것처럼 문신을 다급하게 문질러댔지만 피부만 벌겋게 변할 뿐이었다. 드래곤이 낮게 웃으며 의자에서 일어섰다.

"글쎄 그건 모를 일이라니까. 그리고 내 이름은 아흐메닷이야. 드래곤, 드래곤 하지 말고 이름을 불러."

절대로 부를 일 따위 없을 거라고 외치고 싶었지만 그녀가 뭐라고 말하기 전에 그가 불꽃으로 변해 그 자리에서 사라져버렸다. 집 안에 탄 자국이 남지 않을까 싶었지만, 놀랍게도 나무로 된 오두막에는 그을음 하나 남아 있지 않았다. 그가 앉았던 의자도 원래대로 조잡한 나무 모양으로 돌아간 상태였다.

그녀의 팔목에 남아 있는 문신을 제외하면 그가 여기 들렀다는 흔적은 단 하나도 남지 않았다.

빌어먹을 드래곤 같으니. 왜 저런 게 그녀에게 관심을 보이는 걸까? 관심을 보여주길 바랐던 단 한 사람은 그녀에게 눈곱만큼도 관심을 보이지 않았는데.

"잊어버려. 잊으라고."

마법약 조제 탁자 위에 양손을 얹은 채 고개를 수그리고 그녀는 나직하게 중얼거렸다. 잊어버려. 그는 네 상대가 아니야. 그는 왕자야. 토르카인의 왕세자야. 너와는 다른 세상에 있는 사람이라고.

하지만 난 마녀야. 내가 원하기만 하면 왕국 따윈 아무것도 아니야. 내가 만약 드래곤의 마력을 얻는다면……. 그러면 왕세자 하나쯤이야 얼마든지 가질 수 있을걸.

"그만해!"

사바가 버럭 소리를 질렀다. 팔목이 타는 것처럼 화끈거린다. 문신이 불그스름한 빛을 내고 있다.

"그만둬, 드래곤!"

그녀가 다시 소리를 지르자 문신에서 낄낄거리는 웃음소리가 들리는 것 같았다. 그 빌어먹을 드래곤이 그녀의 머릿속까지 파고든 게 분명하다. 마력이라는 유혹거리가 없어진 대신 이제는 드래곤의 속삭임인가? 맙소사.

왜 편안하게 살 수 없는 걸까. 왜 다 잊고 초야에 묻혀 늙어 죽어갈 수 없는 걸까.

바라는 것 따윈 아무것도 없는데.

아니, 있잖아. 그 사내를 원하지. 왕세자를. 그러니까 마음이 흔들리는 거야.

사바는 눈을 감았다. 그래, 눈만 감아도 그가 보인다. 침대에 누워 있는 그가. 아쉬운 얼굴로 창밖을 바라보는 그가. 분노로 얼굴을 일그러뜨린 그가. 끝없이 아프기만 한 그가.

회복된 그의 모습은 한 번도 보지 못했다. 아마도 근사할 것이다. 마르고 병색이 완연한 모습이던 시절에도 그는 멋졌으니까. 그저 아무도 그 멋진 모습을 알아보지 못했을 뿐이다. 하지만 병이 사라진 지금은…… 근사하겠지.

그리고 그녀는 절대로 볼 수 없을 테지.

"안 돼, 안 돼, 안 돼."

한 번만. 한 번만 수경으로 들여다보면 안 될까? 단 한 번만. 어차피 그는 모를 거야. 그는 절대로 모를 거야. 내가 보든 안 보든 상관도 안 할 거라고. 그는…….

"그만해, 드래곤!"

고함을 질렀지만, 이 말을 속삭이고 있는 게 드래곤이 아니라는 건 그녀 자신이 더 잘 알고 있었다. 이 유혹의 속삭임에는 너무나 익숙하다. 혼자 있는 시간마다, 마음이 약해지는 순간마다 파고드는 이 목소리는 그녀 자신의 것이니까. 마음을 단단히 감싼 요새를 뚫고 파고들려 하는 그녀 자신의 창이니까.

보면 갖고 싶어지고, 갖고 싶어지면 더 안 좋은 일을 하게 된다. 안 돼, 안 돼, 안 돼.

토르카인은 잊어. 이제 거기는 너와 아무런 관계도 없는 나라야.

잊어버려. 왕세자 같은 건.

잊어버려. 그와의 십 년 따위는.

전부 다 잊어버려.

토르카인 국왕의 병은 점점 더 깊어졌고, 조금의 차도도 보이지 않았다. 백성들도 슬슬 불안감을 느끼기 시작했다. 왕세자가 건강해졌는데 국왕은 쓰러지고 귀족들은 저희들끼리 싸움만 벌이고 있다. 세자가 일어났으니 이제 그루제펜의 공주와 혼인이 무사히 치러지고 부강하고 안정된 나라가 될 거라고 생각했는데 어째서 이렇게 된 걸까? 이럴 거라면 차라리 세자가 아프던 시절이 나았다. 그때에는 귀족들도 단결하고 있었고 대리 통치를 하던 사람들도 훌륭했으니까. 그런데 그때 대리 통치를 하던 자는 누구였지? 어째서 지금은 그런 능력을 발휘하지 못하는 건데?

"요새 같아서는 마음이 불안해서 살 수가 없다니까."

방물장수인 제피는 투덜거리며 짐을 짊어졌다. 몸보다 더 커다란 짐을 어깨 위로 얹어주고 있던 테호는 성격 좋게 웃었다.

"불안해하실 거 없다니까요. 어쨌든 덕택에 장사는 잘되지 않습니까?"

"장사가 덜 돼도 마음이 편안한 게 좋아. 네놈은 젊어서 모르는 거야……. 아니, 머릿속이 텅 비어 모르는 거려나?"

테호는 그저 웃기만 했다. 머릿속이 텅 비었다는 이야기가 딱히 모욕적으로 들리진 않았다. 사실이니까. 물에 빠진 그를 구해준 제피가 그를 떠맡아주기까지 하지 않았더라면 지금쯤 어디서 뭘 해야 할지

모른 채 떠돌고 있었을 것이다. 제피는 아무 기억도 하지 못하는 그를 테호 강에서 건졌다는 이유로 테호라는 이름을 붙여주고 조수 겸 일손으로 데리고 다니고 있었다.

물론 제피에게도 그가 유용할 것이다. 알고 보니 그는 꽤나 검술에 뛰어나 방물장수에게는 최악의 적인 산적들을 너끈하게 처리했으니까. 하지만 그건 다른 이야기이다. 제피가 그의 목숨을 구해주고 살 방법을 찾아줬다는 것만은 사실이 아닌가.

그래도 이 나라는 점점 더 이상해지고 있었다. 이런 곳이 아니었다는 건 그도 기억하고 있었다. 토르카인의 위험요소는 기껏해야 그루제펜과의 불안정한 정치 관계 정도였다. 그것도 거의 해결되기 직전이었는데, 왜 갑자기 이렇게 나라 안이 어지러워진 걸까?

아니 잠깐만. 그루제펜과의 정치 관계가 해결이 뭐가 어째? 그런 걸 내가 도대체 어떻게 아는 건데? 어이가 없는 노릇이군. 테호는 고개를 흔들며 자조적인 웃음을 지었다.

"어이, 어이. 가자고."

"아, 예."

테호는 정신을 차리고 제피와 함께 걸음을 옮겼다. 중년의 제피에게는 그루제펜과의 국경 부근인 체르노 지역에 딸이 있다고 했다. 하지만 최근 그 동네까지 귀족들의 분란이 번져서 어서 집으로 돌아가고 싶은 모양이었다.

"사실 그 동네가 그렇게 분란이 있던 동네가 아니야. 귀족 나리들께서 하시는 일이라는 게 뻔하잖아. 다들 수도에 머물며 화려한 생활을 하고, 왕궁에 드나들며 입으로 정치하는 거지. 영지를 놓고 싸움을 벌였다는 이야기는 살아생전 들어본 적이 없거든! 그런데 왜 지금 와서 그러는지 모르겠단 말이야. 심지어는 우리 고향땅을 공격하고 있는 귀족이 말이야, 이웃 동네에서 진짜 힘들게 살던 루첸 남작이야. 그분이 어떤 분이었는지 알아? 귀족이기는 해도 수입이 없어서 마상시합 같은 걸 돌아다니며 한 푼 두 푼 세금을 벌어오던 양반이야. 그런 분이 대체 어디서 어떻게 기사들을 구해서 싸움을 하고 다니시는 건지, 나 같은 어중이떠중이는 알다가도 모르겠구만."

"영지가 늘기 시작하면 얼마든지 몰려드는 자들이 생기죠. 땅을 나눠준다고만 하면 달려들 떠돌이 기사들이 널렸으니까요. 지금까지는 무술 솜씨가 있는 기사들이 할 일이라고는 부유한 상인들의 호위 노릇뿐이었지만, 그들도 실은 자기 땅을 원하니까요. 영지를 늘리고 자기 소유의 기사들에게 나눠줄 땅과 재산이 생기기만 한다면 누구든 가능한 일입니다. 오히려 애초에 영지가 별로 없던 귀족이 훨씬 쉽게 시작할 수 있죠. 반대로 가진 게 많은 자는 지켜야 하는 입장이니 수세에 몰릴 수밖에 없고요."

잃을 게 없는 자는 얼마든지 강하게 나갈 수 있다. 반대로 잃을 게 많은 자들은 몸을 사리게 된다. 어쩌면 그것과 같은 것이 아니었을까. 애초에 갖고 있는 게 없었기에 이런 말도 안 되는 방식으로 귀족들을 압박하고 그것으로 왕실의 세금을 충당하는 방법을 사용할 수 있었던 것이다……, 그가.

그런데 그게 누구지?

"미치겠군."

테호는 자신의 머리를 탁 치고서 제피를 쳐다보았다. 제피는 어리둥절한 표정으로 그를 보고 있다가 고개를 설레설레 흔들었다.

"너 말이야, 젊은 놈이 시시껄렁한 소리를 떠들고 다니면 안 돼. 요즘이 어떤 시절인데. 귀족 나리들께 잘못 잡혀서 뭔 일을 당하기라도 하면 어쩌려고?"

"죄송합니다."

제피는 다시금 테호를 힐끗 쳐다보고 목소리를 낮춘 채 말했다.

"너 말이지, 아무리 봐도 평범한 집 자식이 아니야. 말투도 그렇고 행동거지도 그렇고 어딘지 우리 같은 잡것들하고는 다르단 말이야. 뭔 일인지는 몰라도 강에 빠지고 기억까지 잃을 정도의 일이 있었음 뭔가 큰일이 있었던 건데, 그러니 더더욱 몸을 사려야지. 기억이나 찾고 무슨 일이 생기면 억울하지나 않지, 이렇게 아무것도 모르는 상태로 혹여 엉뚱한 자들에게 끌려가 사달이 나면 얼마나 억울하겠어?"

"그도 그러네요."

테호가 성질 좋게 웃으며 대꾸하자 제피는 다시금 혀를 찼다.

"그러고 웃는 걸 보면 또 아닌 거 같기도 하고. 거 참 알다가도 모를 놈이야. 어쨌든 빨리 가자고. 우리 집이 무사한지 봐야 마음이 놓이겠어. 간 김에 좀 쉬기도 하고. 우리 딸이 말이야, 애가 참 인물이 좋거든. 마을 사내놈들이 죄다 눈길 주기 바빠서, 이놈들 단도리하는 게 참 힘들어."

제피가 걸음을 옮기며 계속해서 떠든다. 테호는 허리에 낡은 검을 차고 한쪽 어깨로 그의 짐을 떠받치며 웃음 띤 얼굴로 함께 걸어갔다.

"저하는 날 사랑하지 않으셔. 다른 여자를 보고 계시는 게 분명해. 그러니 자꾸 혼인을 늦추시는 게지. 국왕 전하께서 앓아누워 계시기 때문이라는 건 순전히 핑계일 뿐이야."

눈물 젖은 얼굴로 카밀라는 시녀장 세이니를 쳐다보았다. 세이니는 아무 대답도 하지 않았으나 카밀라가 원한 건 애초에 대답이 아니었다.

"마녀가 필요해. 본국에 서신을 보내. 마녀를 불러야겠어. 저하의 마음을 내게서 앗아가는 계집들은 죄다 가만 두지 않을 것이야."

"공주 마마, 이러시면 아니 됩니다. 세자 저하께서도 이런 모습에 기뻐하지 않으실 것입니다."

카밀라 공주의 초록 눈이 번뜩이며 세이니를 돌아보았다.

"네가, 지금 네가 감히 나에게 세자 저하가 기뻐하시고 기뻐하지 않으실 일에 대해 충고하는 것이냐? 어디서 네가! 설마 너도 저하께 연모의 마음을 품는 것이냐? 내가 이리 두 눈을 시퍼렇게 뜨고 있는데?"

세이니가 다급하게 허리를 굽히고 외쳤다.

"그런 것이 아니옵니다. 제가 세자 저하의 의중을 어찌 알겠습니까? 이 미천한 것이 못난 짓을 했습니다. 당장에 본국에 서신을 보내 능력 있는 마녀를 보내라 하겠습니다."

카밀라 공주는 커다랗게 숨을 들이켠 다음 천천히 내뱉었다.

"가능한 한 빨리 보내라고 해라. 나에겐 당장, 당장 필요하니까. 나의 세자 저하께 눈이라도 돌리는 것들은 죄다 가만 두지 않을 것이야."

그녀가 길고 모양 좋은 손가락으로 눈가의 눈물을 닦아내며 말했다. 동작은 우아하지만 엉망진창으로 젖어 있는 얼굴은 그리 아름답지 않았다. 우는 것조차 남자의 눈길을 끌도록 배우는 그루제펜의 공주답지 않은 모습이다.

공주의 방을 나온 후 세이니는 고개를 흔들었다. 이해할 수가 없었다. 그녀는 공주가 일곱 살 때부터 곁에서 시중을 들었고 공주가 교육을 받는 모습을 모두 보았다. 남자들을 유혹하고 홀리는 무기 그 자체로 자라나 이곳 토르카인으로 시집올 공주로 뽑히는 모습을 보았고, 이곳에 온 직후에는 왕과 왕자들을 비롯하여 수많은 남자들을 자기 마음대로 조종하는 것도 보았다. 물론 쉽게 조종할 수 없어서 조금 골치를 앓긴 했지만 그가 사라진 후에는 오히려 일이 편해졌다고 기뻐했…….

아니 잠깐만, 토르카인의 왕자는 하나다. 그렇다면 처음에 카밀라 공주는 누구를 쉽게 조종했던 거지? 처음부터 조종하기 어려웠던 사내는 누구였지? 국왕은 분명히 아닐 텐데.

세이니는 찌푸린 눈으로 다른 시녀들에게 본국에 서신을 보낼 준비를 하라고 이르고 잡다한 일을 지시한 후 자리에 앉아 관자놀이를 문질렀다. 혼란스럽고 불분명한 기억. 그루제펜에서는 이런 것을 '마녀가 지나갔다'라고 부른다. 하지만 여기는 토르카인이었다. 토르카인에는 마녀가 없다. 그렇지 않은가?

물론 마녀들에게 국적 따위가 있는 것은 아니지만. 그들은 아무하고나 계약을 맺고, 계약자가 원하는 건 뭐든 들어준다. 마녀들이 관심을 갖는 것은 오로지 그들 자신이 받아갈 대가뿐이다.

그래도 토르카인 왕실에서 마녀를 쓰지는 않았을 텐데. 그럼 귀족 중 누군가가 마녀와 계약을 해서 무언가를 했다? 아니, 이렇게 큰일이라면 엄청난 대가를 치러야 할 것이다. 아무렇게나 소원을 빌 수 있는 게 아니니까. 게다가 그루제펜의 마녀라면, 특히 드래곤의 마녀라면 그루제펜에 해가 되는 일은 들어주지 않을 것이다. 그루제펜의 공주에게 해가 되는 일이라면 더더욱 그렇겠지. 청록의 드래곤은 그루제펜의 편이니까.

설령 누군가가 마녀에게 소원을 빌었다 치자. 어떤 소원을 빌면 공주가 저렇게 될 수 있단 말인가? 정치적 판단력과 이성을 하루하루 계속해서 잃어가고 오로지 왕세자에게만 집착하는 듯한 저런 모습이 어디서 나오는 것이란 말인가.

마녀는 아니다. 분명히 마녀는 아니다. 그러면 뭘까? 독약? 최면술? 다른 종류의 사악한 마법?

왕세자가 묘한 매력을 풍기는 사람인 건 사실이었다. 왕세자와 가까운 곳에 있을 때면 이미 중년의 나이인 세이니 자신도 그것을 느낄 수 있었다. 마치 그에게 빨려들어 가는 것 같은 느낌. 왜 토르카인 명문가의 딸들마저 세자의 노리갯감이라는 소리까지 들어가며, 심지어 그에게 버림받은 후에도 다시 한 번 곁에 있지 못해 안달하는지 알 만

했다. 하지만 세자가 없는 곳에서는 금방 정신을 차릴 수 있는 반면 카밀라를 비롯한 세자의 애인들은 달랐다. 그들은 세자에게서 헤어 나오지 못했다. 그 정도로 잠자리 실력이 출중한가? 십대 시절 내내 병석에 누워 지낸 세자가 무슨 실력이 얼마나 대단하여 전천후로 교육을 받은 그루제펜의 공주마저 이 꼴로 만든단 말인가.

어쩌면 그거야말로 마녀의 마법인지 모른다. 세자가 직접 소원을 빈 거다. 병이 낫게 해주고, 잠자리 실력을 출중하게 만들어달라고. 안 그러고서야 곧 죽을 거라는 이야기가 파다했던 세자가 어떻게 갑자기 자리를 떨치고 일어났으며, 어떻게 모든 세자의 연인들이 다 이렇게 제정신이 아닌 듯 변할 수 있겠는가.

하지만 마녀에게 소원을 빈 자의 말로는 절대로 좋은 법이 없다. 그루제펜의 모든 사람이 아는 상식이었다. 잠시 동안은 잘되는 것처럼 보여도, 결국에는 전보다 더 비참한 상황에 이르게 마련이다. 그렇게 보자면 토르카인 역시 잘될 리 없었다. 이 나라를 수렁에 빠뜨리면, 그 소원을 들어주었던 마녀는 대단한 힘을 갖게 되겠지. 어떤 마녀인지는 몰라도 보통은 아닐 것이다. 어쩌면 토르카인에도 아주 오래된 마녀가 살고 있었던 건지도 모른다.

세이니는 고개를 흔들고 자리에서 도로 일어섰다. 남의 나라가 어떻게 되든 그런 건 중요한 게 아니었다. 중요한 것은 그녀 자신과 그녀의 공주, 카밀라뿐이다. 어떻게든 카밀라가 정신을 차리고 자신의 이익을 취하게 만들어야 했다. 이런 식으로 쓸모없는 감정적 혼란 속에 빠져있다가는 그녀 자신까지 그 구렁텅이에 빠져들 것이다. 그루제펜으로 다시 돌아갈 수도 없는 상황인데.

“나야말로 마녀에게 소원을 빌고 싶을 지경이군.”

나직하게 중얼거렸다가 세이니는 황급히 정신을 차리고 십자 표시를 그었다. 함부로 한 말을 듣고 마녀가 나타나기라도 하면 큰일이다. 마녀의 이름을 별생각 없이 언급했다면 꼭 십자 표시를 하여 그 부름을 지워야만 마녀가 나타나지 않는다. 정말인지 알 수는 없지만 그루제펜의 사람들은 다들 그렇게 했다.

그녀는 마녀에게 소원 같은 건 빌고 싶지 않았다. 그저 공주를 모시는 시녀장으로서 적당히 권력을 누리고 평온하게 살다가 죽고 싶을 뿐이었다.

정치란 개싸움과 같다. 서로 으르렁거리는 개들 사이에 고기가 붙은 뼈다귀를 하나 던져주면 거기에 정신이 팔려서 방금 전까지 자신들이 뭘 하고 있었는지조차 알지 못하는 것이다. 뼈다귀에 붙은 살점 몇 개가 더 중하니까.

텅 빈 귀족회의실을 보고서 루헤인은 삐딱하게 웃었다. 물론 남아 있는 귀족들도 아직 몇 있었다. 그의 환심을 사면 영지 문제가 더 쉽게 처리되지 않을까 생각하는 머저리들. 나머지는 전부 다 각자의 영지를 보호하기 위해서 돌아갔다. 아마 거의 몇 년 만에 자신의 영지에 돌아간 자도 있을 것이다. 자기 것을 남에게 맡기고서 잘 돌아갈 거라고 뻔뻔하게 믿고 있다니. 주인이 없으면 누가 됐든 그 자리를 탐내는 법이다. 그가 앓아누워 있었던 동안에 그를 밀어내고 세자 노릇을 했

던…….

루헤인은 인상을 찌푸리고 이마로 흘러내린 검은 머리를 쓸어 올렸다. 무슨 생각을 하고 있는 거지? 그런 건 없었다. 그가 없는 동안 활개를 쳤던 건 저 빌어먹을 귀족 놈들이었다. 그래서 지금 그가 이렇게 보복을 하고 있는 게 아닌가. 물론 왕실의 재산도 쏠쏠히 불어나고 있지만.

아니야, 그래도 뭔가가 부족하다. 뭔가 여기에 누군가가 있어야 할 것 같은데. 눈을 빛내며 단호하게 뭔가 말을 하는 누군가가…….

형님.

루헤인은 순간적으로 움찔했다. 누군가가 꼭 그를 부른 것 같은 기분이었지만, 잘못 들었으리라. 지금 여기 있는 사람이라고는 그의 눈치를 슬슬 살피는 귀족 서넛뿐인데.

"특별히 의논할 일이 없다면 오늘 회의는 이만 마쳐도 되겠지?"

그가 일어서자 귀족들이 따라 일어섰다. 뭔가 하고 싶은 말이 있는 듯이 서로 눈치를 살피지만, 결국 아무도 먼저 말을 꺼낼 수 없는 것처럼 고개를 돌리고 말았다.

아, 그래. 자기가 하고 싶은 말을 쉽게 꺼낼 만큼 용기 있는 놈조차 없지. 그게 빌어먹을 귀족들이다.

재미가 없다.

회의실을 나와 시종들을 뒤에 달고 걸어가면서 루헤인은 멍하니 생각했다. 재미가 없어. 방에 누워 창밖을 바라보며 생각하던 삶은 이런 게 아니었다.

귀족들이 그의 말을 경청하고 그의 한 마디 한 마디에 부들부들 떨면 얼마나 유쾌할까, 연병장에서 검을 휘두르고 병사들을 놀라게 만들면 얼마나 재미있을까, 항상 그렇게 생각했는데 실제로 해보니 그 재미라는 것은 그리 오래 가지 않았다. 귀족들은 항상 징징거리고, 병사들이며 장군들은 그를 두려워했다. 그들과 친구가 되고 싶지는 않았지만, 그렇다고 그가 다가갈 때마다 움찔거리는 꼴을 보고 싶었던 것도 아니었는데.

재미가 없어.

“몸을 좀 풀고 싶구나.”

그가 방향을 홱 돌려 걸어가자 시종들이 놀라서 종종걸음으로 다급하게 그의 뒤를 따라온다. 그는 그들을 기다리지 않고 궁 바깥으로 향했다. 막 커다란 현관을 지나 정원으로 나가는데 그를 향해 무언가가 바람을 가르며 날아왔다.

뺨을 스치는 날카로운 것에 그가 멈춰 섰다. 화살은 그를 스치고서 앞쪽의 기둥에 꽂혔다.

시종들이 비명에 가까운 고함을 질렀다.

“자객이다! 공격이다!”

“경비, 경비!”

루헤인은 반쯤 멍한 상태로 손을 들어 자신의 뺨을 만졌다. 뜨끈한 피가 묻어난다. 상처가 깊지는 않은 것 같지만, 분명히 피가 흐를 정도의 상처였다.

시종이 다급하게 그의 곁으로 다가왔다.

"저하, 피하셔야 합니다! 자객이 분명합니다!"

"자객이라니, 궁 안에?"

"무, 물론입니다! 세자 저하의 목숨을 노린 일이 분명합니다. 어서 안으로 들어가시지요!"

시종은 그의 몸에 손을 대지 않은 채 어떻게든 또다시 날아올지 모르는 무기를 막으려고 하는 것 같은 기색이었다. 루헤인은 조금 놀라서 그를 응시했다. 이름도 모르는 시종이 그의 목숨을 지키려고 이러고 있다는 게 신기했다. 시종들은 전부 다 그를 싫어하는 줄 알았는데.

아니, 그들의 의무이기 때문에 이러고 있는 걸지도 모른다. 게다가 자신이 모시는 세자가 죽기라도 하면 다시 다른 곳에 가서 경력을 쌓아야 하지 않겠는가. 그건 꽤 불편한 일일 테니까.

루헤인은 고개를 들어 화살을 쳐다보고, 화살이 꽂힌 각도에 따라 뒤쪽을 바라보았다. 정원 구석의 나무 위다. 물론 경비와 시종들이 법석을 떠는 사이에 범인은 이미 도망쳤겠지만.

그가 바깥으로 나온 것은 순전히 우연이었다. 원래 계획을 정해두고 따르는 편은 아니지만 일반적으로는 회의가 끝나면 방으로 돌아가 한숨 자는 게 일과였다. 그렇다면 이 짧은 시간 사이에 누군가가 바깥으로 연락을 했거나, 그가 자는 사이에 공격하기 위해 안으로 들어오려던 찰나였을 가능성이 높다. 아마 잠을 잤다면 좀 더 확실하게 죽일 수 있었을 테지.

시종들 사이에 이미 매수된 자가 있을지 모른다. 귀족들 대부분이

연합해서 고용한 자객일 수도 있다.

루헤인의 입가에 웃음이 떠올랐다. 웃음이 커지자 상처 난 부위가 당기고 따끔거렸지만, 상관없었다. 이렇게 유쾌한 일이 생겨주었는데 어떻게 웃지 않을 수 있겠는가. 이토록 재미없고 심심하던 찰나에.

"정원 전체에 경비를 풀어라. 수상쩍은 게 있으면 어린애라도 전부 다 끌어와라. 그리고 궁 안에 남아 있는 귀족들을 당장에 소집하고. 그들에게 내가 직접 물어볼 것이 있으니까."

"지, 지금 당장 말씀이십니까? 하지만 우선 상처를……."

"의사도 회의실로 보내라. 당장 모두를 봐야겠다."

시종은 알겠다는 듯이 고개를 숙였다. 루헤인은 손으로 피를 대강 문질러 닦으며 웃음을 감추지 않은 채 안으로 들어갔다. 뒤에 있던 시종들은 전부 다 괴팍한 세자의 행동을 이해할 수가 없어서 고개만 흔들 뿐이었다.

왕세자 암살 모의라면 귀족들을 줄줄이 처단해도 시원치 않을 일인데, 놀랍게도 세자는 이 암살의 주동자를 찾아내지 않았다. 왕궁에 머물고 있던 귀족들이 신중하게 그 일에 대해서 말을 꺼내자 웃을 뿐이었다.

"십 수 년을 아파 누워 있었을 때도 죽지 않았다. 화살 한 번에 죽을 것 같으냐? 나를 죽이고 싶다면 어디 한번 하고 싶은 만큼 해보라지. 그래서 죽는다면 내 운이 거기까지라는 뜻이 아니겠느냐?"

담대한 건지 아니면 목숨이 귀한 줄을 모르는 건지 알 수 없는 왕자

라고 귀족들은 수군거렸다.

하지만 발 빠르게 움직인 것은 세자가 아니라 귀족의 여식들이었다. 지금껏 정치에 크게 관여하지 않던 젊은 여인들이 이렇게까지 빠르게 정치적으로 움직인 일은 토르카인의 역사 내내 없었다. 하지만 이들은 나름의 정보망을 확보하고 조사관을 고용하여 세자를 암살하려던 배후를 찾아냈고, 그 와중에 서로에 대한 공격과 모략까지 퍼부었다. 세자의 첫 연인이었던 세이지 백작의 딸은 승마 도중 원인이 밝혀지지 않은 사고로 사망했고, 프라만 백작의 딸은 독약을 먹고 끔찍한 모습으로 죽었다.

여인들 사이의 이 싸움에서 가장 우위에 선 것은 누가 뭐래도 카밀라 공주였다. 공주는 자신의 권력을 이용하여 왕궁 내의 귀족들을 전부 다 움직였고 세자에게 접근할 수 있는 길까지도 차단했다. 세자를 알현하려는 귀족은 우선 카밀라 공주의 측근들에게 세심한 검사를 받아야 했다.

몇몇 귀족은 이런 식으로 공주가 세자의 눈과 귀를 막고 자기 멋대로 이용하려는 거라고 이야기하기도 했지만, 공주는 귀족들에게 자신을 위한 것은 아무것도 요구하지 않았다. 마치 진심인 것처럼 세자의 안전을 걱정할 따름이었다.

세자가 카밀라 공주의 이런 행동을 아는지 모르는지는 분명하지 않았다. 하지만 여인들의 싸움에 대해 듣고 비웃음을 지었다는 이야기는 회의에 참석했던 몇몇 귀족들을 통해 흘러나왔다.

"그거 참 대단한 일이군. 세자비 자리가 그렇게 대단한 것이던가?"

아니, 세자비 자리가 대단하긴 해도 그렇게까지 대단한 것은 아니다. 답토 후작은 막역하게 지내던 기사단장 드말로에게 걱정스러운 속내를 털어놓기도 했다.

"내 딸이 더 이상 내 딸처럼 보이지 않아. 그 애는……, 세자 저하에게 무섭게 집착하고 있네. 제정신이 아닌 것처럼 보일 정도야. 사내에게 그렇게 매달리는 아이가 아니었는데. 그 애가 세자 저하에 대해 하는 말을 듣고 있으면 이건 그저 광기라고밖에는 말할 수가 없어. 나는…… 이제 내 딸이 무섭다네."

답토 후작의 딸 루애나는 토르카인 귀족가문 여자들 중에는 가장 세자비 자리에 어울리는 인물이긴 했다. 본인도 그것을 알고 있었다. 그저 눈엣가시 같은 카밀라 공주만 없으면 된다는 사실도.

"그루제펜의 공주가 토르카인에 진정으로 도움이 된다고 생각하십니까? 아뇨, 그렇지 않아요. 그건 귀족들의 착각입니다. 우리들이 똘똘 뭉치는 편이 토르카인에는 더 도움이 됩니다. 그루제펜의 공주 따위, 그 알량한 외모를 이용하여 세자 저하를 현혹시키는 요망한 계집일 뿐이 아닙니까? 그루제펜이라는 나라 자체가 드래곤과 마녀를 내세우는 쓸모없는 나라이고요. 저하께는 그런 계집이 필요치 않습니다. 오히려 저희들, 귀족들의 힘이 훨씬 더 필요하지요."

루애나의 말이 틀린 것이 아니긴 하지만, 귀족들은 당장 자신의 이익을 보장해주지 않는 세자의 편에 서는 것이 쉽지 않았다. 애초에 세자는 그들의 협조 같은 것을 원하지 않았다. 귀족들이 무슨 짓을 하든 세자에게는 별로 중요치 않은 것 같았다. 그가 바라는 건 그저 재미있는 구경거리뿐인 것 같았다.

중년의 귀족들은 서서히 세자가 이상하다는 것을, 세자 자체는 아니더라도 그를 둘러싼 주변의 수많은 것들이 이상해지고 있다는 걸 눈치 채고 있었지만 뭐가 어떻게 이상한 것인지 아는 사람은 아무도 없었다.

그저 세자의 이 기묘한 면이 토르카인 전체에 영향을 주지 않기만을 바랄 뿐이었다.

9

줄레나는 오랜만에 며칠씩 나가지 않고 오두막에 기거하고 있었다. 영 느낌이 안 좋다는 것이 그 이유였다.

"대체로 이런 기분이 들면 무슨 일이 생기곤 하지. 별로 좋은 일은 아니야. 좋은 일 따윈 마녀와 아무 관계도 없거든."

줄레나가 있으니 최소한 그 빌어먹을 드래곤이 오지 않을 거라고 생각하며 사바는 그저 그녀를 쳐다보았다. 빌어먹을 드래곤이 만들어 놓고 간 문신을 가리느라 소맷자락조차 걷어 올릴 수가 없었다.

줄레나는 어느 날 갑자기 사바의 마력이 몽땅 사라진 것을 알고도 아무 말도 하지 않았다. 내색조차 하지 않았지만 줄레나쯤 되는 마녀가 사바 같은 어린 마녀의 마력이 늘고 주는 것을 알아채지 못했을 리 없다. 그저 관심을 갖지 않는 것이거나 일부러 캐묻지 않는 거겠지. 살 곳을 주었을 뿐만 아니라 그녀의 일에 일일이 관심 갖지 않는 것이 사바로서는 대단히 고마웠다.

사바가 언제나처럼 캐 온 약초들을 정리하고 간단한 마법약을 만들 동안 의자에 느긋하게 앉아 있던 줄레나가 갑자기 고개를 번쩍 들었다. 그러고는 허공에서 냄새라도 맡는 것처럼 고개를 갸우뚱거리고 있다가 인상을 찌푸렸다.

"그루제펜의 마녀가 토르카인의 영토에 들어왔어."

사바는 어리둥절한 표정으로 줄레나를 쳐다보았다.

"마녀들에게도 국적이 중요한가요?"

"국적은 중요하지 않지. 하지만 청록의 드래곤의 마녀라면 이야기가 달라. 그들은 마력이 필요한 것도 아니니 남의 소원을 이뤄주고 다니지 않거든. 그런 자들이 남의 장사 영역에 발을 들였다는 건 상당히 짜증나는 문제지. 토르카인에 있는 모든 마녀들이 아마도 주시하고 있을걸."

공기가 흔들리는 것이 이제야 사바에게도 느껴졌다. 다른 곳에 있는 마녀들이 속삭이는 소리까지 들린다. *드래곤의 창녀? 그루제펜의 마녀? 어째서 여기까지 온 거지? 누가 불러들인 거지? 누구와 계약을 할 셈이지? 쫓아내야 하나?*

드래곤의 창녀. 사바는 자신도 모르게 왼쪽 팔목을 슬그머니 문질렀다. 아흐메닷. 잊어버리면 좋겠지만 팔목의 문신처럼 그 이름은 그녀의 머릿속에 각인되어 사라지지 않는다. 자칫 실수로 그 이름을 부를까 봐 고민하게 되고, 고민을 하면 할수록 그 이름은 점점 더 깊게 새겨진다. 드래곤이 원했던 것도 어쩌면 이런 것이었는지도 모른다.

생각하지 않는 편이 낫다. 사바는 아예 생각의 방향을 돌리기 위해서 줄레나를 보았다. 그녀는 의자에 기대고 고개를 뒤로 젖혀 천장을 바라보고 있었다. 길고 하얀 목선이 마치 백조처럼 곡선을 그리고 있다. 갑자기 줄레나의 나이가 몇 살쯤 되었을까 궁금해졌다. 마녀의 나이를 묻는 것은 무례한 행동이니 물어볼 수 없겠지만.

"그럼 그루제펜의 마녀를 쫓아내지는 않는 건가요?"

"계약자에 따라서 달라지겠지. 그런데 지금 아무래도 쫓아낼 수 있을 만한 상대가 아닌 것 같아."

갑자기 줄레나가 눈을 가늘게 뜨고 사바를 쳐다보았다. 사바가 의아하게 마주 보자 그녀가 의자를 똑바로 세우고서 몸을 폈다.

"너, 준비하고 있는 게 좋겠다."

"네?"

"최소한 마음의 준비라도 하는 게 좋을 거야. 저쪽은 아마 강제로 마법을 쓸 테니까."

다음 순간, 그녀의 몸이 다른 곳으로 끌려가기 시작했다. 막을 새도 없었다. 마력이 거의 남아 있지 않은 그녀의 몸은 손쉽게 다른 마녀가 끌어당기는 대로 공간을 가로질러 이동하고 있었다.

"저하, 원하시던 것을 데려왔습니다."

부코타 백작이 알현을 청했을 때 루헤인은 내심 기대하고 있었다. 심장이 두근거리는 느낌이 이렇게 반갑게 느껴지는 것은 처음이었다.

심장의 두근거림이란 평소 그가 가장 싫어하는 것 중 하나였다. 가슴 속에서 그 빌어먹을 기관이 쿵쾅거리며 뛸 때마다 언제 다시 가슴이 조여들고 숨을 쉴 수 없는 그 고통이 느껴질까 겁을 먹게 된다. 벌써 1년이 지났는데도 변한 것은 없었다. 지금도 여전히 아침에 눈을 뜨면 가장 먼저 가슴을 쓰다듬곤 했다. 멀쩡한 거겠지? 다시 아픈 건 아니겠지? 이 모든 게 꿈은 아니지?

꿈이 아니다. 꿈이 아니라는 건 안다. 하지만 그걸 상기시켜주는 존재가 옆에 있다면 더 좋을 것 같았다.

사바.

하지만 부코타 백작을 따라 들어온 검은 두건을 쓴 존재는 사바와 눈곱만큼도 닮아 있지 않았다. 훨씬 조그맣고, 두건을 벗자 쭈글쭈글하니 흉측한 얼굴이 드러났다. 루헤인의 얼굴 역시 즉각 굳어졌다.

"그게 뭐지?"

"마녀입니다. 저하께서 원한다 하지 않으셨습니까!"

부코타 백작이 흥분으로 번들거리는 눈으로 그를 쳐다보다가 시선이 마주치기 전에 황급히 고개를 숙였다. 루헤인은 불쾌한 표정으로 노인을 보았다.

"저게 마녀라고? 길바닥을 걸어가다 쓰러져 죽을 것 같은 모양새인데."

"토르카인의 사람들은 마녀를 잘 모르지요. 하지만 세자 저하께서는 마녀를 잘 아실 터인데요."

마녀의 목소리는 생긴 것과 마찬가지로 걸걸하고 귀에 거슬렸다. 마치 마른 나뭇가지를 비벼대는 것 같은 소리다.

루헤인은 목덜미를 손으로 문지르고서 찌푸린 눈으로 마녀를 쳐다보았다.

"넌 어디서 왔지?"

"저는 그루제펜의 마녀입니다. 이곳 토르카인에는 제대로 된 마녀라는 존재가 없으니까요."

"토르카인에도 마녀는 있어."

아니, 있었지. 지금은 어디에 있는지 모르지만. 루헤인은 마녀를 빤히 쳐다보았다. 주름지고 사마귀가 여기저기 돋은 흉한 얼굴과 달리 마녀의 눈만은 투명한 금빛이다.

"토르카인의 마녀 따위는 저희 그루제펜의 마녀들에 비하면 아무것도 아닙니다. 자, 무엇을 원하십니까? 원하시는 거라면 뭐든지 들어드리지요. 말씀만 하십시오."

루헤인은 말없이 마녀를 바라보았다. 사바가 아니라는 시점에서 마녀와 부코타 백작을 통째로 싸서 내쫓을 수도 있었다. 그가 원한 건 사바였으니까.

하지만 누군가를 시켜 사바를 찾느니 아예 마녀에게 그것을 소원으로 비는 편이 훨씬 쉽지 않을까? 이 마녀를 오래 옆에 둘 필요도 없다. 세 개의 소원을 차례로 줄줄이 빌면 그만이니까.

그가 한 손을 들어 부코타 백작에게 나가보라는 손짓을 했다. 백작은 기쁨을 감추지 못하는 표정으로 고개를 수그렸다.

"그럼 저, 저기, 바깥에서 기다리겠습니다."

"아니, 그럴 거 없어. 나중에 다시 부르도록 하지. 가봐."

부코타 백작은 마녀와의 일을 마치자마자 그가 뭔가 상을 내려주기를 기대했던 것처럼 실망한 표정을 지었으나 그것을 노골적으로 드러내지 않을 정도의 노련함은 갖추고 있었다. 그가 고개를 숙여 보인 다음 조심스럽게 알현실을 나갔다. 시종들이 문을 닫는다.

루헤인은 마녀를 보았다.

“너에게 소원을 말하면, 뭐든 들어줄 수 있는 건가?”

“물론입니다. 그저 저하께서는 대가만 치르시면 됩니다.”

대가. 문득 사바도 그런 이야기를 하던 것이 떠올랐다. 계약자가 소중하게 여기는 걸 가져간다고. 그렇다면 사바는 무엇을 가져갔던 걸까?

그리고 이 마녀는 그에게서 무엇을 가져가려는 거지? 루헤인의 눈이 날카로워졌다.

“마녀는 그 사람에게 가장 소중한 걸 가져간다고 하던데.”

“정확하게 알고 계시는군요.”

마녀의 말에는 킬킬거리는 웃음이 섞여 있었다. 피부를 타고 올라오는 벌레 같은 웃음소리였다. 루헤인은 팔을 문지르고 싶은 마음을 억누르고 마녀를 노려보았다.

“내 건강을 가져가려는 건 아니겠지?”

마녀가 잠시 그를 빤히 쳐다보았다. 그리고 혀를 찼다.

“저하의 건강은 다른 마녀가 소원으로 들어드린 것이지요? 다른 마녀가 쓴 마법을 무효로 돌리는 일은 할 수 없습니다. 그것은 불가능합니다.”

"그렇다면 절대로 나를 다시 병약하게 만들 수는 없다는 뜻이냐?"

"예전 같은 모습으로 돌아가실 일은 없으실 것입니다."

마녀가 킬킬거리며 대답했다. 건강을 제외하면 그에게 가장 소중한 것이 뭘까? 솔직히 뭘 가져간다 해도 별로 대단할 것 같지 않았다. 루헤인은 고개를 끄덕였다.

"그러면 계약을 맺지."

마녀는 잠깐 눈썹을 치켜 올리고 그를 보았지만 그가 마음을 돌리기를 바라지는 않는 듯 양손을 들어 올리고 뭔가 알 수 없는 말을 중얼거리기 시작했다. 루헤인은 그 모습을 잠시 바라보고 있다가 퉁명스럽게 물었다.

"그렇게 뭔가 많이 필요한 건가? 전에는 계약한다는 한 마디면 충분했는데."

마녀가 알 수 없는 말을 요란하게 읊던 것을 멈추고 그를 쳐다보았다. 금색 눈동자에 조금 놀란 표정이 스쳤으나 금세 사라지고 노련한 기색이 되돌아왔다.

"화려한 것을 좋아하는 귀족들이 많으시니까요. 단순히 계약한다는 한 마디로 끝나면 실망하는 분들도 많이 계십니다."

"나는 아니야."

조급한 마음을 억누르지 못하고 루헤인이 짜증스럽게 말했다. 마녀도 알겠다는 듯이 고개를 끄덕이고 그를 똑바로 쳐다보았다.

"당신의 의지로 저와 계약하시겠습니까?"

문득 어린 사바가 같은 말을 읊던 것이 떠올랐다. *당신의 의지로 저*

와 계약을 하시겠습니까? 그때부터 사바는 그의 옆에 있게 되었다. 그 작은 방 안에서. 항상 단둘이서.

"그래."

그가 단호하게 대답하자 마녀가 고개를 들어 올렸다. 마치 보이지 않는 뭔가를 온몸으로 빨아들이는 것처럼. 그러더니 숨을 크게 들이켜고서 그를 쳐다보았다. 갑자기 마녀의 모습이 변한다. 늙고 쪼글쪼글한 노인이 순식간에 아름다운 여인의 모습으로 바뀐다. 기묘한 초록색 머리카락에 금빛 눈을 한 여인이 그를 보고 새빨간 입술로 미소를 지었다.

"그럼 원하시는 것을 말씀하시지요. 무엇이든 들어드리겠습니다."

루헤인은 잠시 의자 팔걸이를 손가락으로 톡톡 치다가 물었다.

"마녀가 소원을 들어주고 나면 주변 사람들은 마녀가 있었다는 사실 자체도 잊는다고 하더군. 그렇지?"

"그러합니다."

"그러면 부코타 백작 역시 네가 사라지고 나면 너를 데려왔다는 사실을 잊겠군. 그렇지?"

"그럴 수도 있고, 아닐 수도 있습니다. 저하께서 원하신다면 그 정도는 숫자에 넣지 않고 기억을 남겨드릴 수 있지요."

"아니, 그럴 필요는 없어. 그저 물어보는 것뿐이야."

마녀는 어깨를 으쓱였다. 루헤인은 팔걸이를 초조하게 두드리며 재차 물었다.

"하지만 너희 마녀들끼리는 어떤 소원이 이루어졌는지 알 수 있나? 어떤 마법을 썼는지 말이야."

마녀는 잠깐 동안 그를 바라보다가 물었다.

"제가 모든 질문에 답을 하는 것이 소원이신가요?"

"그냥 질문에 답만 하면 돼. 그걸 소원으로 빌어야 하나?"

"마녀들에 관련된 질문에는 답을 해드리기가 어렵습니다. 이것은 마녀들 간의 규율이니까요. 가벼운 대화에서 함부로 할 수 있는 이야기가 아닙니다. 만약 소원으로 비신다면, 물으시는 모든 것에 답을 해드릴 수 있지요."

마녀가 미소를 짓는다. 루헤인은 여자를 바라보다가 고개를 끄덕였다.

"좋아. 소원이야. 내 질문에 전부 정직하게 답을 해라."

"소원은 이루어졌습니다."

잠시 공기 중에 뭔가가 반짝이는 것 같았다. 루헤인은 눈을 깜박였고, 그 반짝임은 순식간에 사라졌다. 이게 마녀들이 마법을 쓰는 거였구나. 거의 티조차 나지 않는다.

"저희 마녀들끼리는 어떤 소원을 들어주었는지 그 사람을 보면 압니다. 마법이 드리워져 있으니까요."

마녀가 마침내 답했다.

"그 마법은 한 번 들어주고 나면 끝나는 건가? 마법을 걸었던 마녀는 더 이상 그 마법을 확인하거나 다시 걸 필요가 없는 거야?"

"마법이라는 것은 복잡한 기술입니다. 한 번 걸기만 해서 끝나는 것이 있는가 하면 계속해서 마력을 들여야 하는 것도 있지요. 마녀와 계약자 사이의 마법에 관해서는, 계속해서 연결이 남게 됩니다. 한번 계약을 맺으면 그 계약자는 평생토록 마녀와 연결되어 있습니다. 저와 저하의 사이도 그리되겠지요."

마녀가 생긋 웃었다. 유혹적인 미소였지만 루헤인의 마음은 그다지 동하지 않았다. 이제 여자라면 진력이 났다.

그는 재차 물었다.

"그러면 계약이 끝났어도 나와 한번 계약을 했던 관계라면 나에 대해 계속해서 아는 건가? 동향을 파악할 수 있다고?"

"동향이라는 것과는 조금 다릅니다만, 계약자의 상황에 대해 어느 정도 느낄 수는 있지요."

"그럼 내가 부르면 다시 올 수도 있다는 건가?"

마녀는 눈썹을 치켜 올리고 잠시 그를 바라보았지만 다른 말을 하지 않고 그저 그의 질문에 대답만 했다.

"그럴 수도 있습니다. 그 마녀가 마음이 내키면요. 계약이 끝나면 더 이상 의무는 없으니까요."

오지 않을 수도 있다는 소리로군. 그리고 사바는 단 한 번도 모습을 드러내지 않았다. 그가 몇 번이나 그 계집의 생각을 할 때에도.

좋아, 다시 계약을 하면 그만이다. 그렇지 않은가.

"한 번 계약했던 마녀와 다시 계약을 할 수도 있나?"

"가능합니다. 하지만 그런 경우는 거의 없습니다."

루헤인은 인상을 찌푸렸다.

"어째서지?"

"더 이상 받아갈 것이 없으니까요. 마녀는 계약자에게서 받아내는 대가가 클수록 그 마력도 더 커집니다. 마녀마다 원하는 대가가 다르기 때문에 여러 마녀와 계속해서 계약을 맺을 수는 있지만, 한 번 자신이 원하는 것을 받아가고 나면 그 사람에게 더 이상 뭔가 남아 있을 가능성이 없습니다. 얻을 것이 없는데 구태여 마력을 낭비하며 계약을 맺고 소원을 들어줄 이유는 없지요."

사바가 그에게서 뭘 받아갔을까? 뭐가 되었든 그걸로 만족하니 다시 그의 앞에 나타나지 않는 것일 텐데, 대체 뭘 받아간 것일까?

"마녀가 계약의 대가로 뭘 받아가는지 어떻게 알지? 뭔가가…… 없어지나?"

"대부분의 경우에는 세 번째 소원을 들어준 다음 마녀가 직접 이야기합니다."

루헤인이 이맛살을 더욱 찌푸렸다.

"아무 이야기도 하지 않던데."

"뭐, 이야기를 하고 말고는 마녀 자신의 마음에 달렸으니까요. 그래도 무언가 받아갔을 겁니다."

대체 그녀가 무엇을 가져갔을까. 갑자기 불쾌감이 치솟았다. 뭐가 됐든 간에 마음에 들지 않는다. 어쩌면 그에게 한 마디 말도 하지 않고서 귀중한 것을 가져갔는지도 모른다. 아니면…… 뭐가 됐든 간에 알아야겠다. 그녀가 대가로 그의 무엇을 가져갔는지 미친 듯이 알고 싶어졌다.

"그 계집이 소원을 들어준 대가로 나에게서 뭘 가져갔는지 알고 싶

어. 이게 내 두 번째 소원이다."

마녀는 갑자기 곤란한 표정을 지었다. 루헤인이 눈을 가늘게 뜨고 그녀를 노려보았다.

"할 수 없다는 건가?"

"다른 마녀가 무엇을 했는지를 밝히는 것은 마녀의 규율상 금지된 일입니다. 이것은 설령 소원이라 해도 들어드릴 수가 없습니다. 다른 마녀의 마법을 무효로 만들 수 없는 것과 마찬가지로 다른 마녀가 한 일을 밝힌다는 것은 불가능합니다."

"그럼 그 계집이 뭘 가져갔는지 알아내려면 어떻게 해야 하지? 그 계집을 부르기라도 해야 하나? 어디에 있는지조차 모르는데?"

갑자기 마녀가 한껏 웃음을 지으며 그를 쳐다보았다.

"그래서 제가 여기 있는 것이 아니겠습니까? 이전에 계약하셨던 마녀를 원하신다면, 그녀를 이곳으로 불러드릴 수는 있습니다. 그러면 저하께서 직접 물어보시면 되겠지요."

허. 생각지도 않았던 방법이다. 루헤인이 마녀를 빤히 응시했다.

"그게 가능한가? 설령 그 계집이 오고 싶어 하지 않아도 부를 수 있나?"

"힘의 차이에 따라 다르겠지요. 하지만 세자 저하쯤 되는 분께서 소원으로 비시는데, 제가 어찌 힘을 다 쓰지 않을 수 있겠습니까?"

말투는 겸손한 척하지만 자신의 힘을 확고하게 믿고 있다는 게 드러난다. 그렇게 강한 마녀라면 왜 평범한 인간들의 소원 따윌 들어주고 대가를 받아 연명해야 하나 조금 궁금했지만 그런 건 나중에 묻기로 했다. 중요한 것은 사바를 부르는 거니까.

하지만 갑자기 또 다른 의문이 떠올랐다.

“계약을 했는데 소원을 다 빌기 전에 계약자가 죽으면 어떻게 되지? 계약자가 죽으면 끝맺지 못한 계약이 마녀를 따라다닌다고 하던데, 그게 무슨 말이지?”

마녀는 눈도 깜박이지 않고 루헤인을 응시했다. 대답을 해줄까 말까 고민하는 것 같은 태도다. 하지만 질문에 대답하는 것은 첫 번째 소원이었다.

그가 압박을 할까 생각할 때 마녀가 대답했다.

“계약이 끝나기 전에 계약자가 죽게 되면, 그것은 일종의 낭비입니다. 대가를 얻지 못한 채 마력만 써버린 셈이지요. 그리고 그 상태로 일종의 구멍이 생겨서 계속해서 마력이 빠져나가는 겁니다. 다른 곳에서 마력을 충당하면 되지만, 만에 하나 이런 일이 자주 생기게 되면 결국 마녀 자신의 수명까지 깎입니다. 마녀들이 계약을 하고 소원을 제대로 들어주지 않은 채 계약자를 죽이고 대가만 챙기는 식의 행위를 하지 못하도록 자연이 만들어둔 일종의 보호 장치라고 생각하셔도 됩니다.”

“그럼 계속해서 마력이 새어나간다는 건가? 굉장히 불편하겠군.”

“질병과 같습니다. 체력이 계속해서 빠져나가서 지속적으로 보충해주지 않으면 안 되는 것이지요. 자칫 잘못했다가는 그 자리에서 쓰러지거나 죽을 수도 있고요.”

마녀가 왠지 모를 미소를 지었다. 루헤인은 주먹에 힘이 들어가는 것을 깨닫고 의식적으로 힘을 뺐다. 그 자리에서 쓰러지거나 죽는다. 사바가. 아니, 그건 곤란하다……. 최소한 죽기 전에 세 번째 소원을 빌 필요는 있겠군.

"좋아, 그 애를 불러라. 사바라고 하지."

"소원은 이루어졌습니다."

마녀가 양손을 합장했다가 위로 들어 올리고 양팔을 벌렸다. 마녀의 손에서 마치 불꽃같은 것이 튄다. 창문을 연 것도 아닌데 공기가 휘몰아친다. 루헤인은 눈을 크게 뜨고 마녀를 보았다. 마녀의 초록색 머리카락이 마구잡이로 휘날리고 옷자락이 흔들리며 늘씬한 다리가 드러났다. 마녀의 목소리가 기묘하게 방 안을 울린다. 뭐라고 말하는지는 알아들을 수가 없다. 그저 그 목소리가 그의 머릿속을 파고들어 웅웅 울리는 것 같을 뿐이었다.

바람이 거세게 분다. 휘몰아친다. 흔들거린다. 공기가…….

향기.

허브와 약초의 향기. 그리고 그녀의 향기. 사바.

바람이 가라앉는다. 루헤인은 따가운 바람에 눈물이 고여 있던 눈을 깜박이고서 마녀를 쳐다보았다. 마녀가 서 있던 바로 옆에 누군가가 있다. 낯익은 회색 옷. 낯익은 자그마한 덩치. 낯익은 갈색 머리. 특색이라고는 찾아볼 수 없는 모습.

여전히 평범하기 짝이 없는데, 그가 지금껏 본 수많은 귀족 여자들이나 카밀라 공주에 비하면 도저히 비교할 수가 없는데, 그런데 지금 그의 심장은 마치 자신을 되살려준 주인이 돌아온 듯 빠르게 뛰고 있었다. 아니, 되살려준 건 맞지. 주인이 아닐 뿐.

저 계집은 마녀였다.

그의 마녀.

사바.

물빛 눈동자가 주변을 둘러보다가 옆에 선 마녀에게 고정되었다. 마녀는 루헤인을 향해 우아하게 절을 했다.

"저하께서 원하시던 마녀를 불렀습니다. 이제 묻고 싶은 것을 물어보시지요."

물빛 눈동자가 천천히 움직인다. 차갑고 창백한 얼굴이 그를 향한다. 루헤인은 말없이 그녀가 자신을 똑바로 쳐다볼 때까지 기다렸다. 그를 보고 감탄하기를, 다른 여자들처럼 눈꺼풀을 팔락이며 얼굴을 붉히고 교태를 부리기를 기다렸다.

그러나 사바의 눈은 조금도 달라지지 않았다. 여전히 차갑고, 창백하고, 거리감이 느껴질 뿐이었다. 낯선 사람을 보는 것처럼. 관심 없는 사람을 보는 것처럼.

어쩐지 짜증과 분노가 치솟기 시작했다. 저런 얼굴을 보자고 그녀를 찾아낸 게 아니었다. 그의 앞에서 놀라고 감탄하고 당황하고 심지어는 다른 여자들처럼 달려들기를 바란 거였다. 저런 얼굴은, 저건 옛날에도 지겹도록 보았다. 언제나 조용하고 무심한 모습으로 그의 방 한구석에 자리하고 있던 것을.

아니, 상관없어. 어쨌든 간에 그저 그의 뒤쪽 어딘가에 있으면 된다. 그의 근처, 그의 손이 닿는 곳에만 있으면 그만이다. 그녀는 그의

마녀니까. 그만의 마녀니까. 아무도 그녀에게 손댈 수 없다. 아무도 그녀에게 소원을 빌 수 없다.

그녀는 그의 것이었다.

"사바."

"세자 저하."

낮고 시원한 물 같은 목소리. 그녀의 모든 것이 서늘했다. 그게 그의 신경을 조금 가라앉혀주었다. 그래, 다른 여자 열을 두느니 그녀 하나를 두는 것이 훨씬 편리할 것이다. 모든 면에서. 게다가 이제는 그녀가 원한다면 얼마든지 예쁜 옷이며 장신구를 줄 수도 있다. 돈을 원한다면 돈도 줄 수 있다.

"두 분이 말씀을 나누실 동안 저는 자리를 피하지요. 세 번째 소원이 생각나시면 그때 오겠습니다."

다른 마녀의 말에 루헤인은 정신을 차리고 여자를 보았다. 여자가 허리를 굽히고 물러나려 한다.

"아니, 그럴 거 없어. 거기 있어라. 어차피 세 번째 소원도 금방 빌 거니까."

마녀는 조금 놀란 듯이 고개를 들었지만 그와 눈이 마주치기 전에 다시 고개를 숙이고 알겠다는 듯이 그저 옆으로 두어 걸음 물러나기만 했다.

루헤인은 의자에서 몸을 조금 당기고 사바를 바라보았다.

"날 기억은 하고 있는 모양이지?"

사바는 아무 대답도 하지 않았다. 루헤인은 팔걸이를 툭툭 두드리다가 지나치게 초조한 기색이 드러나는 듯한 기분에 손을 멈추고 그녀를 바라보았다.

“마녀들끼리의 생활이 꽤나 재미있는 모양이지? 한 번도 얼굴을 내비치지 않은 걸 보니 말이다.”

“계약이 끝났으니까요. 저를 보고 싶어 하지 않으실 거라 생각했습니다.”

“물론 네가 보고 싶었던 건 아니야. 오히려 그 반대지. 너에게 아쉬운 것이 있어 나를 찾아올 거라 생각했다. 어쨌든 그때의 나는…… 별로 뭔가 해줄 수 있는 입장이 아니었으니까. 지금은 다르니까.”

물빛 눈동자가 그를 가만히 바라본다. 뭘 해줄 수 있느냐고 묻는 것 같은 눈빛에 루헤인은 몸을 좀 더 꼿꼿이 세우고 거만한 표정으로 그녀를 바라보았다.

“이제는 토르카인의 진짜 세자지. 아무도 내 말을 거역할 수 없어.”

“경하 드립니다.”

아니, 그런 거리감 있는 말을 듣자고 그녀를 불러낸 게 아니었다. 그따위 아무나 할 수 있는 말을 듣자고 부른 게 아니야.

짜증과 분노가 스멀스멀 가슴 한구석에서 꿈틀거렸다. 하지만 그러면서도 한편으로는 알 수 없는 감정이 남아 있었다. 사바가 여기 있어. 그녀가 여기 있어. 항상, 계속 여기 있었어야 했어.

“더 하실 말씀이 없으시다면, 저는 돌아가겠습니다.”

그녀의 말에 그의 몸이 굳어졌다. 이렇게 금방? 이렇게 간단히? 그에게 묻고 싶은 거 하나 없는 건가? 요구하고 싶은 것도 하나 없고?

왜 불렀는지조차 묻지 않는 건가?

"내가 널 왜 불렀는지 알고 있느냐?"

사바는 대답하지 않았다. 그는 몸을 기울이고 그녀를 내려다보았다.

"마녀들은 소원을 들어준 다음 소중한 것을 대가로 받아간다지. 네 입으로도 그렇게 말했고."

사바는 여전히 그를 바라보기만 할 뿐이었다.

"네가 나에게서 뭘 가져갔는지 알고 싶다."

루헤인은 그녀가 무슨 말을 할지 어느 정도 마음의 준비를 했다고 생각했다. 아니, 무엇을 가져갔다 말한들 별로 중요하지 않을 거라고 생각했다. 그는 건강하고, 권력이 있고, 여자들은 발에 차일 정도이다. 뭘 가져갔든 아쉽지 않을 것이다.

하지만 사바의 말에 그는 순간적으로 아무 말도 할 수가 없었다.

"대답하고 싶지 않습니다."

한 번도, 단 한 번도 사바는 그의 말을 거부한 적이 없었다. 언제나 그가 시키면 시키는 대로 하고, 물으면 묻는 것에 대답했다. 그러던 그녀가 지금 그의 질문에 대답하기 싫다고 말하는 건가? 감히?

"뭐라고?"

"저는 더 이상 저하와 계약하고 있지 않습니다. 저에겐 저하의 질문에 대답해야 할 의무가 없습니다."

"다시 계약을 하면 그만이잖아. 너와 다시 계약하겠어."

"두 명의 마녀와 한꺼번에 계약을 한다는 건 불가능합니다. 지금은 다른 마녀와 계약하고 계신 것이 아닌가요?"

사바의 차가운 눈이 잠시 옆에 기다리고 있던 마녀 쪽으로 향했다. 루헤인의 얼굴이 일그러졌다.

"지금 당장 계약을 끝내면 그만이야."

그가 마녀를 쳐다보았다. 하지만 갑작스럽게 아무것도 생각나지 않았다. 뭘 빌어야 하지? 소원을 빌어야 계약을 끝낼 수 있는데. 소원이 하나 남았던가? 소원을, 소원을…….

"젠장, 나중에 비는 걸로 하고 계약을 끝낼 순 없는 건가?"

"그건 불가능합니다."

아름다운 마녀가 고개를 숙이고 대답했다. 루헤인은 거칠게 의자 팔걸이를 내리친 다음 사바를 노려보았다.

"저 마녀에게 네가 나에게서 뭘 가져갔는지 알아내라고 빌 수도 있어."

"그런 건 불가능합니다. 마녀들끼리 서로의 마법에 대해 공개하는 것은 금지되어 있으니까요. 그것은 마녀들의 규율입니다."

루헤인의 눈이 다른 마녀 쪽으로 향했다. 다른 마녀는 사바의 말을 긍정하듯 고개를 살짝 끄덕였다. 더더욱 짜증이 치솟았다. 어떻게 저 여자를 보내고 사바와 계약을 하지?

"좋아, 그럼 이렇게 하지. 다른 마녀가 대가로 뭘 받아갔는지 알아낼 순 없지만, 너 자신이 뭘 받아갈 건지는 말할 수 있겠지? 네가 이 계약의 대가로 뭘 받아갈 건지 알고 싶다. 이게 내 세 번째 소원이야."

마녀가 고개를 들고 금빛 눈으로 그를 쳐다보았다. 붉은 입술이 웃음을 지었다. 양손을 합장하듯 모으고 마녀가 살짝 고개를 숙였다.

"소원은 이루어졌습니다."

마녀의 손에서 빛이 마치 가루처럼 흩어진다. 반짝거리는 빛이 마녀의 몸을 휘감고, 마녀의 모습이 점점 커지며 위로, 양옆으로 늘어났다. 커다랗게. 온몸이 검게 변하며 마치 거대한 박쥐처럼, 혹은 박쥐의 그림자처럼 길어진 마녀가 루헤인을 내려다보며 깔깔거리는 웃음을 터뜨렸다.

"나는 네가 가장 소중하게 여기는 것을 가져갈 것이다, 토르카인의 왕자여. 나는 너에게서…… 세자 자리를 받아갈 것이다!"

루헤인이 놀란 표정으로 쳐다보는 동안 그림자처럼 벽과 천장을 가득 채운 마녀는 깔깔거리며 순식간에 사라졌다. 가루 같은 빛이 그녀가 있던 자리에서 떨어져 내린다. 눈처럼. 루헤인도, 사바도 잠시 동안 허공을 바라보고 있다가 서서히 시선을 내렸다.

루헤인은 눈을 깜박였다.

"세자 자리를 받아간다니, 그게 무슨 말이지?"

"저하께서 세자 자리를 잃게 되실 거라는 뜻이겠지요. 마녀의 대가는 당장에 이루어지지 않더라도 조만간 이루어집니다."

사바가 나지막하게 말했다. 루헤인은 눈을 깜박이고 있다가 천천히 말했다.

"내가 세자 자리에서 밀려나도록 만들 거라는 뜻이냐?"

"어떤 식으로든 그렇게 되겠지요. 방법은 모릅니다. 그저 결과가 그렇게 될 거라는 사실만 알 뿐입니다.”

루헤인은 가만히 의자에 기댄 채 아무 말고 하지 않고 허공을 바라보고 있었다. 먼지처럼, 작은 날벌레처럼 빛이 떨어진다. 하늘거리며 천천히, 춤을 추듯 흔들리며 내려와서는 그의 무릎 위로 내려앉는가 싶더니 사라져버렸다. 그의 눈이 다시 가구처럼 조용히 서 있는 사바를 향했다.

“내가 세자가 아니게 되면? 그러면 어떻게 되는 거지, 저 마녀의 대가는?”

사바는 잠깐 가만히 있었다. 물빛 눈동자가 어두워졌다.

“마녀의 대가를 치르지 않으면 결국엔 더 큰 대가를 치르게 됩니다.”

“하지만 나에게 요구할 수는 없을 테지. 자신이 애초에 요구했던 대가가 그거고, 그게 사라져버린다면. 오른팔을 받아가겠다고 말했는데 우연한 사고로 그보다 먼저 오른팔을 잃으면 어쩔 수 없는 일이잖아. 안 그래?”

사바는 나직하게 한숨을 내쉬고 그를 쳐다보았다.

“마녀의 원한은 무섭습니다. 최소한 다른 대가를 생각하시는 것이 좋을 것입니다.”

“그런 건 나중에 닥쳐서 생각하면 그만이야. 너는? 넌 나에게 뭘 가져갔지? 아니면 너도 뭔가 다른 대가를 가져가려고 기다리고 있는 거냐?”

사바는 눈을 내리깔았다. 루헤인은 자리에서 벌떡 일어나 계단을 내려갔다. 사바는 꼼짝도 하지 않는다. 언제나처럼 그녀는 그 자리에 가만히 선 채 그가 다가오는데도 아무 반응도 하지 않고 기다릴 뿐이었다.

문득 사바가 작아졌다는 생각이 들었다. 아니, 그 자신이 살이 붙고 덩치가 커졌기 때문일까? 어느 쪽이든 간에 그녀가 작고 가녀리게 느껴졌다. 항상, 언제나 쓰러지는 그의 몸을 안아 일으키고, 침대로 데려가고, 약을 먹이곤 하던 그녀였는데 이제는 그가 쓰러지면 그녀가 그 무게에 깔리지 않을까 하는 생각이 들 정도였다.

마른 건가? 다른 마녀들이 잘 대해주지 않는 건가? 그럴지도 모른다. 사바가 사교적이거나 다른 사람의 비위를 잘 맞추는 타입은 아니니까. 마녀들 사이에서도 그렇게 인기가 있진 않을 것이다. 다른 누군가의 심부름이나 하고, 제대로 대접도 받지 못하고 지내는 게 아닐까?

사바는 그의 것이었다. 그의 마녀였다. 다른 마녀들이 그녀를 무시하고 구박하는 것을 생각하자 갑자기 피가 거꾸로 솟는 느낌이 들었다.

그가 한 손을 들어 그녀의 뺨을 쓰다듬으려고 하는데 그녀가 갑자기 고개를 들고 그를 보았다. 물빛 눈동자가 겨울 호수처럼 차가워 보인다.

"저는 저하의 가장 소중한 사람을 가져갔습니다."

루헤인은 눈을 깜박였다.

"가장 소중한 사람? 나에게?"

사바는 고개만 한 번 끄덕였다. 루헤인은 반쯤 들어 올렸던 자신의 손을 쳐다보고 왜 올렸더라 하는 기분으로 도로 내렸다. 소중한 사람이라니, 그에게 소중한 사람 같은 게 있었나? 소중한 사람을 가져갔다는 건 그 사람이 죽었다는 의미인가? 최근에 죽은 사람 중에게 그가 아끼던 사람이 있었나?

아니, 없어. 나에게 소중한 사람 따위가 있을 리가 없잖아. 누가 죽든 나랑 아무 상관도 없는데.

다시 말해 사바가 가져간 대가라는 것은 별거 아니었다는 의미가 된다. 마녀들이 가져가는 대가라는 게 겨우 그런 거라면 얼마든지 계약을 맺을 수 있을 것 같았다. 그는 인상을 찌푸리고 손을 다시 들어 올려 머리카락을 쓸어 넘겼다.

"누굴 말하는 건지는 모르겠지만, 내가 기억할 수 없는 걸 보면 중요하지 않은 거겠지. 그런 대가라면 얼마든지 줄 테니까, 다시 계약을 맺자. 너랑 계약하겠어. 자, 이러면 되는 거지?"

"저는 저하와 다시 계약하지 않을 겁니다."

"뭐가 부족한데? 돈을 원하나? 돈을 주겠어. 황금, 보석, 드레스, 네가 원하는 건 뭐든지 주지. 난 더 이상 예전의 내가 아니야! 그때처럼 궁 안에서 대접받지 못하고 시종들의 눈치까지 살피는 그런 생활은 하지 않아도 돼. 네 방도 따로 주겠어! 아, 그래, 너에게 시녀들도 붙여주지. 귀족들도 너한테 함부로 하지 못할 거고, 네가 뭔가 원하면 시녀들이 전부 다 갖다 줄 거다. 마녀들 틈새에 끼어 사는 것보다 훨씬 나을 거야! 아, 또 도서관! 책 읽는 거 좋아했지? 네가 궁금한 게 있으면 궁 안의 모든 현자들이 대답해줄 거다. 내가 그렇게 해주겠어. 이제 이 정도는 얼마든지 해줄 수 있다고."

루헤인이 빠르게 떠들었다. 사바의 표정이 전혀 변하지 않는 걸 보니 말이 점점 더 빨라졌다. 또 뭘 해줄 수 있지? 뭘 해준다고 말하면 그녀의 표정이 바뀔까? 왜 다른 여자들처럼 홀린 듯한 표정을 짓지 않는 거지? 뭐가 달라서? 마녀이기 때문인가?

"네가 원하는 건 뭐든지 해주겠다고! 이래도 계약을 안 할 거야?"

"안 합니다."

사바의 말은 낮지만 명확했다. 루헤인이 성난 표정으로 외쳤다.

"왜! 왜 안 하는 건데? 뭐가 부족한데!"

"평생 처음 저는 자유롭게 살고 있습니다. 다시 계약을 맺고 노예 같은 신세로 되돌아가고 싶지 않습니다."

노예 같은 신세라. 그를 돌보는 일이 지금 노예가 하는 일이나 다름없었다고 말하는 건가? 그 정도로 싫었던 건가? 루헤인의 온몸이 차갑게 식었다. 그래, 누구라도 좋아하진 않았겠지. 그랬을 거다.

"그때와는 달라."

그가 나직하게 말했다.

"그때와는 다르다고. 난 더 이상 병자가 아니야. 네가 달라붙어 돌봐줄 필요 없어. 그냥, 그냥 여기서 지내라는 거야. 여기서 편안하게 네가 하고 싶은 일을 하면 돼. 그냥…… 내 눈에 보이는 곳에 있으라는 거다."

"왜죠?"

갑자기 말문이 막혀서 루헤인은 입을 다물었다. 사바는 빤히 그를 쳐다보고 있었다.

"뭐라고?"

"왜 제가 저하의 눈앞에 있어야 하죠? 저하께서는 저를 보는 것조차 지겨워 하셨잖아요. 저는 저하께 갇혀 있던 시절을 떠올리게 만드는 사람이 아니던가요? 왜 지금 와서 저를 찾으시는지 모르겠습니다만."

루헤인은 침묵을 지켰다. 수많은 생각이 머릿속을 스쳐갔지만 무엇 하나 말을 할 수가 없었다. 너는 내 것이니까. 넌 항상 거기에 있었으니까. 네가 없으니까 뭔가 부족해. 네가…….

갑자기 그가 그녀를 쳐다보았다.

"네가 가져갔다는 소중한 사람이 너냐?"

사바는 눈을 깜박였다. 그러더니 웃음을 터뜨렸다. 차갑고 공허하고 날카로운 웃음이었다. 그리고 칼로 끊듯이 순식간에 멈추었다.

"그럴 리가요. 언제부터 제가 저하께 소중한 사람이 되었던가요?"

루헤인의 얼굴이 달아올랐다. 목덜미가 뜨끔거리는 기분에 그는 손으로 아무 일도 없었다는 듯이 목을 문지르고 시선을 돌렸다.

"제가 아닙니다. 저하께 아주 중요했고, 저하께서는 모르셨지만 아주 소중한 사람이었지요."

"그런 사람 따윈 없어. 나한테 중요한 사람 따윈 없었다고."

루헤인이 눈살을 찌푸렸다.

"혹시 네가 내 주위의 여자들을 그렇게 만들어놓은 거냐?"

"네?"

사바가 그를 빤히 쳐다보자 루헤인은 황급히 시선을 돌렸다.

"아니, 아무것도 아니야."

무슨 말도 안 되는 생각을 하는 건가. 사바가 그의 주변 여자들에게 마법을 걸어 그를 좋아하는 척하도록 만들었다고? 무슨 이유로? 차라리 싫어하게 만든다면 모를까. 말이 되지 않는다.

갑자기 알현실 문 앞을 지키던 시종이 나직하게 헛기침을 했다.

"저하, 카밀라 공주 저하께서 오셨습니다."

"지금은 바쁘다고 해."

루헤인이 날카롭게 말했지만 문밖에서 시끄러운 소리가 들리고 시종이 당황한 표정으로 그를 향해 허리를 굽실거렸다.

"공주 저하께서 확인하지 않은 사람을 알현실에 받으셨다고 화를 내고 계십니다. 공주 저하께서 고용한 자들이 알현실을 지키고 있지도 않다고……."

"내 알현실에 내가 사람을 들이는데 공주의 허락을 받아야 하나!"

루헤인이 버럭 고함을 지르고 성큼성큼 문으로 걸어가 시종을 밀어내고 문을 활짝 열었다. 바깥에서 앞을 가로막고 있던 루헤인의 개인 경호원들과 실랑이를 벌이고 있던 카밀라 공주가 그를 보고 활짝 웃었다.

"저하, 무사하셨군요. 걱정하고 있던 참이었습니다. 이자들이 저를 들여보내주지 않아서……."

공주가 고개를 옆으로 빼고서 안에 누가 있는지 확인하려는 듯 그의 어깨 너머를 살폈다. 우아하지 못한 행동이었지만 안에 누가 있는지가 훨씬 더 궁금한 모양이었다. 그리고 공주가 사바를 발견한 순간 역시 정확하게 알 수 있었다. 말이 뚝 끊어지고 초록빛 눈동자에 섬뜩한 빛이 어렸다. 마치 금방이라도 상대방을 맨손으로 찢어버리고 싶은 것 같은 증오의 눈빛이었다.

루헤인은 힐끗 뒤를 돌아보았다. 사바는 조금 전까지 서 있던 자리에 그대로 서서 그들을 쳐다보고 있었다. 그녀의 얼굴에 뭔가 표정이 스쳐갔지만 뭔지 알아볼 수 없을 정도로 빠르게 사라졌다. 그리고 그와 동시에 그녀 역시 그 자리에서 사라졌다. 검은 깃털이 폭발하듯 사방으로 날리며 허공에서 둥실둥실 떨어져 내리다가 바닥에 닿기 직전 투명하게 사라졌다.

루헤인이 돌아섰다.

"잠깐만! 아직 이야기가……."

다 끝나지 않았어. 아직 할 말이 남았는데. 계약도 하지 않았는데. 내 눈이 닿는 곳에 있으라고 했건만.

카밀라 공주의 표정이 변했다. 뒤늦게 깨달은 듯 어머 하고 입술을 오므리더니 그를 올려다보았다.

"마녀를 부르셨습니까? 왜 그런 걸 저자를 통하셨습니까? 마녀가 필요하시다면 제가 훨씬 빨리 찾아드릴 수 있는데요. 저한테도 이미 마녀가……."

카밀라 공주가 중간에 입을 다물었다. 루헤인의 눈이 가늘어졌다. 마녀가 있다는 건가? 뭘 하려고?

알 바 아니다. 설령 마녀를 이용해서 그에게 뭔가 하려고 든다 해도……. 빌어먹을, 그건 싫었다. 차라리 아까 전의 마녀에게 세 번째 소원으로 다른 마녀가 그에게 마법을 걸지 못하게 해달라고 할 걸 그랬나? 그게 나았을지도 모르지. 다른 마녀를 찾아볼까? 그래서 마법이 통하지 않게…….

그만두자. 마법으로 그가 제정신을 잃는다면, 어차피 스스로는 느끼지 못할 테지. 그게 마녀의 마법이니까. 계약자 외에는 아무도 기억하지 못하는 마법.

사바가 데려갔다는 그의 소중한 사람이 누굴까? 여자? 아니, 그에게 다른 여자가 있었을 리 없다. 그렇다면 남자인가? 어떤 남자?

그에게 소중한 사람 같은 건 없었다. 중요한 사람 따위도 없었다. 유일하게 그가 갖고 있던 것은 사바뿐이었지만 그녀는 그 말에 비웃음을 터뜨렸다.

소중한 사람.

소중했던가?

"저하, 마녀가 필요하시면 제가 찾아드릴 수 있습니다. 아시다시피 제 고국 그루제펜은 마녀로 유명한 곳입니다. 저하의 소원을 들어드릴 어떤 마녀라도 데려올 수 있습니다."

카밀라 공주는 그에게 뭔가 해주고 싶어 안달이 난 것 같은 어조로 말했다. 루헤인의 시선이 공주에게로 향했다. 바깥방에서는 부코타 백작이 어리둥절한 표정으로 그를 쳐다보고 있었다. 자신이 마녀를 데려온 건 기억하지 못할 테지. 왜 자신이 알현실 앞에서 기다리고 있는 건가 하는 것이리라.

"오늘의 알현은 끝났다. 나는 방으로 돌아가겠다."

루헤인이 걸음을 옮기자 시종들이 옆으로 물러나 고개를 숙였다. 카밀라 공주도 옆으로 물러나긴 했지만 그를 따라올 기색이었다. 부코타 백작은 시종들과 함께 허리를 굽히고 인사를 했다. 안도하는 모습이 뚜렷하게 드러났다.

사바는 다시 오지 않을 것이다. 그녀는 그와 아무 관계도 맺고 싶지 않다는 사실을 명확하게 표현했다. 그녀는 그와의 세월을 노예 같은 생활이라고 불렀다. 그녀는 그를 보고 기뻐하지 않았다. 그를 보고 반가워하지 않았다.

그녀는 그의 것이 아니었다.

자유로운 마녀였다.

루헤인의 걸음이 우뚝 멈추었다. 복도 한가운데서. 뒤따라오던 시종들 역시 걸음을 멈추고 놀란 듯이 그를 힐끔거렸지만 그는 눈치 채지 못했다.

"빌어먹을 계집."

십 년이나 그의 것이었는데. 십 년이나 그의 곁에 있었는데.

문득 그는 고개를 흔들었다. 자유로운 사람 따위는 없다. 그는 왕위에 얽매여 있고, 카밀라 공주는 그루제펜과 공주로서의 의미에 얽매여 있었다. 그의 곁에 있는 시종들, 귀족들은 이 나라에 얽매여 있다. 모두가 뭔가에 얽매여 있게 마련이다. 사바도 결국에는 계약을 맺은 인간에게 얽매이게 마련이다.

그녀가 거부할 수 없는 뭔가를 제시하여 계약을 맺으면 그만이다. 뭔가 있을 것이다. 뭔가 마녀들이 거부할 수 없는 것이. 그것을 알아내면 된다. 현자들은 뭔가 알겠지. 현자들이 아니면 하다못해 다른 마녀들이 알 것이다. 알아내면 된다. 그래서 사바를 도로 데려오면 된다.

그가 다시 걸음을 옮기기 시작했다. 시종들은 이미 그의 기행에 익숙한지라 말없이 뒤를 따랐고, 카밀라 공주는 초조한 표정으로 그의 뒷모습을 바라보며 따라 걸었다. 어서 그와 단둘이 되어 마녀와 뭘 했는지 묻고 싶었다. 그는 그녀의 것이니까. 설령 마녀라고 해도 다른 여자를 그의 곁에 두고 싶지 않으니까. 그에게 마녀가 필요하다면 그녀가 적당한 마녀를 골라 데려와 일을 시키면 된다. 루헤인의 곁에는 다른 여자 따윈 필요치 않았다. 그에게 관심을 두는 여자들 따위는 전부 다 고통스럽게 앓다가 죽어버리라지. 그게 그녀의 소원이었고, 마녀는 그 소원을 들어주고 있었다. 답토 후작의 그 건방진 딸을 포함하여, 전부 다.

그는 그녀의 것이었다.

줄레나는 탁자 앞에 그대로 앉아 있었다. 사바는 눈을 깜박였다. 마력이 없긴 없는 모양이다. 왕궁에서 여기까지 오는 데에도 이렇게 힘이 빠지는 걸 보면. 그녀는 비틀거리는 다리로 탁자 앞으로 걸어가 의자를 빼내고 풀썩 앉았다.

"그래, 너의 옛날 계약자는 뭘 원하든?"

줄레나의 물음에 사바는 고개를 들고 그녀를 보았다.

"어떻게 아셨어요?"

"누가 널 불렀는지? 그루제펜의 마녀가 어디 있는지만 알면 간단하지. 왕궁에서 마녀를 부릴 사람이 권력을 쥔 세자 외에 또 있겠니? 왕은 이미 제 역할을 할 수 없을 정도로 쇠약해졌다고들 하고."

그렇지. 그런 것 같았다. 만약 루헤인이 건강해진 것이 그녀 자신의 마법 때문이 아니었다면 아마도 왕의 체력을 그가 빨아먹고 있는 게 아닐까 생각했을 것이다.

그는 정말로, 정말로 건강해 보였다. 한 번도 아팠던 적이 없는 것처럼. 평생 단 한 번도 침대에 누워 지낸 적 따위는 없는 것처럼.

그리고 그에게서는 수많은 여자들의 냄새가 났다. 여자들의 집착과 절망과 고통의 냄새가. 그것이 그 자신이 뿜어내는 음울한 기운과 뒤섞여 그녀의 머리를 어지럽혔다. 어떤 마녀라도 좋아할 것 같은 냄새. 그루제펜의 마녀가 왜 그와 덥석 계약했는지 알 만했다. 그에게서 얻어갈 게 많다고 생각했겠지. 그가 그 대가를 슬쩍 회피해갈 거라고는 생각조차 하지 않았겠지. 그 생각에 저절로 웃음이 새어나왔다. 우울한 웃음이.

그는 항상 영리했다. 그저 그의 몸이 그 영리함을 뒷받침해주지 못했을 뿐이다. 그런데 이제는 그 영리함을 마음껏 사용할 수 있다. 권력과 함께.

카밀라 공주는 이미 그에게 넘어온 상태였다. 심지어 마녀와 계약까지 맺었다. 카밀라 공주쯤 되는 사람이 대체 마녀에게 뭘 빌었는지

는 모르겠지만, 루헤인에게 다른 마법이 미치고 있지 않다는 걸 확인하고 더 이상 생각하지 않기로 했다. 카밀라 공주가 무엇을 빌었든 그것은 공주의 문제이다. 공주가 더 아름다워지기를 빌었든, 토르카인 왕궁에서 권력을 얻기를 빌었든, 그도 아니면 드레스가 항상 말끔하기를 빌었든 알 바 아니다. 뭘 어떻게 하든 루헤인이 공주에게서 마음을 돌리진 않을 테니까.

공주는 그가 바라던 모든 것이었다. 세자가 마땅히 가져야 하는 존재, 이웃나라의 공주라는 약혼녀. 세자 자리에서 탈피하기 위해 그가 왕위에 오른다면 아마 혼인도 곧 치러지겠지.

그걸로 됐어. 그는 만족할 테니까.

그는 그녀가 알던 그 왕자가 아니었다. 마르고 병약해서 침대에서 나오는 것도 힘들던 그 왕자가 아니었다. 다른 사람이었다. 그녀가 모르는 다른 남자였다.

네가 가져갔다는 소중한 사람이 너냐?

한 번도 소중하게 여기지 않았으면서. 그저 아무도 없었기 때문에, 옆에 있는 게 그녀밖에 없었기 때문에 계속 두었을 뿐이었다. 선택의 여지가 있었다면 다른 사람을 택했겠지. 그는 그녀를 아끼지 않았다. 갖고 있는 게 그녀밖에 없기 때문에 쥐고 있었을 뿐이었다.

지금은 갖고 있던 게 없어져서 아쉬운 것뿐이리라. 잠시. 아주 잠시. 호기심이 충족되면 다시 버릴 테지.

“고민할 만한 일이었니?”

줄레나의 물음에 사바는 정신을 차리고 그녀를 보고 고개를 흔들었다.

"아뇨, 아니었어요. 별거 아니었어요."

"별거 아닌데 다른 마녀까지 동원해서 널 불렀을까?"

줄레나가 눈썹을 치켜 올렸다. 사바는 눈을 내리깔고 잠시 가만히 있다가 말했다.

"저와 재계약을 하고 싶어 하셨어요."

"재계약이라. 아직도 빌 게 더 있다던?"

사바는 그저 어깨만 살짝 으쓱였다. 줄레나는 잠시 그녀를 바라보다가 말하기 싫으면 하지 말라는 듯 고개를 끄덕였다.

"세자쯤 되면 한 번 더 계약해서 좀 더 큰 대가를 받아도 될 텐데 말이야. 넌 어차피 다른 사람과 계약을 할 마음도 없지 않니?"

"전 마력이 필요 없어요. 그냥 인간과 똑같이 살다가 죽는 걸로 만족해요."

최소한 건강해진 루헤인의 모습을 보았다는 걸로 만족했다. 그걸로 충분했다. 그가 어떤 여자와 혼인해서 어떻게 살든 이제 그것은 그녀가 신경 쓸 일이 아니었다. 잊어. 잊어버려.

카밀라 공주 따윈 잊어. 어떤 마법을 쓴다 해도 네가 일국의 공주가 될 순 없는 거니까. 넌 그저 마녀일 뿐이야. 마력도 다 허비해버린 인간에 가까운 마녀.

"약초 좀 따올게요."

사바가 일어나서 오두막 밖으로 나갔다. 팔목이 따끔거리는 것 같다. 그녀는 멍하니 드래곤이 남긴 문신을 문지르며 약초밭으로 향했

다.

줄레나는 그녀의 등 뒤로 닫히는 문을 바라보며 아무 말도 하지 않았다. 그저 고개만 살짝 흔들었을 뿐이었다.

10

"돈을 원한다면 돈을 주고, 보석을 원한다면 보석을 주겠어. 마녀들은 소원을 들어주는 대가로 뭘 원하지?"

"저희는 계약자가 가장 아끼는 것을 받아가지요. 하지만 이번에는 보석으로 만족하겠습니다. 지난번 계약에서 충분히 얻었거든요. 금과 보석을 이 상자에 가득 채워주신다면, 계약을 하겠습니다."

마녀가 손짓하자 바닥에 꽤 큼지막한 황금 상자가 나타났다. 웬만한 옷상자에 버금가는 크기였지만 답토 후작가의 외동딸 루애나는 그 정도에는 눈 하나 깜짝하지 않았다. 병으로 창백한 얼굴을 한 채 그녀는 하인들을 향해 손짓했다.

"저 상자에 집 안에 있는 보석을 가득 채워라. 어서!"

하인들이 상자를 들고 사라졌다. 두건을 뒤집어쓰고 있어서 얼굴의 아래쪽 절반밖에 보이지 않는 마녀는 미소를 지었다.

"무엇을 바라십니까?"

"내 병, 내 병을 고쳐다오."

"죄송합니다. 그것은 제가 할 수 있는 일이 아닙니다. 누군가가 마녀와 계약을 맺어 아가씨의 건강을 해하고 있습니다. 다른 마녀가 건 마법을 제가 없앨 수는 없습니다."

"그러면 어떻게 할 수 있지? 어떻게든 할 수 없느냐?"

마녀는 잠시 뭔가를 알아보는 것처럼 양팔을 벌린 채 눈을 감고 알아들을 수 없는 말을 읊조렸다. 그러더니 다시 눈을 뜨고 루애나를 쳐다보았다.

"이 마법은 토르카인의 세자 저하께 관심을 갖는 여인들을 상대로 하고 있습니다. 세자 저하께 관심을 갖지 않으신다면 병이 나으실 것입니다."

루애나의 눈이 번뜩였다. 그녀가 거칠게 숨을 몰아쉬며 침대에서 조금 더 몸을 앞으로 기울였다.

"이 마법을 건 사람이 누구지? 카밀라 공주냐? 맞지?"

"아가씨께서는 정식 계약도 맺기 전에 질문이 너무 많으시군요."

마녀가 나직하게 웃었다. 루애나는 입술을 깨물었다. 바깥에서 하인들이 움직이는 소리가 들린다. 마녀 역시 그것을 들은 듯 잠깐 그쪽으로 고개를 돌렸다가 다시 루애나 쪽을 보았다.

"뭐, 약속을 어기실 분으로는 보이지 않으니 계약부터 맺어도 좋겠지요. 당신의 의지로 저와 계약을 하시겠습니까?"

"그래, 하겠어!"

루애나의 말이 떨어지자 마녀의 몸에서 눈부신 빛이 뿜어져 나왔다. 루애나는 눈을 질끈 감았다. 눈을 감았는데도 빛이 눈꺼풀을 쏘는 듯한 느낌이었다. 양손으로 눈을 가리고 있다가 빛이 서서히 줄어드는 느낌에 그녀는 손을 떼고 눈을 깜박였다. 잠시 눈앞에 아무것도 보이지 않다가 조금씩 시력이 돌아오기 시작했다.

마녀는 그 모습 그대로였다. 심지어 두건까지 그 자리에 그대로 있었다. 하지만 왠지 꼭 달라진 것처럼 보였다. 몸에서 빛이라도 나는 것처럼.

"자, 소원을 비시지요. 무엇을 바라십니까?"

마녀의 목소리가 그녀의 귓가에 노랫소리처럼 울렸다. 루애나는 침을 삼켰다. 분노가, 증오가 다시 가슴속에서 되살아났다. 그리고 소유욕이.

토르카인 내에서 세자비 자리에 어울리는 사람으로 그녀만 한 여자도 없었다. 답토 후작가는 토르카인에서 가장 유서 깊은 귀족 가문 중 하나였고, 그녀의 나이도 적당했다. 어디 내놔서 딱히 흉이 될 만한 용모도 아니었고, 귀족가의 영애로서 배워야 하는 학문과 기예도 전부 다 배웠다. 카밀라 공주만 아니라면 그녀가 세자비가 될 수 있을 것이다. 카밀라 공주만 아니라면. 그 여자만 없으면.

애초에 그루제펜의 공주 따위가 토르카인에 왜 필요하단 말인가? 그 여자는 자기 나라에 이득이 되는 일만 할 것이다. 토르카인에는 토르카인 사람이 필요하다. 세자 저하도 조만간 그걸 이해하시게 될 것이다. 아직까지는 그 여자의 외모에 넋이 나가신 것뿐이고…….

그래, 외모.

루애나의 입가에 냉혹한 웃음이 떠올랐다. 세자비는 아름다울 수도 있고 아름답지 않을 수도 있지만, 절대로 흉측해서는 안 된다. 그것만은 분명하다.

"난 토르카인 왕궁에 와 있는 그루제펜의 공주 카밀라 저하의 외모가 흉측해지길 바라. 그냥 적당히 흉측해지는 정도로는 안 돼. 누구든 보고서 고개를 돌릴 만큼 흉측해지길 바라. 아무도 그 여자에게 관심을 가질 수 없을 정도로."

"아, 그건 꽤 큰 마법이군요. 하지만 저의 대가는 이미 말씀을 드렸으니, 더 요구하지 않고 들어드리겠습니다."

마녀는 춤을 추듯 양손을 위로 들어 올렸다가 천천히 내렸다. 마녀의 손에서 붉은 꽃송이 같은 것이 피어오른다. 커다란 꽃이 꽃잎을 벌리는가 싶더니 이파리가 순식간에 시커멓게 말라비틀어지며 바닥으로 툭툭 떨어졌다. 기묘한 꽃향기가 루애나의 코에까지 와 닿았다. 지나치게 달다 못해 구역질이 날 정도의 향기였다.

"소원은 이루어졌습니다."

마녀의 입술이 곡선을 그렸다.

"다들 도망쳐! 벌레 떼다!"

밭에서 일하고 있던 누군가가 서쪽 하늘을 보고서 고함을 질렀다. 일하던 사람들이 전부 다 농기구를 들고서 다급하게 집으로 뛰어가기 시작했다. 서쪽 하늘은 까맣게 변하고 있었다. 마치 먹구름 같은 그것이 밭을 향해 빠른 속도로 다가온다. 수많은 벌레들. 벌레들이 이런 식의 공격을 퍼붓기 시작한 것은 한두 달 전부터였다. 토르카인에 새

왕이 즉위한 때부터.

세자 루헤인 드 레발론은 아직 생존해 있는 부친을 상왕이라는 이름으로 밀어내고 파벨 3세라는 왕호를 달고 왕위에 즉위했다. 귀족들은 누구 하나 반대하지 않았다. 반대할 겨를이 없었다. 영지 전쟁으로 각 귀족들은 자신의 영지를 지키느라 바빴고, 왕궁에는 세자의 행동에 반대할 만한 사람이 아무도 없었다.

파벨 3세가 즉위한 이래 왕궁에는 귀족 가문의 여자들이 들끓었다. 모친을 대동하고 궁으로 들어온 적령기의 귀족가 영애들은 새 왕이 왕비감을 고르기를 바라고 왕궁에 머물렀다. 기묘하게도 가장 왕비 자리에 어울리는 두 여자, 그루제펜의 카밀라 공주와 답토 후작가의 레이디 루애나는 공석에 거의 모습을 드러내지 않았다. 두 사람이 각각 중한 병에 걸려 있다는 소문이 돌았지만 누구 하나 그것을 확인해주는 사람이 없어서 진실은 아무도 알지 못했다. 카밀라 공주가 끔찍한 피부병에 걸렸다는 이야기도 있었지만 그것 역시 확인되지는 않은 정보였다.

하지만 그루제펜과의 국경 지방에 살고 있는 평민들에게 왕궁 내 상황이나 귀족들의 영지 싸움 따위는 관심 밖의 일이었다. 그들은 최근에 하루하루 살아남는 데 집중하는 것만으로도 버거울 지경이었다.

처음에는 별거 아닌 가벼운 일이었다. 밭에 벌레들이 조금 늘어나고, 들짐승들이 평소보다 빈번하게 출몰했다. 들짐승은 잡기만 하면 그들의 부수적인 식량이 되기 때문에 환영했지만, 이것들이 떼를 지어 나타나기 시작하면서는 이야기가 달라졌다. 산토끼가 한두 마리

나타날 때에는 좋은 먹을거리이지만 스무 마리씩 떼를 지어 나타나면 역병이나 다름없다.

그다음에는 새나 벌레들이 떼를 지어 나타나기 시작했다. 새들은 마흔 마리, 쉰 마리씩 떼 지어 날아와 아직 이파리 상태인 작물들을 휩쓸고 독한 새똥을 밭에 갈기고 사라졌고, 그다음에는 수백 마리는 될 것 같은 벌레들이 나타나기 시작했다. 벌레들은 새들이 뜯어먹고 남겨둔 작물의 마지막 그루터기까지 싹쓸이했고 나무 이파리, 심지어 짚으로 된 오두막 지붕까지 뜯어먹었다. 밭을 갈 때 쓰던 말이며 소 역시 벌레들에게 맥을 추지 못하고 물어 뜯겼고 몇 마리는 죽기까지 했다.

왕 때문이라고 사람들은 수군거렸다. 선왕이 살아 있는 상태에서 왕위에 오른 것부터가 잘못됐다고. 아니, 세자가 병에서 나은 이래로 나라가 계속해서 이상해지고 있다고 모두가 속삭였다. 큰 소리로 말할 수는 없지만, 누구든 그렇게 생각했다. 예전엔 이런 일은 없었는데. 사는 게 조금 힘들긴 했지만 그래도 이 정도까진 아니었다.

벌레 떼가 마을을 휩쓸고 시커멓게 떼 지어 동쪽으로 사라진 다음에야 마을 사람들이 천천히 집밖으로 나오기 시작했다. 몇 명이 양철을 두드려 만든 뚜껑을 씌워놓았던 밭으로 향했다. 남자들이 뚜껑을 들어내자 벌레들이 파먹지 못한 작물이 모습을 드러냈다. 사람들의 얼굴이 환해졌다.

"진짜로 멀쩡해! 이렇게 하면 벌레들을 막을 수 있을 것 같아!"

"이거 정말 대단한데! 테호 그 녀석이 머리가 좋긴 좋은 것 같단 말이지.”

남자들이 기쁜 얼굴로 이야기하고 있는데 장본인이 모습을 드러냈다. 다른 남자들이 청년의 어깨를 두드리고 등을 툭툭 치며 반겼다.

“진짜로 벌레들이 파고들지 못했어! 거의 멀쩡해!”

“이걸 크게 만들어서 밭에 통째로 씌우면 어떨까?”

하지만 테호의 표정은 별로 밝지 않았다.

“여기는 작은 구역이니 가능했던 겁니다. 이걸 크게 만드는 건 어려울 거예요. 게다가 양철을 이렇게 다량으로 구하는 것도 쉽지 않고요.”

“나무로 하면 어때? 나무판을 얇게 깎아서 커다랗게 이어 붙이면?”

“만들 수는 있겠지만 그렇게 큰 걸 매번 벌레 떼가 나타날 때마다 씌우고 벗기고 하기가 쉽지 않을 겁니다. 게다가 새 떼들이 덤비면 어느 쪽이든 버텨낼 수 없을 겁니다. 그래도 외양간은 그렇게 막을 만한 문을 만들어두는 게 좋겠습니다. 가축은 지켜야죠.”

테호는 가늘게 눈을 뜨고 외양간 쪽을 보았다. 임시로 만든 나무판으로 막아두긴 했지만, 완벽하게 아귀가 맞는 문을 단다면 훨씬 나을 것이다. 벌레들이 틈새로 들어가지도 못할 거고.

하지만 어쩌다가 이렇게 된 걸까? 그루제펜과 접해 있는 이 국경동네 체르노는 나름 풍요로운 지역이었다. 그렇기 때문에 귀족들 사이의 영지 싸움에도 말려들었던 거고. 그나마 루첸 남작의 영지에 속하게 되며 몇 달간 싸움은 잠잠해지나 했더니, 이제는 이런 자연재해

로 엉망진창이 되었다. 세금을 내려면 작물이 잘 자라야 하는데.

그가 제피와 함께 도착했던 올해 초만 해도 영지 싸움이 정리되고 평화로워지던 참이었다. 제피는 시절이 이런 판국에 딸만 혼자 놔두고 다시 방물장수 노릇을 하며 떠돌아다니고 싶어 하지 않았다. 놀고 있는 땅이 조금 있으니 그 땅에서 농사라도 지으면 한두 해 정도는 어떻게든 먹고살지 않겠냐면서. 그리고 테호에게도 함께 농사를 짓자고 말했다.

뭐, 그가 바라는 게 뭔지는 뻔했다. 젊고 튼튼한 일손을 하나 공짜로 부리고 싶은 거겠지. 하지만 테호 자신도 갈 곳이 없었다. 그리고 제피에게는 예쁘고 상냥한 딸이 있었고. 레이라는 제피가 자랑하던 그대로 상냥하고 발랄한 처녀였다. 그래서 머무르게 되었고, 그렇게 몇 달이 훌쩍 흘러갔다.

제피는 내심 그가 레이라와 결혼해서 여기서 정착하길 바라는 것 같았다. 그도 그게 싫은 건 아니었다. 하지만 왠지 모르게 자꾸만 그런 생각이 들었다. 이대로는 안 돼. 할 일이 있어. 이 나라는 이런 식으로 흔들릴 곳이 아니야. 뭔가 잘못됐다고. 그걸 고쳐야 해.

뭐가 잘못된 걸까? 왜 이렇게 된 걸까? 젊은 왕이 새로 즉위했는데 왜 나라가 안정되지 않는 걸까? 파벨 3세가 뭔가 잘못하고 있는 걸까? 귀족들의 영지 전쟁도 이제 잠잠해져가는 중이니 괜찮아져야 하건만, 마치 이것은 태풍 전야의 고요 같다는 느낌이 들었다. 검을 갈고 싸울 준비를 해둬야 할 것 같은 기분이 들었다. 갑옷이 필요해. 잘 훈련된 말도 필요해. 여기는…….

여기는 국경이니까.

갑자기 벼락을 맞은 것처럼 그는 번쩍 고개를 들었다. 온몸에 소름이 오싹 끼쳤다. 여기는 국경이다. 그루제펜과의 국경. 그래, 오랫동안 그루제펜과 평화롭게 지내오긴 했지. 그루제펜의 공주가 왕자, 아니 새 국왕과 혼인할 예정이지 않나? 그러기 위해서 토르카인에 오지 않았던가? 혼인 관계를 맺으면 나라 사이가 더 돈독해져야 하는 거 아닌가? 그런데 안정될 거라는 기분이 들지 않았다. 오히려 불안감이 치밀었다.

들짐승을 멋대로 조종할 수 있는 게 누구지? 새와 벌레를 마음대로 조종할 수 있는 게 누구지?

인간은 아니다. 인간은 그럴 수 없다. 그런 힘을 가진 자가 있다면 그건 인간이 아니라 마녀다.

그리고 마녀들을 조종하는 드래곤이다.

그루제펜에는 드래곤이 있다.

군인이 필요하다. 기사들이 필요하다. 군대가 필요하다. 국경을 방어할 군대가. 그루제펜의 침공에 맞설 군대가. 맙소사, 누가 이걸 알고 있을까? 누구에게 말을 해야 하지? 루첸 남작? 그가 테호 자신 같은 출신 모를 평민의 이야기를 들어줄까? 이 위험한 상황이 정말로 현실이 될까?

"이봐, 테호. 왜 그러고 서 있는 거야? 벌레들이 파먹은 건 다 뽑고 정리하자고. 놈들이 다시 돌아올 것 같진 않으니까."

사람들이 그를 툭툭 치고 농기구를 가지러 집으로 돌아간다. 테호는 정신을 차리고 주위를 둘러보았다. 이 사람들은 아무것도 모른다. 거기까지 생각하지 못한다.

"남작님을 만나야겠어요."

"뭐?"

사람들이 그를 쳐다보았다. 테호는 성큼성큼 집으로 향했다.

"무기와 갑옷으로 쓸 수 있는 물건들을 찾아둬요. 가능한 한 많이. 설령 내 예상이 빗나간다 해도 짐승이나 새 떼들과 싸울 때라도 쓸 수 있겠죠."

"무슨 소릴 하는 거야? 남작님은 아무하고나 만나주지 않으실 거야! 아니, 성에 안 계실 수도 있다고!"

"급한 일이에요. 토르카인의 미래가 달린 일입니다."

그는 사람들의 부름을 뒤로 한 채 다급하게 집으로 달려갔다.

세자도 재미가 없지만 왕은 더 재미없는 자리다. 영지 싸움을 대강 마치고 나자 귀족들도 슬슬 다시 왕궁으로 들어오기 시작했다. 이제는 다들 루헤인이 왕이라는 사실을 받아들이는 것 같았지만, 이제는 그걸 어떻게 자신들에게 유용하게 이용하나 고민하는 모습이었다.

하나 다행인 것은 딸을 가진 귀족들이 자신의 딸을 왕비로 만들려고 귀찮게 굴지 않는다는 것이었다. 이미 여자들끼리 그런 일은 질릴 만큼 벌이고 있으니까. 왕궁 내에서 머리채를 쥐고 싸워대는 여자들을 벌써 몇 번이나 목격했다. 심지어 왕궁 안에 마녀들이 움직이고 있었다.

어떻게 아느냐고 물으면 그도 뭐라고 대답할 수는 없었다. 그저, 그게 느껴졌다. 마녀가 있다는 것, 마녀가 마법을 쓰고 있다는 것. 그리고 여자들은 기묘한 꼴을 하고 무너져갔다. 카밀라 공주가 그랬고, 답토 후작의 딸 루애나가 그랬다. 두 여자 모두 왕궁에 머무르고 있지만 이제는 루헤인 자신도 그들의 얼굴을 보기가 힘들었다. 카밀라 공주는 항상 방에 틀어박혀 얼굴을 모두 가리는 베일을 쓰고 있었고, 루애나는 마치 과거에 그가 그랬던 것처럼 심각한 병으로 침대 밖으로 나오지도 못하는 상태였다.

사실 카밀라 공주가 처치곤란한 상황이 된 것은 꽤 큰 문제였다. 그루제펜과의 관계 자체에 문제가 생기니까. 그는 바보가 아니었다. 카밀라 공주가 토르카인에 온 것이 어떤 의미인지, 그녀와 그의 혼인이 양국에 얼마나 중요한 일인지 잘 알고 있었다. 다만 그녀와 별로 혼인하고 싶지 않은 것뿐이었다.

처음에는 그녀의 마음을 사로잡는 게 굉장히 중요한 일 같았는데 왜 이렇게 되었을까. 왜 그렇게 그녀의 마음을 끌고 싶어서 안달했던 걸까? 마치 그녀의 마음이 처음에는 그에게 전혀 없었다는 듯이. 그녀가 다른 사람을 좋아했다는 듯이.

뭔가가 없다. 누군가가 없다.

사바가 없다는 건 물론 알고 있다. 알현실에서 그녀가 깃털처럼 흩어지며 사라진 것이 벌써 8개월 전의 일이었다. 생각하지 않으려고 했지만 그 마지막 표정이 종종 떠오르곤 했다. 그 표정이 어떤 표정인지 알아챈 것은 어느 날 아침 세수를 할 때였다. 시종이 그의 수염을

깎는 동안 문득 종자가 들고 있던 물그릇에 비친 자신의 얼굴을 깨달았다. 물이 흔들리며 그의 얼굴이 길쭉하게, 마치 마른 것처럼 비치던 순간 예전 기억이 떠올랐다. 이제는 꿈처럼, 다른 사람의 인생처럼 흐릿하게 떠오르는 병약하던 시절.

갖고 싶은 수많은 것을 가질 수 없다는 사실에 괴로워하던 얼굴.

그녀가 뭘 갖고 싶어 했을까. 그녀가 마지막으로 봤던 게 카밀라 공주라는 걸 생각하면, 어쩌면 그런 지위를 갖고 싶었던 건지도 모른다. 귀족이라든지 사치스러운 생활. 하지만 그걸 갖고 싶었으면 말을 하면 되잖아. 작위 정도야 얼마든지 내려줄 수 있었다. 공작부인 같은 지위를 내려주고, 왕궁에 자리를 잡게 해줄 수도 있었다. 청하지 않은 것은 사바 자신이었다.

그녀가 선택한 일이다. 청하기만 했다면, 그가 말할 때 받아들이기만 했다면 얼마든지 가질 수 있는 거였는데.

그래, 그건 사바 자신이 선택한 거였다. 그렇기에 그녀가 없다는 사실이 이상한 건 아니었다. 그녀는 그의 곁에 있고 싶어 하지 않았으니까.

사바가 아닌 누군가가 없었다. 누군가 그 자리에 있어야 할 것 같은 사람이. 누군가…… 그가 끔찍하게 싫어하는데도 마치 손가락 끝에 박힌 가느다란 가시처럼 계속해서 신경 쓰이게 만드는 누군가가.

누굴까.

사바가 데려갔다는 소중한 사람이 대체 누구였을까.

루헤인은 멍하니 허공을 바라보았다. 그가 잃어버린 사람이, 사바를 제외하면 아무도 모르는 그 사람이 누군지 알고 싶었다. 다른 마녀를 불러 물어볼까 생각도 했지만 그러고 싶지는 않았다. 몇 번인가 카밀라 공주가 마녀가 필요하면 얼마든지 그루제펜에서 데려오겠다고 말했지만, 거절했다. 다른 마녀가 필요한 게 아니니까.

그를 놓고 미치광이 짓을 하는 왕궁 안의 여자들이 필요한 것도 아니었다. 여자이자 마녀, 딱 하나만 있으면 된다. 사바가 그 모든 것을 만족시킨다. 그녀 하나만 있으면 되는 거였다.

세 번째 소원은 빌지 말았어야 했던 걸까.

하지만 세 번째 소원을 빌지 않았으면 그가 지금 여기 있지 못했을 테니까. 그를 건강하게 만들어달라는 그 소원이…….

루헤인은 눈을 깜박였다. 아니, 아니야. 세 번째 소원은 그게 아니었다. 사바는 그를 건강하게 하는 마법은 쓸 수 없다고 했었다. 아주 옛날에. 아니, '그때는' 쓸 수 없다고 했던 건지도 모르겠지만. 어쨌든 그가 빌었던 소원은 그게 아니었다. 뭐였더라…….

회의실 문이 열리고 시종이 바깥의 다른 시종에게 뭔가 말을 들은 다음 황급히 왕좌 옆으로 다가와 그의 귓가에 속삭였다.

"루첸 남작님께서 오셨습니다."

"들라고 해."

회의실 문이 열리고 루첸 남작이 안으로 들어와 허리를 굽혔다. 갈색머리에 갈색 콧수염을 기른 루첸 남작은 꽤 젊은 사람이었다. 루헤인이 건강을 되찾고 진짜 세자로서 권력을 휘두르기 전까지는 누구 하나 눈길 주는 사람 없는 지극히 하급 귀족일 뿐이었지만 지금은 그

어느 귀족보다도 광대한 영지를 갖고 있고, 그가 데리고 있는 기사의 수가 왕궁 기사단에 필적할 정도라는 소문도 돌았다.

귀족들은 여전히 루첸 남작을 좋아하지 않았다. 물론 그가 루헤인의 총애를 받는다고 생각해서 친하게 지내려는 자들도 있었지만 대다수는 뒤에서 험담을 하곤 했다. *별것도 아닌 놈이 기사를 떼로 모아 영지나 강탈하고 말이야, 출신도 형편없는 시골뜨기 주제에. 촌구석에서 마상시합이나 전전하던 가난뱅이가.*

루헤인은 그런 귀족들을 상대하느니 차라리 루첸 남작이 낫다고 생각했다. 그는 최소한 루헤인을 귀찮게 하지 않았다. 필요한 게 있으면 보고하고, 상납품을 올려야 할 때 적당히 올리고, 선물을 바쳐야 할 때면 적당한 선물을 보냈다. 어느 때 입 다물고 물러나야 하고 어느 때 선물을 바치고 비위를 맞춰야 하는지 알아채지 못하는 멍청한 놈들보다야 훨씬 낫지.

원래라면 왕궁에서 어느 정도의 지위를 갖고 있는 귀족이 아니면 귀족회의에 참석할 수 없다. 하지만 왕위에 오른 후 루헤인이 법률을 바꾸었다. 지위가 없는 자는 일정한 참석료를 내면 귀족회의에 참석할 수 있고, 추가로 돈을 내서 발언권을 살 수도 있었다. 이것을 가장 유용하게 이용하는 사람이 바로 루첸 남작 벨리츠였다.

하지만 오늘은 미리 참석 신청을 한 것이 아니라 루헤인은 의아한 눈으로 그를 보았다. 벨리츠는 고개를 들고서 그를 보았다.

"전하, 긴급한 보고가 있어 미리 말씀을 드리지 못하고 이런 자리에 무단으로 참석한 것을 용서해주십시오."

"난 상관없어. 상관있는 사람 있나?"

탁자에 앉아 있는 귀족들은 서로 눈치만 힐끔거릴 뿐이었다. 미두레 공작이 낮은 목소리로 말했다.

"긴급한 보고라 하니 들어보는 것이 좋겠습니다."

영지의 절반가량을 다른 귀족들에게 빼앗긴 이래로 미두레 공작은 예전만큼의 권위를 발휘하지 못하고 있었다. 일 년여 사이에 그는 십 년은 늙은 것처럼 주름진 얼굴에 피로에 지친 눈으로 루헤인의 눈치만 살폈다.

귀족들 사이의 권력 구도는 완전히 뒤집혔다. 더 이상 오랫동안 토르카인을 지탱해온 유서 깊은 귀족 가문이 권세를 부리지 못하게 되었다. 더 많은 기사를 고용하고, 더 영리한 전술을 구사하는 자들이 영지를 강탈하고 새로운 세력으로 등극했다. 구귀족과 신귀족의 사이는 당연히 좋지 않았지만, 지금은 겉보기나마 평화를 유지하고 있었다.

루첸 남작이 탁자 앞으로 다가온 다음 귀족들을 둘러본 후 루헤인을 쳐다보았다.

"최근 제 영지의 체르노 지역에서 여러 가지 이상 상황이 일어나고 있습니다. 벌레 떼나 새 떼가 작물을 습격하고, 들짐승이 떼 지어 내려와 백성들을 습격하고 있습니다. 두어 달 동안 이런 일이 굉장히 심각해져서 보통의 재해라고 생각할 수 없을 지경에 이르렀습니다."

국경 지역에 영지가 있는 다른 귀족 두어 명이 순식간에 열중해서 그의 이야기에 귀를 기울였다. 루첸 남작은 차분하게 말을 이었다.

"영지민 하나가 저에게 이것이 그루제펜에서 벌이는 일이 아닌가 하고 찾아왔습니다. 이런 일을 벌일 수 있는 것은 마녀들과 드래곤이 있는 그루제펜밖에는 없다는 겁니다. 그 청년의 말에 일리가 있다는 생각이 들었습니다. 다른 곳에서는 이런 일이 일어나지 않는지, 이런 일이 일어날 수 있는 가능성이 달리 얼마나 있는지 알아봐야 할 것 같아서 급히 왕궁으로 달려왔습니다."

"최근 국경 옆에 있는 제르하딘 숲에서도 비슷한 일이 일어나고 있다는 전갈을 받았습니다. 제르하딘은 이전에 영지민들이 사냥을 하고 과일을 따서 부수입을 올릴 수 있는 곳이었는데 지금은 들어가는 것조차 꺼리고 있습니다."

테마르 백작이 나서서 이야기한다. 국경 부근에 영지가 있는 또 다른 귀족들이 차례로 이상한 일이 일어나고 있다는 이야기를 털어놓았다. 루헤인은 인상을 찌푸렸다.

"그루제펜에서 우리나라를 공격해서 이득이 될 게 뭐가 있지? 그것도 카밀라 공주가 아직 왕궁에 있는 지금."

모두가 입을 다물었다. 루첸 남작마저도 입을 다물었다. 사실상 그루제펜이 토르카인을 지금 당장 공격하는 것은 전략적으로 그리 훌륭한 선택이 아니었다. 카밀라 공주를 포기한다 해도 하다못해 선전포고를 할 만한 이유가 있어야 하지 않은가. 아무 이유도 없이 공격한다면 주변의 다른 나라들도 가만히 있지는 않을 것이다.

"카밀라 공주 저하를 불러 물어보심이 어떨까요?"

빌로인 후작이 조심스럽게 말했다. 루헤인의 찌푸린 눈이 그에게로 향했다. 빌로인 후작은 눈길을 피한 채 나직하게 웅얼거렸다.

“공주 저하께서 그루제펜에 항의 서한을 보내시거나 하면 해결이 될지도 모릅니다. 혹은 상황에 관해 아실 수도 있고요. 공주 저하께서는…… 전하께 큰 애정을 갖고 계시니까요.”

새 국왕에 대한 공주의 집착을 모르는 사람은 왕궁 내에 아무도 없었다. 정확히는 국왕에 대한 여자들의 이상 집착 증세를 모르는 사람은 없다고 해도 과언이 아니었다. 물론 루헤인이 범상한 사람이 아니라는 것은 이제 귀족들 모두가 아는 사실이었지만 최소한 남자들의 경우에는 여자들만큼 이상한 증세를 나타내지는 않았다.

다만 카밀라 공주가 남들 앞에 나서지 않게 된 이래로 뭔가 상황이 달라진 게 아닐까 하는 추측이 나오고 있었지만 공주를 본 사람이 없으니 뭐라고 단정 지어 말할 수도 없는 일이었다.

루헤인이 시종을 향해 손을 흔들었다.

“공주에게 물을 것이 있으니 한 시간 내로 회의실로 오라고 해라. 회의는 공주가 오는 대로 재개하도록 하지.”

시종이 몸을 숙이고서 회의실을 나갔다. 루헤인도 일어나서 회의실을 나왔고, 뒤따라 귀족들도 줄줄이 나왔다. 다들 피곤한 얼굴이다. 루첸 남작이 재빨리 그의 곁으로 다가왔다.

“국경 부근에서 그루제펜 군대의 움직임이 있어 보입니다. 정확하게 확인하지는 못했습니다. 확인하기 위해서는 첩자를 보내거나 척후병을 파견해야 할 것 같습니다. 하지만 병사들이 국경을 넘어가서 확인하기는 어려울 것 같아서요.”

병사들이 국경을 넘어간다는 것은 발각될 경우 국가 간 문제로 커질 가능성이 높다. 그루제펜이 정말로 침공의 기회를 노리고 있다면 국경을 넘은 병사야말로 훌륭한 변명거리가 될 것이다.

루첸 남작도 그것을 알기에 머뭇거리고 있는 것이리라. 루헤인은 그를 힐끗 쳐다보았다.

"보낼 만한 병사들이 있나?"

"들키지 않고 보고 올 만한 자들이 몇 있긴 합니다."

"그럼 보내봐. 최악의 상황이라고 해봐야 일어날 전쟁이 좀 더 빨리 일어나는 정도겠지."

루첸이 조금 놀란 듯이 그를 쳐다보았다. 루헤인이 삐딱한 웃음을 드리우며 그를 보았다.

"왜? 전쟁이라니, 곤란하다고 생각하고 있나?"

"아니, 거기까지 고려하고 계실 줄은 몰랐습니다."

"뭐 일찌감치 도망치고 싶으면 다른 귀족들이랑 결탁해서 뭔가 해보든지. 진짜로 그루제펜이 쳐들어오면 볼 만해질 테지."

루첸은 잠시 아무 말도 하지 않다가 걸음을 멈추었다. 루헤인 역시 걸음을 멈추고 그를 돌아보았다. 왜, 라고 물으려고 하는데 그가 고개를 숙이고서 진지하게 말했다.

"전하께서 권력을 잡지 않으셨다면 저는 여전히 마상시합을 전전하며 한 푼 두 푼 돈을 모으고 있는 가난뱅이였을 겁니다. 혼인은 언감생심 생각조차 못했을 테지요. 지금은 이 궁정에서 유서 깊은 귀족들이 저의 눈치를 살핍니다. 몇 년이나 약혼 상태로 혼인을 못 하고 있던 여인을 반려로 맞을 수 있게 되었고요. 저는 전하께서 어떠한 일을 하시든 전하의 뒤를 따를 것입니다."

루헤인은 잠시 그를 바라보고 있다가 눈썹을 치켜 올렸다.

"아직 혼인을 하지 않았던가?"

"곧 날짜를 잡으려고 합니다."

루첸은 살짝 당황한 표정으로 고개를 들었다.

"그래? 축하해야 하나?"

루첸은 아무 대답도 하지 않았다. 여자와 관련된 젊은 국왕의 기이함에 대해 그라고 해서 모를 리가 없었다. 루헤인은 한 손을 흔들었다.

"하고 싶어서 하는 혼인이라면야 말릴 이유가 없겠지. 국경 근방이 어떤 상황인지 알아보고 보고하도록."

"알겠습니다. 가능한 한 빨리 움직이도록 지시하겠습니다."

루첸 남작이 다시 허리를 굽혀 인사를 한 다음 물러났다. 루헤인은 시종들과 함께 방으로 걸어갔다. 하지만 얼마 가지 않아서 공주의 방으로 보냈던 시종이 빠르게 다가와서 고개를 숙이고 말했다.

"공주 저하께서는 귀족회의에 참석하실 수 없다고 하십니다. 건강이 좋지 않아 방 밖으로 한 걸음도 나오실 수 없다고 하십니다."

아직 그리 멀리 가지 않은 루첸 남작조차 그 이야기를 듣고 멈춰 섰다. 공주가 방 안에서 아예 나오지 않는다? 공주가 있는데 그루제펜에서 전쟁을 벌인다?

애초에 그 방 안에 공주가 있긴 한 건가? 이미 도망치고 그 안에는

대리인이 있는 게 아닐까?

루헤인은 보고를 하고서 고개를 여전히 숙이고 있는 시종을 바라보았다.

"공주가 방에서 나올 수 없다고 했단 말이지?"

"그러합니다."

"그럼 이 몸이 직접 가주는 수밖에."

그가 몸을 돌리고서 공주의 방이 있는 건물을 향해 성큼성큼 걸어가기 시작했다. 세자이던 시절부터 그의 기행에 익숙한 시종들이었지만, 공주의 방으로 간다고 하자 시종 두어 명은 다급하게 앞서서 왕의 행차를 알리기 위해서 공주의 방 쪽으로 허겁지겁 뛰어갔고 나머지 시종들은 그의 뒤를 종종걸음으로 따랐다. 루첸 역시 눈치를 살핀 다음 조용히 그 뒤를 따라 걸어오기 시작했다.

왕이 지나가자 복도에 있던 시종과 시녀들, 귀족들이 전부 다 하던 일을 멈추고 고개를 숙였다. 그는 그들에게 거의 눈길도 주지 않았다. 왕궁을 채우고 있는 자들은 하나같이 똑같다. 아무도 그의 관심을 끌지 못했다. 아무도.

시종들이 앞서가서 이미 알려둔 탓에 카밀라 공주의 시녀들은 다급하게 움직이고 있었다. 루헤인이 들어서자 모두가 동작을 멈추고 허리를 굽히고 절을 했고, 시녀장이 그의 눈치를 살피며 조심스럽게 한 걸음 앞으로 다가왔다.

"전하."

"공주는 안에 계신가? 지금 당장 이야기를 해야겠는데."

"그것이…… 지금은 조금 상황이……."

시녀장이 방문을 흘끔거리며 당황한 어조로 웅얼거렸다. 루헤인이 빙그레 웃었다.

"회의에 참석하라니 방 밖으로 나올 수 없는 상황이다 하지 않았나? 그래서 내가 직접 왔어. 내가 여기까지 왔는데 지금 문을 열 수 없다는 것인가? 나를 만날 수 없다? 지금 그리 말하려는 것인가?"

물론 그렇게 말할 수는 없을 것이다. 상대는 국왕이었다. 세자일 때에도 쉬운 상대가 아니었지만 이제는 국왕이다. 그가 들어간다고 하면 결코 막을 수 없다. 시녀장도 그것을 알기에 괴로워하는 얼굴이었다.

"그것이, 그게……, 자, 잠시만 기다려주십시오. 공주 마마께서도 꾸밀 시간이 조금은 필요하실 것입니다."

시녀장이 다급하게 방문을 열고 안으로 사라졌다. 잠깐 열렸다 닫힌 방문 안쪽에서 퀴퀴한 냄새가 새어나왔다. 시종들도 그 냄새를 알아챈 듯 서로 눈길을 힐끔거렸고, 루헤인은 아무 표정도 드러내지 않고 가만히 서 있었다.

세상에 그 자신보다 이런 냄새를 잘 아는 사람은 몇 없을 것이다. 퀴퀴한 환자의 냄새, 병의 냄새, 죽음과 두려움의 냄새.

방 안에서 뭔가 요란한 소리가 난다. 물건을 집어던지는 소리, 고함소리.

"안 돼, 안 된단 말이야! 이런 꼴을 보여드릴 순 없어! 안 돼! 안 돼!"

시녀들이 움찔하고 시종들은 다시금 눈길을 교환했다. 루헤인은 잠시 문을 바라보고 있다가 그쪽으로 걸음을 옮겼다. 즉각 루첸이 그의 앞을 가로막았다.

"만에 하나 전염병이라면 전하께 옮을 수도 있습니다. 그냥 들어가셔서는 아니 되십니다."

"이십 년간 빌어먹을 심장을 달고서도 살아남았다. 나를 죽이겠다고 달려드는 암살자들에게서도 살아남았지. 이제 와서 전염병 정도에 죽을 성싶은가?"

그는 루첸을 밀어낸 다음 문을 벌컥 열고 안으로 들어갔다. 문이 열리는 소리에 안에 있던 두 여자가 그를 쳐다보았다. 시녀장은 괴로운 듯 일그러진 얼굴로, 그리고 공주는…….

얼굴 전체를 베일로 가리고 있다. 심지어 눈이 있는 자리조차 뚫어놓지 않았다. 그런 두꺼운 천을 얼굴에 드리운 채 뭐가 보이기나 할까 의문이었다. 창문마다 커튼을 쳐놓고 촛불만 두어 개 켜놔서 방 안은 어두컴컴했고, 바닥에는 방금 내던진 듯한 항아리가 깨져 나뒹굴고 있었다.

루헤인을 보고 공주는 헉 하고 숨을 들이켜며 물러섰다. 그는 눈을 가늘게 뜨고 공주를 바라보았다. 병의 냄새, 코를 찌르는 욕창과 고름의 구역질나는 악취가 풍긴다. 그리고 그것 말고 또 다른 냄새가 있었다. 어디선가 맡아본 적이 있는 냄새. 마녀의 냄새. 사바? 아니, 사바는 아니다. 사바에게서는 마른 풀과 바람 냄새가 나니까. 이것은 다른 마녀의 냄새였다. 그에게 세자 자리를 요구했던 그 마녀. 그루제펜의 마녀.

그루제펜의 마녀가 어째서 그루제펜의 공주를 해하는 마법을 쓴 걸까?

"저, 전하."

공주는 당황한 듯 어쩔 바를 모르고 손을 들었다 내렸다 하다가 결국 어색한 동작으로 절을 했다. 몸도 불편한지 자세가 기묘했다. 루헤인의 눈은 이전과 달리 두꺼운 옷과 베일로 피부가 한 군데도 드러나 있지 않은 공주의 모습을 살폈다. 손에 장갑까지 끼고 있다.

"회의에 참석할 수 없다고 하여 직접 왔소. 건강이 안 좋은 것 같은데 괜찮소?"

"괘, 괜찮습니다. 전하께 이런, 이런 모습을 보여드리고 싶지 않았는데……."

공주가 시녀장을 보았다. 시녀장이 황급히 창가로 다가가 창문을 열었지만 커튼은 걷지 않는다. 바람이 들어와 커튼이 펄럭거리고 촛불이 꺼졌다. 커튼 아래로 들어오는 햇빛이 방을 잠시 비추었다가 사라진다. 병실, 환자, 병의 냄새. 모두가 루헤인에게는 질릴 만큼 익숙한 것들이었다. 갑자기 지금껏 했던 모든 것들이 꿈이고, 원래 그의 자리로 돌아온 것 같은 기분이 들었다. 풀과 나무 냄새, 등 뒤의 고요한 존재가 있었다면 정말로 모든 게 꿈이었다고 생각했을 것이다.

하지만 여기는 카밀라 공주의 방이다. 풀 향기는 나지 않는다. 그리고 그의 뒤를 항상 따라다니던 그 고요한 존재는 없어진 지 오래다.

"저는 그, 그것이……. 좀 앉으시겠습니까? 저기……."

공주의 말에 시녀장이 다시 다급하게 탁자를 정리한다. 딱히 어질러진 게 없으니 정리할 것도 없었다. 그저 퀴퀴한 냄새가 모든 것에 달라붙은 것 같을 뿐이다. 몇 달 전에 공주의 방에 들렀을 때만 해도 우아한 무늬가 새겨진 아름다운 탁자가 지금은 몇 년은 묵은 너저분한 물건처럼 보였다.

손을 대면 병이 옮을지도 몰라.

아무것도 하지 못하던 시절. 아무것도 할 수 없었던 시절. 이름뿐인 왕자, 이름뿐인 세자.

루헤인은 의자를 잡고 끌어당겼다. 그리고 자리에 앉았다. 공주는 머뭇거리다가 그의 맞은편 의자를 조심스럽게 끌어당기고서 어색한 동작으로 자리에 앉았다. 마치 천을 뒤집어쓰고 있는 광대 같다.

"나한테까지 얼굴을 보이고 싶지 않은 건가? 시종들을 다 물린다 해도?"

그의 물음에 그녀가 흠칫하는 게 눈에 뚜렷하게 들어올 정도다. 루헤인은 가만히 그녀를 바라보았고, 카밀라는 당황한 것처럼 장갑 낀 손을 마주 잡았다가 탁자 위에 올렸다가 도로 내리고 소맷자락을 끌어내리는 등 부산하게 움직였다. 그러다가 마침내 고개를 흔들었다.

"안 됩니다. 안 됩니다! 절대로 보여드릴 수 없습니다. 그, 저기, 조금 나아지면, 나아질 테니까……."

방 안을 가득 채우고 있는 병마. 그 사악한 존재가 커다란 낫을 들고 카밀라의 뒤에 서서 바라보고 있는 것 같은 느낌이 든다. 루헤인은 가만히 그녀를 바라보다가 물었다.

"왜 마녀에게 빌지 않지? 그루제펜은 마녀의 나라가 아닌가. 무슨 병이 되었든 낫게 해달라고 하면 될 텐데?"

갑자기 카밀라가 고개를 번쩍 들어 올렸다. 고개를 들든 숙이든 어차피 천으로 덮여 있어서 전혀 얼굴이 보이지 않는데도 그 동작은 기묘한 분노를 드러내고 있었다.

"이것이 마녀가 한 일이니까요. 마녀가 한 일은 다른 마녀의 마법으로 상쇄할 수가 없습니다. 마녀들끼리는 서로의 마법을 없애주지 않아요……. 누군가가 저를 저주한 겁니다. 그루제펜의 공주이자 전하의 신부가 될 저를요!"

"누가?"

그녀가 탁자 위로 몸을 기울이고 그에게로 바싹 얼굴을 들이댔다. 썩은 살과 농창에서 나는 냄새가 그의 코를 찔렀다.

"저는 범인을 알고 있습니다……. 다들 전하의 신부가 되길 바라니까요. 다들 그러고 싶어 하죠. 하지만 그 자리는 제 겁니다. 저 외엔 아무도 가질 수 없어요. 제가 가질 수 없다면, 그런 자리는 없어지는 편이 낫습니다. 그런 자리 따윈 없어져야 해요."

루헤인이 한쪽 눈썹을 치켜 올렸다.

"그대와 혼인할 수 없다면 나는 평생을 독수공방하라는 소리인가?"

"아뇨! 아뇨, 아니에요. 그런 것이 아니에요. 그게 아니라 그저, 그저……."

장갑을 낀 손가락이 구부러지며 주먹을 꽉 움켜쥔다. 천 아래에서

가녀린 몸이 부들부들 떨리기 시작한다. 한참 말없이 루헤인을 쳐다만 보고 있던 그녀가 다시 고개를 들어 올렸다.

"전하는 저의 것입니다. 다른 여자에게 절대로 줄 수 없어요. 절대로! 다른 여자에게 넘기느니 이 나라까지 통째로 없어지는 편이 나아요. 다 없어져버리고, 다 죽어버리는 게 나아. 다. 전부 다. 다 죽어버려. 다 죽어버려! 전부 다 죽어버려!"

카밀라의 목소리가 찢어질 듯이 높아졌다. 자리에서 벌떡 일어나자 그녀의 뒤쪽으로 의자가 넘어가며 바닥에 탕 쓰러졌다. 갑작스러운 소음에 시종들이 루헤인을 보호하려는 듯이 황급히 다가왔고 카밀라는 마치 신탁을 받는 사제처럼 우뚝 선 채 비명처럼 소리를 질러냈다.

"빼앗기지 않을 거야! 빼앗길 줄 알아? 내 거야, 내 거야, 내 거야! 아무도 가져갈 수 없어, 내 거야아아앗!"

비명이 방 안을 가득 채우고 모두의 귀를 찌른다. 공주를 바로 옆에서 모시는 시녀장조차도 얼굴이 창백해져 있었다. 어느새 방 안에 들어와 있던 루첸이 창백한 얼굴로 공주 근처로 다가가 검을 휘둘렀다. 검 손잡이에 머리를 맞은 카밀라가 낮은 비명을 지르며 쓰러졌다. 잠시 동안 시녀장조차 꼼짝하지 않고 그대로 서 있었고, 곧 루헤인이 그녀를 향해 고갯짓을 했다.

"공주가 괜찮은지 확인해봐라."

시녀장은 뒤늦게 정신을 차리고 바닥에 하얀 천 뭉치처럼 쓰러져 있는 공주에게 다가가 무릎을 꿇고 앉아 천 위로 손을 갖다 댔다. 루첸이 루헤인의 앞으로 다가와 고개를 숙였다.

"죄송합니다."

"아니, 괜찮아."

루헤인은 쓰러진 공주를 바라보았다. 시녀장이 손짓을 하자 물러나 있던 시녀들이 다가와서 공주를 들고 침대로 옮겼다. 얼굴을 가린 천이 옆으로 늘어지자 시녀장이 재빨리 제자리로 다시 올렸으나 갈색으로 변하고 짓무른 살은 이미 다른 사람들의 눈에 뜨인 상태였다. 루헤인의 시종 한둘이 숨을 들이켜는 소리가 들렸고 루첸 역시 찌푸린 눈으로 그쪽을 바라보고 있었다.

공주를 침대에 뉘인 후 시녀들이 돌볼 동안 시녀장이 황급히 루헤인의 앞으로 와 허리를 조아렸다.

"공주 마마께서 몸이 많이 불편하셔서 안 좋은 모습을 보여드린 것 같습니다. 마마께서 나중에 정신을 차리시면 굉장히 부끄러워하실 것입니다. 전하께서 넓은 마음으로 이해해주시기를 청하옵니다."

루헤인은 시녀장을 빤히 보다가 손가락을 까딱거렸다. 가까이 다가오라는 신호에 시녀장은 허리를 거의 바닥에 닿을 정도로 구부린 채 그의 앞으로 두어 걸음 더 다가왔다. 루헤인이 고개를 숙이고 나직하게 물었다.

"공주가 본국에 편지를 보내고 있을 텐데, 마지막으로 보낸 게 언제지?"

시녀장은 허리를 구부린 채 고개조차 들지 않은 채 웅얼웅얼 말했다.

"공주 마마께서는 본국에 밀서를 보내는 일 같은 것은 결코 하지 않으십니다."

"밀서 이야기가 아니야. 뭐, 음, 그래, 안부 편지 같은 건 보내지 않았나? 어찌되었든 아직까지 혼인도 못 한 채 타국에 머무르고 있는 셈이니까. 분명히 보냈으리라고 보는데."

루헤인의 말투는 상냥했지만 누가 들어도 뼈가 있는 이야기였다. 그루제펜의 공주가 타국에 머물며 본국에 보고서를 올리지 않았을 리가 없지 않은가, 라는 추측. 물론 당연한 일일 테지. 시녀장은 머뭇거리다가 그가 준 변명거리를 슬그머니 잡았다.

"가끔…… 국왕 전하께 안부를 여쭙는 편지 정도는 보내셨습니다."

"그래, 마지막으로 보낸 게 언제지?"

"어, 그것이 아마도 두 달가량 되었을 것입니다."

루헤인은 잠깐 동안 고개를 숙인 시녀장의 뒤통수를 바라보다가 좀 더 낮아진 어조로 말했다.

"그렇게 오래되었을 리가 없는데. 최근 편지는 언제 썼지?"

"저, 정말입니다! 소인이 어찌 감히 전하께 거짓을 말씀드리겠습니까!"

"좋아, 보낸 건 그렇다 치지. 마지막으로 '쓴 건' 언제지?"

시녀장은 침묵을 지켰다. 루헤인 역시 침묵을 지킨 채 시녀장을 내려다보았다. 침묵이 점점 길어지며 방 안 전체를 무겁게 내리덮는다. 시종과 시녀들은 긴장해서 꼼짝도 하지 못했고, 루첸 역시 불편한 표정으로 시녀장을 바라보았다.

마침내 시녀장이 먼저 무너졌다. 그 자리에 무릎을 꿇고 바닥에 머리를 조아린 채 들릴 듯 말 듯한 목소리로 웅얼거린다.

"지난, 지난주에 쓰셨습니다. 하지만 정말로, 정말로 보내진 않았습니다!"

"그래, 아마도 공주의 상태를 보면 거기에 좋은 이야기는 쓰여 있지 않을 테니까. 아니, 이성적인 이야기도 쓰여 있지 않을 것 같아. 그런 편지를 보내면 그루제펜의 국왕 내외가 얼마나 근심이 크겠나. 그렇지? 그래, 공주의 상태는 어떻던가? 얼마나 괴한 이야기가 쓰여 있었지?"

"괴, 괴한 이야기라뇨! 그런 것은……. 아니, 아니, 제가, 소인이 어찌 공주 마마의 편지를 함부로 보겠습니까! 그런 짓은 절대로 하지 않습니다! 그저 전령을 구하지 못하여 아직 보내지 못하였을 뿐입니다."

"그래? 그렇다면 아직 편지를 갖고 있겠군. 어디 있지? 내가 좀 보아야겠다."

"아니, 그것이, 그것이……."

시녀장은 거의 바닥을 파고들어 갈 기세였다. 이대로 계속 추궁을 하면 정말 양탄자와 돌을 손톱으로 파헤치고 들어가버릴지도 모른다. 그 다급함이 루첸 남작에게까지 느껴진다 싶을 때 갑자기 루헤인이 그녀의 앞에 무릎을 구부리고 앉았다.

"네 이름이 무엇이냐?"

시녀장의 고개가 움찔했지만 국왕의 앞에서 차마 고개를 들 수는 없었는지 도로 바닥으로 내려간다.

"세이니입니다."

"그래, 세이니. 공주를 그리 극진하게 모시니 참 훌륭하구나. 공주가 저리된 것도 참으로 안타까운 일이고. 그런데 말이다, 만에 하나 공주에게 무슨 일이 생길 경우에 네가 고향으로 돌아갈 수 있을 것 같으냐?"

시녀장은 아무 말도 하지 않았다. 이래봬도 토르카인으로 시집오는 공주를 모시는 시녀장쯤 되는 몸이다. 국가 간의 관계에 대해서 모를 리가 없다. 여기로 온 순간 카밀라 공주와 함께 온 시녀들은 전부 다 고향땅과는 완전히 이별한 셈이었다. 다시 돌아갈 수는 없으리라. 그들은 좋든 싫든 이 땅에서 뼈를 묻어야 했다.

루헤인은 입가에 희미한 웃음을 띤 채 말을 이었다.

"그래, 갈 수 없겠지. 간다 한들 아무도 너를 반기지 않을 것이고. 몰래 입국해서 평생을 숨어살아야 할 거다. 너희들은 이미 이 나라 백성이 된 셈이야. 그러니 이 나라에 무슨 일이 생기면 어떻게 될 것 같으냐? 아주 곤란해지지. 굉장히 곤란해질 거야. 특히 그루제펜과의 관계가 악화되면? 가장 먼저 목이 떨어져 나가는 것이 공주를 비롯한 너희 시녀들이다. 정말로 그런 일이 생기기를 바라느냐? 그렇진 않겠지? 그러니 네가 공주의 편지를 미리 보고 확인한 것이 아니냐. 문제가 생길지도 모른다는 걱정 때문에."

시녀장의 몸은 부들부들 떨리고 있었다. 공주와 생사를 거의 같이 한다 해도 과언이 아닌 시녀들이다. 침대 옆에 있는 시녀들 역시 창백한 얼굴로 손을 모아 쥐고 하나같이 눈을 내리깐 채 몸을 떨고 있었다.

“공주의 편지에 무슨 내용이 쓰여 있었지, 세이니?”

시녀장이 몸을 더욱 웅크리고 바닥에 머리를 깊게 박았다. 루헤인이 손을 들어 올려 시녀장의 어깨에 얹었다. 시녀장은 벼락이라도 맞은 것처럼 흠칫 몸을 떨었다.

“무슨 내용이 쓰여 있었지?”

“공주 마마께서, 공주 마마께서는 그러시려던 것이 아니오라……. 아마도 병 때문에…….”

시녀장의 목소리는 알아듣기 힘들 정도로 떨리고 있었다. 루헤인의 손이 부드럽게 그녀의 어깨를 쓰다듬었다. 조금씩, 주의해서 보지 않으면 모를 만큼 아주 조금씩 떨던 것이 가라앉기 시작한다. 목소리가 조금씩 차분해진다.

“공주 마마께서는 이곳의 생활에 대해서, 그리고 전하에 대해서 많은 이야기를 하셨습니다. 그중에는 조금, 약간의 오해를 살 수 있는 부분도 있긴 하였습니다만, 제가 많이 고쳤습니다. 공주 마마께서 지금 건강이 많이 안 좋으셔서 제대로 생각을 하실 수 없다는 생각이 들어서 그랬을 뿐입니다. 마마께서도 건강이 나아지시면 분명히 그리 하셨을 것입니다. 몇 차례 위험한 이야기를 하셨습니다만, 그것 역시 제가 임의로 삭제하였으니 전하께서 우려하실 것은 결단코 없사옵니다.”

“그거야 모를 일이지. 국경 부근에 그루제펜의 병사들이 옮겨오고

있다는 이야기를 들었는데 말이다. 공주가 설마 전쟁이 일어날 정도로 위험한 이야기를 쓰지는 않았겠지? 어떠냐?"

루헤인의 손은 여전히 시녀장의 어깨를 쓰다듬고 있다. 시녀장은 더 이상 몸을 떨지 않았다. 심지어 고개까지 살짝 들어 올렸다. 루헤인의 얼굴이 보일 정도는 아니지만, 최소한 그의 발치가 보일 정도까지는.

"공주 마마께서 약간, 약간 심정을 털어놓기는 하셨습니다. 아직 혼인이 이루어지지 않았고 그 때문에 심기가 많이 안 좋으시다고 했습니다. 물론 토르카인에 해가 될 정도는 아니고, 전하께 애정이 넘쳐 그러하신 것이니 너무 불쾌해하지 마십시오. 제가 많이 처리를 하였고……. 공주 마마께선 아프시니까요. 아프시고, 제대로 생각을 하실 수가 없는 상태이니까요. 이런 상태로는 혼인이 사실상 요원한 일이기도 하고요. 전하께서 너른 마음으로 이해를 해주셔야 합니다. 공주 마마께서 나쁘신 것이 아닙니다. 그저 병이 있으시고……. 마녀 때문이지요. 마녀 때문입니다. 그리고……."

시녀장의 말투가 미묘하게 달라졌다. 조금 더 빠르고, 조금 더 들뜬 것처럼. 다른 사람들은 눈치 채지 못한 것 같았으나 루첸 남작만은 살짝 눈을 가늘게 뜨고 시녀장을 보았다. 젊은 국왕은 여전히 시녀장의 어깨에서 손을 떼지 않은 상태였다. 나이가 카밀라 공주의 어머니뻘은 될 것 같은 시녀장이니 국왕이 흑심을 품고 있다고 생각할 사람은 없겠지만, 루첸은 달랐다. 그 역시 국왕과 여자들에 관한 소문 정도는 질릴 만큼 듣고 있었다. 그리고 지금, 눈앞에서 그것을 확인하고 있다는 기분이 들었다.

“공주 마마께서는 전하께 지극한 애정을 품고 계셨습니다. 그럴 만도 하지요. 전하께서는 어떤 여자가 보든 훌륭한 분이 아니십니까. 저희 공주 마마께서도 다르지 않으셨습니다. 하지만 지금은 마마께서 어울리는 몸이 아니시니까, 그러니 겁도 나고 그러셨던 게지요. 전하의 주위에 토르카인 귀족가 여식들도 얼마든지 있지 않습니까. 저희 공주 마마께서 신분이야 높으시지만, 지금은 상황이 다르고……. 공주 마마께서 위험한 생각을 품으셨다 해도 그리 놀랍지 않으실 겁니다. 전하께서도 이미 생각을 해보셨겠지요. 이미 다 알고 소인에게 물으시는 거라는 걸 알고 있습니다. 제가 조금 더 신경을 썼어야 했지만 저에게는 공주 마마를 모실 책임이 있었습니다. 제가 막았어야 했는데. 공주 마마께서 본국에 군사를 요청하신다 해도 본국의 국왕께서 이를 받아들이지 않으실 거라 생각하였습니다. 아무리 공주 마마께서 요청하신다 한들 마마께서 여기 계신데 어찌 국왕께서 이곳으로 군사를 보내실 수가 있겠습니까? 그것은 선전포고나 다름없는데요. 어찌 그분께서 전하와 전쟁을 하실 수 있겠습니까? 전하께서 훨씬 더 젊으시고, 토르카인이 훨씬 더 강한데 말입니다!”

어찌 들으면 그저 새로운 주인이 된 파벨 3세에게 아첨하는 말이라고 생각할 수도 있지만, 말투가 달랐다. 말을 하는 동안 점점 더 시녀장 세이니는 열정적으로 변해가고 있었다.

하지만 지금은 시녀장이 어떤 모습을 보이든, 국왕이 여자들에게 어떤 영향을 미치든 그런 게 중요한 게 아니었다. 공주의 정신 상태가

아무리 이상하다 해도 자신이 머무르고 있는 국가를 향해 공격을 하라는 요청 따위는 할 수 없는 일이다. 전쟁이 벌어지면 가장 먼저 희생양이 될 것은 그 자신인데!

"공주가 정확히 무어라고 요청을 했지?"

루헤인의 목소리는 시녀장에게만 들릴 정도로 나지막했지만 방 안이 무거운 침묵 속에 가라앉아 있어서 모두에게 명확하게 들렸다. 시녀장이 고개를 조금 더 들어 올린다. 루헤인의 무릎이 보일 정도로.

"전하께서 혼인을 계속 미루심은 혼인하실 마음이 없다는 뜻이니 차라리 그루제펜에서 공격할 태세를 취하면 위협을 느껴 혼인을 진행하실지 모른다고 하셨습니다."

"그저 공격할 태세만 취하면?"

"그것은…… 그렇겠지요? 설마 그루제펜에서 이 나라를 진심으로 공격할 리가 없지 않습니까? 이길 수가 없을 텐데요."

시녀장이 마침내 고개를 들고 루헤인을 쳐다보았다. 의아한 표정은 진심 같았다. 아니, 누구라도 그렇게 생각할 것이다. 애초에 그루제펜에서 카밀라 공주를 토르카인으로 보낸 이유가 뭐던가. 혼인 관계를 통해 양국 관계를 안정화시키기 위해서가 아니던가. 그런데 공주마저 희생시키며 전쟁을 벌인다? 그때와 무엇이 달라져서 그런 선택을 한단 말인가?

"글쎄, 그루제펜의 베르덴 2세가 등 뒤에 뭘 감추고 있는지 누가 알겠나."

루헤인이 몸을 일으켰다. 시녀장의 고개가 그를 따라 위로 올라간다. 그는 여전히 침대에 누워 꼼짝도 하지 않는 공주 쪽을 한 번 쳐다본 다음 몸을 돌렸다.

"공주를 잘 보살펴라."

시녀장은 그를 빤히 쳐다보다가 뒤늦게 헉 하고 숨을 들이켰다. 마치 이제야 제정신을 차린 것 같은 얼굴이다. 혈색이 빠져나간 새하얀 얼굴은 주름이 도드라져 보였다. 루첸은 속으로 혀를 차며 방을 나가는 루헤인의 뒤를 따랐다.

시종들이 공주의 방문을 닫고 복도를 몇 걸음 걸은 다음에야 루헤인이 뒤도 돌아보지 않고 말했다.

"국경 너머로 첩자들을 보내라. 정확히 이 군대의 규모가 어느 정도 되고, 위협용인지 실제 전쟁을 치르려는 준비를 하고 있는지 확인해봐."

루첸은 인상을 찌푸렸다.

"정말로 전쟁이 일어날 거라고 보십니까? 그루제펜이 정말 그런 극단적인 행동을 취할까요? 겨우 공주와 혼인이 이루어지지 않고 있다는 사실 때문에?"

"그게 이유라면 차라리 다행일지도 모르지. 내가 혼인을 해버리면 그만이니까. 하지만 그게 이유가 아닐 거야……. 아니라는 생각이 들어."

루헤인의 말투는 기묘했다. 마치 앞을 내다보기라도 하는 것 같은 어조다. 루첸의 등골을 타고 냉기가 흘러내렸다. 이 국왕을 평생 따르겠다고 맹세했지만, 평생이 가도 이 국왕을 이해할 수는 없으리라.

루첸은 그저 고개를 숙인 다음 시종들과 함께 사라지는 국왕의 뒷모습을 물끄러미 쳐다보기만 했다.

11

“정말 이 약만 먹이면 그 사람이 제 것이 된다는 거죠?”

아낙의 눈이 반짝거렸다. 사바는 고개만 한 번 끄덕였다. 병을 쥔 손을 가슴에 꼭 누른 채 아낙은 그녀를 보았다.

“제가, 제가 어떤 대가를 치르면 되나요? 도, 돈인가요? 돈이라면 가져왔어요.”

“아니, 돈이 아니야. 손을 내밀어.”

사바의 나직한 말에 여자는 창백한 얼굴로 바들바들 떨리는 손을 탁자 위로 내밀었다. 사바는 그 손 위에 자신의 마른 손을 얹었다. 여자가 흠칫 어깨를 움츠린다. 사바는 눈썹 하나 까딱이지 않고 여자의 정기를 흡수한 후 손을 뗐다.

“이게 전부인가요?”

마을 아낙은 당황한 표정으로 사바를 보았다. 평범한 인간에게는 아무것도 느껴지지 않았으리라. 사바는 고개를 끄덕였다.

“무슨 저주나…… 그런 건가요?”

"아니, 그저 당신의 힘을 조금 받아갔을 뿐이야. 아무 지장도 없을 거야."

여자는 눈에 띄게 안도의 한숨을 쉬고서 일어섰다. 병을 쥔 손은 여전히 가슴에 댄 채였다.

"가도, 가도 되는 거죠?"

사바가 다시 고개를 끄덕였고, 여자는 뒤도 돌아보지 않고 쏜살같이 오두막을 나갔다. 문이 탕 소리를 내며 닫힌다.

사랑의 묘약. 그런 것으로 상대의 마음을 사로잡을 수 있다면 참으로 좋겠지. 하지만 그렇게 상대의 마음을 사로잡았다 해도 영원히 의심은 남을 것이다. 이 사람이 정말로 날 사랑하는 걸까. 이 약의 효과가 정말로 평생을 가는 걸까. 저 여자를 쳐다보는 이 남자의 눈길이 혹시 다른 마음을 품고 있는 건 아닐까.

그리고 그렇게 저 여자는 망가져갈 것이다. 그 망가지는 감정이 마녀의 힘이 되겠지. 약하지만 계속해서, 천천히.

사바는 잠깐 눈을 감고 양손을 들어 올렸다. 마력이 생겼으니 다음 약을 만들어 팔 재료부터 확보해두어야 한다. 계약을 하지 않는 마녀로서 그녀가 마력을 얻을 수 있는 방법은 약을 팔아 마을 사람들의 정기를 조금씩 얻는 것뿐이었다. 약이 없으면 그마저도 얻을 수 없다.

계약이 끝나면 한때 계약자였던 사람과 계속 연결되어 있다고 하던데, 그녀는 그런 것을 느낄 수 없었다. 떨어져 있으면, 보지 않으면 루헤인이 무엇을 하고 있고 어떤 생각을 하고 있는지 전혀 알 수가 없다. 아무 관계도 없는 사이처럼. 아무 일도 없었던 것처럼.

보고 싶잖아. 갖고 싶잖아. 넌 할 수 있어. 할 수 있잖아. 이름만 부르면 돼. 한 마디만 하면 돼.

팔목의 문신은 여전히 속삭이는 것 같다. 문신 위로 손목 띠를 만들어 감았지만, 보이지 않는다고 해서 그 속삭임까지 사라지지는 않았다. 드래곤이 바로 옆에서 속삭이는 것처럼 목소리가 들렸다.

사바는 고개를 흔들고 탁자 위를 보았다. 약을 만들 재료. 약초를 재배하기 위한 모종과 비료. 이 정도면 또 다른 약을 어느 정도 만들 수 있을 것이다.

재료들을 탁자 위에 놔둔 채 그녀는 일어나서 창문으로 다가갔다. 덧문이 활짝 열려 있어서 바깥이 훤히 보였다. 연둣빛의 대지는 봄을 외치듯 노란 햇살로 물들어 있다. 밝고 화사한 세계. 마녀와는 어울리지 않는 세상.

어둡고 냉기가 도는 오두막 안을 가로질러 그녀는 대야가 놓여 있는 구석으로 걸어갔다. 대야에 물을 부은 다음 양손으로 대야 가장자리를 잡고 주문을 왼다. 나직한 목소리가 음악처럼 흐르고, 대야의 물이 흔들린다. 동심원을 그리던 물결이 잔잔해지는가 싶더니 투명한 물속에 뭔가가 떠올랐다. 사람의 형상. 사람들의 모습. 왕궁.

찌푸린 표정에 차가운 검은 눈을 한 그녀의 왕자. 아니, 이제는 왕이 된 사내.

마녀와 한번 계약했던 자는 행복해질 수 없다. 그것이 마녀에게 소원을 빈 대가이다. 모두가, 어떤 식으로든, 불행해진다. 그리고 그 모습을 보는 그녀 역시 불행해지겠지. 그가 불행하니까.

옆에 있을 수 없다 해도, 나 때문이 아니라 해도, 그래도 당신이 행복하면 좋을 텐데. 웃으면 좋을 텐데. 당신이 가장 바라던 걸 들어줬잖아. 그럼 웃으며 행복하게 지내야 하는 거잖아. 설령 다른 여자 옆이라 해도.

아니, 그가 다른 여자 옆에서 웃는 건 싫었다. 다른 여자를 쳐다보는 것조차 싫었다. 그의 주변 여자들이 파멸하는 모습을 보는 게 최근 그녀의 은밀한 즐거움이었다. 어쩌면 그 때문에 계속해서 그의 모습을 보고 있는 건지도 모른다. 다른 마녀를 통한 소환 이래로 그를 다시 보지 않을 수가 없었다. 돌아온 이래 계속해서 그를 보게 되었고, 사바의 얼마 남지 않은 마력은 빠른 속도로 사라졌다. 그래서 결국 마을 사람들에게 약을 파는 저급한 일을 하게 된 것이다. 벌이는 시원치 않아도 루헤인을 계속 볼 만큼의 마력은 얻을 수 있으니까.

마력이 생기면 약을 더 만들 약초부터 만든다. 그런 다음 나머지 마력으로 그를 본다. 끝없이. 계속해서. 하염없이.

귀족들 사이를 지나가는 왕, 차가운 얼굴로 그들에게 뭔가를 지시하는 왕, 방 안에 혼자 틀어박혀 창밖을 바라보는 왕.

그는 바깥을 바라보고, 그녀는 안을 본다. 그는 다른 곳을 보고, 그녀는 그를 본다. 옛날에도 그랬고, 지금도 똑같다. 변한 것은 없다. 그저 거리가 조금 멀어졌을 뿐.

조금.

"그런 무의미한 짓은 그만하라니까. 얼마 없는 마력을 그런 데 허비하고 싶어?"

사바가 대야 앞에서 홱 물러나 소리가 난 쪽으로 고개를 돌렸다. 어느새 들어왔는지 진홍의 드래곤이 벽에 삐딱하게 기대고 서서 웃음 띤 얼굴로 그녀를 바라보고 있었다.

"드래곤."

"아, 제발 좀. 이름을 모르는 것도 아니면서 왜 안 부르는 거야? 아흐메닷이라고, 아흐메닷. 별로 어려운 이름도 아니잖아?"

그가 벽에서 몸을 떼고 그녀의 앞으로 천천히 다가왔다. 사바는 가만히 있다가 그가 바로 앞까지 다가왔을 때 한 걸음 뒤로 물러서서 고개를 들어 올렸다.

"마음에 들지 않으면 오지 않으면 돼요."

"마음에 안 든다고 하진 않았어. '너'는 마음에 들거든. 단지 그 고집이 마음에 안 들 뿐이지."

붉은 머리의 드래곤은 그녀를 내려다보며 빙그레 웃었다. 사바는 웃지 않았다. 드래곤은 한동안 조용해서 드디어 잊었나 하면 어느 날 갑자기 이런 식으로 나타나 그녀를 집적거리곤 했다. 몇 번이나 줄레나에게 이야기할까 생각했지만 왠지 모르게 말이 나오지 않았다. 줄레나에게 이야기를 하면 저 드래곤도 더 이상 함부로 집 안에 들어오지 못할 텐데.

드래곤이 빙그레 웃었다.

"입으로 이런 소리 저런 소릴 해도 실은 내가 보고 싶은 게지. 안 그래? 그러니까 줄레나에게 아무 이야기도 안 하는 거 아니야?"

사바는 대답하지 않았다. 대답하는 순간 저 드래곤에게 말려버린다. 그녀는 대야 쪽을 흘끔 보고 아무것도 없는 물 표면을 씁쓸하게 확인하고서 탁자 앞으로 걸어갔다. 드래곤이 몸을 돌려 그녀를 바라보았다.

"너의 왕도 지금 꽤나 힘들 거야. 전쟁이 일어날 테니까. 그루제펜이 들썩들썩하던데. 병사들이 움직이고 있어. 토르카인 역시 군대를 모으고 있고. 전쟁이 꽤 클 거야. 공기가 짜릿짜릿해."

드래곤은 흥이 난 것처럼 어깨를 으쓱거렸다. 사바의 눈이 가늘어졌다.

"전쟁? 그루제펜과? 하지만……. 왜요?"

"글쎄? 인간이 무엇 때문에 전쟁을 하는지 내가 알 게 뭐야? 전쟁이 일어나면 너나 나나 그저 즐기면 되는 거야. 피, 폭력, 분노, 증오, 괴로움, 슬픔. 전쟁은 마녀들을 위한 종합선물세트라고. 온갖 부정적인 감정들이 넘쳐나지. 그 안에서 마력을 얻고 즐기면 돼. 다른 마녀들은 전부 다 흥분해서 기대하고 있어."

그 전쟁에 루헤인의 목숨이 달려 있지만 않아도 신경 쓰지 않았을 것이다. 전쟁이 왕의 목숨까지 위협할 정도로 커질 거라고 생각하지는 않지만, 모를 일이다. 그루제펜은 작지만 만만한 나라는 아니니까. 애초에 그들이 이런 식으로 싸움을 거는 이유를 알 수가 없었다. 토르카인과 그루제펜이 싸우면 서로에게 악영향을 미칠 뿐이다. 누가 이기든 얻는 것 따윈 없다. 무슨 생각이지? 게다가 그루제펜의 공주가 왕궁에 있는데?

"걱정돼, 너의 왕이?"

드래곤이 그녀 쪽으로 다가와 손을 내밀어 턱을 잡고 들어 올렸다. 사바는 그의 오래 묵은 와인 같은 눈동자를 바라보았다.

"당신이 상관할 일은 아닙니다."

"내가 상관할 일이지. 너를 갖는 데 왕이 도움이 된다면 이용해야 하거든."

"전 당신과 계약하지 않아요."

이 말을 도대체 몇 번을 했을까. 이쯤 되면 알아들을 만도 하건만 드래곤은 그저 송곳니를 드러내고 웃을 뿐이었다.

"그러지 말고 나와 계약해. 나와 계약해서 내 아이를 낳아줘."

사바의 몸이 굳었다. 그녀의 얼굴에 믿을 수 없다는 표정이 뚜렷하게 떠올랐는지 드래곤이 낄낄거리고 웃었다.

"몰랐나 보지? 왜 드래곤이 마녀와 계약을 한다고 생각했어? 드래곤의 입장에서 마녀 따윈 별 필요 없는 존재인데."

"성적인 만족 때문에?"

사바가 더듬더듬 말하자 드래곤은 어깨를 으쓱였다.

"뭐 그것도 없진 않지만, 단지 그 때문이라면 구태여 계약까지 할 필요는 없어. 적당히 꼬셔서 하면 되지. 드래곤이 마녀와 계약하는 건 번식을 위해서야. 드래곤의 자식을 낳을 수 있는 존재는 마녀뿐이거든."

생전 처음 듣는 이야기에 사바가 멍하니 쳐다만 보고 있자 드래곤이 다시 웃음을 지었다.

"물론 계약을 했다고 해서 아무하고나 아이를 만들진 않아. 하지만

기본 조건은 그렇다는 거야. 다른 암컷 드래곤이나 아니면 마녀, 둘 중 하나인데 암컷 드래곤은 지금 남아 있는지조차 모르겠어. 다른 드래곤의 소식을 들은 지가 너무 오래됐거든. 게다가 드래곤은 성미가 사나워서 새끼를 낳은 다음 서로 소유권을 주장할 수도 있고. 그보다는 마녀와의 사이에서 아이를 낳는 게 훨씬 쉬워. 마녀들은 자식에 대한 애정이 별로 없으니 계약을 끝낸 다음엔 쉽게 떠나기도 하고."

"왜 마녀만 아이를 낳을 수 있죠? 인간은 안 되나요? 마녀도 결국엔 인간과 크게 다르지 않잖아요. 마력이 없으면 똑같은 존재인데."

지금의 그녀가 바로 그랬다. 인간과 전혀 다를 바가 없다. 그러면 안 되는 거 아닌가? 그녀가 드래곤의 아이를 낳을 수 있다면 아무 인간 여자나 가능한 거 아닌가?

"아니, 달라. 마녀는 인간과는 근본적인 부분이 다르지."

갑자기 그가 그녀를 당겼다. 가벼운 손길인데도 그녀의 온몸이 비틀거리며 그에게로 기울어졌고 그의 입술이 그녀의 벌어진 입술에 닿았다. 순식간에 벌어진 일에 사바가 눈을 커다랗게 뜨고 그를 밀어내려고 손을 들어 올리는 순간, 그것이 느껴졌다. 뜨거운 불길. 타오르는 드래곤의 불꽃이 그녀의 입안으로 들어와 온몸을 가득 채운다. 불길이 그녀의 안에서 거대하게 부풀어 오르며 몸을 채우고 바깥으로 터져 나가는 것만 같다. 그 격렬한 열기에 그녀의 몸이 휘어졌다. 눈앞이 새빨갛게 보인다. 머릿속이, 온 세상이 새빨갛게 타오른다. 머리카락 끝까지 올올이 곤두서고 몸이 떠오른다. 불길이, 열기가 치솟는다. 사방으로 폭발한다. 그녀의 입에서 저절로 비명이 터져 나왔다.

"쉿, 쉿. 괜찮아. 뿜어내버려."

드래곤은 웃고 있다. 불길 속에서 타죽어가는 그녀를 바라보며 웃고 있다. 그와 계약하지 않았기 때문인가? 아니면……. 뱃속을 가득 채운 불꽃이 그녀의 목을 태우고 올라온다. 위로 올라와 입으로 넘어왔다가…….

사바는 입을 벌리고 비명을 질렀다. 하지만 소리 대신 나오는 것은 커다란 화염 덩어리였다. 불길은 곧장 드래곤을 향해서 날아갔고 드래곤은 양팔을 벌린 채 마치 시원한 물이라도 맞는 것처럼 불덩어리를 고스란히 맞았다. 불꽃은 그의 온몸을 감싸고 확 타올랐다가 그의 안으로 사라져버렸다.

속이 더 이상 뜨끔거리지 않는다. 사바는 숨을 몰아쉬며 자신의 손과 몸을 내려다보았다. 피부도, 옷도 전부 멀쩡하다. 방금 전에 드래곤의 불꽃이 그녀를 태웠다고는 절대로 생각할 수 없는 모습이었다. 모든 게 그녀의 상상이었던 것처럼, 아무 일도 없었던 것처럼 말끔하다.

"어떻게……."

"이게 바로 마녀와 인간의 차이지. 인간은 드래곤의 불길을 감당할 수가 없어. 그 자리에서 그대로 타버리지. 하지만 마녀는 타지 않거든. 불길을 받아들일 수 있어. 그래서 드래곤의 아이를 낳을 수가 있는 거지. 뱃속에서부터 불길을 품고 나오는 새끼 드래곤을 말이야."

새끼 드래곤. 사바는 멍하니 그를 바라보다가 자신도 모르게 물었다.

“드래곤은 난생(卵生)이 아니었어요?”

“드래곤끼리 교미하면 암컷은 알을 낳지. 하지만 상대가 마녀일 때에는 인간의 형태로 태어나서 나이가 들면 드래곤으로 변태하게 돼. 하지만 드래곤의 불을 갖고 있는 건 태어날 때부터니까.”

진홍의 드래곤이 씩 웃었다.

“낳을 마음이 들었나?”

사바는 언뜻 정신을 차리고 시선을 돌렸다. 순간적으로 마음이 흔들렸던 이유는 그녀 자신도 알 수가 없었다. 아이.

마녀도 아이를 낳는다. 때가 되면 마을로 내려가 적당한 인간 남자를 찾아 관계를 맺고 임신을 한다. 그렇게 태어난 마녀의 딸은 항상 혼자 자란다. 사바 자신이 그랬던 것처럼. 마녀에게 혈연관계라는 것은 중요치 않다. 진홍의 드래곤이 말한 것처럼 마녀들은 자식에 대한 애정이 별로 없다.

애정이 없어야 하는데.

루헤인에게는 많은 여자들이 있었다. 그중 누군가가 아이를 갖고, 아이를 낳겠지. 그의 아이를. 서로 증오하고 음해하고 마녀까지 동원해 저주하고 있지만, 그래도 그들 중 누군가는 결국에 그의 아이를 낳게 될 것이다. 왕에게는 후계자가 필요하니까. 그리고 그 아이는 어린 시절의 그를 닮았을지도 모른다.

“당신이 아이를 낳으면 진홍의 드래곤이 둘이 되는 건가요?”

사바가 조용히 물었다. 드래곤은 어깨를 으쓱였다.

“꼭 그런 식이 되는 건 아니야. 대체로 비슷한 성질을 갖게 마련이지만, 똑같지는 않아. 때로는 전혀 다른 성질의 드래곤이 태어나기도 하지. 어쨌든 '나'를 복제하는 게 아니잖아. 태어나는 드래곤이 어떤 드래곤이 될지는 태어나봐야 알아."

"인간이나 마녀로 태어나지는 않아요?"

"드래곤의 피는 너희들보다 훨씬 강하니까. 드래곤의 불길이 그렇듯이 드래곤의 피도 항상 강하지. 그런 경우는 없어."

그가 다시금 그녀의 앞으로 다가왔다. 사바가 흠칫 물러나자 그는 재미있어하는 기색이었다.

"그거 알아? 드래곤과 관계를 가지면……. 아주 즐겁지. 청록의 드래곤에게 왜 그렇게 마녀가 많이 붙어 있다고 생각해?"

"마력 때문에?"

사바가 어리둥절한 표정으로 말하자 진홍의 드래곤은 낄낄 웃었다.

"마력은 부차적인 거야. 한번 드래곤을 타본 마녀들은 평범한 인간 남자 따위에겐 더 이상 만족할 수가 없게 되지."

그가 사바의 허리에 한 팔을 감고 확 끌어당겼다. 단단하고 커다란 몸이 그녀의 온몸에 맞닿았다. 그녀를 휘감았던 드래곤의 불길처럼 뜨거운 체온이 옷을 통해 느껴진다. 사바는 꼼짝도 못한 채 그를 쳐다보기만 했다. 숨조차 크게 쉴 수가 없다. 드래곤의 홍채가 세로로 길어지며 마치 먹이처럼 그녀를 빤히 응시한다.

"불길이 네 몸 안으로 들어가서 구석구석을 채우지. 불꽃이 네 피부를 핥고 자극을 남기고 네 예민한 부분을 사로잡고 네가 한 번도 느

껴본 적 없을 정도로 뜨겁게 타올라. 그런 감각은 어디서도 느낄 수 없지. 오로지 드래곤만이 줄 수 있는 거야. 한 번 그걸 느끼고 나면, 그게 없이는 견딜 수가 없을걸."

뱀 앞에 선 쥐가 된 것처럼, 오로지 뱀이 입을 벌리고 꿀꺽 집어삼키기만을 기다리는 것처럼 그렇게 서 있다는 사실을 깨닫는 순간 사바는 그를 양손으로 떠밀고서 뒤로 물러났다. 드래곤은 뒤로 한 걸음 물러난 다음 아무 일 없었다는 듯 옷을 툭툭 털고 씩 웃었다.

"그런 거지. 드래곤은 달라. 그걸 아는 나이 많은 마녀들이 아직 어려서 아무것도 모르는 청록의 드래곤과 계약을 맺고는 멋대로 마력을 허비하고 성적으로 이용하는 거야. 청록의 드래곤은 인간으로 치자면 십대의 어린애니까, 그저 할 수 있으면 좋은 거지. 자기가 어떤 상황인지 전혀 모른 채로 마녀들에게 휘둘리고 있는 거야. 드래곤의 창녀? 허울 좋은 소리야. 이 경우에는 드래곤 쪽이 남창이지."

지금껏 들어왔던 드래곤과 마녀와의 관계와는 전혀 다른 이야기다. 사바는 찌푸린 눈으로 그를 쳐다보다가 물었다.

"그럼 그 마녀들이 전부 다 청록의 드래곤의 아이를 낳게 되는 건가요?"

"아니, 그건 아니야. 드래곤은 자기가 원할 때에 번식을 할 수 있지. 계약을 한 마녀와 관계를 가진다고 해서 그냥 아이가 생길 것 같으면 드래곤이 지금처럼 적어지지는 않았겠지. 자식을 갖겠다는 결정을 내려야만 할 수 있어. 청록의 드래곤은 아직 그런 결정을 내릴 수 있을 만큼 자라지 않았고."

"당신은 그보다 훨씬 나이가 많고요?"

"난 가질 때가 넘었지. 이미 몇백 년쯤 전에 가졌어야 했어."

그가 히죽 웃으며 양팔을 벌리고 말을 이었다.

"하지만 적당한 마녀가 안 보이더란 말이지. 그런데 지금 네가 나타났으니까. 너라면 내 아이를 낳기에 안성맞춤일 것 같아. 정말이야. 자, 나와 계약하고 아이를 갖자고."

내 어디가, 왜? 사바로서는 벌써 일 년이 넘게 계속해서 찾아오고 있는 이 드래곤이 이해가 가지 않았다. 그녀는 새끼 마녀일 뿐이었다. 지금도, 앞으로도. 나이가 많고 마력이 넘쳐나는 아름다운 마녀들이 수두룩한데 왜 하필 그녀를 점찍어 이렇게 달라붙는 걸까? 그가 말하는 것처럼 진홍의 드래곤은 오래된 드래곤 중 하나였다. 그녀 같은 새끼 마녀에게 관심을 보여야 할 이유가 없었다.

"나와 계약하면 너의 왕 주변에서 저주할 기회만 노리고 있는 다른 마녀들도 막아줄 수 있어. 너의 왕 주변이 지금 온갖 마녀들로 복작거리고 있는 건 알아?"

사바의 눈이 날카로워졌다.

"무슨 말이죠?"

"여자들 말이야. 토르카인의 궁정에는 마녀에게 저주받지 않은 젊은 여자가 드문 거 같더군. 서로가 서로를 저주하느라 바빠서 토르카인의 궁정은 지금 거대한 증오와 공포와 암흑의 소용돌이야. 왕궁 위에 마치 먹구름이 가득 끼어 있는 것 같은 모양이지. 그 한가운데에 너의 왕이 앉아 있고. 재미있는 친구야. 그렇게까지 어둠을 끌어들이는 건 쉽지 않은데. 한낱 인간 주제에."

"국왕께서 마녀들을 끌어들였다고 말씀하시는 건가요?"

드래곤이 즉각 양손을 들어 올렸다.

"그렇게 날 세울 거 없어. 그런 뜻은 아니니까. 그저 그 친구 주변으로 기묘하게 어둠이 몰린다는 이야기를 하고 싶은 거야. 물론 마녀와 계약을 맺었던 인간은 누구나 불행해지지. 그런데 이 친구는 불행해지고 있는 게 아니라 주변을 불행하게 만들고 있거든. 꽤 놀라워. 여자였다면 이 녀석이야말로 진짜 마녀라고 생각했을 거야."

하지만 남자는 마녀가 될 수 없다. 어둠을 끌어들이고, 어둠에서 힘을 얻는 마녀는 오로지 여자뿐이다.

그녀 때문일까? 어린 나이부터 그녀와 붙어 있어서, 그리고 그녀가 소원을 들어주었기 때문에 그의 인생행로가 뒤틀린 걸까?

그렇다면 좋겠다. 그가 그녀를 잊을 수 없을 테니까…….

사바는 거칠게 고개를 흔들었다. 아니, 아니야. 그가 불행해지길 바라진 않아. 그의 곁에 있는 여자들이 부럽고 미운 건 사실이지만, 그가 미운 게 아니니까. 그저 한 번만, 단 한 번만이라도 그녀를 보아주기를, 그녀를 생각해주기를 바랐을 뿐이었다.

영원히 마녀로서 한 걸음 뒤에서 그의 뒷모습만 쳐다보라고 명령하는 것 말고, 그 역시 그녀를 쳐다봐주길 바랐을 뿐이었다.

그저 그뿐이었는데.

"계속해서 네 왕을 구경하는 건 말리지 않겠지만, 신중해야 할 거야. 전쟁이 시작되면 온갖 마녀들이 횡행할 테니까. 넌 그 마녀들을 막아낼 마력이 없잖아? 네 왕을 구경하는 데 마력을 낭비할 게 아니라 잘 모아둬야 할걸. 어떤 일이 벌어질지 모르니까. 토르카인과 그루제펜의 마녀들이 제각기 나뉘어 싸움을 벌인다 해도 난 놀라지 않을 거야."

드래곤은 낄낄거리며 웃었다. 하지만 사바가 그게 무슨 말이냐고 물어보기도 전에 그의 모습이 연기처럼 사라졌다.

드래곤이란!

사바는 돌아서서 대야로 걸어갔다. 다시 루헤인의 모습을 보려다가 그녀는 문득 행동을 멈추었다. 드래곤의 말처럼 정말로 전쟁이 벌어진다면, 그리고 마녀들이 거기에 끼어든다면 그녀도 마력을 아껴둘 필요가 있는 게 사실이었다. 여기서 꼼짝 않고 몸을 사리고 있는 방법도 있지만, 만에 하나 루헤인에게 무슨 일이 벌어지면? 하다못해 그가 상처를 입었을 때 치료해줄 수 있을 만큼의 마력은 갖고 있어야 하지 않나? 쓸데없는 곳에 마력을 낭비할 순 없다. 다른 마녀들은 도와주지 않을 것이다. 마녀는 마녀를 돕지 않는다. 마녀가 살아남는 방법은 오로지 혼자 바닥을 기어가며 마력을 끌어 모으는 방법뿐이었다.

지금이라도 마을 사람이라든지 아무나 찾아서 계약을 맺어야 할지도 모른다. 계약을 맺고 소원을 들어주는 것이 가장 빠르게 마력을 모으는 방법이니까. 하지만 다른 사람과 계약을 맺고 싶지 않았다. 다른 사람과 계약을 맺는 순간, 루헤인과의 관계가 더러워질 것만 같은 기분이 들었다. 언제까지나 그만의 마녀이고 싶었다.

그는 그렇게 생각하지 않는다 해도.

사바는 탁자 앞으로 돌아가서 의자에 앉은 다음 눈을 감았다. 귀를 기울이면 소리가 들린다. 다른 마녀들이 이야기하는 소리가. *그루제펜 애들은 무슨 생각을 하는 거야? 청록의 드래곤이 끼어든다는 게 사실이야? 마녀와 드래곤은 인간사에 끼는 게 아니야. 전쟁, 전쟁이야 좋지, 하지만 이건 아닌 거 같아. 세상이 뭔가 이상해, 어디서부터 뒤틀렸는지 모르겠어. 전쟁은 좋아, 흥분되니까. 소란, 파괴, 증오, 공포, 원한, 전부 다 우리 마녀들이 아주 좋아하는 것들이지. 전쟁을 일으켜야 돼. 전쟁을 일으켜. 전쟁을 하고, 그 건방진 왕세자에게 제자리를 알게 해줘야 해…….*

거기다.

사바의 호숫빛 눈동자가 마치 폭풍우 치는 바다처럼 어두워졌다. 목소리가 들린다. 낭랑하고 아름답지만 거만한 목소리가 들린다.

나에게 대가를 치르지 않고 무사했던 인간은 없었어. 그 왕세자는 자기가 저지른 행동의 대가를 치르는 거야. 지금 와서 울며 매달린다고 해도 용서해줄 마음은 없어. 한낱 새끼 마녀를 찾기 위해 내가 동원되었다는 것도 불쾌하건만, 나에게 대가를 치르지 않고서도 무사할 거라고 생각을 해? 건방진 것.

그루제펜의 마녀. 청록의 드래곤의 마녀.

마녀는 인간사에 끼어드는 것이 아니다. 개인의 복수나 이득을 위해 인간사를 조종하는 것은 더더욱 안 될 일이다. 그것은 마녀의 규율에 어긋난다. 이런 행동을 어떻게 이렇게 당당하게, 대규모로 할 수 있지? 게다가 다른 그루제펜의 마녀들은 이 행위를 찬성하는 건가?

사바는 창백한 얼굴로 자리에서 일어났다. 마녀들이 낀다면 인간이 이 싸움에서 이길 수 있는 가능성은 없다. 더 강한 마녀를 더 많이 데리고 있는 쪽이 이기는 법이다.

하지만 루헤인에게는 다른 마녀가 없다. 마력도 얼마 없는 새끼 마녀인 그녀뿐이다. 토르카인의 다른 마녀들은 싸움에 끼어들지 않을 것이다. 아마도.

그러면 어떻게 하지? 이 싸움은 어떻게 되는 거지?

온몸이 싸늘하게 식는 기분이 들었다. 토르카인이 이길 수 없다. 마법과 마녀, 드래곤이 등장하면 토르카인은 무너질 것이다. 이 거대한 나라가. 겨우 마녀 하나의 분노 때문에.

그럴 순 없어. 그럴 순 없어.

사바는 벌떡 일어나서 다시 대야 앞으로 걸어갔다. 양손으로 대야를 잡고 물을 들여다보며 그녀는 그루제펜의 군대를 찾았다. 국경 근방, 그리 멀지 않은 곳에서 그들은 이미 침공 준비를 마친 상태였다. 국경 앞에는 토르카인의 군대 역시 방어 태세를 취하고 있다. 갑옷을 입고 검과 창을 들고 겁에 질린 표정을 한 병사들…….

그리고 그 사이의 낯익은 얼굴.

“왕자 저하.”

사바가 나직한 탄성을 질렀다. 저 얼굴을 잊을 리가 있겠는가. 겁에 질려 금방이라도 주저앉을 것 같은 다른 병사들과 달리 단호하게 앞을 바라보고 있는 저 얼굴, 저 눈을. 그녀가 피신시켜주었던 왕자를.

어째서 그가 저곳에 있는지까지는 알 수 없지만, 최소한 그가 무사하다는 사실만으로도 많은 것이 달라진다. 그래, 토르카인에는 왕자가 둘이 있었다. 영리하지만 그 영리함을 떠받쳐줄 체력이 없었던 세자 루헤인, 그리고 강인하고 올바르고 신실했던 둘째 왕자 다흐란.

그가 죽어서는 안 된다. 그가 군사를 이끌어야 한다.

루헤인은 귀족들에게 빛이 되어주지 못할 것이다. 진홍의 드래곤이 말한 것처럼 그는 어둠의 한가운데 있는 사람이었다. 귀족들은 그를 두려워했다. 어쩌면 그에게서 벗어나기 위해 자진해서 그루제펜에 투항할지도 모른다. 하지만 다흐란은 달랐다. 그는 언제나 귀족들의 이야기를 귀담아듣고 그들과 함께 의논했다. 귀족들과 백성들, 모두를 챙기려고 노력했다. 그것이 그저 이상론이라 할지라도 그는 항상 노력했다. 최선의 방향으로 나아가기 위해서. 가장 효율적인 방법을 선택해서 밀고 나가는 루헤인과는 다르다.

그가 필요했다.

하지만 그녀의 마력은 부족했다. 이 일을 마치고 나면 마력은 바닥을 드러낼 것이다.

사바는 한숨을 내쉬고 눈을 질끈 감았다. 손목의 문신이 근지럽다. 안 돼, 안 돼, 안 돼. 어쩌면 잘될 수도 있잖아. 두 왕자, 아니 국왕과 왕제(王弟)가 협력하기만 하면 잘될 수도 있어. 그리고 토르카인의 다른 마녀들이 그루제펜의 마녀들을 적당히 막아주기만 한다면, 토르카인의 병력이 그루제펜에 질 이유가 없어. 다른 마녀들과의 협상은 줄레나가 도와줄 수도 있을 것이다.

눈을 뜨고 그녀는 숨을 들이켰다. 그리고 그 자리에서 순식간에 사라졌다. 그녀가 사라진 자리에서 검은 깃털 두어 개가 팔랑팔랑 바닥으로 떨어졌다.

루첸 남작의 군대는 영지 싸움에 참전했던 경험 있는 병사들이 꽤 많았지만, 그렇다 해도 나머지 절반은 영지 내에서 소집한 평범한 농민들이었다. 이들 모두를 훈련시킬 시간은 없었다. 국경 너머에 그루제펜의 군대 3천이 집결하고 있다는 사실을 확인하자마자 남작은 백성들을 소집했고, 무기 하나만을 들고 농민들은 갑자기 병사가 되어 국경선 앞에서 적을 마주하고 서 있는 상황이 되었다. 어떤 사람들은 부들부들 떠느라 정신을 못 차릴 지경이었고, 어떤 사람들은 이 기회에 공을 세워보겠다고 눈을 번뜩이고 있었다.

테호는 창을 고쳐 잡았다. 검을 쓰면 좋겠지만, 말도 타지 못하고 기사들 주변에서 뛰어가야 하는 상황이니 창이 나을 것이다. 적과 맞붙고 나면 그때 가서 검을 쓰자. 말을 빼앗을 수 있다면 더 좋을 것이다. 물론 그전에, 말에 짓밟히지 않아야겠지만.

제피가 나이 덕택에 소집되지 않은 게 다행이었다. 레이라는 평소와 다르게 겁에 질려 새하얘진 얼굴로 떠나는 테호를 바라보다가 결국에 눈물을 보였다. 아버지가 방물장수 노릇을 하느라 전국을 돌아다닐 때에도 한 번 눈물을 보인 적이 없다던 그녀가 그런 모습을 보이자 테호는 당황했지만, 그녀를 달랠 만한 말이 한 마디도 떠오르지 않아서 결국 그냥 오고 말았다. 평소에는 술술 잘 나오던 말이 왜 그때는 전혀 나오지 않았을까 지금 생각해도 신기한 노릇이었다.

여기서 무사히 살아남으면, 이 전쟁이 잘 끝나기만 하면 그녀에게 돌아갈 것이다. 그녀의 눈물을 닦고 안아서 달래줘야지. 젠장, 왜 그 생각이 좀 더 빨리 떠오르지 않았을까. 진작 그랬더라면 좋았을 텐데.

다시는 못 볼지도 모르니까.

마녀, 드래곤. 루첸 남작은 그가 찾아갔을 때 마음 넓게 신분도 모르는 그의 이야기에 귀를 기울여주었고, 심지어는 곧장 왕도로 달려가 왕에게 이 일을 고했다. 그리하여 첩자가 파견되고 그루제펜이 정말로 전쟁을 벌일 태세라는 것까지 빠르게 확인이 되었지만, 마녀들과 드래곤에 관한 이야기는 쏙 빠져 있었다. 기사들은 소집된 농민병들에게 그루제펜과 영토를 놓고 벌이는 싸움이라고, 우리의 땅을 지켜야 한다고 설명할 뿐이었다. 이런 곳에서 마녀 이야기를 꺼내봤자 모두를 불안하게 만들 뿐이라는 걸 잘 알기에 테호도 말은 하지 않았지만, 가슴 한구석의 불안감이 가시지 않았다. 마녀들이 끼어든다면? 그들은 평범한 사람들은 상상도 할 수 없는 마법을 부리는 존재이다. 게다가 전설의 존재인 드래곤까지 나선다면, 토르카인에는 희망이 없었다.

"온다!"

고함소리가 들렸다. 앞쪽부터 술렁거리며 흥분과 공포가 빠르게 퍼졌다. 감정이 마치 밀려드는 파도처럼 눈에 보일 것만 같다. 테호는 침을 삼키고 머릿속을 비운 다음 앞쪽에 집중했다.

"전진!"

북소리가 요란하게 울린다. 앞쪽부터 병사들이 고함을 지르며 달려가기 시작한다. 옆쪽에서 말을 탄 기사들이 달린다. 땅이 울린다. 먼지가 피어오른다. 테호 역시 창을 고쳐 쥐고서 고함을 지르며 달려가기 시작했다.

앞쪽 전열부터 그루제펜 병사들과 부딪친다. 병사들이 뒤섞이고 금속이 맞부딪치는 소리가 귀를 찌른다. 말발굽이 땅을 두드린다. 온몸이 그 울림과 함께 진동하는 것을 느끼며 테호는 마주 달려오던 그루제펜 병사를 향해 창을 휘둘렀다.

사람들이 뒤엉키며 점차 누가 누군지 알 수가 없어진다. 더 이상 창을 휘두를 만한 공간을 확보할 수 없게 되자 그는 검을 뽑았다. 그루제펜의 병사들 역시 정식 훈련을 받은 군인이라기보다는 여기저기서 끌어 모은 농민 병사들에 불과했기에 그의 상대가 되지 못했다. 조용히 농사를 짓고 평화롭게 살아야 할 백성들이 어울리지 않는 무기를 들고 이렇게 싸움터에 끌려나와 허무하게 목숨을 잃고 있는 것이 지독하게 가슴을 찔렀지만, 이 난장판 속에서 그 역시 살아남아야 했다. 그에게도 돌아가서 눈물을 닦고 달래줘야 할 여자가 있고, 해야 할 일이 있었다.

어깨와 팔이 아프다. 누군가의 무기에 스친 상처가 욱신거린다. 무엇보다도 흘러내린 땀이 눈으로 들어가는 것이 가장 불편하다. 철갑을 입지 않은 것은 오히려 편하지만, 말이 없는 건 역시 굉장한 문제였다. 기병이 다가와 위에서 아래로 공격을 하면 피하기가 어렵다. 주위를 두리번거리며 테호는 계속해서 전진했다. 말을 구해야 한다. 말

을…….

갑자기 주인 없는 말 한 마리가 힝힝거리며 달려오는 것이 그의 눈에 들어왔다. 훈련을 잘 받은 전투마인 듯 말은 자신의 진로를 가로막는 병사들을 거대한 말발굽으로 짓밟고 이를 드러내며 위협했다. 몸에 입혀둔 군마용 갑옷이 햇살에 번쩍인다. 누가 봐도 비싼 말이고, 누가 봐도 귀족들이나 탈 법한 말이었지만 테호는 시선을 돌릴 수가 없었다.

저건 그의 말이었다.

이름도 알고 있다. 프락티카.

그는 손가락을 입술에 대고 요란한 휘파람을 불었다. 말이 고개를 돌리더니 그를 향해 달려왔다. 농민병이 말의 앞에서 다급하게 비켜선다. 말은 속도를 늦추지 않았고, 테호는 말고삐를 잡고 달리는 말 위에 가볍게 올라탔다. 모든 것이 지극히 자연스럽게 느껴졌다.

하지만 어째서일까? 제피나 다른 사람들이 말하던 것처럼 그가 기억을 잃기 전에는 정말로 성의 병사였거나 혹은…… 귀족이었다는 뜻인가? 하지만 귀족이 사라졌는데 아무도 찾지 않는다는 것도 이상하잖아.

더 이상 논리적으로 생각할 겨를이 없었다. 말에 올라타자 검을 휘두르고 병사들 사이를 돌진해 나아가는 것이 대단히 쉬웠다. 몇 번인가 루첸 남작의 기사들이 그를 쳐다보았지만 테호는 그저 계속 앞으로 나아갔다. 그루제펜 군의 전열이 무너지고 기사들이 후퇴한다. 그가 계속해서 쫓아가고 뒤에서 병사들이 승기에 젖어 함성을 지르며 쫓아오는 소리가 들렸다. 여기서 초전박살을 내면 그루제펜 측에서도 마음을 바꿀지 모른다는 생각에 테호는 말 위로 몸을 구부리고 더 속력을 냈다.

다음 순간, 뭔가가 그를 향해 날아왔다. 그가 미처 대비하지 못한 채 날아드는 화살을 바라보는데 화살이 갑자기 그의 앞에서 보이지 않는 벽에 가로막힌 것처럼 튕겨나갔다. 그는 눈을 깜박였다. 무슨 일이 일어난 거지? 방금 대체…….

"더 쫓아가면 안 돼요. 저쪽에는 훨씬 많은 마녀들에다 드래곤까지 있어요."

바람이 그의 귀에 속삭인다. 분명히 바람이었다. 보이지 않는 사람이 말을 타고 달리는 그의 옆에 서서 속삭이고 있다는 생각은 하고 싶지 않으니까.

테호는 말의 속도를 늦추고 맞은편을 바라보았다. 물러나는 그루제펜 군의 너머로 하늘을 날아다니는 새 같은 것이 보였다. 아니, 새라기에는 너무 크다. 그보다는…….

빗자루를 탄 마녀들. 마녀들이 그루제펜 군의 위로 날아다니고 있다.

"퇴각! 퇴각해라!"

테호의 입에서 저절로 고함이 터져 나왔다. 뒤를 따라오던 병사들은 뭐가 어떻게 된 건지도 모르는 채 어떻게 해야 하나 당황한 듯 멈춰 서기 시작했다. 테호는 다급하게 말 머리를 돌리고 병사들을 향해 퇴각하라고 손짓했다.

"돌아가! 국경 앞까지 돌아가라!"

말을 타고는 있지만 갑옷도 입지 않고 차림새 자체는 허술하기 짝이 없는 그를 올려다보며 병사들은 그의 말을 따라야 하나 말아야 하나 고민하는 것 같았다. 뒤따라오던 기사들이 테호를 쳐다보았고, 한 명이 그쪽으로 다가왔다.

"넌 누군데 퇴각하라는 거냐?"

"저쪽에 마녀들이 있다고! 눈이 있으면 보란 말이다!"

'마녀'라는 말에 모두가 숨을 들이켰다. 테호가 가리키는 방향을 본 병사들이 웅성거리기 시작했고, 기사들이 병사들을 윽박지른다.

"마녀 따윈 없어! 그건 그루제펜 놈들이 퍼뜨린 소문일 뿐이야! 전진해라! 우리가 우위에 있을 때 저 쓰레기 같은 놈들에게 본때를 보여줘야 돼! 전진!"

병사들은 당황하고 있었다. 솟구쳤던 사기는 파도 앞의 모래성처럼 녹아버렸다. 이 상태로는 전진한다 한들 싸울 수 없다. 테호가 버럭 고함을 질렀다.

"여기까지다! 퇴각해! 지금은 이만큼으로 충분해!"

"대체 네가 뭔데……."

기사 한 명이 테호를 향해 검을 들이댄다. 그때 병사들 중 누군가가 비명을 질렀다.

"드래곤이다!"

모두의 시선이 그루제펜 군을 향했다. 검을 들이댄 기사도, 테호도 그쪽을 쳐다보았다. 새처럼 하늘을 날던 마녀들의 뒤로 훨씬 커다란 검은 그림자가 보인다. 날개를 펼친 모습이 그루제펜 군 전체만큼 커다란 드래곤이 하늘을 가로지른다.

테호조차도 숨을 멈춘 채 그것을 쳐다보았다. 드래곤은 엄청나게 빠른 속도로 커지고 있었다. 어마어마한 속도로 그들을 향해 날아온다. 날아와서…….

"도망쳐!"

그가 고함을 지르며 국경을 향해 미친 듯이 말을 달리기 시작했다. 병사들 역시 당황해서 우왕좌왕 방향을 돌린다. 앞에 있던 자들은 드래곤을 보고서 미친 듯이 돌아가려고 했지만 뒤에 있던 자들은 아직 무슨 일인지 파악하지 못해 움직이지 않는다. 그 결과 병사들이 서로 뒤엉켜 넘어지고 쓰러지고 다른 사람들이 그 위를 밟고 도망치며 아수라장을 만들었다. 그리고 뒤에서는 드래곤이 불길을 뿜어내며 날아온다.

대지가 탄다. 숲이, 나무가 타고 매캐한 냄새가 바람을 타고 날아온다. 테호를 비롯한 기사들은 정신없이 국경을 향해 말을 달렸다. 불에 타는 병사들이 비명을 지른다. 드래곤의 날개가 일으키는 바람이 말을 떠미는 것 같다.

"더 이상 따라오지 않을 거예요."

속삭임. 테호는 뒤를 돌아보았다. 드래곤은 하늘 위로 몸을 뒤집어 방향을 바꾸고서는 유유히 그루제펜 군 쪽으로 돌아가고 있었다. 심장이 미친 듯이 빠르게 가슴을 두드려대고 목덜미에 식은땀이 흘렀다.

병사들은 시커먼 숯 덩어리가 되어 있었다. 도망쳐 오고 있는 자들도 있었지만 가장 앞쪽에 있던 자들은 그야말로 검은 언덕처럼 쌓여 있다. 잘못이라고는 오로지 앞쪽에 있었다는 것뿐인데.

국경 앞에 간신히 모인 병사들과 기사들은 전부 다 사색이 되어 있었다. 루첸 남작의 오른팔인 기사단장 페드로는 투구를 벗고서 드래곤이 사라진 하늘을 멍하니 바라보고 있다.

“저게 도대체……. 저게 대체…….”

저런 것을 상대로 이길 수 있을 리가 없어. 중년의 기사단장 얼굴에는 그런 표정이 떠올라 있었다. 물론 다른 기사들도 마찬가지이다. 병사들은 하나같이 이미 패배한 얼굴로 어깨를 늘어뜨리고 서 있거나 바닥에 주저앉아 있었다.

마녀와 드래곤. 그가 생각했던 그대로였다. 아니, 더 나쁘다. 그때는 드래곤은 뒤에서 조종하는 존재일 거라고만 생각했었는데, 지금은 실제로 공격을 가하는 존재이니까. 드래곤에게 한낱 인간이 도대체 어떻게 이길 수 있겠는가.

이길 수 없어.

테호는 멍하니 그루제펜 군이 있는 쪽을 바라보았다. 드래곤의 모습은 더 이상 보이지 않지만, 하늘에는 여전히 점처럼 마녀들이 날아다니고 있다.

이길 수는 없지만……. 그렇다고 포기할 수도 없지 않은가. 마녀와 드래곤이 있다고 해서 이대로 주저앉아 그루제펜 군이 집어삼키기를 기다리고 있을 건가? 그건 아니지. 기사로서, 토르카인의 일원으로

서 그럴 수는 없다. 그에게는 토르카인의 백성들을 이끌 책임과 의무가…….

테호는 인상을 찌푸리고 한 손으로 이마를 짚었다. 무슨 책임과 의무가 있다는 거지? 기사라니, 그가 기사였던 건가? 어디서? 어느 귀족을 모시는 기사였는데?

갑자기 그의 말 프락티카가 지시도 받지 않았는데 옆쪽으로 고개를 돌리더니 뚜벅뚜벅 걸어가기 시작했다. 테호가 무릎으로 말의 옆구리를 조이며 방향을 돌리려 했지만 말이 머뭇거린다. 뭔가 이상한 기분이 들어서 그는 말이 가는 대로 놔두었다. 바닥에 여기저기 주저앉아 있는 병사들은 그가 지나가는 것을 보고 고개도 들지 않는다. 다행히 경험 많은 군마인 프락티카는 알아서 병사들을 피해서 구석진 수풀 쪽으로 걸어가다가 멈춘다.

테호는 말에서 내린 다음 뒤를 힐끗 돌아본 후 수풀 안쪽으로 들어갔다. 예리한 눈으로 주위를 살피고 있는데 갑자기 소리도 없이 검은 그림자 같은 여자가 나타났다. 그는 멈칫해서 여자를 바라보았다. 여자가 머리에 쓰고 있던 두건을 뒤로 젖히고서 그를 쳐다보았다. 맑은 호수 같은 눈동자가 어쩐지 낯이 익은 것도 같은데, 누구지?

"마녀인가?"

여자는 그저 고개만 한 번 끄덕인다. 테호는 찌푸린 눈으로 여자를 쳐다보았다.

"넌……. 우리 토르카인의 마녀인 건가? 그래서 날 도와준 거야?"

"당신께서는 중요한 분이시니까요."

"내가?"

여자는 다시금 고개를 끄덕였다. 테호는 찌푸린 표정을 펴지 않은 채 여자를 보았다.

"내가 누군지 알고 있는 모양이지?"

"네."

"내가 누군데?"

"알고 싶으십니까? 당신의 자유 의지로 기억을 되찾으시겠습니까?"

잠시 동안 테호는 대답하지 않았다. 저 말에 대답을 하는 순간 인생이 바뀔 것 같다는 기묘한 느낌이 들었기 때문이다. 대신에 그는 말을 돌렸다.

"우리 토르카인에도 마녀가 있다면 왜 싸움을 도와주지 않는 거지? 그루제펜의 마녀들은 저렇게나 많이 몰려와서 전쟁터를 배회하고 있는데."

"인간의 싸움에 끼어드는 것은 마녀들의 규율에 어긋납니다. 하지만 저들은 드래곤의 마녀이고, 드래곤의 마녀는 다른 규칙에 따라 움직일 수 있는 것일지도 모르지요. 저도 확실히 답을 드릴 수는 없습니다."

"마녀를 상대로 우리 인간이 정말로 이길 수 있을 거라고 생각해?"

여자는 한참이나 아무 대답도 하지 않았다. 무표정한 얼굴은 무슨 생각을 하고 있는지 도저히 읽을 수가 없다. 저 표정을 알고 있는데. 저 조용한 존재감과 기분을 알 수 없는 표정을 알고 있는데. 그런데 도대체 어디서 알았더라?

"그래서 당신이 필요합니다."

그녀가 나지막하게 말했다. 테호는 얼굴을 조금 더 찌푸렸다.

"내가 그 정도로 중요한 사람인가?"

"당신께서 국왕 전하를 도와주셔야 합니다. 이 위기를 어떻게든 헤쳐 나가기 위해서는 당신의 도움이 필요합니다."

국왕. 파벨 3세. 테호는 머릿속을 간질이는 뭔가를 떠올려보려고 노력했지만 쉽지 않았다. 모든 것이 빙글빙글 뒤섞이는 것 같은 느낌이다.

"기억을 되찾으시겠습니까?"

여자가 다시 물었다. 테호는 침을 삼켰다. 레이라. 제피와 함께 기다리고 있을 그녀가 떠올랐다. 그녀에게 돌아가야 하는데. 그가 바란 건 그저 이 싸움에서 무사히 살아남아 그녀에게로 돌아가서 다시는 눈물을 보이지 않게 만들어주는 것뿐이었는데.

하지만 죽으면 그것도 해줄 수 없다. 그리고 그의 머릿속을 흐릿하게 뒤덮고 있는 이 안개를 걷어내지 않으면 죽을 가능성이 높다는 느낌이 들었다.

"그래, 되찾겠어."

여자가 고개를 끄덕였다. 호수 같은 파란 눈이 그를 바라본다. 그 눈이 그의 시야를 채우고 온 세상을 채우는 것처럼 커진다. 세상이 파랗게 변한다. 온 세상이 빙빙 돌고, 그의 몸이 빙글빙글 돈다. 제피의 집에 머무르며 농사를 짓던 시간, 그와 함께 장사를 다니던 시간, 물가에서 그가 목숨을 구해준 후 테호라는 이름을 붙여주었던 순간, 그리고 그 이전.

고통. 어두컴컴한 방 안. 병.

그를 바라보는 검은 머리에 검은 눈을 가진 청년.

귀족들. 그루제펜의 공주. 왕궁. 아버지.

아버지, 국왕 전하.

왕자.

왕자 다흐란 드 레발론.

테호 강의 차가운 물속에서 제피와 다른 상인이 그를 끄집어내주었을 때처럼 그는 숨을 커다랗게 들이켜며 눈을 떴다. 차가운 물이 머릿속을 가득 채우고 안개를 씻어낸 것만 같은 느낌이었다.

헐떡거리던 호흡을 고르고서 그는 앞에 선 여자를 다시 쳐다보았다. 저 여자를 기억하고 있다. 마녀. 언제나 형님의 옆에 붙어 있던 마녀였다. 형님의 병을 낫게 해주었고, 그의 병 역시 낫게 해주고 왕궁에서 빼내 새 인생을 주었던 마녀.

그녀는 이전과 다름없는 냉정하고 조용한 얼굴로 그를 바라보고 있었다. 그는 마지막으로 숨을 커다랗게 들이켰다가 천천히 내쉰 다음 고개를 끄덕였다.

"오랜만이다."

"왕제 저하."

마녀가 고개를 살짝 숙여 목례를 한다. 그는 한 손으로 얼굴을 문질렀다. 왕제. 어느새 그렇게 되어버렸다. 세자는 왕위에 올랐고, 이제 그의 신분은 왕제이다. 문득 왕궁의 상황이 어떤지 궁금해졌다.

"형님과 아버님은 어떻게 지내고 계시지?"

"상왕께서는 조금 쇠약해지셨습니다만, 다시 국정에 개입하게 되시면 괜찮아지실 겁니다. 국왕 전하께서는……. 좋으십니다."

마녀의 말투는 기묘했지만 그것을 추궁할 여유가 없었다. 다흐란은 뒤쪽, 기사들이 병사들을 다그쳐 전열을 정리하고 있는 곳을 힐끗 쳐다본 다음 다시 마녀를 보았다.

"내가 돌아가서 전투를 지휘하면 되는 것이냐?"

마녀는 고개를 흔들었다.

"송구하지만 그리 되지는 않을 것입니다. 저는 저하의 기억은 돌려드렸지만, 다른 모든 사람들의 기억까지 되살릴 수는 없습니다. 그럴 만큼의 마력이 없습니다."

다흐란은 인상을 찌푸렸다.

"무슨 뜻이지?"

"저하에 대한 기억은 모든 사람들에게서 사라졌습니다. 그것을 다시 채우기 위해서는 많은 마력이 필요합니다. 그런데 저에게는 지금 그럴 만큼의 마력이 없습니다. 다른 사람들의 눈에 저하께서는 여전히 아까 전과 다름없는 평민일 뿐입니다."

"그러면 평민으로서 이 싸움을 이끌어야 한다는 의미이냐? 형님은? 형님께서도 나를 알아보지 못하실 거란 말이냐?"

"국왕 전하 한 분의 기억을 되돌리는 것은 가능하지만, 지금은 때가 아닙니다. 국왕께서는……. 지금은 아닙니다. 좀 더 시간이 필요합니다."

마녀는 뭔가 이야기를 할 것 같다가 말을 돌렸다. 다흐란은 찌푸린 눈으로 그녀를 보았다. 추궁하려면 할 수 있지만, 뭔가 중요한 문제가 있는 것 같았다.

저 마녀를 믿어야 할까, 저 마녀가 하는 말이 사실일까, 그런 고민으로 머리를 싸쥐고 몇 날 며칠 보낼 수도 있다. 하지만 그거야말로 쓸데없는 짓이겠지. 지금 당장 눈앞에 싸워야 하는 적이 있는데 그를 도와주고 있는 마녀를 의심하며 시간을 허비해야 하나? 말도 안 된다.

"그래, 알았다. 그럼 나는 귀족과 기사들을 상대로 한낱 평민인 주제에 이리해라, 저리해라 하고 이끌어야 하는 거로구나. 그렇지?"

"그러합니다."

마녀는 조금도 미안해하거나 안타까워하는 표정이 아니었다. 그게 오히려 그를 웃게 만들었다.

"너는 나한테 꽤나 큰 것을 바라는구나."

"저하 외에는 이런 일을 하실 수 있는 분이 없습니다."

"여기 전선이 무너지게 되면 그루제펜의 마녀들과 드래곤이 곧장 국경을 넘어 침공해 올 테지?"

"그렇습니다."

"내가 여기를 막고 있으면, 저 마녀들과 드래곤을 막을 방도를 네가 찾을 수 있겠느냐?"

"노력해보겠습니다. 하지만 그러기 위해서는 시간이 필요합니다."

다흐란은 천천히 고개를 끄덕였다. 시간. 얼마나 많은 병사들이 죽어나가든, 얼마나 끔찍한 고통을 견뎌야 하든 이곳 전선을 지켜야 한다. 이 전선 뒤로는 더 많은 무고한 사람들이 있다.

이 전선 뒤로, 레이라가 있다.

"상황이 이리 급박하지 않았다면 저하께서 조용히 농사를 지으며 사시도록 그냥 두었을 겁니다."

마치 그의 마음을 읽은 것처럼 마녀가 말했다. 아니, 정말로 읽었는지도 모른다. 마녀니까. 다흐란은 쓴웃음을 지으며 시선을 돌렸다.

"그럴 수 있었으면 좋았겠지……. 하지만 기억이 돌아온 지금은 어떻게 해야 할지 모르겠구나."

"다른 사람들은 모릅니다. 모든 일이 정리되고 나면 아무 일 없었던 것처럼 되돌아가실 수도 있습니다."

그래, 이론상으로는 그럴 수 있을 것이다. 하지만 그가 알고 있다. 그 자신은 알고 있다. 만에 하나 이 나라에 무슨 일이 생기면 또다시 검을 들고 앞장서야 한다는 사실을.

지금은 생각하지 말자. 지금은 이 전선 뒤로 수많은 토르카인의 백성들이, 레이라가 있다는 사실만 생각하면 된다. 이곳을 지켜야 한다. 그루제펜 마녀들과 드래곤의 침공을 막아야 한다.

"쉽지 않을 것이다. 드래곤이 무슨 일을 할 수 있는지 모두가 보았어. 그래도 맞서 싸워야 한다는 걸 설득하기란 어려울 거야."

"저하 외에는 그 일을 해내실 수 있는 분이 없습니다."

"네가 나에게 그렇게 믿음을 갖고 있는 줄은 몰랐다."

다흐란이 삐딱한 웃음을 지으며 그녀를 쳐다보았다. 마녀는 가만히 그를 바라보았다.

"저하께서는 항상 사람을 다루는 데 뛰어나셨습니다. 지금 그 능력을 발휘해주시기를 부탁드리는 것입니다."

"걱정하지 마라. 여기는 내 나라고, 내 백성들이 사는 곳이다. 무슨 수를 쓰더라도 지킬 것이다. 다만 마녀와 드래곤은, 그것은 우리 인간의 힘으로는 막을 수가 없어. 네가 어떻게든 해주어야 한다. 알겠느냐?"

마녀는 고개를 숙여 보였다. 다음 순간 그녀의 모습이 사라졌다. 검은 까마귀가 하늘로 날아오르고, 마녀가 있던 자리에는 깃털 한두 개만이 떨어진다.

다흐란은 그 모습을 보고 있다가 몸을 돌려 병사들이 있는 곳으로 천천히 걸어갔다. 프락티카는 나무 뒤에서 그를 기다리고 있다가 강아지처럼 그의 뒤를 따라 졸졸 걸어왔다. 왕궁에 있어야 할 말이 여기에 나타난 것은 아마도 그 마녀의 마법일 것이다. 싸움에 꼭 필요한 존재라는 걸 생각하면 고마운 일이었다. 프락티카조차 없이 도보로 싸워야 했다면 더 힘들었을 것이다.

그는 왕자, 아니 왕제였다. 이 나라를 지킬 의무와 책임을 가진 사람.

"난 못 싸워! 차라리 지금 죽여! 저렇게 타죽을 순 없어. 저렇겐 안 죽을 거야!"

"마녀라니, 마녀라니. 그루제펜에는 마녀들이 그렇게 많다던데. 저주받으면 어떡하지? 게다가 그 드래곤……. 봤어, 봤어? 난 진짜 가까이서 봤다고! 진짜, 진짜…… 죽을 거야. 우리 전부 다 죽을 거라고.”

병사들은 사시나무 떨듯 떨고 있다. 병사들을 통제하려는 기사들 역시 안색은 다르지 않았다. 심지어 눈치를 살피다가 슬금슬금 물러나는 기사도 있었다. 그들이 무슨 생각을 하고 있는지는 뻔했다. 이길 수 없어, 그러니까 차라리 지금 도망치는 게 나아.

기사라는 자들이 저렇게 쉽게 자신의 의무를 내던지다니. 언제부터 이 나라가, 이 나라의 기사들이 저런 꼴이 되었단 말인가.

하지만 반대로 눈을 빛내며 그루제펜 군이 있는 쪽을 바라보는 자들도 있었다. 목숨이 별로 아깝지 않은 자들. 목숨을 담보로 더 높은 자리로 올라갈 기회를 바라는 자들. 갑자기 형님이, 파벨 3세가 시행한 방식의 장점을 깨달을 수 있었다. 작위에 관계없이 더 능력 있는 자가 더 많은 것을 차지하는 방식. 자신의 능력을 확신하는 모든 자들에게 성공할 기회를 제공하는 약육강식, 적자생존의 방식.

하늘은 이런 전쟁이 일어날 것을 예측하고 지금 이 순간에 루헤인을 왕위에 앉힌 건지도 모르겠다는 생각이 머리를 스쳤다. 루헤인이 계속 아프고 그 자신이 왕위에 올랐다면 이런 방식은 시행하지 않았을 테니까. 그는 그저 오래된 방식을 유지하며 그 틀 안에서 바꿔가는 방법을 취했을 것이다. 그리고 이런 전쟁 앞에서 유서 깊은 귀족과 그들을 모시는 기사들은 추풍낙엽처럼 무너졌을 테지.

다른 사람들의 눈에 그가 한낱 평민처럼 보인다 해도 이런 분위기라면 위로 올라가 사람들을 이끌 기회가 생길 것이다. 다흐란은 병사들 틈에 슬그머니 끼어들며 주위를 둘러보았다. 그래, 분명히 기회가 생길 것이다. 그때까지 조금만 기다리면 된다. 인내하면서, 버티면서.

살아남아야 한다.

회의실에는 무거운 침묵이 내려앉았다. 루첸 남작의 전갈을 들고 온 사자(使者)는 진땀을 흘리며 고개를 수그리고 있었다.

"방금 드래곤이라고 했어?"

귀족 하나가 옆에 앉은 다른 귀족에게 속삭인다. 상대는 고개를 끄덕이고 주변의 눈치를 살폈고, 물어봤던 자 역시 새하얗게 질린 얼굴로 주변을 힐끔거렸다. 사자의 말을 들은 사람들 전부가 경악의 침묵에 잠겨 있었다.

파벨 3세는 한 손으로 무심하게 목덜미를 문질렀다.

"드래곤과 마녀들이 전쟁에 끼었단 말이지."

아무도 대답하지 않았다. 그저 젊은 왕이 뭔가 공포에 사로잡혀 발작을 일으키거나 아니면 해결책을 제시하기를 기다리듯 쳐다볼 뿐이었다. 그러나 왕은 한참이나 아무 말도 하지 않고 있다가 마침내 사자를 바라보고 물었다.

"그래서 전선의 상황은?"

"간신히 버티고는 있지만, 위태롭습니다. 당장 지원군이 필요하다고 남작께서 전하라 하셨습니다."

"지원군을 얼마를 보내든 상대가 드래곤과 마녀들이라는 사실은 달라지지 않을 텐데."

왕의 말에 귀족들은 창백한 얼굴로 서로의 눈치를 살폈다. 드래곤이 불길을 내뿜었더니 수십 명이 한꺼번에 타죽었다느니, 마녀들이 날아다니며 저주를 걸고 마법을 쓴다느니 하는 사자의 이야기가 마치 광대가 지어내 이야기하는 허무맹랑한 내용처럼 느껴졌다. 그루제펜에 마녀들이 있고 드래곤이 있다는 건 알지만 설마 그런 것들을 동원해서 전쟁을 일으킨다는 게 말이 되나? 그럴 수가 있는 건가?

이 모든 게 왕이 좀 더 빨리 카밀라 공주와 혼인하지 않은 탓이다. 혼인이 늦춰진 것 때문에 그루제펜에서 모욕을 당했다고 생각하고 전쟁을 일으킨 거다. 그렇게 생각하는 귀족들도 없지는 않았다. 하지만 카밀라 공주가 혼인이 불가능할 정도의 심각한 병으로 상태가 나쁘다는 것 역시 모두가 알고 있는 사실이었다. 나라의 국모 자리를 단지 정치적 이유 때문에 그런 여자에게 맡겨도 될까? 그건 그것대로 문제가 될 것이다.

"어쩔 수 없는 노릇이군. 내가 직접 가겠다. 왕궁 기사단을 부르고, 최소한의 경비를 제외한 모든 병사들을 소집해라."

루헤인이 일어나며 말하자 귀족들의 눈이 휘둥그레졌다. 용감한 몇 명이 따라 일어나서 외쳤다.

"안 될 말씀이십니다. 전하께서 직접 거기로 나가시는 것은 너무 위험합니다."

"전하께서 안전한 곳에 계셔야 우리 토르카인 전체가 안전해지는 것입니다."

루헤인은 귀족들을 쳐다보고 눈썹을 치켜 올렸다.

"내가 여기 처박혀 있는 동안 국경에서 드래곤이 날뛰며 병사들을 다 죽이고 국경을 넘어 쳐들어와 백성들까지 전부 다 불태우면, 그래도 토르카인이 안전하다고 말할 셈인가? 나라가 망한다고 해서 백성들이 하루아침에 사라지지는 않지만, 나라가 망하면 왕은 없어져. 여기 처박혀 아무 일도 하지 않고 있다가 없어지든, 드래곤 앞에서 불뿜는 걸 구경하다가 없어지든 마찬가지야. 아니, 후자 쪽이 차라리 낫지."

그가 차가운 검은 눈으로 탁자 주위에 둘러앉아 있는 귀족들을 차례로 바라보았다.

"물론 따라오고 싶지 않은 자는 오지 않으면 돼. 상왕도 계시니 정치가 문제가 되진 않을 거야. 여기서 정치놀음을 하고 싶거든 그러고 있으라고. 호랑이가 없는 굴에선 쥐새끼가 왕 노릇을 할 수도 있는 거겠지."

왕궁에 남는 순간 쥐새끼가 되어버린다. 심지어는 '왕위를 노리는' 쥐새끼가 되어버린다. 귀족들은 서로의 눈치를 살폈고 루헤인은 그들이 따라오든 말든 상관하지 않는 모습으로 회의실을 나왔다. 시종들은 이미 기사단과 병사들을 소집하기 위해 바쁘게 움직이고 있었다.

상왕의 방은 널찍하고 밝았다. 오랜만에 찾는 곳이지만 상왕의 모습은 별로 변한 곳이 없었다. 조금 더 말랐을 뿐일까. 아버지와 마지막으로 나누었던 이야기가 왕위를 넘겨달라는 것이었음을 떠올리니 왠지 기분이 묘했다. 상왕은 아들의 요구에 가타부타 하지 않고 왕위를 넘겨주고 조용히 물러났었다. 생각해보면 일을 크게 벌일 수도 있는 것이었는데. 나이가 들었다고 생각했던 거였을까? 젊은 아들에게 더 이상 당해낼 수 없다고 생각해서?

하지만 퇴위한 후 상왕은 오히려 더 건강해진 것 같았다. 왕위에서 물러날 때에만 해도 금방 기운을 잃고 병석에 눕거나 할 줄 알았는데.

"어쩐 일이냐?"

일이 없으면 오지 않을 거라는 듯한 말투다. 루헤인은 어깨를 으쓱였다.

"일이 생겼습니다. 내정을 좀 맡아주셔야겠습니다."

"왕위에서 물러나라고 할 때는 언제고, 이제 와서 정치를 하라는 것이냐?"

"손이 부족하니까요."

상왕은 침묵을 지키고 있다가 무뚝뚝하게 물었다.

"전쟁터로 가는 것이냐?"

"그렇습니다."

"상황은 어떠하냐?"

"좋진 않겠지요. 마녀에 드래곤까지 등장했다니까요."

거기까지는 몰랐는지 상왕은 인상을 찌푸렸다. 주름진 얼굴이 쪼글쪼글하게 일그러진다. 마른 탓에 주름이 더 두드러져 보였다. 루헤인은 잠시 그 모습을 보다가 말했다.

"뭐 급해지면 저도 마녀 하나 둘쯤 소환해보든가 하지요."

"그런 걸 할 수 있다고?"

상왕이 믿어지지 않는 표정으로 쳐다보자 루헤인은 피식 웃었다.

"밑져야 본전 아닙니까. 설마 토르카인에도 마녀 한둘쯤 없겠습니까?"

"네가 아프던 시절에 마녀를 찾았던 적도 있었지."

상왕이 나직하게 말했다. 루헤인은 조금 놀란 표정으로 아버지를 보았다.

"언제 말씀이십니까?"

"네가 아직 어리던 시절에. 능력이 될 만한 귀족들에게 마녀를 찾아오면 상을 내리겠다고 말했었다."

"그래서, 찾으셨습니까?"

상왕의 눈이 그에게로 향했다. 아직도 명민한 초록빛 눈동자와 검은 눈이 마주쳤다.

"마녀가 지나가고 나면 나머지 사람들은 아무도 마녀가 있었다는 사실을 기억하지 못한다고들 하지. 그래서 그루제펜에서는 뭔가 이상한 일이 있을 때 마녀가 지나갔다고 말하기도 하고. 참 재미있는 말이지, 마녀가 지나갔다는 것."

초록빛 눈동자가 흔들림 없이 아들을 바라본다. 하지만 검은 눈동자 역시 아무런 감정도 드러내지 않은 채 아버지의 눈길을 받을 뿐이었다.

"마녀를 찾으려 했고, 네 병이 어느 날 갑자기 나았다. 그거면 아마도 답이 되겠지."

"혹은 나을 때가 되어 나았는지도 모르지요. 전 지금 떠납니다. 왕궁에 남는 귀족들이 설치지 않도록 봐주십시오."

"귀족들은 항상 왕가와 공존해야 하는 존재다. 그렇게 몰아치기만 해서는 좋은 결과가 나오지 않아."

루헤인은 한쪽 입가를 치켜 올리며 웃었다.

"귀족들이 말을 듣지 않으면 다른 자들을 귀족 자리에 올리면 그만입니다. 대체할 수 없는 사람 따윈 없습니다. 심지어는 왕조차 말입니다."

상왕이 눈을 크게 뜨고 쳐다보았으나 그는 더 이상 아무 말도 하지 않고 방을 나왔다. 어찌되었든 그가 돌아올 때까지, 혹은 돌아올 가망이 없다는 결과가 나올 때까지 왕궁은 상왕이 다스릴 것이다. 그거면 충분하다. 그 이후? 그건 그때 가서 생각하자.

왕 노릇이 재미없어진 건 언제부터였을까? 아니, 세자 노릇도 재미가 없었다. 사바가 말없이 사라져버린 그 순간부터 모든 것이 의미를 잃었다. 세자 자리도, 왕 자리도 그녀에게는 아무 의미가 없었던 것 같다. 그가 왕이 된 다음에도 다시 나타나지 않았으니까.

하지만 전쟁터에는 어쩌면 있을지도 모른다. 드래곤과 함께 전장을 누비고 있다는 마녀들, 그 속에 사바도 있을지 모른다. 마녀들이 좋아하는 것이 바로 그런 혼란과 공포, 폭력이라고 하니까. 마녀에게 나라라는 것은 아무 의미도 없다고 하지 않았던가? 그저 싸움이 커지기만 하면 누구와 누가 싸우든 상관없을 것이다. 마녀니까. 거기서 힘을 얻으니까.

거기에 있을지도 모른다. 사바가. 그의 마녀가.

그녀가 필요했다.

"전하."

복도 저쪽에서 카밀라 공주의 시녀들이 다급하게 다가온다. 시녀들의 뒤로 하얀 옷을 뒤집어쓰고 있는 카밀라 공주의 모습도 보였다. 최근에는 침대에서 제대로 일어나지도 못한다더니 오늘은 그래도 자기 발로 걷고 있다. 루헤인은 걸음을 멈추고 그녀 일행이 다가오기를 기다려주었다.

"전쟁터에 가신다는 말씀을 들었습니다."

인사도 없이 카밀라 공주가 시녀들을 헤치고 앞으로 나와 다짜고짜 말했다. 목소리조차 변해버린 공주는 더 이상 처음 보았을 때의 그 아름다운 모습이 아니었다. 그때 달빛 같은 아름다운 금발을 늘어뜨리고 옥구슬 같은 목소리로 말하던 그녀가 얼마나 근사했었는지, 지금은 기억나지 않았다. 놀랄 만큼 인상이 흐릿했다. 다만 그때 느꼈던 그 기분만큼은 아직도 잊지 않고 있었다. *빼앗고 말겠어. 빼앗을 거야. 저건 내 거라고!*

누구한테서? 무엇을?

저는 저하의 가장 소중한 사람을 가져갔습니다.

그게 도대체 누구였을까.

"그렇소."

루헤인이 고개를 끄덕이자 카밀라가 손을 내밀어 그의 소매를 잡았다.

"제가, 저도 따라가겠습니다. 혼자 가셔서는 안 됩니다. 거기엔 마녀들도 많다고 들었습니다……. 마녀들은 하나같이 전부 교활한 계집들입니다. 제가 옆에 있어야 합니다."

"옆에 있으면 네가 뭘 해줄 수 있지?"

그의 말에 카밀라가 동작을 멈추었다.

"아, 예? 예?"

"마녀들 앞에서 네가 뭘 할 수 있느냔 말이다. 교활한 데다가 마법까지 쓸 수 있는 계집들인데. 네가 그루제펜의 공주라는 이유만으로 그들이 네 말을 들을 것 같으냐?"

"하, 하지만, 하지만……. 그런 계집들이 있는 곳에 전하를 홀로 보낼 수는 없습니다! 안 돼요!"

카밀라의 목소리가 갈라지기 시작했다. 루헤인은 가만히 그녀를 쳐다보다가 물었다.

"드래곤에게 약점이 있나?"

"드래곤에게 약점이요?"

"그래."

카밀라는 한참 동안 아무 말도 하지 않았다. 그러다가 마침내 고개를 흔들며 한 걸음 물러섰다.

"그런 건…… 그런 건 없어요. 드래곤이잖아요. 드래곤에게 약점이 있을 리가요."

"그럼 네가 그루제펜 군을 진정시킬 수 있나? 그들이 물러가게 할 수 있어?"

"그럴 수, 그럴 수…… 있어요. 전하가 저와 혼인을 해주시면, 제가 할게요. 아바마마께 말씀드리고, 전쟁 같은 거 하지 않게…….”

루헤인이 그녀를 보고 빙그레 웃었다. 한 손을 뻗어 천으로 덮인 그녀의 얼굴을 쥐고서 끌어당기자 카밀라가 헉 하고 숨을 들이켰지만 물러나려 하지는 않는다. 오히려 그가 그녀를 안아주는 것을 반기는 것처럼 슬금슬금 다가선다.

루헤인의 손이 갑자기 얼굴 옆쪽의 천을 잡고 홱 걷어냈다. 온통 썩고 짓무른 얼굴이 드러나자 카밀라가 비명을 지르며 양손으로 얼굴을 가리고 그 자리에 주저앉았다. 시녀들이 숨을 헐떡였지만 국왕의 앞에서 공주를 가로막을 용기는 없는 모양이었다. 루헤인은 시종들을 돌아보았다.

“토르카인의 적이고 그루제펜의 첩자들이다. 공주와 공주가 데려온 자들을 하나도 남김없이, 전부 다 처형해라.”

시녀들의 얼굴이 새하얘졌다. 시종들의 뒤를 따라오던 병사들이 즉각 앞으로 나와서 시녀들을 붙잡기 시작했다. 카밀라 공주는 그의 말을 들었는지 못 들었는지 여전히 바닥에 웅크리고 앉아 얼굴만 가리고 있을 뿐이다. 시녀들이 비명을 지르며 발버둥을 치기 시작했고, 병사들이 공주를 붙잡아 일으켜 세웠다. 카밀라 공주는 얼굴을 가리려는 듯 병사들의 손을 뿌리치려고 팔을 흔들며 소리를 질렀다.

“놔, 놔! 놔! 보지 마, 보지 말란 말이야!”

루헤인은 그들을 돌아보지 않고서 그저 성큼성큼 걸어갔다. 시녀들과 공주의 비명이 복도를 가득 채우고, 어디선가 나온 귀족들이 그들이 끌려가는 모습을 바라보았지만 아무도 나서서 말리거나 무슨 일이냐고 묻지 않았다.

더 이상 전쟁을 막을 수 있는 상황이 아니라는 것, 외교로 해결할 수 있는 상황이 아니라는 것을 모두가 인정하고 있는 것이었다.

12

"하지만 우리가 무엇 때문에 나서야 하지? 그루제펜의 마녀들이 좀 설치고 있는 건 사실이지만, 그루제펜의 모든 마녀가 그런 것도 아니잖아. 그저 드래곤의 창녀들이 그런 짓을 벌이고 있을 뿐인데. 우리는 그저 물러나 앉아서 굿이나 보고 떡이나 먹으면 되는 거 아니겠어?"

붉은 머리를 우아하게 빗어 넘긴 마녀 도웨가 한 손을 흔들며 태연하게 말했다. 옆에 앉은 다른 마녀들 역시 비슷한 표정으로 고개를 끄덕거릴 뿐이다. 줄레나는 할 말이 있으면 하라는 듯이 사바를 돌아보았다.

"드래곤이 직접 움직여 사람들을 공격하고 토르카인을 공격하고 있습니다. 가만히 앉아 있으면 우리들이 살고 있는 이곳까지도 침공을 당할 수 있다고 생각하지 않으시나요?"

"그럴 리가. 드래곤이 제멋대로라고는 해도 마녀를 해치지는 않아. 그런 드래곤은 없어. 드래곤에게 마녀는, 뭐랄까, 좋은 장난감이니까.”

푸르스름한 빛깔의 단발을 한 마녀가 대답한다. 마치 철모르는 어린애에게 상황을 설명해주려는 듯한 말투다. 사바는 잠깐 이를 악물고 치솟는 분노를 삼킨 다음 다시 차분하게 말했다.

“청록의 드래곤 혼자서 움직이는 것이 아닙니다. 드래곤의 마녀들이 있고, 그들의 숫자는 한둘이 아니에요. 그루제펜에 다른 마녀들이 있다 해도 드래곤의 마녀들을 통제할 수는 없을 겁니다. 드래곤의 마녀는 다른 마녀들보다 월등하게 마력이 높으니까요.”

나이 든 마녀 몇 명이 눈살을 찌푸렸다. 마력 이야기가 불쾌한 모양이다. 하지만 사바는 굴하지 않고 말을 이었다.

“게다가 청록의 드래곤은 스스로 마녀들을 통제하는 것이 아니라 마녀들 쪽에서 드래곤을 이용하고 있다고 합니다. 마녀들이 이 전쟁을 벌이고 싶어 했고, 그래서 드래곤을 움직인 거란 말이죠. 드래곤을 움직여 그런 일을 할 수 있는 마녀들이라면 우리들, 토르카인의 마녀들에게 무슨 일을 할지 누가 알겠습니까?”

“자, 자, 네가 아직 어려서 세상물정을 모르는 모양인데, 마녀가 드래곤을 조종하는 일은 없어. 언제나 드래곤 쪽이 훨씬 강하지. 그리고 우리는 토르카인의 마녀 같은 게 아니야. 마녀에게 나라 같은 건 없어. 우리가 그저 토르카인의 영토 내에 살고 있다고 해서 토르카인의 마녀가 되는 건 아니야. 우린 그저 적당한 인간을 골라 계약을 맺고 마력을 얻는 거, 그게 일이니까. 네가 너무 지나치게 걱정하고 있는 거야.”

단발 마녀는 이쯤에서 논의를 정리하자는 것처럼 빠르게 말했다. 하지만 인상을 찌푸린 빨간 머리의 도웨가 사바를 노려보며 물었다.

"마녀들이 청록의 드래곤을 이용한다고? 그런 소리는 도대체 어디서 들었지? 누가 그런 말을 했는데?"

진홍의 드래곤이요. 하지만 어쩐지 그렇게 말을 하면 안 될 것 같은 느낌이 들었다. 진홍의 드래곤에 관해서는 줄레나에게도 말하지 않았는데. 그가 여기에 나타나서 자신이 이야기해주었다고 증언을 해 줄 것 같지도 않고.

사바가 입을 다물고 있자 도웨가 코웃음을 치고서 줄레나를 쳐다보았다.

"전쟁은 우리 마녀들에게는 축제나 다름없어. 어째서 우리가 이런 곳에 모여 앉아 이따위 철없는 어린애의 이야기를 듣고 있어야 하는지 모르겠군. 이런 모임을 소집한 이유를 알려주겠어?"

줄레나는 사바를 힐끗 쳐다본 다음 도웨가 따라갈 수 없을 정도로 우아하고 나른하게 어깨를 으쓱였다.

"어쨌든 토르카인은 우리가 살고 있는 땅이니까, 혹시라도 신경 쓰는 마녀가 하나 정도는 있지 않을까 궁금했어."

"언제부터 우리가 이 땅이 어느 나라 소유인지 따위를 신경 썼지? 나라는 생겼다가 없어지고 또다시 생기는 거야. 땅은 그저 여기 존재하는 거고. 우리가 자리 잡고 있는 것은 바로 이 땅이지, 나라가 아니잖아."

"그래서 그루제펜의 그 드래곤의 창녀들이 우글우글 들어와 우리가 살고 있는 땅을 헤집고 여기 살고 있는 인간들을 좀 죽인다 해도 알 바 아니라는 거야? 그거 참 뭐랄까, 대단한 마녀들이네."

줄레나가 일어서며 사바의 팔을 잡아당겼다. 사바는 조금 더 이야기를 해보려는 마음으로 줄레나의 팔을 마주 잡았지만, 줄레나 쪽이 훨씬 힘이 셌다.

"이 아이 말대로 그루제펜의 그 창녀들이 전쟁에서 이기고 나면 과연 무슨 일을 할까 나도 궁금해. 애초에 왜 이런 전쟁을 일으킨 건지도 궁금하고. 분명히 뭔가 목적하는 바가 있겠지. 그리고 그 목적을 우리가 가로막고 있다고 생각하면, 드래곤을 부추겨 우리까지 공격하게 하겠지. 어느 쪽이 어느 쪽을 조종하는지 그런 건 중요치 않아. 결국에 드래곤과 마녀는 서로가 서로를 이용하는 거니까. 모두들 그 정도는 알잖아? 드래곤의 불길이 이곳에 떨어지기 시작하면 그때 가서 내가 한 말을 잘 생각해보라고. 이 아이가 한 말도."

"지금 우릴 위협하는 거야?"

도웨가 일어서며 줄레나를 노려보았다. 줄레나는 화사한 미소를 지었다.

"어머나, 설마. 내가 위협하지 않아도 조만간 청록의 드래곤이 올 텐데 뭐하러?"

줄레나는 사바의 한 팔을 잡은 채 그대로 그 자리에서 사라졌다. 사바는 눈을 질끈 감았다가 떴다. 순식간에 두 사람은 줄레나의 오두막으로 돌아와 있었다.

줄레나에게서 팔을 잡아 빼고 사바가 그녀를 쳐다보았다.

"더 이야기를 했어야 했어요! 설득시켰어야 했어요!"

"설득 같은 건 통하지 않아. 그들은 이 싸움에 낄 마음이 전혀 없어. 자신들은 아무 피해도 입지 않을 거라고 생각하니까."

"그러니까 피해를 입을 수도 있다고 말을 했어야……."

"그런 소릴 너처럼 새파랗게 어린 마녀가 하면, 그들이 들을 거라고 생각하니?"

줄레나의 말에 사바는 입을 다물고 그녀를 바라보다가 말했다.

"당신이 말하면 들었을지도 몰라요."

"그랬을 수도 있겠지. 내 목이 쉴 때까지 떠들고 또 떠들었다면. 하지만 난 그러고 싶은 마음이 없어. 그런 마녀들 따위, 죽든 살든 내 알 바도 아니고."

줄레나는 귀찮은 옷을 벗어 던지듯이 아름다운 외모 대신 쪼글쪼글한 노인의 모습으로 돌아갔다. 사바는 숨을 크게 들이켰다가 천천히 내쉰 다음 눈을 감고 집중했다. 마음을 가라앉히면 마녀들의 이야기가 들릴 것이다. 그들이 이야기하는 게…….

거만한 년, 나이가 많다고는 해도 자기가 우리에게 이래라저래라 할 자격이 있는 건 아니잖아.

어차피 우리들과는 관계없는 일이야. 드래곤을 조종하는 마녀라니, 그게 말이 돼?

드래곤이 전쟁에 낀 게 이상한 일이긴 하지만, 그루제펜의 문제니까. 누군가가 계약을 맺었을 수도 있지. 이를테면 그루제펜 왕가에서.

아니, 그렇지는 않아. 그런 일이 있었다면 무언가 한 마디라도 들렸을 것이다. 이건 전부 다 그 마녀의 부추김이다. 루헤인이 잠깐 계약을 맺었던 그 마녀. 대가를 얻지 못했다는 사실에 분개했던 그 마녀.

하지만 그 마녀는 사바 자신보다 훨씬 나이가 많았다. 아마도 줄레나 정도의 나이일 것이다. 거기다가 드래곤이 무한에 가까운 마력을 공급해준다. 그런 마녀를 그녀 혼자 막는다는 것은 불가능하다. 그녀에게 남아 있던 마력은 그나마도 다흐란 왕제를 위해서 모두 써버렸는데.

"왜 앞을 내다보지 못하는 거죠? 왜 그들이 인간의 군대를 부수고 다음 순서로 여기 있는 마녀들을 공격할 거라는 생각을 하지 못하는 거죠?"

사바의 물음에 줄레나가 피식 웃었다.

"오랫동안 평화로웠거든. 딱히 긴장할 만한 일이 없었으니까. 드래곤들도 사라진 지가 오래되었고. 드래곤이 많던 시절에는 드래곤의 유혹에 넘어가거나 그들이 습격을 해 올까 봐 마녀들도 항상 긴장하고 살았지. 하지만 지금은? 청록의 드래곤 정도가 전부야. 아무도 긴장하거나 미래를 걱정하지 않아. 마녀보다 더 강한 존재는 없다고 착각하는 거야."

"다른 드래곤들은 없나요?"

사바가 태연한 척 물었다. 진홍의 드래곤이 있는데. 그가 있다는 것은 다른 드래곤들 역시 어딘가에 존재할 거라는 의미이다. 그도 그렇게 말하지 않았던가.

만약에 드래곤들을 이 싸움에 끌어들이면 어떻게 될까? 청록의 드래곤이 하는 일이 다른 드래곤이 보기에는 어떨까?

"다른 드래곤? 본 지 꽤나 오래됐지. 다들 인간 세상 따위에는 관심 끊은 지가 오래니까. 어디에 있는지조차 몰라. 찾아볼 마음도 없고. 드래곤과 얽히는 건 바보짓이거든. 인간이 마녀와 얽히는 것도 바보짓이지만, 마녀가 드래곤과 얽히는 것도 바보짓이지. 불행해질 수밖에 없어. 드래곤에게 모든 것을 빨리고, 껍데기만 남을 거야."

줄레나의 목소리는 기묘하게 낮았다. 사바는 눈을 깜박이고서 그녀를 쳐다보았다. 주름진 얼굴에는 음울한 표정이 드리우고 있다. 청록의 드래곤 이야기인가? 결국에 청록의 드래곤과 계약한 그 마녀들 전부가 불행해질 거라고?

"어쨌든 다른 마녀들의 도움 같은 건 잊어버려. 아니, 이 전쟁 자체를 잊어. 너에겐 어차피 이 싸움에 낄 만큼의 힘도 없잖니. 이 오두막에서 조용히 지내면 돼. 왕이 한때 네 계약자였다 한들 그게 뭐 대수겠니. 그저 인간 하나일 뿐인데."

줄레나는 희미한 미소를 지으며 사바를 쳐다보았다. 사바는 웃지 않았다. 목소리가 기묘하게 갈라진다.

"그 마녀의 말을 들었어요. 자신에게 대가를 치르지 않았던 국왕 전하를 후회하게 만들겠다고요. 자신의 개인적인 복수심, 이기심 때문에 수많은 인간들이 죽고 있어요. 이건 잘못됐어요. 전하께서 대가를 치르시지 않긴 했지만, 그건 그 마녀가 조건을 잘못 내걸었기 때문이잖아요. 자신의 잘못으로 계약이 깨졌는데 그 죄를 계약자에게 물으면 안 되는 거잖아요."

줄레나가 갑자기 고개를 옆으로 기울이고서 그녀를 쳐다보았다.

"그 마녀의 말을 들었다고? 어디서? 어떻게?"

"그냥…… 귀를 기울여서요."

사바가 인상을 찌푸리고 그녀를 보았다. 줄레나는 의아한 얼굴이었다.

"마법을 써서 감시를 했다는 이야기야?"

"아뇨, 그런 데 허비할 마력도 없는걸요. 그냥 귀를 기울이면 다른 마녀들의 이야기가 들리잖아요?"

줄레나는 몇 초 동안 그녀를 빤히 보고 있다가 고개를 흔들었다.

"아니, 안 들려. 그런 게 들릴 리가 없잖아. 어떤 마녀든 자신의 주위에는 방어마법을 걸어두고 있는데. 남들의 이야기를 듣는다니, 그게 어떻게 가능하지?"

"하지만 항상 그랬는데요. 항상 그냥…… 들렸어요."

사바 역시 어리둥절하게 그녀를 바라보다가 말을 이었다.

"왕궁에서, 당신이 저에게 연락을 하셨잖아요. 제가 하는 말이나 제 존재를 보고서 그러셨던 거 아니었나요?"

"물론 난 너에게 연락을 할 수 있었지. 나는 '왕궁'을 본 거니까. 그러다가 마녀가 있다는 걸 확인한 거고. 너의 존재를 확인한 다음에는 너에게 얼마든지 영상을 보내거나 연락을 취할 수 있어. 하지만 그렇다 해도 내 존재를 숨긴 채 너를 계속해서 관찰할 순 없어. 그렇게 했다면 네가 내 존재를 알아차렸을 거야. 아무리 마력이 부족한 어린 마녀라 해도 그 정도는 본능적으로 할 수 있어. 그런데 넌 지금 그들 누구에게도 들키지 않고 그들을 정탐하고 그들의 이야기를 들었다는 거잖아."

줄레나의 모습이 다시 아름다운 여인으로 되돌아왔다. 사바는 이해가 되지 않는 표정으로 고개를 흔들었다.

"하지만 항상 그랬어요. 항상 그냥 가만히 귀를 기울이면 다른 마녀들이 하는 이야기가 들렸어요. 그래서 바깥에 다른 마녀들이 있다는 걸 알았고요."

"어디까지, 어디에 있는 마녀들의 말까지 들을 수 있지?"

줄레나가 그녀에게로 한 걸음 다가와서 팔을 잡았다. 마치 몸 전체를 잡고 흔들고 싶어 하는 것 같은 태도였지만 간신히 스스로를 자제하고 있는 것 같다. 사바는 어깨를 으쓱였다.

"모르겠어요. 그냥 듣고 있으면 아주 멀리 있는 듯한 사람들의 소리까지 들려요. 어디에 있는지 정확하게 짚어낼 순 없지만요."

"그들의 말이 들리는 거냐, 아니면 생각이 들리는 거냐?"

사바는 잠깐 생각해보고 대답했다.

"둘 다인 것 같아요. 말로 표현했다고 생각하기 어려운 것도 들리니까요."

"맙소사."

줄레나는 그녀의 팔을 놓아주고 물러나서 한 손으로 얼굴을 문질렀다. 아름다운 얼굴인데도 순간적으로 묘하게 나이가 들어 보였다. 사바는 찌푸린 얼굴로 그녀를 바라보며 침묵을 지켰다.

"맙소사, 넌 대체 무슨 능력을 가지고 있는 거니. 다른 마녀들이 알았다가는 그 자리에서 죽고 말 거다. 절대, 절대로 다른 마녀들에게 알려져서는 안 돼. 알겠니? 지금의 네 상태로는 순식간에 살해되고 말 거다."

"마녀끼리 서로를 죽이는 건 규율에 어긋나는 일이잖아요."

사바의 말에 줄레나는 한숨을 푹 내쉬었다.

"규율을 지키는 마녀 같은 건 없어, 얘야. 이제는 알 때도 됐잖니. 우선 너를 죽이고 그다음에 네가 마녀들의 사회에 위험이 될 수 있다고 말하면 그만이야. 아무도 묻지 않고 넘어가겠지. 우리는 마녀야. 규율을 지키고 심판하는 자들이 아니야."

사바는 소리 없는 한숨을 내쉬었다. 그렇다면 규율을 지키고 심판하는 자들은 누구일까. 어째서 존재하지 않는 걸까. 왜 어느 마녀 하나가 대가를 제대로 지불받지 못했다는 사실에 화가 났다고 해서 전쟁을 일으키는 것을 아무도 막으려 하지 않는 걸까.

세상은 원래 불공평한 곳이지만, 이렇게까지 불균형적이라면 저 밖의 전쟁터에서 불운하게 죽어가고 있는 한낱 인간들은 뭐하러 태어나서 살아가는 걸까.

"왜 왕궁을 보셨죠? 거기 제가 있다는 걸 알고 계셨나요?"

"어린 마녀가 있다는 이야기 정도는 금방 도니까. 어린 마녀가 왕족과 얽히는 일은 흔한 게 아니거든. 물론 모두들 그 세자는 죽을 거라고 생각했기 때문에 구태여 계약을 맺으려 하지 않았던 것도 사실이고."

"어린 마녀라서 관심이 있으셨던 건가요, 아니면……."

문득 떠오른 기묘한 생각에 사바가 그녀를 쳐다보았다. 줄레나가 눈썹을 치켜 올리다가 그녀의 생각을 알아챈 것처럼 낮게 웃었다.

"마녀들은 자기 구역에서 아이를 낳진 않아. 절대로 자기 아이를 돌보지도 않지. 그럴 수가 없거든. 한 핏줄은 가까이 있어서는 안 돼. 서로를 붙잡아 내리니까."

사바가 무슨 뜻인지 알아듣지 못한 표정을 짓자 그녀가 한 손을 들어 허공을 쓰다듬듯이 움직였다.

"마력이라는 건 흐르는 거야. 너도 알잖니. 우리는 인간에게서 마력을 가져오지. 그런데 한 핏줄의 마녀가 함께 있으면 그 마력의 흐름이 꼬여. 때로는 더 강한 자가 마력을 훨씬 많이 가져가버리지. 결국에 어린애가 같이 있으면 어른에게 마력을 빼앗기고 심한 경우에는 죽게 돼. 그래서 마녀들은 아이를 낳아 먼 곳에 갖다 버리거나 아니면 아예 자신이 먼 곳으로 가서 아이를 낳고 다시 돌아오지. 그래야 서로 부딪치지 않고 무사히 살아갈 수 있으니까."

마녀들은 자식에 대한 애정이 별로 없으니 계약을 끝낸 다음엔 쉽게 떠나기도 하고.

드래곤은 그렇게 말했다. 하지만 줄레나는 기묘한 표정을 짓고 있었다.

"그것 때문에 마녀들은 자식에 대한 애정이 없다고들 그러지. 하지만 그런 게 아니야. 자식에게 애정이 없는 부모는 없어. 나이를 먹을 만큼 먹고 마력이 쌓일 만큼 쌓이면 어떤 마녀든 이제 슬슬 아이를 만들어볼까, 그런 생각을 하지. 그것도 마녀로서 넘어야 하는 한 가지 단계라고 생각하고. 하지만 아이를 낳아두면 그 순간부터 고뇌와 괴로움이지. 절대로 옆에 둘 순 없으니까. 그래서 거의 모든 마녀들이 한 번 아이를 만들고 나면 다시는 만들지 않아. 그래서 마녀의 수는 더 이상 늘지 않는 거고……. 그런 거지."

애정이 생길까. 애정이 있을까.

만약 그녀가 드래곤의 아이를 낳는다면 애정이라는 게 존재할까. 루헤인의 아이를 낳는다면?

아니 그건 생각할 여지가 없다. 불가능한 일이니까. 사바는 줄레나를 바라보았다. 그녀는 혼자만의 생각에 잠겨 있는 것 같았다. 당신도 아이를 만든 적이 있나요, 그렇게 물어볼 필요도 없었다. 그녀의 표정에 모든 게 드러나 있으니까.

"그럼 제 어머니는 최소한 이 근방에는 없겠군요."

"가까운 곳엔 없겠지. 어쩌면 그루제펜의 마녀일 수도 있고. 누가 알겠니?"

"다시 만나면, 느껴지는 게 없나요? 같은 핏줄끼리 마력의 흐름이 꼬인다면……."

줄레나는 고개를 흔들었다.

"계약을 마치고 어엿한 마녀가 되고 나면 그저 남일 뿐이지."

"그럼 왜 멀리서라도 지켜보지 않는 거죠? 첫 번째 계약이 끝나면 데려갈 수 있잖아요. 자식에게 애정이 있다면……."

줄레나가 희미한 미소를 띠고 그녀를 바라보았다. 주름살 하나 없

는 아름다운 얼굴인데 어떻게 이렇게 나이 든 눈일 수 있을까. 줄레나만큼 오래 살면 그녀도 저런 눈을 갖게 될까 문득 궁금해졌다.

"애정이 있기 때문에, 지켜볼 수가 없단다. 가슴이 찢어지니까. 잊어버리는 게 나아. 스스로에게 마법을 거는 마녀들도 있지. 잊어버리기 위해서. 설령 지켜본다 해도 아는 척할 수는 없어. 그거야말로 마녀들이 지키는 몇 안 되는 규율이지."

"왜요?"

"왜요, 왜요, 왜요. 넌 정말로 어린아이 같구나."

줄레나가 나직하게 웃고서 말을 이었다.

"세력이 생길 수 있으니까. 그런 식으로 자식을 여럿 낳아 자신의 일가를 만들면 그런 식으로 세력을 늘릴 수 있어. 패거리가 생기지. 혈족이라는 패거리는 가장 강한 단결력을 갖고 있어. 그만한 패거리가 없지. 결국에 더 많은 자식을 만들고 자기 혈족을 늘린 자가 권력을 갖게 되는 거야. 마녀들이 그런 혈족으로 나뉘어 있던 시절도 있다고 해. 하지만 결국에 드래곤이 끼어들었고 마녀의 혈족은 뿔뿔이 흩어지고 살해됐어. 그 이래로 그런 일을 금지하는 규율이 생긴 거지. 그게 어떤 식으로 악용되는지 모두가 알고 있기도 하고."

혈족. 혈연을 중심으로 이어진 패거리라는 것이 그렇게 단결력이 강한가? 사바가 이해할 수 없는 표정을 짓고 있자 줄레나가 손을 뻗어 그녀의 팔을 쓰다듬었다.

"너는 어리고 가족이나 혈족이라는 걸 전혀 모르지. 아이를 낳으면 알게 된단다. 내 아이, 내 핏줄을 아끼고 보호하고 지키고 싶은 마음을. 그건 다르지. 그건 평범한 패거리 관계와는 전혀 달라."

패거리를 만들지 않기 위해서 마녀들은 아이를 곁에서 키우지 않는다. 패거리를 만들지 않기 위해서 나라별로 뭉치지도 않는다. 그렇다면 마녀들 중 남은 '패거리'라는 존재는 드래곤의 마녀들뿐이다.

"그럼 드래곤의 마녀들은 패거리를 만들어 덤벼드는데, 나머지 마녀들은 손 놓고 구경만 하겠다는 건가요? 패거리를 만들 수 없으니까?"

"그렇게 생각할 수도 있지."

줄레나가 희미한 미소를 지었다. 비웃음 같기도 하고 어느 정도는 포기조의 웃음 같기도 했다. 사바는 주먹을 쥐었다가 의식적으로 천천히 폈다.

"그럼 드래곤의 마녀들은 어떤 일이든 할 수 있다는 건가요? 드래곤이 비호해주니까? 함부로 이 나라를 공격해오고 인간을 죽이고 있는데 아무도 저지하지 않는 건가요? 드래곤의 마녀, 드래곤의 창녀이니까?"

"그런 셈이지. 아무도 구태여 그들의 앞에 나서고 싶어 하지 않는 거야. 드래곤의 힘이 강한 건 사실이거든. 드래곤과 계약한 마녀들이 마력이 넘쳐나는 것도 사실이고. 유일하게 이 세계에 남아 있는 드래곤의 심기를 거스르고 싶지는 않을 테지."

줄레나의 눈이 갑자기 가늘어졌다.

"너 아까 전에 청록의 드래곤을 마녀들이 조종한다든가 그런 말을 했었지? 그것도 설마 마녀들의 대화를 통해 들은 거니?"

사바는 고개만 끄덕였다. 줄레나에게도 진홍의 드래곤 이야기는 하고 싶지 않았다. 그는 최후의 보루였다. 아무것도 할 수 없을 때, 그때 필요하다. 만약 줄레나가 지금이라도 알아채고 가로막는다면 그녀는 아무것도 할 수 없을 테니까.

"그 자리에서 설명을 안 해서 다행이다. 네 능력을 알면 너를 자기 편으로 끌어들이려는 자도 있겠지만, 결국엔 죽을 가능성이 높아. 그저 입 다물고 조용히 지내렴. 너도 나이가 좀 들고 마력이 쌓일 때까지 말이다."

지금이라도 아무하고나 계약을 해서 빨리 소원을 들어주고 마력을 모을까? 그렇게 하면 토르카인을, 루헤인을 도울 수 있을까? 도움이 될까? 그루제펜의 마녀들이 물러날까? 그 마녀는 루헤인에게 이제 와서 뭘 바라는 걸까? 그가 어떻게 해주길 바라는 거지?

모르겠다. 사바는 한숨을 내쉬고서 대야가 있는 쪽으로 걸어갔다. 줄레나가 그녀의 뒷모습을 바라보고 말했다.

"네가 도와달라면 조금쯤은 도와줄 수 있다만, 나도 대놓고 도와줄 수는 없구나. 나도 마녀들 사이에서 지켜야 할 입지가 있으니. 게다가 아직 전쟁은 전면전이 아니야."

"곧 전면전이 될 거예요. 파벨 3세가 직접 전선으로 가고 있으니까요."

줄레나가 눈을 조금 커다랗게 떴다.

"국왕이 직접? 그 정도로 상황이 위태롭단 말이니?"

"상대가 마녀와 드래곤이에요. 인간들이 어떻게 마녀와 드래곤을 상대하겠어요?"

사바가 화난 어조로 말하며 그녀를 돌아보았다. 줄레나는 찌푸린 눈으로 허공을 바라보았다.

"그래, 마녀와 드래곤……. 평범한 인간이 상대할 수 있는 존재는 아니지. 아니야."

"저는 마력조차 얼마 없는 어린 마녀 하나일 뿐이에요. 제가 아무리 발버둥을 친들 도움이 되지 않아요. 저로는 도움이 되지 않는다구요."

그녀가 원망스러운 눈으로 줄레나를 쳐다보았으나 줄레나는 그녀를 마주 보지 않았다. 그저 알아들을 수 없는 말을 중얼거리고 고개를 돌릴 뿐이었다.

드래곤. 가까이서 본 그 존재의 위용은 대단했다. 다음 생에는 어떻게 드래곤으로 태어날 수 없을까 하는 마음이 들 정도였다. 물론 루헤인의 좌우에 서 있는 귀족들은 전부 다 사색이 되어 입을 반쯤 벌린 채 하늘을 바라보고 있을 뿐이었다.

"저런 걸, 저런 걸 어떻게 할 수 있을 리가……."

이미 최전방의 병사들은 모든 기력을 잃은 것 같았다. 하늘에 떠 있는 드래곤을 공격할 수 있는 방법이라고는 화살을 쏘는 것뿐인데 그마저도 드래곤에게까지 닿는 것은 전혀 없었다. 닿을라치면 마녀들이 날아들어 마법을 쓴다. 그러고는 날카로운 소리로 깔깔 웃고 사라진다.

토르카인은 저주받았다, 그 말이 병사들 사이에 떠돈다고 했다. 그렇게 생각하는 것도 놀랄 일은 아니다. 루헤인은 비뚜름한 미소를 지으며 그루제펜 군 쪽을 보다가 말을 돌려 토르카인 군대를 바라보았다.

"드래곤과 마녀 따위에게 신경 쓸 거 없어. 우리가 공격해야 하는 건 그루제펜 군이다. 드래곤과 마녀는 일종의 장벽일 뿐이야. 그 뒤에 있는 게 더 중요해."

"하지만 어떻게……."

"알 바 아니야. 무조건 돌진해서 그루제펜 군대를 공격하고, 왕의 목을 따 오는 거다. 귀족이든 기사든 아니면 일반병사든, 그도 아니라면 농노라도 상관없어. 그루제펜 왕과 귀족들의 목을 따 오는 자는 그에 상응하는 보상을 받게 될 거다. 그루제펜 왕의 목이 떨어졌는데도 저 드래곤과 마녀들이 계속 공격을 해올 것 같으냐?"

그도 그렇다. 아무리 드래곤과 마녀들이 강하다 해도 그루제펜 왕이 없어진 상태에서까지 공격을 할까?

갑작스럽게 희망이 비친 듯 병사들의 표정이 달라졌다. 기사들과 귀족들의 표정 역시 달라졌고 눈빛까지 번뜩이는 자들도 있었다. 하지만 루첸 남작이 가장 먼저 인상을 찌푸리고 말했다.

"그루제펜 군을 가로막고 있는 드래곤과 마녀들을 헤치고 지나갈 수 있어야 합니다. 드래곤이 한 번 불길을 내뿜으면 저희들로서는 속수무책입니다. 한 번에 병사들이 십 수 명씩 죽어나갑니다."

"그럴 방법이라는 게 있나?"

루첸은 왕이 뭔가 방법을 말해줄 줄 알았다는 듯한 표정으로 쳐다보고 있다. 루헤인은 피식 웃었다.

“방법 따윈 없어. 누군가는 죽고, 누군가는 사는 거야. 그게 삶의 이치다.”

루헤인은 주위의 기사들과 병사들을 둘러보았다. 그런 다음 그루제펜 군을 쳐다보았다.

“뭐, 좋아. 누군가는 죽고 누군가는 사는 거니까, 최소한 앞장 설 사람은 필요하겠지.”

그가 말머리를 돌려 그루제펜 군을 똑바로 쳐다보았다. 주변의 귀족들 얼굴이 하얗게 질렸다. 아무리 골치 아픈 왕이라고 해도 없는 것과 있는 것은 다르다. 특히 지금의 이 위태로운 상황에서 왕마저 없어지면 토르카인은 진짜 망하는 거나 다름없었다.

“전하, 아니 되십니다! 전하께서 앞장을 서실 순 없습니다!”

루첸이 가장 먼저 다급하게 막아섰다. 루헤인이 눈썹을 치켜 올렸다.

“그럼 자네가 설 텐가?”

“전하께서 가시느니 차라리 제가 앞장을 서겠습니다!”

루헤인이 고개를 옆으로 기울이고 그를 쳐다보다가 비뚜름한 미소를 지었다.

“자네한테는 곧 혼인을 앞둔 여인이 있지 않던가? 죽어도 좋다는 말인가?”

“전하께서 앞장을 서실 수는 없습니다!”

"맞는 말입니다."

옆에 있는 귀족들도 루첸이 앞장을 서준 덕인지 하나 둘 말리기 시작했다. 루헤인은 눈을 굴리고서 물러나라는 듯이 팔을 휘둘렀다. 귀족들은 마지못해 조금 물러났다.

"나를 대신할 필요도 없고, 말리려고 애쓸 것도 없어. 나를 따르고 싶다면 따라와도 좋지만, 마음에 없는 짓들은 그만두라고."

왕이 앞장을 선다, 그 말은 순식간에 근처에 서 있던 기사들을 통해 병사들에게까지 퍼졌다. 국왕이 앞장을 선다, 저 드래곤을 보고서도. 저 국왕은 미친 걸까, 혹시 무슨 수가 있는 걸까, 그래도 되는 걸까. 병사들이 수군거렸다. 누구 하나 자신 있게 왕을 따르면 된다고 말할 수 있는 사람이 없었다. 귀족들조차도 불안에 찬 얼굴인데.

기사들 사이에서 갑자기 누군가가 다른 사람들을 헤치고 앞으로 나왔다. 귀족들이 눈살을 찌푸리고 기사들 역시 불쾌한 표정으로 쳐다보았으나 사내는 물러나지 않고 앞으로 나왔다.

"전하께서 앞장서실 수는 없습니다! 그것은 올바른 일이 아닙니다!"

루헤인은 찌푸린 눈으로 갑자기 나타난 사내를 보았다. 투구를 벗은 사내는 헝클어진 금발에 푸른 눈을 빛내고 있었다. 햇볕에 탄 가무잡잡한 피부에 눈가에는 주름이 잡혀 있지만 나이가 그리 많아 보이지는 않는다. 게다가 또렷하게 울리는 목소리에는 어딘가 낯익은 구석이 있었다.

낯이 익었지만…… 모르겠다. 귀족회의에 참석했던 자들 중 하나인가? 아니, 그랬다면 어떤 바보라 해도 그의 기억에 남아 있었을 것이다. 그러면 궁 안 어딘가에서 스쳐간 자인가? 누군가를 따라왔던 하급 기사인가?

"넌 누구지?"

푸른 눈이 잠시 그를 쳐다보다가 아래로 낮아졌다.

"루첸 남작님의 밑에 있는 하급 기사입니다."

루첸이 재빨리 끼어들었다.

"영지의 자유농이었는데 가장 먼저 국경 너머로 그루제펜 군이 움직이고 있다는 것을 알아낸 자입니다. 지금껏 전선에서 가장 큰 활약을 하기도 했습니다. 영리한 자입니다."

루헤인의 눈은 사내에게서 떨어지지 않았다.

"이름이 뭐냐?"

"테호라 합니다."

루헤인은 잠시 동안 아무 말도 하지 않고 바라보고 있다가 고개를 까딱였다.

"그래, 네가 지금 나에게 올바른 일과 올바르지 않은 일에 대해서 말을 하겠다는 것이냐? 한낱 자유농이?"

"전하께서는 신분에 상관없이 개개인의 능력을 평가하여 주신다 들었습니다. 그렇다면 저에게도 한마디 충언을 바칠 자격이 있다 생각합니다."

루헤인은 아무 말도 하지 않고 그를 뚫어져라 쳐다보았다. 주변의 귀족들은 영 못마땅한 눈길로 그를 쳐다보았고 루첸 역시 불안한 표정으로 테호를 바라보았으나 테호는 물러나지 않았다. 마침내 루헤인이 한 손을 흔들었다.

"말해보든지."

"전하께서 앞장서서 가셔서는 아니 됩니다. 어떤 일이 벌어질지 모르는 상황이라면 나라의 중심이 되시는 전하께서는 항상 가장 안전한 곳에 계셔야 합니다. 전하께서는 이 나라의 구심점이십니다. 전하의 옥체에 갑작스럽게 무슨 일이 생기면 저희에게는 더 이상 싸워야 할 이유가 없어집니다. 저희들이 돌진하여 그루제펜의 왕을 죽이면 마녀와 드래곤에 상관없이 이 싸움이 끝날 수 있겠지만, 그 반대도 마찬가지입니다. 전하께서는 여기까지 오신 것만으로 충분합니다. 싸움은 저희들이 해야 합니다."

그는 한 마디도 더듬지 않았다. 물러나지도 않았다. 또렷한 발음으로 한 마디 한 마디 확실하게 자신의 의견을 제시했고, 예의에 어긋나는 부분도 없었다.

그가 귀족이기만 했다면.

하지만 농민 따위가 왕의 앞에서 간언을 할 수 있을 리 없다. 고개를 빳빳이 든 채 자신의 생각을 하나하나 늘어놓을 수 있을 리도 없다. 농민 나부랭이가 왕의 앞에서 말을 한다면 그것은 왕의 자비를 바라는 간청이어야 마땅한 노릇이다.

모두가 루헤인을 쳐다보았다. 귀족에게조차 무자비한 그가 자유농 따위가 이런 건방진 소리를 하는 것을 용납할 리 없다, 다들 그렇게 생각하며 국왕을 바라보고 있었다.

하지만 루헤인의 입술이 벌어지며 천천히 얼굴 가득 웃음이 퍼지는 것을 보고 모두가 숨을 죽였다. 검은 눈이 빛나고 가지런한 치아가 드러나며 유쾌한 웃음소리가 퍼졌다.

"내가 이 나라의 구심점이라? 내가 없어지면 싸워야 할 이유가 없다? 이 무슨 헛소리야. 내가 병석에 누워 손가락 하나 꼼짝하지 못하던 시절에도 이 나라는 잘만 굴러갔어. 내가 없어지면 여기 있는 귀족 놈들은 자기 영지를 지키기 위해서 더 미친 듯이 날뛰겠지. 말 같은 소리를 해라. 이놈들은 나의 목숨 따위엔 관심 없어. 내가 갑자기 없어지면 그루제펜 군이 몰려들어와 자기 영지를 강탈해갈까 봐 더 죽도록 싸울 거다."

"그렇지 않습니다! 다들 충심으로 전하를 모시고 있습니다. 루첸 남작만 해도……."

"넌 누구냐?"

테호가 말을 멈추었다. 루헤인의 눈이 묘하게 빛났다.

"테호라 합니다. 루첸 남작님의 영지에서 자유농으로 있고……."

"자유농이 그런 군마를 탄다고? 웬만한 기사들조차 사기 힘들 정도로 고급스러운 군마인데? 게다가 네 말투는 루첸의 말투와 달라. 사투리가 전혀 없어. 교육을 받은 말투야. 네 녀석이 자유농일 리가 없어. 넌 누구지?"

모두의 시선이 갑자기 테호에게로 쏠렸다. 루첸은 갑작스럽게 경계심이 들었는지 검을 뽑았다. 테호의 눈길이 그쪽으로 잠깐 움직였다가 다시 루헤인을 향했다. 루헤인은 그저 느긋하게 고삐를 쥔 상태

로 그를 바라보고 있을 뿐이었다.

"저는 그저 충심으로 전하의 안전을 기원하는 자일 뿐입니다."

테호가 낮은 목소리로 말했다. 루헤인은 그를 바라보다가 멀리서 함성소리가 들리자 고개를 돌렸다. 그루제펜 군의 위쪽에서 드래곤이 빙빙 돌며 날갯짓을 하고 있다. 토르카인의 병사들이 긴장해서 숨을 헐떡거렸다.

"네가 내 안전을 기원한다면 내 옆에서 말을 달리면 되겠군. 루첸, 네가 뒤에 남아라. 이번 공격은 내가 하겠다."

"전하!"

루첸 남작이 다급하게 그를 말리려 했지만 루헤인은 듣지 않았다. 그저 말을 몇 걸음 앞으로 전진시킨 다음 양옆의 귀족들을 둘러보았다.

"알바인, 글램, 병사들을 이끌고 내 뒤를 따라와라. 엠페르, 거리를 두고 우측으로 바싹 붙어서 와라. 웨른, 넌 거리를 두고 좌측으로 바싹 붙어라. 드래곤이 불길을 내뿜거든 가능한 한 피해보고. 왕궁 기사단은 가장 앞에서 내 뒤를 따른다. 내가 앞장선다! 토르카인의 국왕인 이 몸이 앞장을 설 테니 모두 무기를 들어라! 그루제펜 놈들을 이 땅에서 쓸어버리겠다!"

루헤인이 날카롭게 소리를 질렀다. 귀족과 기사들은 자신들도 모르게 따라서 함성을 질렀다. 드래곤은 여전히 무시무시하지만 왕이 앞장을 선다는 것이 기묘한 위안을 주었기 때문이다. 무엇보다도 드래곤을 전혀 무서워하지 않는 것 같은 왕의 모습이 그들에게 뭔가 있는 것이 아닐까 하는 한 줄기 기대를 심어주었다.

테호는 입을 꾹 다문 채 무거운 표정으로 투구를 눌러썼다. 루헤인은 그를 힐끗 쳐다보았다가 다시 앞을 보고 낮게 말했다.

"네가 누군지 모르겠지만, 네가 자유농이라면 난 마법사일 거다."

뒤쪽에서 병사들이 정렬을 하는 듯 발소리가 울리고, 긴장한 말들이 말발굽을 바닥에 두드려댄다. 맞은편 멀리 그루제펜 군 역시 그들의 움직임을 알아챈 듯 주춤주춤 물러났다. 그 자리에 드래곤의 그림자가 드리운다. 날개를 펴고 그들을 향해 날아들 준비를 하는 청록의 드래곤.

"공격하라!"

루헤인이 고함을 질렀다. 주위의 모든 기사들과 병사들 역시 고함을 지르고, 말발굽이 요란하게 바닥을 울리기 시작했다. 땅이 진동한다. 말들이 헐떡거리는 소리, 투구를 쓰지 않은 얼굴에 닿는 바람, 엉덩이 아래서 꿈틀거리는 말의 근육, 그리고 손에 움켜쥔 검. 루헤인은 눈을 부릅뜨고 앞을 바라보았다. 날개를 펼친 드래곤이 그들을 향해 날아온다. 마녀들이 하늘 위에서 웃어대는 소리가 들린다. 들리는 것 같다. 아마도.

드래곤이 불길을 뿜어낸다. 열기가 날아오고, 땅이 타는 냄새가 코를 찌른다. 훈련된 군마조차도 겁에 질려서 걸음을 멈추려고 발버둥친다. 그는 고삐를 내리치며 말을 재촉하고 고함을 질렀다.

"돌진하라! 그루제펜 군을 쳐부숴라!"

벌건 불꽃이 앞쪽에서 다가오고 있다. 빠르게, 더 빠르게, 순식간에 눈앞까지 날아든다. 뜨거운 열기가 이마 위의 머리카락을 태우고 피부를 달군다. 세상이 새빨갛게 변한다. 모든 것이 뜨거운 열기 속으로 사라진다. 그의 주위가 전부 다 열기에 사로잡힌다. 열기. 뜨거운 열. 그리고…….

"돌진하라!"

불길이 지나간다. 불길은 그를 태우지 않았다. 태우지 못했다. 무언가가 불길을 가로막았다. 그의 앞에서, 머리 위에서, 주위에서. 그의 주변에 있던 사람들조차도 무사하다. 테호가 놀란 눈으로 주위를 둘러보다가 루헤인과 눈이 마주치자 아 하고 입을 벌린다.

사바.

마녀의 마법이 아니고서는 불가능하다. 드래곤의 불길을 막을 수 있는 건 오로지 마녀밖에 없다.

그녀가 그를 보고 있었다. 그의 앞에 한 번 나타나지 않았음에도, 그녀가 그를 보고 있었다. 그를 지키고 있다.

그의 마녀가 옆에 있다.

루헤인의 온몸이 달아올랐다. 열기가 머리끝까지 솟구치는 것 같고, 몸 전체에 힘이 들어간다. 나의 마녀가 여기에 있다. 여기에, 나의 옆에.

"사바."

그가 나직하게 중얼거렸다. 대지와 나무가 바싹 탄내를 풍기고 있는데도 그 속에서 약초와 풀내음 같은 것이 나는 것만 같다. 사바의 향기. 그녀가 항상 몰고 다니는 그 청량한 냄새.

드래곤이 날갯짓을 하는 소리가 들린다. 뒤쪽에서 다시 돌아오고 있는 모양이다. 테호가 뒤를 힐끗 돌아본 다음 그의 추측을 확인해주었다.

"다시 날아옵니다!"

사바가 막아줄 거야. 그건 그녀의 의무였다. 그를 지키는 것, 그를 보호하는 것.

세 번째 소원을 빌기 전엔 그랬지. 하지만 이제 그녀는 너의 마녀가 아니야.

웃기는 소리. 한번 그의 마녀였으면 영원히 그의 마녀다. 그에게서 빠져나가려 해봤자 아무 소용없다. 그녀는 그의 마녀였고, 그를 지켜야 했다. 지금, 그리고 영원히. 그의 곁에 있어야 하고, 그를 지켜야 한다. 그녀는 그의 것이니까.

"돌진하라!"

그가 다시 고함을 질렀다. 뒤에서 기사들 역시 그를 따라 환호에 가까운 함성을 지르며 돌진했다. 국왕이 함께 있으니 드래곤의 불길조차 그들을 해하지 못한다. 토르카인의 국왕에게는 마술 같은 힘이 있다. 드래곤을 뚫을 수 있다!

"돌진하라!"

드래곤이 성난 불길을 내뿜었다. 열기가 토르카인 군의 머리 위를 뒤덮었다. 보이지 않는 장벽이 불길을 막고, 드래곤이 더욱 강하게 불길을 내뿜는다. 장벽과 불길이 팽팽하게 자웅을 겨루고, 그 아래서 토르카인 군이 빠르게 움직인다. 드래곤이 분노한 듯 포효하며 다시 불

길을 내뿜었고, 옆에서 마녀들이 주문을 왼다. 보이지 않는 벽에 금이라도 가는 것처럼 빠득빠득 소리가 나다가 어느 순간 공기를 가르는 날카로운 소리가 나며 장벽이 깨졌다. 그리고 드래곤이 다시 불길을 내뿜었다. 토르카인 군의 가장 앞머리, 국왕을 향하여.

대야의 물이 사방으로 튀고 금속 대야가 쩍 소리를 내며 부서졌다. 사바가 비명을 질렀지만 앞으로 내밀고 있는 팔만큼은 떨어드리지 않는다. 팔의 피부가 시커멓게 타들어가기 시작한다. 줄레나가 벌떡 일어났다.

"그만해! 이러다가는 네가 죽어!"

사바가 그녀를 돌아보았다. 혈관이 터진 눈에서 불그스름한 피가 번진다. 피는 눈물을 타고 뺨으로 흘러내렸다.

"도와주세요."

"난 도와줄 수 없어. 이건 마녀들의 싸움이 아니라 인간의 싸움이야. 인간의 싸움에 마녀가 끼어서는 안 돼."

줄레나가 괴로운 얼굴로 말했다. 사바가 시커멓게 탄 손으로 주먹을 움켜쥐었다. 눈을 깜박일 때마다 계속해서 핏물이 눈에서 흘러내린다.

"그루제펜의 마녀들은 끼어 있잖아요. 그들이 왕을 공격하고 있어요. 나의 전하를 공격하고 있다구요!"

"너의 전하가 아니야. 너와 국왕의 계약관계는 오래전에 끝이 났어! 더 이상 네가 신경 쓸 일이 아니야! 그만하렴. 우린 아무것도 해줄 수 없어.”

사바는 핏물로 붉게 변한 눈으로 나이 든 마녀를 바라보았다. 마지막 남은 마력 한 방울까지 완전히 긁어서 써버린 데다가 마법이 깨진 덕택에 그녀는 엉망진창이었다. 줄레나가 안타까운 듯이 그녀의 타버린 팔에 손을 얹었다.

“이건 내가 치료를 해줄 테니까 이만 포기하고…….”

“아니, 방법은 있어요.”

사바의 눈이 자신의 왼팔로 향했다. 시커멓게 타버린 속에서도 팔목의 검은 무늬는 뚜렷하게 드러난다. 이제야 처음 그것을 발견한 줄레나의 눈이 커졌다.

“너 그건…….”

“아흐메닷!”

그녀가 허공을 바라보고 소리를 질렀다. 줄레나가 그녀를 붙잡았다.

“안 돼, 사바, 그건…….”

“아흐메닷!”

보이지 않는 장벽이 깨졌다. 먼 곳에서 사바의 비명소리가 들리는 것 같다. 루헤인은 고개를 돌렸다. 드래곤이 그를 향해 짙푸른 눈을 번뜩이며 날개를 퍼덕이며 더 가까이 날아온다. 커다란 입이 벌어진다. 깔쭉깔쭉 나 있는 날카로운 이, 벌건 혀가 보이고 그 안쪽으로 불길이 보인다. 드래곤이 그를 바라보며, 그를 노리며 숨을 들이켠다.

입 안쪽에서 불길이 이글이글 타오른다. 마녀들이 웃어대는 소리가 들린다. 옆에서 테호가 뭐라고 소리쳤으나 들리지 않았다.

드래곤이 불길을 뿜어냈다. 거대하고 시뻘건 불길이 바람에 날리는 무거운 커튼처럼, 여자의 화려한 레이스 치맛자락처럼 소용돌이치며 그를 향해 날아든다…….

부드러운 바람. 흔들리는 커튼. 커튼 자락 사이로 보이던 환한 바깥.

방 안은 어둡고, 약초와 풀 냄새가 난다. 병의 악취를 감춰주는 그 시원한 냄새. 작고 차가운 손. 이마를 쓰다듬는 그녀의 손.

커튼이 내려진 방 안. 무덥고, 습하고, 흥분한 여자의 내음과 신음으로 가득한 방.

어깨를 붙잡는 열에 들뜬 손. 피부를 찌르는 날카로운 손톱. 진득거릴 만큼 달콤한 향수 냄새.

모자라. 비었어. 뭔가가 없어.

이게 아니야. 이게 아니었어.

너는 항상 내 곁에 있었어야 했어.

너는 내 곁에 있었어야 했어.

13

"아흐메다아앗!"

팔목이 타오른다. 팔목의 문신이 손을 잘라낼 것처럼 팔목을 조이다가 갑자기 커다래지며 허공으로 떠오른다. 놀란 표정으로 그녀를 바라보던 줄레나가 멈추고, 주변이 멈추고, 세상이 멈추었다. 둥그런 문신은 저 혼자 바닥으로 내려가 빛을 뿜어냈고, 그 안에서 진홍의 드래곤이 모습을 드러냈다.

"날 불렀나?"

그는 웃고 있었다. 그녀가 왜 불렀는지 잘 알고 있는 얼굴이다. 사바는 눈을 깜박여 시야를 가리고 있던 붉은 눈물을 떨구었다. 미지근한 눈물이 뺨을 타고 흘러내리다가 턱에서 툭 떨어졌다.

"당신과 계약하겠어."

"내 신부가 되겠다고? 내 아이를 낳겠다고?"

"뭐든지 하겠어. 그러니까…… 전하를 구해줘."

불꽃처럼 타오르는 눈동자가 그녀를 바라보았다. 눈동자가 세로로 길어지며 그녀를 빤히 응시한다.

"왜 그렇게 그 왕을 아끼지? 그 왕은 너만큼 너에게 신경 쓰지 않잖아. 그가 너에게 자신을 희생할 정도의 애정을 갖고 있다고 생각해?"

아니. 아니라는 걸 알고 있다. 알고 있지만, 그렇다고 놓을 수는 없으니까. 그녀마저 그를 놓을 순 없으니까.

그를 잃을 순 없으니까.

"전하를 구해줘."

드래곤은 특유의 눈으로 그녀를 한참 바라보았다. 그의 몸에서 붉은 불길이 마치 짐승의 혀처럼 날름거린다.

갑자기 팔이 따끔거렸다. 사바는 고개를 숙였다가 자신의 팔이 어느새 원래대로 돌아왔음을 깨달았다. 그녀의 힘은 아니었다. 고개를 들자 진홍의 드래곤이 그녀를 바라보고 있었다. 붉고 거대한 드래곤의 모습을 하고서.

"계약의 말을 하라, 마녀여."

목소리가 사방을 울린다. 사바는 그를 바라보고 천천히 한 마디 한 마디 말했다. 그 말이 그녀를, 그녀의 온몸을 옥죄는 사슬이 되는 것만 같은 느낌이었다.

"진홍의 드래곤, 아흐메닷. 당신의 의지로 저와 계약을 하시겠습니까?"

드래곤의 눈이 그녀를 바라본다. 불길이 이글거린다. 드래곤의 입이 벌어지고, 그의 목소리가 그녀의 온몸을 뒤흔드는 것 같다.

"토르카인의 마녀 사바, 나의 의지로 너와 계약을 하노라."

드래곤의 모습이 줄어들며 그녀가 익숙한 인간의 모습으로 바뀌었다. 하지만 여전히 그의 주위로 불길이 이글거리고 있다. 그가 반쯤 허공에 뜬 채 그녀의 앞으로 다가와서 한 손을 내밀어 뺨을 감쌌다. 붉은 불길은 그녀의 피부를 애무하듯이 스친다. 뜨겁지만 살을 태우는 그런 뜨거움은 아니다. 온몸을 달구고 피부를 짜릿하게 만드는 뜨거움.

눈에서 흘러내리는 눈물은 그 열기 속에서 증발되어 사라진다. 연기처럼, 안개처럼 그녀의 눈앞에서 희미하게 흔들리며 공기 속으로 스며든다. 붉은 눈동자가 그녀를 바라보고, 드래곤의 입술이 그녀에게 닿는다. 드래곤의 불길이 그녀의 안으로 들어온다. 불길이, 불덩어리가 온몸을 타고 흐른다.

"너는 유일한 진홍의 마녀가 되리니."

온몸에서 불길이 솟구친다. 그녀의 입술부터 목, 가슴, 팔, 다리, 온몸을 타고 불이 흐른다. 불이다. 시뻘건 불이 그녀를 삼키고 내뱉는다. 불길 속에서 마치 다시 태어나는 것처럼, 모든 것이 사라진다. 괴로움이, 고통이 불길 속에서 타오른다. 그녀의 입에서 비명소리가 낮게, 그리고 점점 높게 솟구쳤다. 몸이 탄다. 타오른다. 폭발한다.

산산조각난다.

사바는 눈을 떴다. 불길도, 드래곤도 여전히 그 자리에 있다. 그녀는 자신의 손을 쳐다보았다. 그녀의 몸 주위로도 불길이 이글거리고 있다. 아니, 불길이 아닌가? 그녀는 눈을 깜박였다. 그녀가 항상 입

고 있던 광목으로 만든 단순한 옷은 어디로 가고, 그녀의 몸에서 바스락 바스락 소리를 내고 있는 것은 붉은 공단으로 된 화려한 드레스였다. 가슴 위로 늘어져 있는 머리카락조차 다르다. 잘못 본 건가 싶어 한 줌을 쥐고 들어 올려보았지만, 그녀의 머리카락은 선명한 붉은색을 띠고 있었다.

그녀는 고개를 들고 아흐메닷을 보았다. 진홍의 드래곤이 웃음을 지었다.

"자, 너의 왕을 구하러 가야지? 내가 멈춰둘 수 있는 시간에도 한계가 있거든."

루헤인.

그녀가 숨을 들이켜고 다급하게 주위를 둘러보았다. 물그릇이 필요하다. 그가 지금 어떤 상태인지 어서 확인해야…….

"이제 너한테 물그릇 따위는 필요하지 않아. 그냥 보면 된다고."

드래곤이 눈썹을 치켜 올리며 말한다. 사바는 어리둥절한 기분으로 서 있다가 양손을 허공으로 들어 올렸다. 허공에 순식간에 토르카인-그루제펜의 전선이 나타났다. 달려가고 있는 토르카인의 병사들, 그 위로 몸을 낮추고 날고 있는 청록의 드래곤, 드래곤의 입에서 뿜어져 나오는 검은 연기, 그리고 불길.

가장 앞에서 달려가고 있는 국왕을 향해 드래곤이 불길을 내뿜는다. 사바의 입에서 비명이 터져 나왔다.

"안 돼!"

"걱정하지 마. 네가 더 강하니까. 네가 훨씬 강하지. 너는 이제 진홍의 드래곤의 마녀거든."

어느새 그녀의 뒤에 가 있는 아흐메닷이 귓가에 대고 속삭였다. 그의 손이 그녀의 손목을 잡았다. 선명하게 다시 팔목을 장식하고 있는 문신 위로.

"넌 뭐든지 할 수 있어. 네가 하고 싶은 건 뭐든지 할 수 있다고. 해봐."

사바는 그를 돌아보았다. 그리고 팔을 들어 올렸다. 그를, 루헤인을 위한 방어막을, 그의 주위로 병사들을 위한, 토르카인 군 전체를 위한 방어막을. 드래곤의 불길에서 그들 모두를 지킬 수 있는 거대한 방어막을.

만든다. 만들 수 있다.

할 수 있어.

마력이 마치 바닥을 알 수 없는 샘처럼 솟구치는 것이 느껴졌다. 사바는 눈을 커다랗게 뜨고 숨을 들이켰다. 손을 움직일 때마다 마력이 뿜어져 나왔다. 청록의 드래곤이 불길을 내뿜는 것보다 훨씬 빠르게 그녀의 손이 저 멀리 국경에 있는 토르카인 군의 위로 마법 방벽을 드리운다. 루헤인에게서 가장 끝에 있는 말단 병사에 이르기까지, 전부 다.

할 수 있어.

방어막이 커진다. 크고 단단하게 그들 모두를 감싸고 지킨다. 드래곤의 불길이 방어막에 부딪쳐 사방으로 분산되고, 청록의 드래곤이 분노에 찬 고함을 내질렀다. 그 곁에서 파리처럼 날아다니는 마녀들

이 방어막을 깨려고 마법을 쓴다. 하지만 간지럽지도 않았다. 아까 전까지 도저히 막을 수 없었던 그들 모두의 힘이, 지금은 피부를 스치는 나뭇잎만큼도 느껴지지 않는다.

하지만 여기서 끝낼 순 없어. 저 드래곤이 사라져야 해. 저 마녀도 사라져야 해. 나의 세자 저하를 해하는 자들은 용서하지 않아.

사바의 눈이 번뜩였다. 그녀가 다시 팔을 들어 올리는 순간, 갑자기 아흐메닷이 그녀의 팔을 붙잡았다.

"아니, 드래곤의 일은 드래곤에게 맡겨. 네가 청록의 드래곤을 공격한들 아무 소용없을 테니까."

사바는 그를 쳐다보았다. 드래곤의 붉은 눈이 웃음을 지었다.

"새파란 풋내기 드래곤과 진짜 드래곤이 어떻게 다른지 저 녀석들한테 눈으로 보여주자고."

그가 다시 거대한 드래곤의 모습으로 변했다. 사바가 변신하려고 하자 그가 꼬리를 흔들었다.

"드래곤을 타고 나는 게 어떤 느낌인지 알려주지. 아마 절대로 잊을 수 없는 경험일걸."

사바는 눈을 깜박이다가 그의 위로 올라탔다. 아래서 갑자기 날카로운 목소리가 들렸다.

"사바, 안 돼!"

줄레나. 시간이 다시 흐르고 있다는 걸 잊고 있었다. 여기는 줄레나의 작은 오두막이었고, 그녀가 왕궁을 떠나 내내 살아왔던 그곳이었다.

그렇지만 이제는 떠나야 한다. 팔목의 문신이 그녀를 조이는 것 같은 느낌이 들었다. 마른침을 삼키고 그녀가 괴로운 표정의 줄레나를 내려다보았다.

“미안해요, 줄레나.”

고마웠어요. 갈 곳도 없고 할 수 있는 것도 없는 나를 품어줘서. 하지만 당신이 나를 조금만 도와줬어도 이렇게까지 되지는 않았을 텐데.

아니, 그녀가 선택한 것이었다. 포기하는 대신 이렇게까지 떨어지기를 선택했다. 이제 그녀는 그루제펜의 마녀들을 욕할 수 없는, 똑같은 드래곤의 창녀가 되어버렸다. 하지만 그럴 수밖에 없었다.

그녀가 고개를 돌렸고, 드래곤이 날개를 펼쳤다. 작은 오두막은 드래곤의 주변으로 거의 부서져버렸고, 커다란 몸이 허공으로 날아올랐다. 아래서 줄레나가 뭐라고 외치는 소리가 들렸지만 뭐라고 하는지는 알 수 없었다. 모르는 것이 나을지도 모른다.

“걱정 마. 줄레나는 강한 마녀야. 집 하나 부서지는 정도는 아무것도 아니라고.”

아흐메닷이 낄낄 웃었다. 사바는 아무 대답도 하지 않고 눈앞에 펼쳐진 정경을 바라보았다. 날갯짓을 한 번 할 때마다 수백 미터 정도는 단번에 날아가는 것처럼 순식간에 발아래 풍경이 바뀐다. 거센 맞바람이 그녀의 머리카락을 휘날리고 치맛자락을 흔들었다. 그녀가 새로 변해 날 때와는 전혀 다르다. 자유롭게, 강하게 하늘을 나는 것 같은 기분.

"그래, 그게 드래곤이야. 강하고, 자유롭고, 아무것에도 구애되지 않지. 우리들은 세상에서 가장 강한 존재이고, 너는 이제 그런 나의 마녀가 된 거다. 좀 더 기뻐하라고."

"전하를 구하고 나면, 그러면 진심으로 기뻐할게요."

그녀의 대답에 아흐메닷은 다시 낄낄거리고 웃었다. 거대한 드래곤이 몸을 떨며 낄낄 웃는 것, 그것을 그녀의 몸으로 느끼는 것은 대단히 기묘했다.

"뭐 그쯤이야 별것도 아니니까."

그가 다시 날갯짓을 시작했고, 드래곤의 몸이 마치 순간이동을 하는 것처럼 순식간에 전선을 향해 날아갔다.

뚫을 수 있어.

머리 위에서 드래곤의 불길이 뭔가에 가로막히고, 드래곤이 분노의 포효를 내지르는 것을 들으며 루헤인은 생각했다. 뚫을 수 있다. 이대로 돌진해서 그루제펜 군을 칠 수 있다.

이길 수 있어.

병사들 역시 같은 생각인 듯 뒤에서 환호와 함성, 전투를 앞둔 흥분의 고함소리가 들려왔다. 바로 옆에서 말을 달리던 금발의 사내는 대단한 집중력으로 앞만 바라보고 있었다. 당면한 일에만 몰두하는 저 집중력, 성실함, 올곧은 성미.

그는 이 사내를 알고 있었다. 분명히 안다. 그런데 누군지 생각나지 않았다. 언제, 어디서 알았던 자일까? 왜 잊어버린 걸까? 왜 생각이 나지 않을까? 그의 온몸이 이 사내를 안다고 외치는데 왜 머리는 그걸 기억해내지 못하는 걸까?

그루제펜 군은 혼비백산한 상태였다. 드래곤과 마녀들의 방어를 뚫고 올 수 있을 거라고는 생각지도 않았을 테니까. 루헤인은 앞쪽으로 시선을 고정하고 웃음을 지었다. 마녀 따위를 이용해서 그를 공격하려 하다니. 토르카인에는 정녕 마녀가 없다고 생각했던 건가?

검을 고쳐 쥐고 그가 도망치는 그루제펜 군의 후위로 뛰어들었다. 병사들은 이미 비명을 지르며 도망치고 있고, 기사들 역시 다급하게 누군가를 호위하며 도망치려 하고 있었다. 기사들의 방어막 한가운데 있는 것이 아마도 가장 중요한 사람일 테지. 루헤인의 검이 자기 의지를 가진 것처럼 혼자 움직인다. 피가 튀고, 병사들의 머리가, 팔이 허공으로 날아올랐다가 바닥으로 떨어진다. 뒤이어 토르카인 군 기사들이 그루제펜 군의 한가운데로 뛰어들어 공격하기 시작했다.

살육전이었다. 지금껏 토르카인 군에 쌓여 있던 긴장과 분노, 원한이 전부 다 폭발했다. 사방에서 비명과 고함이 난무하고 피안개가 일었다. 짜고 쓴 피비린내가 코를 찌른다. 머리 위에서 마녀들이 저들끼리 뭔가 새된 소리를 지르고 있다. 루헤인은 위를 힐끗 쳐다보았다. 멀리서 뭔가가 보인다. 뭔가 붉고 거대한 것이 빠르게 가까워지고 있다.

마녀들이 허둥거리며 물러나고, 머리 위에서 청록의 드래곤이 비늘을 곤두세우며 날카로운 소리를 냈다. 다가오던 병사 두엇을 깔끔하게 베어버린 다음 루헤인은 다시 하늘을 쳐다보았다. 저게 대체 뭐지? 설마…….

아니, 아닐 것이다. 청록의 드래곤 말고 또 다른 드래곤이 존재한다는 이야기는 들어본 적이 없다. 물론 드래곤이 존재했었다는 사실은 안다. 하지만 지금 남아 있는 드래곤은 청록의 드래곤밖에 없지 않았던가? 저건 대체 뭐지? 어디서 나타난 거지?

거대한 붉은 드래곤이 모두의 눈에 뜨일 정도로 모습을 나타내는 순간, 토르카인과 그루제펜 양쪽의 병사들 모두가 행동을 멈추고 하늘을 바라보았다. 새롭게 나타난 드래곤이 누구 편인지 모르는 상태라 다들 불안한 표정이었다.

청록의 드래곤이 요란한 소리를 지르고, 청록의 드래곤 주변에 있던 마녀들이 경계하듯 드래곤의 주변으로 몰려든다. 붉은 드래곤이 입을 벌리고 불길을 뿜어냈다. 루헤인은 숨을 멈추고 그 광경을 보았다. 하늘 한참 위쪽에서 뿜어낸 불길인데도 지상에 있는 그들에게까지 열기가 선명하게 느껴졌다. 청록의 드래곤보다 훨씬 더 강하다. 훨씬 더 크고, 강하고, 아름다웠다.

그리고 드래곤의 등에는 붉은 옷을 입고 붉은 머리를 휘날리는 여자가 있었다. 마녀인가? 아마 그렇겠지. 드래곤과 함께 있는 여자라면 마녀일 수밖에 없으니까. 붉은 드래곤이 다시 불길을 내뿜었고, 청록의 드래곤은 몸을 움츠리고 귀를 찌를 듯한 소리를 내질렀다. 붉은 드래곤이 청록의 드래곤과 한편이 아니라는 것만은 분명했다. 그루제펜 병사들은 주춤거리며 다시 물러나기 시작했고, 토르카인 병사들은 불안한 표정을 지우지 못한 채 공격을 저어한다. 루헤인이 소리쳤다.

"공격해라! 그루제펜 국왕의 목을 따 오는 자는 누가 되었든 부와 명예가 따를 것이다!"

몇몇 야심찬 기사들이 말에 박차를 가해 그루제펜 병사들을 가로질러 달려가기 시작했다. 루헤인은 주위를 둘러보았다. 금발의 사내는 그의 근처에서 마치 그를 경호하듯 그루제펜 병사들을 쳐내고 있었다. 루헤인은 다시 위쪽을 보았다. 붉은 드래곤은 하늘 위 어느 지점에서 적당한 고도를 유지한 채 청록의 드래곤과 지상을 내려다보고 있었다.

드래곤의 등 위에 있는 여자가 어쩐지 그의 눈길을 끌었다. 루헤인은 눈을 가늘게 뜨고 드래곤의 등을 바라보았다. 화려한 붉은 드레스, 휘날리는 붉은 머리. 빨간 머리의 여자는 기억이 없는데. 애초에 그가 본 적 있는 마녀라고는 단둘이고, 둘 중 누구도 빨간 머리는 아니었다. 하지만…….

하지만…….

사바.

그럴 리 없어. 그녀는 빨간 머리가 아니었다. 숲의 나무 같은 갈색 머리였다. 거기에 호수의 물처럼 투명한 파란 눈. 입는 옷은 항상 허드렛일을 하는 하녀들과 구분이 가지 않는 낡은 드레스였다. 저렇게 화려한 빨간 머리는 사바일 리가 없다.

그런데 왜 저 여자가 사바라는 느낌이 지워지지 않는 거지? 왜 저 여자가 그의 눈을 계속해서 끄는 거지?

"다흐란!"

금발의 사내를 돌아보고 고함을 지른 직후, 루헤인은 자신이 사내를 뭐라고 불렀는지 깨달았다. 다흐란.

순식간에 수많은 것들이 머릿속을 채웠다. 수많은 기억, 수많은 감정. 어눌린 분노와 질투와 시기, 비틀린 쾌감과 즐거움과 기쁨. 다흐란. 왕가에서 유일하게 건강한 몸을 가진 왕자, 세자를 제치고 왕위를 물려받을 거라 모두가 생각했던 바로 그 왕자.

다흐란. 그의 동생. 그를 대신하여 병석에 누웠고, 그리고 어느새 모두의 기억 속에서 사라졌던 두 번째 왕자. 아니 이제는 왕제.

루헤인의 검은 눈과 다흐란의 파란 눈이 맞부딪쳤다. 다흐란은 알고 있었다. 기억하고 있었다. 그러면서 말하지 않았던 것이다. 자신이 누군지, 왜 그의 옆에 있는지.

빌어먹을 자식.

오래된 분노와 시기심이 끓어오르려는 순간, 머리 위에서 청록의 드래곤이 다시 포효하며 붉은 드래곤을 향해 몸을 날렸다. 루헤인의 가슴속에서 모든 감정이 사라졌다. 남은 것은 오로지 하나였다. 사바. 그녀가 저 위에 있다. 저 빌어먹을 드래곤을 타고 있다! 그리고 그 빌어먹을 드래곤을 향해 청록의 드래곤이 공격하고 있었다.

"다흐란, 지휘를 맡아라!"

루헤인이 다시 고함을 지르고서 드래곤들이 싸우고 있는 곳을 향해 말고삐를 당겼다. 다흐란의 눈이 커졌지만 그가 어디로 가는지 알아챈 듯 몸을 돌리고 병사들을 향해 소리쳤다.

"그루제펜 군을 몰아내라! 왕을 잡아라!"

토르카인의 병사들은 함성을 지르며 계속해서 달려들었다. 이미 사기가 땅에 떨어진 그루제펜의 병사들은 서로를 끌어당기며 도망치기에 여념이 없었다. 다흐란이 말을 달려 앞으로 나아가고, 병사들은 그쪽을 따라간다.

항상 저 빌어먹을 녀석에게는 사람이 따랐다. 귀족들이건 한낱 병사들이건 항상 저 빌어먹을 놈을 따랐다.

아니, 그런 생각은 나중에 하자. 그는 사바를 잡아야 했다. 드래곤 따위를 타고 있는 저 건방진 계집애를 잡아야 했다. 이런 순간에 나타나 그를 구해주면 그가 고마워할 거라고 생각한 건가? 웃기는 소리. 그녀는 항상 그의 곁에 있어야 했다. 그간 모습을 감추고 있었던 자체가 잘못되었던 거다.

청록의 드래곤이 붉은 드래곤을 향해 달려들어 목덜미를 깨물려고 했지만, 가까이 붙어 있으니 둘의 덩치가 얼마나 차이 나는지 극명하게 드러났다. 붉은 드래곤에 비하면 청록의 드래곤은 거의 반밖에 되지 않는 크기였다. 청록의 드래곤 주변에 있는 마녀들은 벌레처럼 그 옆에서 허둥거리며 날고 있을 뿐이다. 반면 붉은 드래곤을 타고 있는 사바는 마치 여왕 같았다.

드래곤의 여왕.

네가 있어야 하는 곳은 거기가 아니야. 내 바로 뒤야. 넌 항상 내 뒤를 따라다니며 나만 쳐다봐야 하는 거라고.

그의 가슴속에서 알 수 없는 감정이 부글부글 끓어오르기 시작했다. 다흐란을 향한 분노와 시기심보다 훨씬 깊고, 훨씬 진하고, 훨씬

강한 감정이었다. 사바가 사라졌던 그 순간부터 쌓이기 시작하여 지금까지 계속해서 그의 한구석을 차지하고 있던 감정.

너는.

내 것이다.

청록의 드래곤의 마녀들이 뭔가 마법을 쓰는 것 같았으나 붉은 드래곤의 주변까지 미치지도 못했다. 마녀들이 하나둘 비명을 지르며 바닥으로 떨어진다. 루헤인은 눈곱만큼의 동정심도 없이 그들이 바닥으로 떨어져 끔찍한 소리를 내며 땅에 부딪치는 모습을 바라보았다. 하나, 둘. 나무에서 떨어지는 과일들이 돌에 부딪쳐 깨지고 멍이 드는 것처럼, 퍽. 퍽. 퍽.

마침내 청록의 드래곤까지 몸을 비틀다가 바닥으로 추락하기 시작했다. 떨어지는 와중에 드래곤의 몸이 줄어들더니 마침내 인간의 형태로 변해 바닥에 떨어졌다. 마녀들처럼 끔찍한 소리를 내지는 않았지만, 그렇다고 가볍게 떨어지지도 않았다. 바닥에 구르는 몸을 보고서 루헤인은 그 쪽으로 조금 말을 움직였다. 청록의 드래곤은 십대 후반의 소년 같은 모습을 하고 있었다.

하늘에서 붉은 드래곤이 날개를 접고 내려온다. 붉은 드래곤 역시 바닥으로 내려서며 인간의 모습으로 바뀌었다. 청록의 드래곤과 달리 그는 건장한 사내의 모습이었다. 붉은 머리에 붉은 눈이 번뜩이고, 망토처럼 붉은 불길을 두르고 있다. 그리고 그의 옆에, 그의 팔에 안겨 있는 붉은 머리의 여자.

사바.

한 번도 본 적 없는 화려한 드레스 차림의 그녀는 전혀 다른 사람처럼 보였다. 붉은 머리 때문에 피부가 훨씬 하얗게 보이고, 거기다가 저 눈. 그녀의 눈동자.

호수 같은 차분한 파란 눈 대신 그녀의 얼굴을 장식하고 있는 것은 옆에 선 드래곤과 똑같은 붉은 눈동자였다.

"인간의 일에 끼어드는 건 드래곤이 할 일이 아니야."

인간의 모습을 한 붉은 드래곤이 바닥에 쓰러져 있는 소년을 향해 말한다. 바닥에서 소년이 몸을 웅크리더니 비틀거리며 일어서서 그를 노려보았다.

"노친네는 꺼지시지. 난 그루제펜의 드래곤이야. 내가 내 나라를 지키겠다는데 왜 나라건 인간이건 관심 없는 댁이 끼어드는 거야?"

"드래곤에게 나라 같은 게 어디 있어? 인간의 나라는 사라져도 드래곤은 남는다. 그것이 우리 드래곤의 이치야."

붉은 눈의 사내가 눈살을 찌푸렸다. 푸른 눈을 한 소년이 이를 드러내며 험악한 표정을 지었다.

"내가 머무르고 있는 곳이니까. 그곳을 지키겠다는 게 뭐가 문제지?"

"마녀들에게 휘둘리면 문제지. 네놈은 머리로 생각을 하는 게 아니라 하반신으로 생각을 하고 있잖아. 기껏해야 몇백 살밖에 되지 않은 마녀들에게 놀아나지 말고 네 머리로 생각을 해. 생각을 할 줄 모른다면 그런 머리는 내 집 벽에 장식으로 달아줄 테니까."

사내가 씩 웃었다. 인간의 형태를 하고 웃고 있는데도 사내의 웃음은 마치 드래곤의 웃음 그 자체 같다.

바닥에서 갑자기 마녀 하나가 비틀거리며 일어났다. 후드가 벗겨져서 마녀의 얼굴이 선명하게 보였다. 상처가 조금 나기는 했지만 말끔하다. 떨어질 때 들린 소리만으로는 온몸의 뼈가 부러졌어도 이상하지 않았을 것 같았는데.

문득 루헤인은 인상을 찌푸리고 마녀를 쳐다보았다. 저 마녀를 기억하고 있었다. 그가 사바를 찾기 위해서 계약했던 마녀. 이름? 그런 건 물어본 적이 없으니 기억날 리 없다. 그저 그에게 세자 자리를 대가로 요구했던 계집이었다. 그리고 그는 세자 자리를 버리고 왕위에 올랐다.

마녀의 시선은 그가 아니라 붉은 드래곤에게로 향해 있었다. 몸을 일으킨 다음 그녀가 가슴에 한 손을 대고 허리를 굽혔다.

"진홍의 드래곤이시여."

"인사할 거 없어. 난 마녀를 좋아하지 않으니까."

사내가 한 손을 흔들었다. 푸른 눈의 소년이 빈정거리는 투로 말한다.

"그럼 네 옆에 있는 그 계집은 뭐지? 그건 마녀가 아니라 인형이라도 되나?"

"내가 좋아하지 않는 건 창녀들이야. 드래곤의 신부는 이야기가 다르지."

'창녀'라는 단어에 마녀가 숨을 들이켰고, '신부'라는 단어에는 루헤인이 숨을 들이켰다. 신부라니, 결혼식을 치르는 그 신부? 아내? 그걸 말하는 건가?

사바가, 그의 마녀가 드래곤의 신부라고?

가슴속에서 부글부글 끓어오르던 감정이 머리끝까지 솟구쳤다. 생각을 할 수가 없었다. 세상이 시뻘겋게 보이기 시작했다.

사바는 그의 것이었다.

그의 마녀였다.

상대가 드래곤이라 해도 상관없다. 누구도 가져갈 수 없다. 사바는 그의 것이었다!

"창녀나 신부나 다를 것도 없지. 그저 이름일 뿐이잖아. 결국 드래곤에게 붙어 마력을 빨아먹고 몸을 대주는 건 똑같다고."

소년이 이기죽거렸지만 사내는 눈썹 하나 까딱하지 않았다.

"그러니까 네가 어린애라는 거다. 드래곤의 신부는 달라. 아마 저 마녀는 이미 알고 있는 것 같은데, 그렇지?"

마녀는 잠깐 붉은 드래곤을 보았다가 청록의 드래곤에게로 시선을 돌렸다. 마녀의 얼굴에는 기묘한 표정이 어려 있었다.

"드래곤의 신부는…… 평범한 마녀가 아닙니다. 평범하게 드래곤과 계약한 마녀도 아니고요. 드래곤의 신부는 드래곤과 동일한 수준의 대우를 받습니다. 드래곤의 신부는 다음 드래곤을 낳을 몸이니까요. 저희 같은 한낱 드래곤의 마녀와는 다릅니다."

"그럼 내가 널 드래곤의 신부로, 내 신부로 만들어주지! 그럼 저 계집과 다를 게 뭐가 있지?"

소년이 소리쳤고, 마침내 붉은 눈의 사내가 웃음을 터뜨렸다.

"신부로 삼겠다고? 넌 저 계집에게 너의 마력을, 너의 목숨을 맡기고, 너의 자식을 낳게 할 수 있겠어? 그럴 정도로 저 계집을 믿을 수 있느냐고."

소년이 멈칫하고 마녀를 쳐다보았다. 마녀는 고개를 살짝 끄덕였다.

"드래곤의 신부는 드래곤의 목숨을 손에 쥐고 있는 자라고도 합니다. 신부의 임의로 드래곤의 목숨을 끊을 수도 있다고 전해집니다."

"말도 안 되는 소리! 그런 일이 어떻게 가능할 수도 있어? 한낱 인간인데!"

"그러니까 네가 어린애라는 거다."

붉은 드래곤이 피식 웃고서 사바를 자신의 옆으로 더 끌어당겼다.

"어린애 주제에 마녀들에게 휘둘려서 인간의 싸움에 끼는 짓은 더 하지 마라. 다시 한 번 이런 일로 시끄럽게 하면 그때는 사정을 봐주지 않을 테니까. 신혼을 즐기는 와중에 방해를 받으면 난 굉장히 기분이 나쁠 거야. 나와 정면으로 맞붙어서 이길 수 있을 거라고 생각하는 건 아니겠지?"

"진홍의 드래곤이시여."

옆에 있던 마녀가 다시금 정중하게 허리를 굽히며 말했다. 청록의 드래곤은 분을 참기가 어려운 것처럼 주먹을 움켜쥐고 부들부들 떨고 있었다. 붉은 드래곤의 눈길이 마녀에게로 향했고, 다음 순간 마녀의 몸이 마치 무언가에 깔린 것처럼 바닥에 납작하게 쓰러졌다. 마녀는 숨을 쉬기조차 어려운 것처럼 헐떡거리며 고개를 들려고 했지만 고개도 들어 올릴 수 없는 듯 점점 바닥으로 깔렸다.

붉은 머리의 사바가 손을 펼치고 뭔가를 짓누르듯이 허공을 누르고 있었다. 마녀가 일어나려고 하자 다시 손에 힘을 주고 아래로 누른다. 개미 한 마리를 짓밟는 것처럼.

“다시 한 번 나의……, 다시 한 번 토르카인과 토르카인의 국왕 전하를 해하려 하면 너를 죽여버릴 것이야.”

그녀의 목소리가 기묘하게 주변으로 울려 퍼진다. 마치 텅 빈 방에서 말을 하는 것처럼 목소리 자체가 낭랑하게 울리고 메아리친다. 붉은 눈의 사내가 그녀 쪽으로 고개를 기울이고 웃음을 지었다. 그리고 자신의 것인 듯 그녀의 허리를 안고 있던 손을 올려 어깨를 감싼다.

가슴속에서 비명 같은 것이 솟구쳤다. 고함을 지르고, 발을 구르고, 뭔가 내리치고 싶은 기분이.

말에서 훌쩍 내려 그가 그쪽으로 걸어갔다. 붉은 드래곤은 마침내 그가 있다는 것을 알아차린 듯이 고개를 돌리고 그를 보았다. 그리고 사바 역시 고개를 돌려 그를 쳐다보았다. 낯선 붉은 눈으로.

이건 그의 마녀가 아니었다. 그의 마녀는 눈에 띄지 않는 수수한 옷차림에 고개를 숙이고 눈을 내리깐 채 그의 뒤에 있어야 했다. 호수 같은 파란 눈에 풀과 약초 향을 풍겨야 했다. 타오르는 불과 꿀 같은 향기를 풍기는 이 화려한 여자는 대체 누구란 말인가.

“이건 내 거야.”

갑자기 붉은 드래곤이 그녀의 어깨를 안고 있던 팔을 움직여 그녀의 앞을 가로막았다. 사바는 멈칫했다. 루헤인의 눈에서 불꽃이 튀었다.

"그건 내 거다. 내 마녀야!"

"어째서?"

붉은 드래곤은 정말로 궁금하다는 듯한 눈으로 그를 쳐다보았다. 루헤인은 입을 다문 채 사바를 보았다. 사바는 잠시 그를 바라보다가 눈길을 돌렸다. 마치 그가 무사한 것을 확인했으니 이제 됐다는 듯이.

눈길 돌리지 마. 그놈을 쳐다보지 마. 왜 낯선 모습을 하고 그런 곳에 서 있는 거야!

"항상 내 거였으니까. 옛날부터 내 거였고, 앞으로도 내 것일 거다. 그건 내 마녀였어."

"인간이여, 너의 오만은 참으로 감탄스럽구나."

드래곤은 정말로 재미있다는 듯이 껄껄 웃었다. 그러고는 그를 똑바로 쳐다보았다. 드래곤의 붉은 눈은 사바와 달랐다. 더 뚜렷하고, 더 강하고, 불길 그 자체인 것처럼 타올랐다.

"한때 너의 마녀였을지도 모르지. 하지만 네가 놓쳤고, 이제는 나의 것이야. 드래곤은 자신의 것을 포기하지 않는다. 더더구나 신부는 절대로 포기하지 않아."

"네가, 내 옆에 있으라고 할 때엔 사라져버렸던 네가 어째서 그런 놈의 옆에 있는 거지?"

루헤인이 사바를 쳐다보았다. 사바는 입을 다문 채 눈을 내리깔 뿐이었다. 그가 그녀 쪽으로 한 걸음 더 다가섰다.

"내 옆에 있으라고 했잖아. 내 옆에 있으라고!"

그의 목소리가 높아졌다. 사바는 한참이나 눈을 내리깔고 있다가 마침내 그를 바라보았다. 붉은 눈동자는 낯설다. 다른 여자를 보고 있는 것만 같았다. 십여 년이나 알았던 그의 마녀가 아닌 다른 여자.

"제가 옆에 있었다면, 달라졌을까요?"

루헤인은 눈을 깜박였다. 사바는 조심스럽게 드래곤의 팔을 밀어낸 다음 한 걸음 앞으로 나와서 그를 쳐다보았다.

"제가 옆에 있었다면 저를 보아주셨을까요? 수많은 귀족가의 영애들, 심지어 그루제펜의 공주까지 옆에 있는데 과연 저를 보아주셨을까요?"

"그루제펜의 공주는 전쟁의 시작과 함께 목을 베었어. 애초에 그런 계집에게 관심 끊은 지 오래고."

"그런가요? 언제부터요?"

"너에게 내 옆에 있으라고 말했을 그때에도 그랬어!"

그가 버럭 소리를 질렀으나 사바는 미동도 하지 않았다. 그저 변해버린 붉은 눈동자로 그를 가만히 바라볼 뿐이었다.

"전하께서는 저를 보신 적이 없어요. 전하께 저는 그저 옆에 있는 편리한 도구였지요. 계속해서 옆에 있는 도구요."

말발굽 소리가 들린다. 루헤인도, 사바도 고개를 돌려 그쪽을 보았다. 투구를 벗고 땀에 젖은 벌건 얼굴로 다흐란이 그를 향해 소리쳤다.

"그루제펜의 국왕을 잡았습니다, 형님!"

루헤인이 다시 고개를 돌려 사바를 보았다.

“네가 나에게서 가져갔다던 소중한 사람이 저 녀석이었어? 소중하고 중요한 사람이?”

사바는 천천히 고개를 끄덕였다. 루헤인은 빤히 그녀를 바라보다가 허 하고 코웃음을 쳤다.

“어디가 소중하고 중요하다는 거지? 어떤 점이?”

“왕제 저하가 안 계셨다면 전하께서는 아무것도 하려 하지 않으셨을 겁니다. 전하께서는 항상 왕제 저하와 자신을 비교하고, 왕제 저하께서 갖고 계신 것을 갖고 싶어 하셨죠. 그리고 이제 모두 가지셨습니다. 행복하신가요?”

소원을 빌었다. 마치 천 년 전처럼 느껴지는 그때에, 소원을 빌었다.

그놈이 내 입장을 알았으면 좋겠어. 그놈이 나 같은 상황이 됐으면 좋겠다고. 그놈이…… 내가 됐으면 좋겠어.

그래서 다흐란은 앓아누웠고 그는 일어나서 정식 세자가 되어 권력을 쥐었다. 귀족들을 휘두르고, 왕궁을 다스리고, 이 나라를 멋대로 주물렀다.

그리고 재미가 없었다.

소원은 이루어졌지만 그가 바라던 대로가 아니었다. 설령 다흐란이 계속 앓아누워 있었다 해도 마찬가지였으리라. 얼마 지난 후에는 잊어버리거나 혹은 과거의 자신을 상기시키는 그의 모습이 불편해졌을 것이다. 짜증스러워졌으리라.

행복하지 않아.

"행복하지 않아."

그가 무뚝뚝하게 말했다. 사바는 가만히 그를 바라보다가 희미한 미소를 지었다. 붉은 눈동자가 순간적으로 흐릿해졌지만, 우는 것은 아니리라. 그녀와 함께 지낸 십여 년간 그녀가 우는 모습은 단 한 번도 본 적이 없었으니까. 지금 와서 울 리가 없다……. 아마도.

그렇겠지?

"마녀에게 소원을 빌고서 행복해지는 사람은 없어요. 마녀에게 소원을 빈 사람은 결국에 누구나 불행해집니다. 그건 어쩔 수 없는 일이에요. 그러니까 차라리 제가 옆에 있지 않는 편이 더 나으실 겁니다. 마녀에게 아무것도 빌지 않고 스스로의 힘으로 쟁취하는 것이 행복이에요."

"그렇다면 필요 없어. 어차피 평생 행복 따위가 뭔지 몰랐는데 지금 와서 알 게 뭐야. 나한테 필요한 건 너야. 네가 내 옆에 있길 바라."

사바는 그저 고개만 흔든다. 루헤인이 그녀의 팔을 붙잡았다. 다음 순간 동시에 여러 가지 일이 벌어졌다.

그의 손이 순식간에 시커멓게 타들어가기 시작했다. 사바가 비명을 질렀고, 붉은 드래곤 역시 고함을 질렀다. 다흐란이 검을 뽑아들고 달려온다.

루헤인은 그녀의 팔을 놓고 자신의 손을 보았다. 사바의 온몸에서는 불길이 그녀를 지키는 것처럼 이글이글 피어올랐고, 그의 손바닥은 검고 흉측하게 변해 있었다. 너무나 순간적으로 일어난 일이라서 그런지 고통조차 느껴지지 않았다. 그는 그녀를 쳐다보았고, 사바는 놀란 표정으로 그의 손을 보았다.

"손이, 손이……."

"드래곤의 신부에게 함부로 손을 대니까 그렇지. 타죽지 않은 걸 다행으로 생각해라. 드래곤의 것을 건드리는 자는 벌을 받게 되어 있어."

붉은 드래곤이 찌푸린 표정으로 그를 쳐다보았다. 다흐란이 놀란 표정으로 그의 손을 보고 치료를 해야 한다고 말했지만 루헤인은 한 귀로 흘리고서 다시 사바를 보았다.

"내 옆에 있어라."

"이제는 불가능합니다. 저는…… 계약을 했으니까요."

루헤인의 눈이 드래곤에게로 향했다. 드래곤은 어깨를 으쓱였다.

"드래곤과 신부의 사이도 어쨌든 계약이거든. 그녀가 나와 혼인을 하고 아이를 낳는 것, 이것이 계약이지. 원한다면 아이를 낳은 후에 다시 청해보든지?"

그가 낄낄 웃는다. 루헤인의 눈앞이 벌게졌다. 망가진 손이 검을 움켜잡고 뽑았다. 하지만 한 번 휘둘러보기도 전에 갑자기 그의 심장이 조여들었다. 숨을 쉴 수가 없다. 몇 년 만에 느끼는 감각에 그는 검을 떨어뜨리고 손으로 가슴을 붙잡았다. 드래곤은 차가운 얼굴로 그를 내려다보았다.

"마녀의 마법으로 건강을 유지하고 있는 주제에 감히 나에게 덤비는 것이냐? 마녀의 마법으로 검을 휘두르는 주제에 그 능력으로 나에게 덤비겠다고? 비웃음조차 나오지 않는구나. 너 자신을 알아야지,

인간의 왕이여.”

“안 돼요!”

사바가 드래곤의 팔을 붙잡았다. 루헤인은 숨을 헐떡거리며 간신히 고개를 들고 사바를 보았다. 드래곤이 그녀를 쳐다보았다.

“왜? 내가 저 녀석의 목숨을 살려줘야 할 이유가 있나?”

“전하에게 해를 입히면 난 그 순간부터 아무것도 하지 않을 거예요. 혼인도, 아이도, 아무것도 없어요.”

드래곤은 그녀가 진심인지 확인하려는 것처럼 뚫어져라 쳐다보았다. 사바 역시 그를 똑바로 올려다보았다. 마침내 드래곤이 허공에 한 손을 흔들자 루헤인의 심장이 펄떡거리며 정상적으로 뛰기 시작했다. 그는 숨을 몰아쉬며 후들거리는 다리로 몸을 버티려고 노력했다. 옆에서 다흐란이 재빨리 그를 부축해주려 했지만 그는 동생을 밀어내고 몸을 폈다.

“네가 어떻게 나에게 이럴 수 있지, 사바? 어떻게 내가 아닌 다른 놈과 계약을 할 수가 있냐고!”

“어이, 인간. 왜 사바가 나와 계약을 했는지 가르쳐줄까?”

드래곤이 고개를 옆으로 기울이고 그를 쳐다보며 삐딱하게 웃었다. 그 얼굴을 한 방 후려치고 싶었으나 아직은 주먹을 쥐는 것조차 어려웠다. 타버린 손바닥이 기묘하게 근질거리고 당겼다. 사바가 드래곤의 팔을 붙잡았다.

“이러지 마세요.”

“마녀는 계약을 하고 상대방에게서 대가를 받지 못하면 마력을 모을 수가 없어. 더 많이 계약하고, 인간에게서 더 많은 것을 빼앗아와야 해. 그런데 사바는 네놈에게 제대로 된 대가도 받아오지 않았을뿐더러 더 이상 계약을 하지도 않았거든. 당연히 마력이 없지. 마력이 없으니 청록의 드래곤 앞에서 너를 막아줄 수가 없었어. 그런데 천둥벌거숭이 같은 놈이 드래곤의 불길 앞에 말을 타고 달려 나가니 어떡하겠어? 당장에 마력이 필요했던 거지. 그래서 결국 원치도 않는 나 같은 놈과 계약을 할 수밖에 없었던 거야. 오랫동안 나와의 계약을 거부하고 있었는데 말이지. 네가 설치지만 않았어도 아마 그대로 조용히 살려고 했을 거야."

루헤인이 사바를 쳐다보았다. 그녀는 괴로운 표정으로 시선을 돌리고 있다. 드래곤이 혀를 쯧쯧 찼다.

"너는 보물을 놓쳤지. 하지만 나는 드래곤이고, 드래곤의 취미는 보물 수집이거든. 이제 와서 나에게서 이 여자를 데려갈 순 없을 거다. 인간의 왕이여, 지금 네가 가진 것에 만족하거라."

드래곤이 사바의 허리를 한 팔로 안고 허공으로 떠오른다. 사바는 잠깐 루헤인에게 시선을 던졌다가 고개를 돌렸다. 마치 그를 더는 볼 수 없는 것처럼. 루헤인이 몸을 펴고 그녀를 올려다보았다.

"넌 내 거다. 내 마녀야! 드래곤이라 해도 널 차지할 순 없어. 넌 내 거였고, 내 곁으로 돌아와야 해!"

붉은 드래곤이 웃음을 터뜨렸다. 커다란 드래곤의 형태로 돌아가자 그 웃음소리는 거대한 종소리처럼 사방을 울렸다. 커다란 날개가 움직이자 바람이 휘몰아친다. 그리고 순식간에 드래곤의 모습은 먼 곳으로 사라졌다.

다흐란의 검 소리가 챙 하고 울렸다. 루헤인은 천천히 뒤를 돌아보았다. 남아 있는 청록의 드래곤을 향해 검을 뽑아들고 경계 태세를 취하고 있다. 청록의 드래곤은 바닥에 침을 뱉었다.

“한낱 인간 따위에게 내가 관심이 있는 줄 아느냐? 벌레 같은 것들.”

청록의 드래곤 역시 모습을 바꾸고서 하늘로 날아올라 순식간에 그루제펜 쪽으로 사라진다. 남은 것은 바닥에 뒹굴고 있는 마녀들뿐이었다.

루헤인의 시선이 문득 그와 계약한 적이 있는 마녀에게로 향했다. 사바가 사라지자 마법도 사라졌는지 마녀는 바닥에서 힘겹게 일어나고 있었다. 그가 그쪽으로 걸어가자 다흐란이 황급히 뒤를 따랐다.

“형님, 더 이상 마녀는 상대하지 않으시는 편이…….”

“시끄러워.”

뒤도 돌아보지 않은 채 루헤인은 뚜벅뚜벅 여자의 앞으로 걸어갔다. 여자가 루헤인을 쳐다보고 눈을 가늘게 떴지만 곧 허리를 굽혔다.

“토르카인의 국왕께서 미천한 소인에게 무엇이 궁금하십니까?”

“이 전쟁을 부추긴 것이 누군지 그런 걸 일일이 따질 생각은 없다. 누군지는 이미 알고 있으니까.”

마녀는 아무 말도 하지 않았다. 루헤인은 여자를 내려다보았다.

“하지만 그루제펜의 국왕이 인질로 잡혔고, 거기서 받아낼 수 있는 보상은 크지. 너에게 잘잘못을 따지지는 않겠다. 하지만 물어봐야 할 것이 있어."

"그렇다면 저와 다시 계약을 하고 싶으신가요?"

"아니, 내 물음에 대답하지 않으면 네년을 갈가리 찢어 물고기 밥으로 던져주겠다."

마녀는 마치 그의 말이 진심인지 확인하려는 듯이 고개를 들어 올렸다. 한낱 인간이 마녀에게 그런 짓을 할 수 있을 리 없다. 하지만 루헤인의 표정을 보는 순간 그녀는 아무 말도 하지 않고 도로 고개를 숙였다.

"전하와 저에게는 공통된 목표가 있는 것 같습니다. 전하께서 궁으로 돌아가시는 대로 제가 찾아뵙도록 하겠습니다."

"그러는 게 좋을 거다. 네가 나타나지 않으면 사바에게 네가 날 또다시 죽이려 했다고 말할지도 모르니까."

마녀의 눈이 가늘어졌지만 아무 말도 하지 않았다. 루헤인은 어느새 멀쩡하게 나아 있는 자신의 손을 내려다본 다음 돌아서서 말이 있는 곳으로 걸어가기 시작했다. 다흐란은 마녀를 힐끗 본 후 그의 뒤를 따랐다.

"어디에 있었던 거지?"

말에 올라타며 루헤인이 물었다. 다흐란 역시 말에 올라탄 다음에 대답했다.

"사바가 저에게도 마법을 걸었습니다. 그간 정말로 자유농으로 살고 있었습니다."

루헤인이 그를 쳐다보았다. 검은 눈이 동생을 위아래로 살핀다.

“어떻더냐?”

“꽤…… 좋았습니다. 전쟁이 일어나지 않았다면 그대로 계속 지냈을 겁니다.”

“왕궁이 그립지 않았나 보지?”

루헤인의 말투에는 가시가 약간 돋쳐 있었지만 다흐란은 무시하는 건지 아니면 알아채지 못한 건지 조용히 대답했다.

“저도 기억하지 못했습니다. 전쟁이 일어나고, 참전을 한 다음에야 사바가 나타나 저의 기억을 돌려주었습니다. 형님께 도움이 될 거라면서요.”

루헤인은 아무 말도 하지 않고 토르카인 군이 모여 있는 쪽으로 천천히 말을 몰았다. 뒤따라오던 다흐란이 조용히 말했다.

“다른 자들은 아직도 기억하지 못할지 모릅니다. 제가 여기 남아 다시 자유농으로 사는 것이 더 좋다 여기시면 그리하겠습니다. 저는 불만 없습니다.”

“그리고 이 빌어먹을 전쟁의 뒤처리는 전부 다 내가 해야 하고? 아니, 따라와라. 너도 왕가의 혈통이니만큼 의무는 나눠야지.”

다흐란은 눈을 깜박이며 형의 뒷모습을 바라보았다. 루헤인은 뒤 한 번 돌아보지 않는다. 머뭇거리다가 그가 말했다.

“하지만 왕가의 자손이 둘이 되면 왕권에 좋지 못한 영향을 미칠 수도 있습니다. 그것 때문에 사바가 저를 바깥으로 내보내주겠다 할 때 동의했던 것이기도 합니다. 설령 제가 아파 누워 있다 해도 귀족들 사이에서 편이 갈릴 수 있는 일이니까요.”

“상관없어. 네 편에 서고 싶은 자가 있다면 서라고 해. 왕위를 차지하고 싶다면 덤벼도 좋아. 결국에 그 자리에 더 어울리는 자가 살아남는 거겠지.”

“형님, 그리 말씀하시는 것은…….”

루헤인이 갑자기 말을 세웠다. 다흐란 역시 재빨리 말을 세웠다. 루헤인이 그를 돌아보았다. 검은 눈이 차갑게 번뜩였다.

“지금 나에게 왕위 따윈 중요하지 않다. 지금 나에게 중요한 건 단 하나야. 그러니 왕위를 놓고 귀족들이 분쟁을 벌이는 걸 바라지 않는다면 지금 네가 따라오는 게 좋을 거다.”

다흐란은 다시 몸을 돌리고 말을 모는 형을 바라보며 한숨을 삼켰다. 루헤인이 왜 그러는지 모르는 바는 아니지만, 그렇다고 그렇게 놔둘 수도 없는 일이었다. 그는 이제 왕이었다. 왕에게는 왕으로서의 의무라는 게 있는 법이다. 좋든 싫든 그것을 함부로 저버릴 수는 없다.

그리고 이제 왕제의 신분으로 돌아가면 그에게도 의무라는 것이 생긴다. 마음 내키는 대로 움직일 수도 없게 되고, 그저 끌리는 여자 아무에게나 청혼할 수도 없게 된다.

갑자기 몸이 지독하게 무거워졌다. 루헤인을 따라 왕궁으로 돌아가고 싶지 않았다. 그저 이곳에서, 기억을 되찾기 전의 생활로 돌아가고 싶었다. 제피와 레이라와 함께 농사를 지으며 살고 싶고, 레이라에게 청혼하고 싶었다. 왕궁의 치열한 정치 싸움 대신 올해의 농사는 어떨지, 날씨는 어떨지, 그런 것이나 고민하며 조용하고 아늑하게 살고 싶었다. 그리고 언젠가는 레이라와의 사이에서 아이를 낳아 그 아이를 기르는 재미를 누리고 싶었다.

아무 걱정 없는 평민처럼 그렇게.

하지만 평민들이 아무 걱정 없이 농사일이나 신경 쓰고 아이나 기르며 살려면 누군가가 왕궁에서 그들의 안녕을 보살펴야만 한다. 그것이 왕족의 의무였다.

다흐란은 잠시 마을이 있던 방향을 바라보았다. 그녀에게 작별인사를 할 기회도 없을 것이다. 어쩌면 그가 죽었다고 생각하고 다른 사람과 살림을 차릴지도 모르지. 그녀에게는 그편이 더 나을 것이다. 그녀를 평생 살아온 곳에서 떼어내어 불편하기 짝이 없는 왕궁으로 데려갈 수는 없는 거니까. 그녀에게는 이곳이, 이곳의 자유가 어울리니까.

안타까운 마음을 억누르고서 그는 입을 꾹 다문 채 말의 옆구리를 발로 찬 다음 형의 뒤를 따랐다.

14

그루제펜과 토르카인 사이의 전쟁, 그리고 토르카인의 철저한 승리는 주변 국가들에도 어느 정도 경고가 된 것 같았다. 무엇보다도 그루제펜의 왕이 인질로 잡혔다는 것, 그리고 토르카인의 편을 드는 진홍의 드래곤이 있다는 소문이 삽시간에 퍼지면서 왕궁에는 끊임없이 주변 국가의 사절이 도착했다. 화려한 선물은 기본이고 우호의 표시로 온갖 금은보화와 노예, 심지어 국경 주변의 땅까지 헌납하는 국가도 있었다. 동맹을 맺는 것을 넘어서서 토르카인의 속국이 되겠다고 자진해서 나서는 나라까지 있었다.

그루제펜의 국왕은 토르카인 왕궁에서 연금(軟禁)되었다. 왕궁 별관의 방에서 그는 마치 나쁜 마법에서 깨어난 것처럼 자신이 왜 전쟁을 벌였는지 모르겠다는 말만 반복했다. 파벨 3세를 만나 직접 사과를 하고 싶다고 여러 차례 시종을 보냈지만 파벨 3세는 바쁘다는 대답만 돌아올 뿐이었다.

그리고 마침내 그루제펜의 국왕에게 책정된 몸값은 그루제펜과 토르카인의 국경 지역에 있는 땅 1만 제곱킬로미터였다.

1만 제곱킬로미터라면 토르카인으로서는 영지 하나 정도의 수준이었지만 그루제펜에서는 거의 나라의 3분의 1을 잃는 셈이었다. 하지만 국왕의 몸값이 그 정도도 안 된다는 것은 말이 되지 않는다. 결국에 그루제펜은 그 몸값을 지불하고 국왕을 되찾아갈 수 있었다.

갑작스럽게 나타난 왕제에 귀족들은 순간적으로 당황했지만, 다흐란의 모습을 보는 순간 마법이 풀린 듯 모두가 기억을 되찾았다. 지금까지 왜 그를 잊고 있었을까 당황하는 사람들도 다수였다. 순식간에 귀족들은 다흐란에게 호의를 지닌 자들과 지금대로 국왕에게 충성하는 자들로 나뉘었지만 어차피 그들이 실제로 싸울 수 있는 것도 아니었다. 그루제펜에서 어마어마한 땅을 배상금으로 받아낸 국왕을 무슨 수로 밀어낸단 말인가.

무엇보다도 국왕에게는 드래곤이 붙어 있다. 붉은 드래곤이 무엇 때문에 토르카인의 편을 들어주었는지 아는 귀족은 없었지만, 어찌되었든 그 드래곤이 토르카인의 편에 섰던 것만은 분명했으니까.

하지만 국왕의 심기는 그다지 좋아 보이지 않았다. 획득한 영지의 처분을 왕제에게 맡기고 국왕은 어째서인지 방에 틀어박혔다. 그루제펜의 공주가 처형된 후 후보조차 사라진 왕비 자리를 노리고 꽤 많은 여자들이 왕궁으로 들어왔으나 파티 자리에도 한 번 참석하지 않았다. 귀족들은 기묘하게 여겼지만 나서서 국왕이 뭘 하고 있는 건지 물어볼 용기를 가진 사람은 한 명도 없었다. 결국 그 자리를 채운 것도 왕제 다흐란이었다.

능력이 있으면 영지를 강탈해도 좋다는 국왕의 능력주의 방식으로 넓은 영지를 획득한 하급 귀족들은 다흐란을 경계의 눈초리로 바라보았다. 왕제가 왕자였던 시절, 전통에 입각한 보수적인 방식의 통치를 모두가 기억하고 있기 때문이었다. 새로 획득한 영지의 분배 문제에 관해서도 다들 눈길을 번뜩이고 있었다. 파벨 3세의 치하에서 기를 펴지 못했던 고위 귀족들은 이제야말로 잃어버렸던 영지를 되찾을 수 있을 거라고 기대했고, 신흥 귀족들은 이번 전쟁에서 공을 세운 것은 자신들이니만큼 새 영지 역시 자신들에게 나눠줘야 한다는 의견을 숨기지 않았다. 어떻게 처리해도 좋은 소리를 들을 수 없는 상황이었다. 영지에 관심이 없는 귀족들도 왕제가 과연 이 일을 어떻게 처리할지 예의주시하고 있었다.

"전하께서는 안에 계신가?"

다흐란이 들어서자 시종들이 그의 앞을 가로막았다.

"죄송합니다. 지금 전하를 뵈올 수 없으십니다."

"새 영지의 처리 문제로 꼭 뵙고 이야기를 나누어야 한다. 언제쯤 시간이 나실 것 같으냐?"

시종장이 고개를 수그렸다.

"전하께서는 아무도 들이지 말라고 하셨습니다."

다흐란은 잠시 그들을 쳐다보고 있다가 물었다.

"안에 전하 외에 다른 누군가가 있는 것이냐?"

"전하께서는 아무도 들이지 말라고 하셨습니다."

다흐란은 한 치의 망설임 없이 똑같은 대답을 반복하는 시종장을 바라보았다. 더 캐묻는다고 해서 뭔가 다른 대답이 나올 것 같지는 않았다.

궁으로 돌아온 후 그가 알게 된 것은, 궁 안의 모든 사람들이 루헤인을 두려워한다는 것이었다. 단 한 번만이라도 국왕이 시키는 일을 하지 않거나 다르게 처리할 경우, 두 번의 기회는 주어지지 않는다. 아무리 높은 자리에 있었다 해도 그날로 궁에서 쫓겨나는 경우가 다반사이고 옥에 갇혀 심한 고문을 당하다 죽은 사람도 있었다고 한다. 하지만 누가 죽었냐고 그가 캐묻자 누구 하나 똑바로 대답하는 사람이 없었다. 시녀 중 누군가가, 시종 중 누군가가, 드나들던 일꾼 중 누군가가, 하급 귀족 중 누군가가. 그런 식으로 얼버무릴 따름이었다. 그러다가 문득 중대한 일인 것처럼 카밀라 공주와 시녀들이 전부 다 처형을 당했다고 침을 튀기며 이야기했지만, 그루제펜과 전쟁이 벌어진 상황에서 그들을 손님 대접을 해줄 수는 없는 일이 아닌가. 돌려보낼 수도 있었다는 생각이 안 드는 건 아니지만, 그루제펜이 먼저 건 전쟁이었다. 그 상황에서는 설령 카밀라 공주가 왕비가 되었다 해도 처형을 당할 가능성이 높았다.

다시 말해 모두가 두려움에 떨고 있는데, 그 근거는 전혀 없었다. 루헤인이 누군가를 이유 없이 처형하거나 옥에 가두고 고문을 했다는 것은 아무래도 헛소문인 것 같았다. 다만 이 헛소문을 누가, 왜 퍼뜨렸는지 궁금했다. 이 소문의 출처가 실은 국왕 본인이 아닐까, 혹은 출처까지는 아니더라도 소문이 퍼지도록 놔둔 장본인이 형님이 아닐

까 하는 의심이 들었다. 궁 안의 사람들이 국왕을 두려워하면 편리하니까. 바로 지금처럼. 아무도 국왕의 말을 거역하려 하지 않으니까.

두려움으로 나라를 통치하는 것이 과연 가능한 일일까? 아니, 가능은 하겠지. 하지만 그게 올바른 일일까?

다흐란 자신의 옳고 그름에 대한 기준도 많이 바뀌었다. 실제로 평민들이 사는 세상에서 부대끼고 살며 그들에게 중요한 것은 오로지 먹고사는 것뿐이고, 국왕이나 귀족들은 저 멀리 있는 존재라는 사실을 알게 되었다. 그들이 국왕이나 귀족들을 존경하지 않는 것은 아니지만, 그 존경심이라는 것은 산 사람에 대한 것이 아니라 국왕과 귀족이라는 직위에 대한 막연한 감정이었다. 그들이 정말로 관심을 기울이고 있는 것은 땅에서 자라나는 곡물, 판매할 물건, 그로 인해 들어오는 수익과 내야 하는 세금, 그런 것들뿐이었다.

두려움에 세금을 내놓을 수는 있겠지. 하지만 정말로 두려워지면? 그러면 도망칠 것이다. 세금을 낼 수 없고 목이 잘릴지 모른다고 생각하면 한밤중에 온 가족을 데리고 어디로든 도망을 치겠지. 그러면 세수(稅收)가 줄어든다. 게다가 한 명이 도망치면 그 부담을 다른 사람들이 짊어져야 하고, 결국에 계속해서 도망자가 늘어나게 된다.

이전의 그가 왕실과 귀족들 사이의 균형을 잡고 서로가 편안한 생활을 하는 것을 목표로 했다면, 이제는 백성들이 얼마나 마음 편하게 살 수 있는가가 목표였다. 백성들, 마을에 아직도 남아 있을 제피와 레이라가 편안히 살 수 있는 나라.

레이라를 생각하자 가슴이 무거워졌다. 그들은 아마 그가 죽었다고 생각할 것이다. 그편이 낫다. 그가 혼자 이곳에서 잘살고 있다고 생각하는 것보다는.

다흐란은 여전히 앞을 가로막고 있는 시종장을 보았다.

"전하께서 안에서 일을 마치실 때까지 기다리겠네. 나는 오늘 꼭 전하와 이 문제를 논의해야 하네."

시종장은 곤란한 얼굴이었지만 그렇다고 왕제에게 나가라고 할 수도 없는 노릇인 듯 입을 다물었다. 다흐란은 탁자 앞으로 가서 의자를 빼고 앉은 다음 멍하니 허공을 보며 생각에 잠겼다.

"그는 진홍의 드래곤입니다. 지금 이 세계에 남아 있는 드래곤 중에서 가장 나이가 많고 강한 드래곤이라고 생각하시면 될 것입니다."

"이 세계에 드래곤이 몇이나 남아 있는데?"

"서넛이 아닐까요? 정확하게 알려져 있지는 않습니다. 진홍의 드래곤도 마지막으로 모습을 드러냈던 것이 3, 40년 전의 일이니까요. 칠흑의 드래곤이 한두 번 모습을 드러낸 적이 있었다고는 하지만 그 이야기를 들은 지도 오래되었고, 순백의 드래곤은 오래전에 다른 세상으로 떠났다고 합니다. 심해의 드래곤이 있었다고는 하지만 전설에 가깝고요."

의자에 길게 기대고 앉은 채 루헤인은 팔걸이를 손가락으로 톡톡 두드렸다. 마녀 제르가는 두건을 쓴 채 고개를 수그리고 있어서 얼굴이 잘 보이지 않았다.

"그래서 이 진홍의 드래곤이라는 건 어떤 거지? 드래곤들끼리는

어떤 차이가 있는 건가?"

"크게 차이가 있는 것은 아닙니다. 그저 색깔 때문에 인간들이 붙인 이름에 가깝지요. 드래곤의 본성이 다른 것은 아닙니다. 아니, 정확하게 말하자면 다들 그저 비늘 빛깔만 다를 뿐 모두 같은 드래곤입니다."

"드래곤이 강하다는 것, 마력을 갖고 있다는 건 알겠어. 하지만 그 외엔 뭘 할 수 있지? 드래곤이 직접 마법을 쓰는 것도 아니잖아."

"드래곤은 이 세계와 직접 연결되어 있는 존재입니다. 마력도 결국에는 이 세계 자체에서 나오지요. 그렇기 때문에 한계가 없는 것입니다. 드래곤은 마녀처럼 주문을 외어 마법을 쓰는 존재는 아니지요……. 하지만 이 세계에서 가장 강한 생명체입니다. 드래곤을 이길 수 있는 인간은 없습니다. 마녀들도 마찬가지이고요."

루헤인의 눈이 제르가에게 고정되었다.

"청록의 드래곤이 그리 대단해 보이지는 않던데. 정확히 말하면 너의 손에 놀아나고 있는 것으로 보이던데. 안 그런가?"

"청록의 드래곤은 아직 어리니까요. 인간으로 치자면 아직 십대 소년일 뿐입니다. 세상을 모르지요. 저는 오래 산 마녀이고요. 사내란 인간이든 드래곤이든 비슷한 구석이 있는 법이니까요. 하지만 나이 든 드래곤의 경우에는 이야기가 전혀 다릅니다. 그들은 저 같은 것이 감히 이용할 수 있는 존재가 아닙니다."

"그렇다면 네가 청록의 드래곤을 '이용'했다는 건 인정하는 거로군."

제르가는 고개를 들고 그를 쳐다보았다. 눈동자가 기묘하게 번뜩였다.

"마녀는 인간이 생각하는 것만큼 강하지 않습니다. 이용할 수 있는 것은 이용해야만 합니다. 저희 그루제펜의 마녀들에게는 청록의 드래곤이 이용할 만한 상대였던 것이지요. 하지만 저희가 받은 것만큼 청록의 드래곤 역시 받아갔습니다. 불만은 없을 것입니다."

"그렇다면 네가 나와 공통적으로 갖고 있는 목표라는 것은 대체 무엇을 말했던 것이냐? 어디 한번 말해봐라. 무엇 때문에 청록의 드래곤을 배반하고 나와 이야기할 생각을 했던 거지?"

"저는 청록의 드래곤을 배반하지 않았습니다. 그저 계약을 해지했을 뿐입니다."

루헤인의 미간에 깊게 주름이 파였다.

"마녀의 계약은 해지할 수 없는 게 아니던가? 무조건 소원을 들어줘야 하는 걸로 알고 있는데?"

"드래곤이 무슨 소원을 빌겠습니까? 드래곤과 마녀의 계약은 그 질이 다릅니다. 드래곤과 마녀의 계약에는 해지하는 방법이 있습니다."

"드래곤의 신부도 그것을 해지하는 방법이 있나?"

"물론 있습니다. 다만 신부가 그것을 바라야겠지요."

루헤인이 빤히 제르가를 바라보았다. 제르가는 그들에게 공통의 목표가 있으니 그를 돕겠다고 말했었다. 그들의 공통의 목표, 그것은 결국에 사바가 드래곤의 신부 자리에서 물러나는 것이리라. 하지만 그러면 저 마녀는 무엇을 얻게 된단 말인가?

왜 저 마녀가 그를 돕는 걸까? 그럴 이유가 전혀 없는데. 그가 사바를 들먹이며 위협을 가했다고는 하지만 그게 별 의미 없는 위협이었다는 건 피차 아는 사실이다. 왜지? 사바가 드래곤의 신부가 아니게 되면 그 자리를 자신이 차지하기라도 하려고? 붉은 드래곤은 저 마녀에게 조금의 관심도 보이지 않던데.

애당초 붉은 드래곤은 왜 사바를 신붓감으로 삼은 걸까? 아무에게나 해주는 일이 아닌 것 같은데. 사바가 그의 뭐길래? 사바가 그에게 뭘 해줬기에?

"드래곤의 신부란 어떻게 뽑히는 거지? 조건이 있나?"

"조건은 없습니다. 그것만은 그저 드래곤의 마음입니다."

"그 드래곤이 사바를 마음에 들어 했다는 건가?"

"그렇게 되겠지요."

왜? 사바의 어떤 점이 매력적이라서? 사바에게 여성적인 매력이 넘치는 것도 아니고, 애교가 있는 것도 아니고, 그렇다고 딱히 아름다운 것도 아닌데. 제르가만 해도 사바보다 훨씬 더 아름답지 않은가.

사바는 아름답지 않다.

아름답지 않았었어…….

그런데 어째서 그 붉은 드레스에 붉은 눈을 한 사바에게서 시선을 뗄 수 없었던 걸까? 어째서 그 붉은 드레스를 갈가리 찢어버리고 그 드래곤의 옆에서 떼어내고 싶었던 걸까?

사바는 그의 것이니까. 그뿐이다. 그녀가 딱히 아름답고 특별해서

가 아니라, 그의 것이니까.

되찾아야 한다.

하지만 그렇다고 해서 제르가가 그에게 호의를 베푸는 것처럼 매달려 애걸할 생각은 추호도 없었다. 그녀는 그녀 나름대로 원하는 게 있기 때문에 그에게 이야기를 해주고 있는 거였다.

"네가 진홍의 드래곤을 개인적으로 알고 있거나, 개인적으로 원하는 게 있다는 생각이 드는데. 뭐지?"

그가 그녀를 응시했다. 제르가는 시선을 들고 푸른 눈으로 그를 쳐다보았다.

"제가 진홍의 드래곤을 어찌 개인적으로 알거나, 개인적으로 무언가를 원할 수 있겠습니까? 저는 한낱 마녀일 뿐인데요."

"오래 산 마녀지."

어린 드래곤 정도는 얼마든지 이용할 수 있는 늙은 마녀.

나이 든 드래곤은?

"사바의 빈자리를 네가 채우고 싶은 건가? 드래곤의 눈에 들 자신이 있나?"

제르가는 한동안 대답 없이 그를 쳐다보기만 했다. 루헤인 역시 시선을 돌리지 않았다. 마녀의 눈길 따위가 무서웠다면 오래전에 무너졌을 것이다. 무언가를 두려워한다는 것은 잃을 것이 있기 때문이다. 잃을 것이 없는 자에게 두려울 것이 뭐가 있단 말인가.

그의 심장은 마녀가 만들어준 것이고, 그의 인생은 동생의 것이었다. 그가 가진 것은 아무것도 없었다.

그러니 무서울 것도 없다.

"이 세계를 몇 년 살아보지도 못한 새끼 마녀 따위가 진홍의 드래곤의 신부가 된다는 것은 어불성설입니다. 그런 계집을 진홍의 드래곤이 진심으로 골랐을 리가 없습니다. 수십 년 전에, 진홍의 드래곤이 마지막으로 모습을 드러냈을 때, 그때 진홍의 드래곤은 한 마녀를 좋아했다고 합니다. 하지만 마녀는 그의 신부가 되기를 거부했고, 진홍의 드래곤은 그 이래로 자취를 감추었습니다. 어떤 이유에서 전하의 그 마녀가 그 자리를 얻게 되었는지는 모르지만, 제가 훨씬 더 낫다는 것을 진홍의 드래곤에게 설득시킬 수 있습니다. 신부의 자리가 비기만 한다면 말입니다."

제르가가 그를 바라보며 단호한 어조로 말했다. 루헤인은 그녀의 자신만만한 얼굴을 쳐다보며 아무 말도 하지 않았다. 사바가 대단하다는 것은 아니지만, 제르가의 저런 말투는 불쾌했다. 지극히 불쾌했다. 아무도 감히 사바를 비웃거나 깎아내려서는 안 된다. 그녀는 그의 것이니까.

하지만 지금은 우선 저 마녀에게 얻어내야 할 것이 있다.

"그래, 신부가 드래곤과의 관계를 해지하기 위해서는 어떻게 해야 하지?"

"드래곤의 신부는 드래곤의 불을 품고 있습니다. 그것은 드래곤의 생명, 영혼과도 같은 것입니다. 그것을 갖고 있기 때문에 드래곤의 목숨을 좌우한다 하는 것이지요. 그것을 돌려주어야 합니다."

루헤인은 인상을 찌푸렸다.

“그건 뭔가 물건 같은 것이냐?”

“아뇨, 진정한 드래곤의 불입니다. 드래곤의 불길이 신부의 몸 안으로 들어가게 되는 것이지요.”

몸 안으로 들어간다고? 어떤 식으로? 루헤인이 빤히 쳐다보자 제르가가 말을 이었다.

“그것을 빼내어 다시 돌려주어야 합니다. 그것이 신부와 드래곤의 관계가 해지되는 방법입니다. 그 불을 몸에 품고 있는 한, 둘의 관계는 절대로 깨질 수 없습니다. 신부가 드래곤의 생명을 품고 있는 것이니까요. 그렇기에 드래곤이 어떤 신부를 고르느냐는 드래곤에게 대단히 중요한 문제입니다.”

“다시 말해 아무나 고르지 않는다는 것이로군. 네가 정말 사바의 자리를 차지할 수 있을 거라고 생각하느냐?”

“그것은 두고 보면 알겠지요. 하지만 그러기 위해서는 우선 전하께서 그 아이를 데려오셔야 합니다. 데려오실 수 있으시겠습니까? 드래곤이 내놓을 수 있는 것보다 더 좋은 것을 그 아이에게 주실 수 있으십니까?”

루헤인은 자리에서 일어섰다.

“나는 그 아이에게 아무것도 줄 필요가 없어. 그 애는 내 것이었고, 지금도 내 것이야. 내가 내 것을 되찾아오겠다는데 누가 막겠다는 것이지?”

제르가의 붉은 입술이 묘한 미소를 그렸다. 그를 비웃는 것 같기도 하고, 한편으로는 동정심이 스며 있는 것 같기도 한 웃음이었다. 그가 차가운 눈으로 쳐다보자 그녀가 고개를 숙였다.

"그럼요, 누가 막겠습니까. 전하께서 손짓만 하면 모두가 달려가겠지요. 부디 성공하시기를 빕니다. 전하께서 성공하지 못하시면 저도 아무것도 할 수가 없으니까요."

"진홍의 드래곤은 어디에 있지? 내가 어디로 가면 되지?"

"그것은 저도 알아보아야 합니다. 알게 되는 즉시 전하께 알려드리겠습니다."

제르가가 허리를 굽혀 그에게 인사를 하는가 싶더니 그 자리에서 사라져버렸다. 그림자처럼 흩어지는 그녀의 모습을 보고 있다가 루헤인은 몸을 돌려 문으로 가서 활짝 열었다.

"왕제를 불러……."

오라고 말할 참이었는데, 다흐란은 이미 거기 있다가 일어나고 있었다. 루헤인은 고개를 까딱였다.

"들어와라. 할 말이 있다."

다흐란은 고개를 숙인 후 그를 따라 들어왔고, 시종들이 조용히 문을 닫았다.

"왜 그런 짓을 한 거지?"

낮고 조용한 목소리는 어쩌면 슬픈 건지도 모른다. 하지만 그는 그렇게 생각하지 않았다. 저 여자는 슬픔 따위는 모른다. 아니, 최소한 그에 관해서는 슬픔을 느끼지 않는다.

"그럴 수 있으니까."

"단지 그럴 수 있기 때문에 그런 거야? 그 아이의 마음은 생각도 하지 않는 거야?"

"그 애가 먼저 하자고 했어. 나는 절대로 강요한 적이 없어. 이보라고, 나는 강요할 수 있는 입장이 아니야. 그런 식으로는 불가능하니까. 나도 많은 걸 걸었다고."

비웃고 빈정거리는 것은 최대의 방어수단이다. 진지하게, 성실하게 대답하면 마음이 아파지니까. 한때 그렇게 했었고, 그의 마음은 산산조각이 났다. 그렇게까지 부서질 수 있을까 놀라울 정도로 철저하게 깨졌다. 그래서 다시는 그러지 않기로 했다.

이토록 오래 살았으면서도 아직까지 배운 것이 없는 걸까.

하지만 사랑이라는 게 그런 것이다. 드래곤은 사랑을 모른다. 몰랐다. 그때까지는.

사랑이라는 것이 빌어먹을 물건이라는 걸 그때는 몰랐다. 그래서 이용당했다. 저 어린 드래곤 역시 그랬고, 지금쯤은 분노로 상처를 달래고 있을 것이다. 분노가 가라앉을 무렵이면 그 아래 자리하고 있는 상처의 크기가 드러나겠지. 완벽하게 아물 수 있으면 좋겠지만, 그런 상처는 드물다. 결국에는 흉터가 남게 마련이다. 눈에 보이지 않는 커다란 흉터가.

"그래, 많은 걸 걸었겠지."

그녀는 나직한 한숨이 섞인 어조로 말했다. 그는 피식 웃었다.

"너는 그 아이에게 고마워해야 할 텐데. 난 네가 이 땅을 좋아한다는 걸 알고 있어. 청록의 드래곤이 이 땅을 전부 망가뜨려놨다면 아마

꽤 곤란하지 않았을까? 왜 네가 이 땅을 좋아하는 건지 나로서는 알 수 없지만 말이야."

그녀는 그를 힐끗 보고서 고개를 돌렸다. 마치 그가 보고 싶지 않다는 것처럼. 그의 얼굴을 똑바로 보는 것도 참을 수 없다는 것처럼. 분노가 가슴속에서 불길처럼 일렁거린다. 그가 항상 품고 있는 불꽃처럼.

"고맙게 생각해. 그렇기 때문에 걱정하고 있는 거고. 그 아이는 당신에게 어울리지 않아."

"어울리든 어울리지 않든 그런 건 상관없어. 난 우리가 의외로 잘 지낼 거라고 생각해. 우리는 둘 다 공통점이 있거든……. 우리가 사랑을 바친 상대는 우리를 쳐다봐주지 않는다는 거지."

그녀는 아무 말도 하지 않았다. 그는 씩 웃었다. 인간의 입술 사이로 드래곤의 뾰족한 이가 드러나는 기묘한 웃음이었다.

"우린 잘 지낼 거야. 어쩌면 새끼 드래곤도 갖게 될지도 모르지. 네가 걱정해줄 필요는 없어. 우리 둘 중 누구에게도 너의 걱정 같은 건 필요치 않아. 손가락 하나 까딱하지 않는 그런 종류의 걱정은 전혀 필요치 않지."

드래곤은 불길로 변해서 위로 솟구쳐 올라 사라졌다. 여자는 그 모습을, 바닥에 남은 시커먼 자국을 물끄러미 바라보았다. 그 얼굴에는 수십 가지 상념이 뒤죽박죽 어려 있었다.

드래곤의 성은 인간의 성과 별로 다를 바가 없다. 그저 성 안에 아무도 없을 뿐이었다. 사람이라고는 존재하지 않는다. 그런데도 거대하고 깨끗했다. 널따란 계단을 통해 위층으로, 위층으로 올라오다가 사바는 꼭대기 층에 도달했다. 꼭대기 층 복도 안쪽으로는 몇 개인가 방이 있었다. 잠겨 있는 것도 있고 열려 있는 것도 있다. 열려 있는 방 대부분은 비어 있었지만 가장 끝방에는 벽을 따라 보석으로 만든 단이 설치되어 있고 거기에는 온갖 종류의 책이 꽂혀 있었다.

왕궁 도서관보다 더 장서가 많아 보이는 모습에 그녀는 고개를 뒤로 들고 책장이 어디까지 이어지는지 보았다. 머리 위의 천창으로 들어오는 불빛에 책장을 이루고 있는 보석들이 반짝였다. 그녀는 다가가서 아무 책이나 한 권 뽑아보았다. 〈아우토르 왕국사〉. 아우토르 왕국이라고 하면 오래전에 멸망한 고대 왕국이었다.

몇 장인가 넘겨보았지만 별로 읽고 싶지는 않았다. 이 책은 앞으로도 계속 여기 있을 것이다. 언젠가 다시 읽으면 되겠지. 보존 상태도 좋으니 불길에 노출되게 만들고 싶지는 않았다.

벽에는 거울이 걸려 있었다. 이미 아래층에서 거울을 보고 충격을 받았지만, 또 봐도 새삼스럽게 놀랐다. 저게 난가? 저게 내 모습이야? 항상 칙칙한 갈색 머리에 칙칙한 파란 눈을 하고 있던 여자는 어디로 사라진 거지? 타오르는 듯한 붉은 머리카락과 붉은 눈동자는 도대체 누구의 것일까? 어떻게 이렇게 변해버린 것일까? 게다가 입고 있는 화려한 드레스는 예전의 그녀에게는 어울리지 않았을 것 같은데, 지금은 처음부터 그녀를 위해 만들어졌던 것처럼 완벽하게 어울렸다.

모든 것이 달라졌다. 이제는 여기가 그녀가 머물러야 하는 곳이었다. 사바, 진홍의 드래곤의 마녀. 거울 안의 여자는 드래곤의 마녀였다. 왕세자의 마녀였던 시절은 이제 완전히 끝나버렸다.

마치 인생이 끝나버린 것만 같은 기분이었다. 사바는 천천히 서재 가운데 놓여 있는 고급스러운 의자에 앉아서 푹신한 등받이에 몸을 기댔다. 왕궁에 있던 가구들보다 훨씬 고급스럽고 편안하게 느껴지는 의자였다. 하긴, 그녀가 왕궁에 있던 시절에는 루헤인의 방에 이런 가구를 들여놓을 일이 없었으니까. 그녀가 왕궁에 있던 시절에 루헤인은 아무에게도 관심 받지 못하는 이름뿐인 왕세자였으니까.

하지만 지금 그는 왕이었다. 이제 아무도 함부로 하지 못할, 명실상부한 이 나라의 왕. 그리고 그녀는 드래곤의 마녀가 되었다. 무제한의 마력으로 다른 모든 마녀들이 부러워하는, 그러면서도 경멸하는 드래곤의 창녀.

그래, 정말로 인생이 끝나버렸는지도 모르겠다. 그리고 새로운 인생이 시작된 거다. 그런데 이 인생을 갖고서 뭘 하면 좋을까?

끝이 나지 않는 생각을 되풀이하고 있는데 갑자기 성 전체가 울리는 듯한 느낌이 들었다. 피부 위로 불길이 스치고 지나가는 것처럼 따끔거리는 느낌이 든다. 사바는 천천히 고개를 돌렸다. 바깥 어디선가 발걸음 소리가 들리고, 한참 만에 아흐메닷이 서재 문으로 들어와서 그녀를 쳐다보았다.

"책이라도 읽고 있지 그랬어? 책을 좋아하는 줄 알았는데."

사바는 가만히 그를 쳐다보았다. 아흐메닷이 성큼성큼 그녀의 앞으로 다가와 삐딱한 웃음을 짓고 그녀를 내려다보았다.

"아니면 신혼 첫날밤을 위해서 날 기다리고 있었던 건가? 그런 거라면야 나도 조금도 반대할 생각이 없지."

"드래곤의 신부가 드래곤의 목숨을 쥐고 있다는 말은 뭐죠?"

아흐메닷이 붉은 눈썹을 치켜 올렸다.

"그냥 해본 소리일지도 모르지. 궁금해?"

"내가 모르고 있다가 위험한 일이 생기지 않을까 걱정되지는 않나요?"

아흐메닷이 커다란 의자를 가볍게 끌어당긴 다음 풀썩 앉아서 다리를 꼬았다.

"알면 더 안전할까? 내 목숨을 귀중하게 지켜줄 생각이야?"

"시작이 어떻게 되었든 난 이제 드래곤의 마녀예요. 나와 계약된 드래곤에게 해를 입힐 마음은 없어요."

"설령 너의 왕자가 그러길 바란다 해도?"

사바는 그를 빤히 바라보았다. 그러다가 피식 웃었다.

"국왕 전하께 죽은 드래곤이 무슨 소용이 있겠어요? 산 드래곤 쪽이 훨씬 소용이 있겠지요. 그런 건 요구하지 않으실 겁니다. 드래곤을 조종하는 방법을 알려달라고 하실 수는 있겠죠."

"그럼 알려줄 건가?"

사바는 시선을 돌려 허공을 바라보았다. 서재 안의 수많은 책들과 화려한 가구들은 눈에 들어오지 않았다. 그녀의 눈에 들어오는 것은 어두침침하고 퀴퀴한 냄새가 나던 방, 커다란 침대, 그 위에 누워 있

던 창백한 얼굴의 청년이었다.

지금은 사라진 왕자. 그리고 지금은 사라진 마녀.

이제는 돌이킬 수 없는 옛날이야기.

"아뇨. 저는 이제 드래곤의 마녀이니까요. 국왕 전하와 저의 계약은 오래전에 끝났습니다. 제가 국왕 전하의 소원을 들어들어야 할 의무는 없어요."

"넌 단순히 드래곤의 마녀인 게 아니야. 드래곤의 신부야. 다음 세대의 드래곤을 낳을 몸이지."

아흐메닷이 자리에서 일어나 그녀의 앞으로 다가와 내려다보았다. 고개를 들어 올려 그의 얼굴을 쳐다보려니 목이 아팠다.

"왜 저죠?"

"글쎄. 네가 내 마음에 들었나 보지."

아흐메닷은 그저 삐딱하게 웃을 뿐이다. 그가 한 손을 뻗어 그녀의 얼굴을 감싸고 다른 손으로 팔을 잡고 일으켜 세웠다. 사바는 얌전히 일어섰다. 일어선다고 해서 그를 올려다보는 게 딱히 더 쉬워지지는 않았다. 오히려 가까이서 보는 그는 그 위압적인 분위기에 똑바로 보는 것이 더욱 불편했다.

드래곤. 그리고 그녀는 이 드래곤의 신부가 된다.

이것이 지금 그녀가 서 있는 현실이고, 받아들여야만 하는 현실이다.

"드래곤의 목숨이라는 것이 뭐죠?"

아흐메닷의 얼굴에 기묘한 미소가 떠올랐다. 그가 팔을 잡고 있던 나머지 한 손을 올려 그녀의 얼굴을 양손으로 감싸고 기울였다.

"너도 이미 느끼고 있을 거야."

그의 입술이 그녀의 입술에 닿았다. 인간의 형태를 하고 있지만 인간이 아닌 존재. 형태는 바꿀 수 있지만 그 감각만은 바꿀 수가 없다. 뭔가 크고 강인한 존재가 그녀를 통째로 감싸고 집어삼키는 듯한 느낌. 그리고 뒤를 이어 그녀의 안으로 파고드는 뜨겁게 일렁이는 불길.

불이다. 불이 그녀의 안으로 미끄러지듯 들어와서 몸 안을 차지한다. 삼킨다. 타오른다. 솟구친다. 몸 안에서 불길이 솟구쳐서 머리끝부터 발끝까지 태우다가 밖으로 뿜어져 나온다. 마치 드래곤 그 자체가 된 것처럼 그녀는 입을 벌리고 불길을 토해냈다.

아흐메닷의 웃음소리가 멀리서, 아주 멀리서 들린다.

"그게 드래곤의 목숨이지. 네 몸 안에 자리 잡고 있는 그 불길. 그것이 나의 목숨이고, 드래곤의 생명이다. 네가 그걸 끄집어내 없앨 수 있다면, 내 목숨도 그걸로 끝장나는 셈이야. 하지만 어떤 식으로 그걸 빼낼 수 있을지, 그건 나로선 알려줄 수도 없고 알려주고 싶지도 않은 비밀이지. 너 혼자 찾아낼 수 있다면, 내 목숨을 마음대로 해도 좋아. 어차피 너에게 맡긴 목숨이니까."

드래곤의 목숨. 그녀의 안에 자리를 잡고 타오르는 불길. 아무리 쏟아내도 꺼지지 않고 계속해서 그녀의 뱃속과 가슴속을 태우고 있는 불길.

그만해, 멈춰, 제발 멈추라고! 이대로 끝없이 불길을 쏟아내다가 지쳐서 그 불길 속에 삼켜져 버릴 것만 같다. 이대로 재조차 남지 않을 정도로 완전히 타버릴 것만 같다. 이대로…….

"아니, 타지 않아. 너는 드래곤의 신부야. 넌 드래곤이나 다름없는 몸이라고. 그 불은 네 거야. 네 마음대로 조종할 수 있는 너의 도구지. 불길을 받아들이고, 네 마음대로 움직이는 거다. 넌 할 수 있어. 그 힘을 즐겨라."

아흐메닷이 속삭인다. 사바는 눈을 질끈 감고 주먹을 움켜쥐었다. 불길은 힘이다. 드래곤의 가장 강한 힘이다. 그 불길이 수십 명의 병사들을 한꺼번에 태우는 것을 그녀의 눈으로 보지 않았던가. 이 불길이 이제 그녀의 힘이다. 아무도 그녀를 건드리지 못하고, 무시하지 못한다. 그녀는 드래곤의 창녀가 아니라 드래곤의 신부니까.

지나간 삶은 끝났다. 아무도 알아주지 않는 새끼 마녀로서의 삶은 이제 더 이상 없다.

사바, 진홍의 드래곤의 신부. 드래곤의 마녀.

그리고 이 불길은 그녀의 힘이다.

저절로 비명이 터져 나왔다. 불길과 비명이 한꺼번에 솟구친다. 드래곤이 사는 집이라는 이름에 걸맞게 벽도, 가구도 불길에 전혀 타지 않는다. 그저 시뻘건 불길이 그녀를 감싸고 사방으로 이글거리며 타오를 뿐이다. 아흐메닷이 웃었다.

"그래, 그거야. 넌 뭐든지 할 수 있어. 나의 신부라는 이름으로 이제 넌 뭐든 네 마음대로 할 수 있는 거다. 다시는 힘이 부족해서 무시당할 일도, 남 앞에 고개를 숙여야 할 일도 없어. 내가 너에게 이 세상을 지배할 힘을 주마."

힘. 세상을 지배할 힘.

불길은 계속해서 끝없이 타올랐고, 붉은 눈에서 흘러내리려던 눈물은 모습을 드러내기도 전에 불길 속에서 증발해버렸다.

“왕이 되고 싶지 않다니 그게 무슨 소리지? 넌 왕이 되고 싶었던 거잖아.”

루헤인은 멍한 표정으로 동생을 바라보았다. 다흐란은 일그러진 표정으로 고개를 숙였다.

“전 왕이 되고 싶었던 적이 단 한 번도 없습니다. 그때는 형님께서 아프셔서 왕위에 오르시기 힘든 상황이었기 때문에 별수 없이 제가 그 자리에 올라야 한다고 생각했을 뿐입니다. 왕이 되고픈 마음은 추호도 없습니다. 그런 무거운 자리에는 앉고 싶지 않습니다. 기껏 형님께서 건강을 되찾으셨고, 마땅히 가지셔야 할 자리를 가지셨습니다. 저에게 이러지 마십시오. 저에게 그 자리에 앉으라고 하지 말아주세요. 저는 그 자리에 앉고 싶지 않습니다, 절대로요.”

그럴 리 없다. 그가 왕위를 노렸다고 생각했다. 왕이 되는 것을 좋아할 거라고 생각했었다. 항상 그랬고, 그래서 분했다. 그래서 빼앗고 싶었다.

그것은 어쩌면 그의 인생 전체를 사로잡고 있던 일종의 집착이었던 건지도 모른다. 왕위에 오른다는 것. 모두들 그가 가질 수 없을 거라고 생각했던 자리를 갖는 것. 마녀의 위협은 어쩌면 좋은 변명거리였는지도 모른다. 루헤인이 왕위에 오른 것은 동생 다흐란이 그렇게

나 원했던 자리를, 아니 원한다고 생각했던 자리를 빼앗고 싶었기 때문일지도 모른다.

다흐란에 대해 다 잊어버렸으면서도 그 집착만은 그의 머릿속에 끈질기게 달라붙어 있었던 것 같다. 왕위를 가져야 해. 다른 사람이 차지하지 못하도록 내가 가져야 해. 그 자리는 다흐란이 원했던 자리니까.

그런데 그게 아니라니, 도대체 무슨 소리인가?

다흐란은 여전히 고개를 숙이고 주먹만 쥐었다 폈다 하고 있었다. 루헤인은 그를 멍하니 바라보다가 의자 팔걸이를 내리치며 소리를 질렀다.

"왕위란 이 나라 최고의 권력이야. 왜 이걸 바라지 않는다는 거지? 왜 싫다는 거야? 원래 네 자리였어. 네가 앉을 자리였다고!"

"아뇨, 그렇지 않습니다. 형님께서 애초부터 아프지 않으셨다면 형님께서 앉으셨을 자리이고, 지금 형님께서는 하늘이 내린 순서에 따라 그 자리에 앉아 계십니다. 잘못된 것은 아무것도 없습니다. 저는 결코 그 자리에 앉고 싶지 않았습니다. 그 자리를 생각만 해도 가슴이 답답하고 숨이 막혔습니다. 제발 저에게 이러지 말아주세요, 형님."

어이가 없어서 말조차 나오지 않았다. 루헤인은 멍하니 동생을 쳐다보았다. 다흐란은 정말로 괴로워하는 얼굴로 손으로 머리만 계속해서 쓸어 넘겼다.

루헤인은 결국에 생각나는 유일한 말을 던졌다.

"왜?"

다흐란은 길게 한숨을 내쉬고 마침내 형을 올려다보았다. 푸른 눈은 마치 루헤인이 못 할 짓을 시키기라도 한 것처럼 고뇌와 비탄으로 어두웠다.

"왕이란 희생하는 자리입니다. 끊임없이 희생하고, 끊임없이 나라를 위해 일해야 합니다. 저는 기사들과 어울려 검을 휘두르고 바깥에서 움직이는 것이 좋습니다. 왕궁 안에서 귀족들과 수많은 정치적 논의를 하고 머리싸움을 해야 하는 것은 질색입니다. 누군가는 깎아내야 하고, 누군가는 올려줘야 하는 이런 문제는 저에게 역부족입니다. 저는 그런 것을 냉정하게 해낼 능력이 없습니다. 형님처럼 대담한 방법으로 귀족들의 지위를 바꾸어놓지도 못했을 겁니다. 제가 형님 대신 왕위에 올랐다면 이 나라는 이전과 똑같은 모습으로 유지되었을 겁니다. 하지만 지금은 격랑을 헤쳐오긴 했지만 좀 더 좋은 방향으로 바뀌었습니다. 이는 형님께서 왕위에 가장 잘 어울리신다는 의미입니다."

칭찬의 말이지만 다흐란이 말하고 있으니 도저히 있는 그대로 받아들일 수가 없다. 분명히 다른 의미가 있을 것이다. 있어야만 한다.

지금 이야기하는 것은 국왕, 이 나라의 최고 권력자 자리란 말이다.

"희생하는 자리니까 날더러 가지라는 거냐?"

루헤인이 눈썹을 치켜 올리며 묻자 다흐란은 고개를 흔들었다.

"저에게는 희생하는 자리였지만, 형님께는 가장 잘 어울리는 자리라고 생각합니다. 형님께서는 애초부터 왕이 되실 몸이셨습니다. 이

제 그 순리가 맞아 들어간 것입니다."

왕위를 내놓으면 다흐란이 덥석 받아들 줄 알았다. 그가 머리에 쓰고 있는 왕관까지 빼앗지 못해 안달할 거라고 생각했었다. 그런데 전혀 아니었다. 예상했던 것과 너무나 다른 상황에 루헤인은 도대체 뭘 어떻게 해야 할지 알 수가 없었다.

정말로, 진심으로 그렇게 생각하고 있었던 건가? 처음부터 그렇게 생각하고 있었던 걸까? 다흐란의 입장에서는 아픈 형 때문에 물려받아야만 하는 왕위가 부담스럽고 괴로운 자리였던 걸까?

아니야, 그럴 리 없다. 그가 왕위를 넘기고 가면 분명히 지금껏 그가 했던 모든 것을 뒤엎고 다시 예전 같은 상태로 되돌릴 게 분명하다.

뭐, 되돌린다고 딱히 아쉬울 것도 없지만. 애초에 루헤인이 체제를 바꾸었던 이유는 그저 귀족들을 뒤엎고 흔들고 싶어서였을 뿐이다. 그가 없는 자리에서 귀족들과 다흐란이 무얼 하든 그런 건 그가 알 바 아니었다.

"어찌되었든 난 떠나야 한다. 네가 맡지 않겠다면 상왕께라도 맡겨야 되겠어. 아니면 뭐, 아무도 맡지 않고 내버려둔다 해도 나는 신경 쓰지 않아."

이 나라가 망하든 말든 그것조차 신경 쓰지 않지만, 그 말까지는 하지 않았다. 다흐란은 고개를 숙이고 있다가 무거운 어조로 대답했다.

"형님께서 정히 자리를 비우셔야만 하신다면, 제가 임시로 그 자리를 맡을 수는 있습니다. 제가 형님께서 지금껏 이루어놓으신 것을 유지하고 있겠습니다. 그저 하루 빨리 돌아오셔서 다시 그 자리를 맡아 주십시오."

루헤인은 잠시 다흐란을 빤히 쳐다보다가 찔러보듯이 말했다.

"내가 이루어놓은 거라는 것들은 이 나라의 유서 깊은 귀족들이 죄다 반대하지 못해 안달하는 일이다. 심지어 상왕께서도 마뜩찮아 하시는 일이고. 그런 걸 계속 유지하겠다고?"

"그 유서 깊은 귀족들이 우리 토르카인을 여기까지 떨어뜨렸습니다. 그루제펜 같은 소국이 이 나라를 침입할 수 있다 생각한 것도 결국에는 우리 토르카인이 얼마나 얕보였는지를 보여주는 증거입니다. 형님께서는 나라를 더 부강해지는 방향으로 이끌고 계십니다. 상왕께서는 이미 나이가 많으십니다. 누가 뭐라 해도 이 나라의 국왕은 형님이십니다."

눈앞에서 잠시 무언가가 열리는 것 같았지만, 루헤인은 단호하게 그것을 도로 닫아버렸다. 그가 다흐란을 잘못 보았을 리 없다. 제기랄, 그가 다흐란을 지금껏 잘못 생각했던 거라면 그의 인생 전체가 잘못된 거라는 의미가 된다.

그가 살아온 인생이 잘못되었을 리 없다. 그가 사바에게 빌었던 소원이 잘못되었을 리 없다.

"다만, 바깥으로 나가신다면 제 부탁을 한 가지만 들어주십시오."

루헤인은 의심스러운 눈으로 동생을 바라보았다.

"뭐지?"

"체르노 마을에…… 제피와 레이라라는 부녀가 있습니다. 그들 부녀가 어찌 지내는지 확인하고, 혹여 돈이 필요하다면 돈을 조금 주고 오셨으면 합니다. 그저 그만한 마을에서 두 사람이 고생하지 않고 지낼 수 있을 정도면 됩니다."

루헤인은 고개를 숙인 다흐란을 빤히 쳐다보았다. 체르노라고 하면 지난번 싸움이 벌어진 곳에서 그리 멀지 않은 동네다. 현재는 루첸 남작의 영지이니 루첸에게 물어보면 얼마든지 동네 상황쯤은 파악할 수 있을 텐데 구태여 그에게 부탁하는 이유가 뭘까? 대체 그들 부녀가 뭐기에?

"그들이 너와 무슨 관계지?"

다흐란은 한참 침묵을 지키고 있다가 나직하게 대답했다.

"그저 제가 기억을 잃고 있을 때 많은 신세를 진 부녀입니다. 그들은 저를 테호라 알고 있을 것입니다. 지난 그루제펜과의 전쟁에서 죽었다 생각하고 있을 것이고요. 그저 그렇게 알게 놔둬주십시오. 제가 이 나라를 위해 열심히 싸우다가 목숨을 잃었고, 돈은 그 대가로 나오는 것이라고요."

그러니까 기억을 잃고 있을 때 그 여자와 좋아지냈다는 이야기로군. 아이라도 가진 걸까? 왕가의 핏줄이 바깥에서 자라고 있다면 그것은 꽤 큰 문제가 될 수 있다. 소문이 새어나가면 귀족들이 무슨 짓을 할지 모른다. 하지만 그렇다고 촌부를 궁으로 데려올 수도 없는 거겠지. 그러니 그에게 돈으로 무마해달라 하는 건가.

우스꽝스럽다고 생각하며 루헤인은 고개를 끄덕였다.

“뭐 그 정도라면야.”

다흐란은 고개를 들지 않았다. 루헤인은 동생의 금발을 보며 여러 가지 음울한 생각에 잠겼다.

15

싸움을 하러 오던 때의 시골길과 지금의 시골길은 느낌이 전혀 달랐다. 그때는 주위를 둘러볼 정신 같은 것은 전혀 없었다. 하지만 지금은 볼 거라고는 하늘 높은 줄 모르고 길게 뻗어 있는 거무스름한 나무들과 그 사이에서 드문드문 말라 죽어가고 있는 나무들뿐이었다.

또닥또닥 울리는 말발굽 소리가 주변에서 들리는 소리의 전부였다. 짐승의 울음소리 하나 들리지 않는다. 실제로 싸움이 벌어졌던 지역과 거리가 있는데도 이 숲까지 전부 다 죽어버린 느낌이었다. 꽃이 피거나 열매가 달린 나무도 보이지 않는다. 그저 시커멓고 삐죽삐죽한 이파리를 뻗고 있는 나무, 아니면 죽은 나무, 둘 중 하나일 뿐이다.

멀리 드문드문 보이는 민가는 밭으로 둘러싸여 있지만 그 밭에도 뭔가가 자라는 기색은 없었다. 땅을 갈아놓긴 했지만 그뿐, 싹을 틔운 것은 하나도 없다. 수확기가 지났던가? 잘 모르겠다. 이 지역의 농민들은 이제 막 씨를 심은 건지도 모르지. 이맘때 심어 다음 계절에 수확하는 작물을 재배하는 건지도.

그는 왕자였고, 지금은 왕위를 내친 왕이었다. 제기랄, 농사 따위에 대해서 뭘 알겠는가? 그런 부분에 대한 그의 지식은 열 몇 살에 끝났다. 그 시절에 뭘 읽고 공부했었는지 생각도 나지 않고, 생각하고 싶지도 않았다.

제르가는 아직까지 붉은 드래곤의 거처를 찾는 중이며, 알게 되는 대로 알려줄 테니 우선은 적당히 돌아다니고 있으라고 말할 뿐이었다. 마녀들이란 기본적으로 거만한 모양이다. 마음에 들지는 않지만, 어쨌든 우선은 할 일이 있으니까. 다흐란이 말했던 여자를 만난 이후에도 제르가가 답을 내놓지 않는다면 그때는 목이라도 쥐고 흔드는 수밖에.

오른쪽 앞에 있는 풀숲이 갑자기 흔들리는가 싶더니 갑자기 흉측하게 생긴 남자 서넛이 녹슨 칼과 도끼 등을 들고서 길로 뛰쳐나왔다. 남자들이 눈을 희번덕거리며 루헤인을 노려보았다.

"가진 거 다 내놔! 그 말부터 내놔라!"

루헤인은 잠깐 동안 멍하니 사내들을 쳐다보았다. 들고 있는 무기부터가 코웃음도 나오지 않을 수준이다. 차라리 나무를 깎아 만든 몽둥이를 들고 있는 남자가 가장 위협적으로 보일 정도이다.

"빨리 움직여, 빨리!"

대장 격으로 보이는 남자가 도끼를 흔들며 소리를 지르고, 다른 남자 세 명이 그의 옆으로 다가와 말고삐를 잡으려는 듯이 손을 내밀었다. 루헤인은 망설임 없이 검을 뽑아 가장 가까이 있는 사내의 팔을 잘라버렸다. 피가 솟구치고, 남자의 요란한 비명소리가 주변을 울렸다. 다른 사내들이 놀라서 뒤로 후다닥 물러났고, 도끼를 든 남자가 입을 벌리고 루헤인을 쳐다보았다.

검을 흔들어 핏방울을 떨군 다음 루헤인은 도끼를 든 남자를 보았다.

"이런 짓을 하면 얼마나 벌지?"

팔이 잘린 남자는 순식간에 얼굴이 창백해진 채 무릎을 꿇고 바닥에 주저앉았고, 간신히 정신을 차린 남자 하나가 동료의 옆으로 달려가 어떻게 해야 하나 당황해서는 발을 구르고 있다. 루헤인은 그쪽을 힐끗 쳐다본 다음 안장가방을 열고 여분의 셔츠를 꺼내 사내를 향해 던졌다.

"끈으로 팔 아랫부분을 묶고 그걸로 상처를 감싸라. 피만 멎으면 죽지는 않을 테니까."

하지만 사내는 셔츠를 든 채 입만 벌렸다 다물었다 하고 있을 뿐이었다. 셔츠의 질감이라도 느끼는 듯 손으로 천을 쓸어보다가 도끼를 든 남자 쪽을 쳐다본다. 남자는 인상을 찌푸리고 고갯짓을 했다. 셔츠를 든 남자는 머뭇거리다가 천을 찢기 시작했다.

루헤인은 관심 없는 얼굴로 도끼를 든 남자만 쳐다보았다.

"이런 길목을 지나는 사람이 그렇게 많을 것 같지도 않고, 지나간다 한들 그리 돈을 많이 갖고 있을 것 같지도 않은데. 농사를 짓거나 사냥을 하지 않고 이런 짓을 할 이유가 있나?"

남자는 도끼만 고쳐 쥐고서 그를 쳐다보다가 주변을 힐끔거리다가 다시 그를 쳐다본다. 도망갈 길이 있나 찾는 모양이었다. 혼자라면 숲으로 뛰어들어 도망칠 수도 있겠지만, 동료들은 버리고 가야 할 것이다. 혼자 가지 않는 걸 훌륭하다고 봐줘야 할까, 멍청하다고 봐줘야 할까. 루헤인은 피식 웃었다.

"더 이상 덤비지만 않으면 나도 너희들을 죽일 마음은 없어. 그다지 죽여야 할 이유도 없고. 왜 이런 위험한 짓을 하는지가 궁금할 뿐이야. 한 번도 너희들에게 저항한 사람이 없었던 건가?"

"굶어죽거나 귀족의 칼에 맞아죽거나 매한가지야. 죽일 테면 죽여 보시지."

도끼를 든 남자가 마침내 이를 악물고서 웅얼거렸다. 루헤인은 고개를 갸우뚱했다.

"굶어죽는다? 왜? 여긴 꽤 땅이 넓어 보이는데."

남자가 코웃음을 쳤다. 병신 같은 귀족 놈들, 뭐 그런 말을 중얼거리는 것 같았지만 루헤인은 넘어가기로 했다. 귀족들이 병신 같은 것은 사실이니까. 게다가 그는 귀족이 아니지 않은가. 왕족이니까.

"저 죽은 땅에서 뭐가 자란다는 거야? 아무것도 안 자라. 뭘 심어도 죄다 비쩍 마른 이파리가 좀 나오다가는 혼자 말라죽지. 아무것도 되지 않아. 그걸 바라보며 손이나 빨고 있다가 죽으라고? 그러느니 여기서 죽치고 있다가 지나가는 놈들을 터는 편이 차라리 낫지."

"대도시로 나가면 일자리가 있을 텐데? 하다못해 큰 가게의 경비원 노릇이라도 할 수 있을 텐데."

"대도시에서 우리 같은 시골 잡것들을 써주는 줄 알아? 큰 가게의 경비원? 성에서 병사 노릇을 해봤던 놈들이 굴러다니는데?"

“그럼 왜 성에 가서 병사가 되지 않는 거지? 얼마 전까지 전쟁을 치렀던 나라야. 귀족들은 계속해서 병사들을 모으고 있고.”

“귀족들은 아무나 병사로 받아들이지 않아. 우리 같은 것들은 병사조차 될 수 없다고.”

“왜?”

남자는 어이가 없다는 표정으로 루헤인을 쳐다보다가 소리를 질렀다.

“뽑아주지 않으니까! 제대로 된 칼 한 자루 없는 놈을 병사로 써주는 거 봤어? 하다못해 자기 무기, 자기 갑옷이라도 없으면 병사로 써주지 않는다고.”

“왜 그런 걸 성에서 지급해주지 않지?”

남자는 이제 더 이상 대답하고픈 마음이 없는 듯 팔이 잘린 동료를 쳐다보았다. 옆에서 지혈을 하고 있는 것 같았으나 얼굴이 새하얗게 변한 채 바닥에 늘어져 있다. 팔을 묶고 지혈을 하고 있는 사내는 울 것 같은 표정으로 두목을 쳐다보았고, 도끼를 든 두목은 그쪽으로 성큼성큼 걸어가서 부상자를 내려다보았다.

“조금만 버텨봐. 최소한 집까지는 가야지. 마누라 얼굴은 보고 죽어야 할 거 아냐.”

두목이 바닥에 침을 탁 뱉고서 웅얼거렸다.

“재수 더럽게 없는 날이군.”

“체르노 마을은 이쪽으로 계속 가면 되나?”

루헤인의 물음에 사내가 날카로운 눈으로 그를 쳐다보았다.

"거긴 왜?"

"볼일이 있으니까."

남자는 루헤인을 빤히 바라보다가 고갯짓을 했다.

"그래, 그쪽으로 계속 가면 돼."

루헤인이 고개를 끄덕이고 검을 집어넣은 다음 고삐를 쥐는데 남자가 중얼거리는 소리가 들렸다.

"체르노는 괜찮은 마을이었다지. 열의 넘치는 놈 하나가 꽤나 열심히 일을 벌였던 모양인데, 전쟁 덕에 그것도 끝장났지. 지금은 여기나 거기나 다 똑같은 꼴이야. 하루하루 죽을 날만 기다리는 거지."

루헤인은 남자 쪽을 돌아보았지만, 남자는 이미 부상자의 옆에 무릎을 꿇고 앉아 지혈용 끈을 세게 묶고 상처를 압박하는 중이었다.

어깨를 으쓱이고 그는 말고삐를 내리친 후 그 자리를 벗어났다.

도웨는 토르카인에서 오십 년을 산 마녀였다. 딱히 토르카인을 좋아하거나 토르카인 출신이어서는 아니었다. 그녀의 고향은 여기서 빗자루를 타고도 한참을 날아가야 하는 곳이었고, 그나마도 지금까지 남아 있는지조차 알 수 없는 작은 마을이었다. 아마 없어졌으리라. 고향을 떠나올 당시에 그 마을 사람들은 전부 다 그녀와 계약을 맺었으니까. 그들이 죽고, 마을도 사라졌을 거라고 생각했다.

고향이 그립냐고 하면, 그런 건 아니었다. 고향이란 그녀에게 아무런 의미가 없는 말이었다. 지금 살고 있는 이곳 토르카인이 그녀에게 아무 의미도 없는 것처럼. 토르카인에 머무르고 있는 것은 적당히 이

동하기 쉽고, 계약을 할 만한 귀족들이 있고, 다른 마녀들과 가끔씩 만나서 수다를 떨고 놀기에 좋기 때문일 뿐이었다. 더 좋은 곳이 생기면 뒤 한 번 돌아보지 않고 그곳으로 이주할 것이다. 그것이 마녀들의 삶이었다.

그렇기에 토르카인이 전쟁을 벌이든 말든 그녀에게는 아무 상관도 없었다. 아니, 전쟁이 일어나면 좋지. 인간들이 괴로워하고 복수를 부르짖으면 결국에 마녀를 찾게 마련이다. 계약자가 많아지면 그만큼 마력이 늘어나고, 인간들이 절망하고 고통스러워할수록 마녀의 힘은 강해진다.

전쟁이 이렇게 금방 끝나버렸다는 것은 안타까운 일이다. 또 다른 드래곤이 나타났다는 이야기가 있었지만, 그건 헛소문일 뿐이라고 생각했다. 청록의 드래곤을 제외한 다른 드래곤들은 전부 다 자신들만의 세계로 떠나버렸다. 인간은 갈 수 없고, 마녀는 가고 싶어 하지 않는 세계로. 이곳에 남아 있는 것은 아직 어려 마녀들과 놀고 싶어 하는 청록의 드래곤뿐이다. 그게 상식이었다.

하지만 지붕을 부수며 눈앞으로 화려한 붉은 드레스 차림에 붉은 머리카락을 휘날리는 여자가 떨어져 내리는 순간, 도웨는 자신의 생각을 고쳐야만 했다. 새빨간 눈동자가 그녀를 보는 순간, 팔십 년을 살며 처음 느끼는 두려움에 몸이 절로 떨렸다.

"누구……."

"내가 기억나지 않아? 도와달라고 애걸했던 내 얼굴이 기억나지 않는 모양이지?"

여자가 한 손으로 드레스 치맛자락을 들고서 그녀의 앞으로 춤추듯 걸어왔다. 여자가 지나가는 자리마다 불길이 남는다. 붉은 불길이 꽃잎처럼 흔들거리다가 허공으로 사라진다. 불길에서 유황 냄새가 난다. 드래곤의 입김 같은 짙은 냄새가 풍긴다.

도웨는 몸을 떨며 주춤 물러났다. 여자의 눈동자는 불길 그 자체처럼 이글거렸다.

“몰라. 난 널 본 적 없어…….”

“아니, 본 적 있어. 이 나라를, 토르카인을 구하게 도와달라고 했었지. 그런데 당신은 어떻게 했지? 나라 따위는 마녀들과 아무 관계도 없다고 했던가? 그래, 나라 따위는 당신과 관계없다고 쳐. 그렇다면 이곳에 머물 이유도 없잖아? 이 나라를 지킬 마음이 없는 마녀라면 이 나라에 자리하고 살 자격이 없어. 그래서 내가 직접 당신을 쫓아내러 왔지.”

“난 여기 오십 년이나 살아왔어. 아무도 여기서 날 쫓아낼 순 없어!”

도웨가 버럭 소리를 질렀다. 누가 뭐래도 그녀는 팔십 살이나 먹은 마녀였다. 누군지도 모르는 상대에게 쉽게 겁을 먹고 물러설 순 없다.

하지만 온몸의 본능이 이 여자를 상대하지 말라고 외치고 있었다. 그냥 돌아서서 도망치라고, 최대한 빨리 도망치라고 외친다. 어디에서 이런 본능이 치솟는 건지 알 수가 없었다. 마치 드래곤 앞에 선 것처럼 온몸의 본능이 비명을 질러댄다. 하지만 저게 드래곤일 리 없다. 저게, 저건…….

갑자기 기억 속에서 얼굴 하나가 떠올랐다. 갈색 머리, 파란 눈, 특징이라고는 없던 평범한 얼굴. 줄레나가 데려왔던 어린 마녀였다. 전쟁을 도와달라고, 청록의 드래곤을 상대로 싸워야 한다고 주장하던 그 마녀. 철이라고는 없고 세상물정이라고는 모르는 것 같던 그 아이.

"그래, 내가 그 아이지. 철없고 세상물정 모르는 것 같던 아이. 하지만 당신들 중 어느 누구보다도 내가 세상물정은 잘 알고 있을걸? 그 전쟁에서 토르카인이 졌다면 어떤 사태가 벌어졌을지, 누구보다도 내가 가장 잘 알고 있지."

여자는 순식간에 도웨의 바로 코앞까지 와서 얼굴을 들이댔다. 그을음과 연기, 유황의 냄새가 콧속으로 밀려들어온다. 열기가, 불길이 그녀의 얼굴과 머리카락을 스쳤다. 도웨는 반쯤 숨을 멈춘 채 여자를 보았다. 피부는 뜨거운데 몸 안은 차갑게 식는 느낌이었다.

"당신들은 전부 비겁한 겁쟁이들이야. 드래곤을 상대로 싸울 용기가 없으니 그런 건 중요하지 않다고 주장하지. 마력을 원하면서도 드래곤을 상대할 자신이 없으니 그들을 드래곤의 창녀라 부르며 무시하지. 그 마력이 죽도록 부러운 주제에. 바로 이런 마력이."

여자가 도웨의 얼굴 앞으로 손을 들어 올렸다. 그 손에서 흘러나오는 마력이 촉수처럼 도웨의 뺨을 쓰다듬는다. 보이지 않는 불꽃이 피부 위에서 튄다. 도웨는 마른침을 삼키고 여자를 쳐다보았다. 이글거리는 붉은 눈, 잔인한 웃음을 띤 붉은 입술을.

하얀 피부 위로, 여자의 모든 것이 붉었다. 드레스, 입술, 눈동자, 머리카락.

드래곤의 마녀.

본능이 도웨에게 고함을 질렀다. *드래곤의 마녀야, 도망쳐. 드래곤의 마녀야, 도망쳐. 드래곤의 마녀야, 도망쳐.*

드래곤의 창녀 따위에게 왜 겁을 먹는 거야? 무한한 마력을 갖고 있다 한들 드래곤에게 몸을 판 창녀일 뿐이야. 겁을 먹어야 할 이유는 없다고!

저건 드래곤의 '창녀'가 아니야, 저건 드래곤의 마녀, 드래곤의 '신부'야.

마녀의 본능이 고함을 지른다. 하지만 드래곤의 창녀와 드래곤의 신부가 뭐가 다른 건지 마녀의 본능이 경고해주기 전에, 여자의 손이 그녀의 목을 움켜잡았다. 피부가 순식간에 타들어가는 느낌에 도웨는 비명을 질렀지만, 비명은 입 밖으로 흘러나오지도 못했다. 목이 순식간에 조여들고 탄다. 숨이 막히고 눈앞이 붉어졌다가 하얗게 변했다. 여자의 모습이 흐릿해진다. 고통이, 끔찍한 고통이 그녀의 온몸을 사로잡고 피부를 찌르고 비틀었다.

"토르카인의 마녀가 되지 않겠다면 여기서 살 자격도 없어. 여기는 나의 나라야. 내가 지켜. 쓸모없는 것들은 여기에 남겨둘 이유가 없지. 그리고 당신……. 당신은 늙고 무능하고 비겁한 마녀야. 다른 자들의 본보기나 되어버려."

몸이 탄다. 온몸이 탄다. 도웨는 여자의 손을 양손으로 쥐어뜯으며 미친 듯이 비명을 질렀지만 여자는 조금도 손에서 힘을 빼지 않았다. 여자의 손부터 도웨의 온몸으로 불길이 번지고 몸이 타올랐다. 피부가 녹는다. 고통을 느끼는 감각조차 망가져버린다. 여자의 붉은 눈동자 아래서 도웨의 몸은 서서히 허물어졌다.

피부라고 부를 수 있는 것이 남지 않을 무렵에야 여자는 도웨의 목을 놓아주었다. 도웨의 몸은 무거운 짐처럼 바닥으로 툭 떨어져서는 계속해서 타올랐다.

"전부 다 타면 곤란하겠지. 남들이 봐야 하니까."

그녀가 손을 흔들자 도웨의 몸에서 타오르고 있던 불이 순식간에 사그라졌다. 사바는 검게 탄 도웨의 몸뚱이를 내려다보다가 차가운 얼굴로 고개를 돌렸다.

"너희는 그때 날 도와줬어야 했어. 그랬어야 했어……."

마치 날개라도 달린 것처럼 그녀의 몸이 허공으로 훌쩍 떠올랐다. 붉은 치맛자락이 바람에 흔들리고, 사바는 허공을 가로질러 부서진 지붕을 지나 위로 위로 사라져버렸다.

잠시 후 끔찍한 냄새로 가득한 도웨의 거실 안에 누군가가 나타났다. 허공에서 보이지 않는 문을 연 것처럼 줄레나가 거실로 들어섰다. 그러고는 도웨의 시체를 보고 슬픈 표정으로 고개를 돌렸다.

"이런 일이 생길까 봐 두려웠는데."

검게 탄 시체를 내려다보다가 줄레나는 고개를 들어 부서진 지붕을 올려다보았다. 지붕 주변은 불길이 스치고 지나간 것처럼 검게 그을린 상태였다.

"어째서 이런 일을 한 거니, 사바. 이렇게까지 할 필요는 없었잖니."

그녀가 나직하게 중얼거렸다. 답을 바라고 한 말은 아니었는데, 사바의 목소리가 귓가에 선명하게 들리는 순간 줄레나는 흠칫 뒤로 물러섰다.

"할 수 있으니까요."

주변을 둘러보았지만 사바의 모습은 보이지 않는다. 어딘가 다른 곳에서 그녀를 보고 있는 모양이었다. 줄레나는 한숨을 내쉬었다.

"드래곤의 마녀라면 어떤 것이든 할 수 있지. 그렇다고 해서 이런 일을 해도 좋다는 건 아니지 않니."

"할 수 있는데도 하지 않은 사람들에게 할 수 있는 게 어떤 건지 보여주려는 것뿐이에요. 그때는 할 수 없었거든요. 저는 할 수 없었고, 이들은 할 수 있었지만 하지 않았죠."

줄레나는 말없이 허공을 바라보았다. 사바의 목소리가 이어졌다.

"그때 이들이 움직이기만 했어도, 달라졌을 거예요. 모든 게 달라졌을 거예요."

"너의 왕이 다쳤을 수도 있어. 마녀들끼리의 싸움은 쉽게 끝나지 않았을 거야."

"아뇨, 쉽게 끝날 수도 있었어요. 청록의 드래곤의 마녀들은 다른 마녀들의 공격을 예상하지 않았을 테니까요. 그랬다면 좀 더 온화한 방법으로 끝날 수도 있었어요. 마녀들의 사이도 달라질 수 있었죠. 하지만 이들은 그러지 않았어요. 그러니 이제는 그 결과를 맞이해야죠."

"그 결과가 뭔데?"

"저라는 재앙이죠. 드래곤의 신부라는 이름의 재앙."

사바의 웃음소리가 울리다가 점차 멀어진다. 줄레나는 슬픈 표정으로 고개를 흔들었다. 상황이 달랐다면 분명히 다른 결과가 나왔을 것이다. 그래, 이 마녀들이 이런 결과로 가는 길을 선택했는지도 모른다. 드래곤의 신부를 낳는 길을 선택했는지도.

하지만 사바가 저런 행동을 하는 것은 단순히 보복이나 결과론적 분노로 인한 게 아니었다. 그녀는 드래곤의 신부에 대해 잘 알고 있었고, 드래곤의 마력이 마녀에게 어떤 영향을 미치는지도 잘 알고 있었다.

"아흐메닷, 당신은 그래서는 안 되는 거였어."

줄레나가 나직하게 중얼거렸다. 하지만 이번에는 아무도 대답하지 않았다. 바닥에서 도웨의 시체만이 역한 냄새를 내뿜고 있을 뿐이다.

체르노가 한때 괜찮은 마을이었다는 증거는 그나마 작물이 자라고 있는 밭에서 알 수 있었다. 지금껏 지나온 다른 마을과는 달리 이곳에서는 사람들이 뭔가 하는 기색이 있었다. 농기구를 들고 이리저리 지나다니는 사내들도 보이고, 비명 같은 기괴한 고함을 지르며 뛰어다니는 어린애들도 눈에 들어왔다. 지저분한 얼굴의 여자들은 뭐가 들었는지 알 수 없는 바구니를 들고 바삐 걸어가다가 말을 타고 다가오는 루헤인을 보고서 걸음을 잠깐 멈추었다가 눈이라도 마주칠세라 고개를 푹 숙이고 다시 걸음을 옮겼다.

"이봐, 제피와 레이라라는 자를 찾고 있다."

루헤인은 지나가는 남자를 향해 말했다. 남자는 루헤인의 고급스러운 말과 옷차림을 확인한 다음 고개를 숙인 채 뒤쪽 어딘가를 가리켰다.

“저쪽으로 가시면 나오는 작은 오두막입니다요. 오두막 앞에 온갖 잡동사니들이 쌓여 있으니까 쉽게 찾으실 수 있을 겝니다.”

귀족이 마치 전염병이라도 되는 것처럼 사람들은 멀찍이 빙 돌아간다. 눈도 마주치지 않으려는 듯 고개를 숙이고 종종걸음으로 지나친다. 그 모습이 어쩐지 우스꽝스러웠다. 그가 보기엔 똑같이 벌레처럼 바닥을 기고 있는 자들이건만.

제 목숨만 부지하기 위해 바동거리는 생물들.

남자의 말처럼 얼마 가지 않아 온갖 잡동사니에 둘러싸인 집 한 채가 나왔다. 앞에 조그만 밭뙈기가 있지 않았다면 집이 있다고는 생각하지 못했을 것이다. 밭에서 뭔가 움직이는 것이 보여서 루헤인은 눈살을 찌푸리고 그쪽을 보았다. 밭 한가운데서 누군가가 몸을 웅크리고 작물을 돌보고 있었다. 아니, 작물이라고 할 수 있을까? 어딜 봐도 웃자란 잡초처럼 보이는 풀들인데.

말발굽 소리가 뚜걱뚜걱 울리자 웅크리고 있던 사람이 몸을 펴고 그쪽을 쳐다보았다. 머릿수건을 매고 있지만 여자라는 것만은 알아볼 수 있었다. 저게 다흐란이 말한 여자인가? 거리가 멀어서 어떤 얼굴인지, 나이는 몇 살 정도인지 전혀 알아볼 수가 없다. 말이 조금 더 걸어가자 여자가 머릿수건을 풀면서 그를 향해 걸어오기 시작했다. 햇살에 색이 바랜 머리카락은 갈색과 금빛의 중간쯤 되어 보였고, 등 가운데까지 내려왔다.

"누구를 찾으십니까?"

여자가 다가와서 물었다. 루헤인은 말을 멈춰 세운 다음 여자를 내려다보았다. 가까이서 보자 그 평범함이 더욱 드러나 보였다. 코 위로는 주근깨가 퍼져 있고, 눈동자는 칙칙한 갈색이다. 여자를 보고 있으니 어쩐지 사바가 떠올랐다. 루헤인은 인상을 찌푸리고 그 생각을 지웠다.

"레이라와 제피라는 부녀를 찾고 있다. 네가 레이라냐?"

여자는 놀란 표정으로 머릿수건을 손으로 꽉 움켜쥐고 그를 쳐다보았다.

"네, 그렇습니다만……."

"다흐……, 테호라는 자를 알고 있지?"

레이라의 얼굴에 뭐라고 설명할 수 없는 표정이 스치고 지나갔다. 놀람, 고통, 일말의 기대 등이 뒤섞인 그런 표정이었다.

"네, 네, 압니다. 혹시 그의 안부를 전해주기 위해 오신 건가요?"

루헤인은 눈썹을 치켜 올렸다.

"그는 지난 전쟁에서 사망한 것으로 알고 있는데."

다흐란이 그렇게 말하지 않았던가? 이들 부녀는 그가 전쟁에서 용감하게 싸우다 죽은 걸로 알고 있을 테니 그렇게 내버려두라고. 하지만 여자는 어딘가 고집스러운 표정으로 그를 똑바로 쳐다보았다.

"시신이 발견되지 않았으니 꼭 그렇다고 볼 수는 없을 것입니다. 나리께서는 그를 어찌 아십니까?"

뭐라고 대답해야 할까? 그러고 보면 설명할 말을 생각하지 않았다.

다흐란의 말대로라면 이들이 뭔가를 꼬치꼬치 묻지는 않을 거라고 생각했기 때문이었다.

루헤인은 어깨를 으쓱였다.

“그의 집안에서 보냈지. 그의 인생 마지막을 편안하게 해주었던 너희들에게 사례를 전해달라고 하였다.”

“그의 집안이라 하시면……. 그가 기억을 되찾았습니까?”

루헤인은 다시 어깨만 으쓱였다. 레이라는 떨리는 입술을 꼭 깨물고서 고개를 숙이고 있다가 도전적인 눈으로 다시 그를 보았다.

“그렇다면 그는 집에 돌아갈 때까지는 살아 있었다는 이야기군요. 전쟁터에서 죽지 않았다는 뜻이지요, 안 그렇습니까?”

한낱 평민 계집이 겉보기에도 훨씬 신분이 높아 보이는 그의 앞에서 이러쿵저러쿵 제 의견을 늘어놓는다는 것은 건방진 짓이다. 루헤인이 인상을 찌푸렸지만 여자는 겁을 먹은 것처럼 바들바들 떨면서도 시선을 내리지 않았다.

뭐, 귀족들처럼 비위를 맞추느라 마음에 없는 소리를 하는 것보다는 저런 태도가 나을지도 모르지. 평민 계집애가 귀족보다 낫다니, 참으로 재미있는 세상이다. 루헤인은 다시 어깨를 으쓱였다.

“나는 그저 심부름꾼일 뿐이라서. 이쪽으로 지날 일이 있어서 사례를 전해주라는 이야기만 들었을 뿐, 제반사항에 대해서는 전혀 아는 바가 없어.”

“최소한 그에 관하여는 아시는 것이지요? 저기, 대접할 것은 없지만 이미 해가 저물고 있으니 저희 집에서 하룻밤 쉬어가시는 것이 어

떠십니까? 저희 아버지께서도 그 사람에 관한 이야기를 듣고 싶어 하실 겁니다. 지금은 이웃마을의 장에 가셨지만 금방 돌아오실 겁니다."

여자는 그의 말고삐라도 잡고 싶은 것처럼 바싹 다가왔다. 루헤인은 잠깐 생각 끝에 고개를 끄덕였다. 해가 지고 있는 것도 사실이고, 제르가는 아직까지 어디로 가야 하는지 그에게 말을 해주지 않았다. 집중해서 마법을 사용해야 하니 대단한 일이 아니면 부르지 말라고까지 말했다. 그러니 답을 얻을 때까지 여기서 좀 머무른다고 해서 나쁠 건 없겠지.

게다가 저 여자가 혹시 아이라도 배지 않았는지 확인을 해둬야 할 것이다. 차라리 아이를 갖는 편이 나으려나? 그러면 왕위 후계자가 생기는 셈이니. 여자를 왕궁으로 데려가 던져놓으면 참으로 볼 만할 것이다. 귀족들 전부가 난리를 치겠지. 그는 자신도 모르게 피식 웃으며 말에서 내렸다.

여자는 생각보다 키가 작았지만 어깨는 꽤 넓었다. 머릿수건을 쥐고 있는 손은 거무스름하고 마디가 굵었다. 일에 익숙한 농민의 모습 그대로이다. 다흐란이 정말로 이런 여자에게 마음을 뒀었다는 건가? 마녀의 마법이 대단하긴 대단한 모양이다. 자신이 정말 평민이라고 생각하지 않았다면, 이런 여자에게 두 번 눈길이 가진 않았을 텐데.

"이쪽으로 오십시오. 저쪽에 말을 둘 만한 곳이 있습니다. 예전에……."

레이라는 뭔가 말을 하려다가 갑자기 입을 다물었다. 입술만 잘근거리고 있던 그녀가 그를 힐끔 돌아보았다.

"그는 말 한 마리를 사는 것이 꿈이었지요. 제대로 된 군마가 한 마리 있으면 여러 모로 유용하다고 그러곤 했었어요. 하지만 군마는 워낙에 비싸니까요. 적당한 말을 사다 훈련을 시킬까, 그러면 비싼 값에 팔 수도 있을 텐데, 그런 이야기도 했었지요."

레이라는 별 이야기 아니라는 듯이 고개를 돌리고 앞장서서 걷기 시작했다. 루헤인은 흔들거리는 여자의 머리카락을 바라보았다. 색깔도 다르고, 길이도 다르다. 몸매는 더더욱 다르다.

그런데 왜 저 여자를 보고 있으니 자꾸만 사바가 떠오르는 것일까.

나무로 얼기설기 지어놓은, 마구간이라는 이름도 아까운 곳에 말을 매어둔 다음 루헤인은 레이라를 따라 집 안으로 들어갔다. 집 안도 바깥과 다를 바 없이 고물로밖에 보이지 않는 잡동사니들이 가득 쌓여 있어서 앉을 공간도 별로 없었다. 레이라는 다급하게 물건들을 이쪽저쪽으로 밀어놓으며 변명조로 말했다.

"그 사람이 있을 때에는 함께 농사를 지었는데, 지금은 다시 아버지께서 방물장수로 나가셨거든요. 이것도 다 팔 물건들이라 함부로 버릴 수가 없어요."

방물장수가 뭔지는 모르겠지만, 고물장수와 비슷한 게 아닐까 루헤인은 그렇게 생각할 따름이었다. 누가 이런 물건들을 돈을 주고 산단 말인가. 이걸 도대체 어디에 쓴다고. 용도를 도저히 알 수 없는 양철 그릇을 옆으로 밀어내고서 루헤인은 자리에 앉았다.

"테호란 자도 여기에 함께 살았나?"

침대라고 부를 만한 것 하나 보이지 않고, 가구들은 조잡하게 나무를 깎아 만든 것들이다. 나무로 된 덧창을 닫아놔서 집 안은 어두컴컴했지만, 정작 비가 오면 덧창 사이로 물이 다 들어올 것 같은 모양새였다. 이런 곳에서 다흐란이 잠깐이라도 살았다는 사실이 믿어지지 않았다.

"아뇨, 그는 제가 있는 곳에 함께 머물 수는 없다고 옆에 방을 새로 지어 사용했어요. 지금은 물건이 가득 차 있지만요."

레이라가 한쪽 옆을 가리켰다. 벽에 루헤인이 고개를 한껏 숙여야 들어갈 수 있을 것 같은 문이 나 있다. 한 뼘쯤 열려 있는 틈새로 역시나 용도를 알 수 없는 잡동사니들이 보였다.

레이라는 뭔가를 찾는 것처럼 이쪽저쪽으로 움직이다가 결국에 망연한 표정으로 그를 돌아보았다.

"아버지가 오시기 전까지는 드릴 만한 음식이 없네요. 죄송해요. 하지만 조금만 기다리시면 아버지가 분명히 뭔가 사 오실 거예요."

저 잡동사니들을 팔아서? 뭘 사 올지 별로 기대가 되지 않는다. 루헤인은 어차피 이들 부녀를 주기 위해 가져왔던 돈주머니를 꺼내 탁자라고 여겨지는 나무판 위에 올려놓았다. 금속 동전이 철그렁거리는 소리를 내자 레이라는 놀란 듯 흠칫 주머니를 쳐다보았다.

"이걸로 먹을 걸 사면 될 것 같은데."

레이라는 입술을 깨문 채 주머니를 바라보다가 루헤인을 보았다. 그를 바라보며 양손을 꼭 쥐고 머뭇거린다. 돈이 얼마나 들었는지 궁금한데, 지나치게 욕심을 부리는 것처럼 보일까 봐 걱정하는 건가? 어차피 굶주린 시골 농민에게 대단한 예의를 기대하는 것도 아닌데.

루헤인이 그냥 받아가라고 말을 하려는데, 레이라가 화가 난 것 같은 어조로 말했다.

"저희가 그 사람의 인생을 딱히 편안하게 만들어준 것은 없습니다. 오히려 그 사람이 저희 마을 전체를 보살폈습니다. 저희는 돈을 받을 만한 일을 한 게 없습니다."

허? 루헤인은 의아한 표정으로 여자를 바라보았다.

"그래서 이 돈을 받지 않겠다고?"

"그보다는 그 사람에 대한 이야기를 듣고 싶습니다. 그 사람은 사실은 어디 출신이었습니까? 귀족인가요? 귀족일 거라고 이미 짐작은 하고 있었지만, 어느 정도로 신분이 높은 사람인지는 모르니까요. 가족이 있나요? 혹시…… 부인도 있나요?"

돈은 안 받겠다, 그저 다흐란에 대한 이야기를 해달라? 말도 안 된다. 이건 분명히 돈을 더 받아내기 위한 작전이다. 아니면 돈을 받을 때 미안한 마음을 덜기 위한 수작이든지. 하지만 배운 거 없는 농민 따위가 그런 수작을 부릴 정도로 머리를 굴릴 수 있을까?

여자들은 다 똑같은지도 모르지. 궁중의 여자들이건 바깥의 여자들이건 죄다 자기 이득을 위해서라면 어떤 술수든 부릴 수 있는 건지도. 루헤인은 의자에 기대려다가 등받침이 없다는 사실을 뒤늦게 깨닫고 자세를 다시 앞으로 기울였다.

"수도의 꽤 높은 귀족 집안의 후계자야. 부유한 집안이지. 그가 없어져서 꽤 많은 사람들이 걱정을 했었고."

"어째서 기억을 잃고 이런 곳까지 흘러오신 걸까요? 혹시라도 누가 나쁜 마음을 먹고 그 사람을 해하려고 했던 건 아닐까요? 누가 그런 짓을 했는지, 아니면 사고였는지 알아내셨나요?"

"글쎄. 그건 내가 할 일이 아니라서 말이지."

여자가 금방이라도 본성을 드러내기를 바라며 슬금슬금 부유한 집안 출신이라는 이야기를 계속 흘려보았지만, 여자는 돈 이야기를 다시 꺼내지 않았다. 탁자 위에 놓여 있는 돈주머니에 두 번 시선을 주지도 않았다.

뭔가가 마음에 안 들었다. 주머니 속에서도 튀어나와 있는 송곳처럼 가슴 한구석을 찔러대고 있는 느낌이다. 해가 떨어지고 집 안이 완전히 어두워지자 여자는 냄새나는 초를 꺼내 불을 붙였다. 코를 찌르는 냄새가 연기와 함께 피어오른다. 하지만 여자는 그걸 느끼지도 못하는지 여기저기 뒤지다가 다시 미안한 표정을 지었다.

"초가 몇 개 없어서요. 화덕에 불을 피울게요."

화덕에 불을 피우니 그나마 집 안이 좀 더 밝아졌다. 나무 타는 냄새에 초가 내는 역한 냄새가 그나마 좀 덜하다. 루헤인은 어느새 자신이 인상을 찌푸리고 있었음을 깨닫고 이마를 문질렀다.

불을 피우고 여자가 잠자리를 정리할 때까지도 여자의 아버지라는 자는 돌아오지 않았다. 결국 여자는 바닥이나 다름없는 곳에 그다지 깨끗해 보이지 않는 천을 깔고 그에게 먼저 자라고 말했다. 하루 종일 말을 타고 오느라 피곤했던 탓에 루헤인은 사양하지 않고 자리에 누웠다. 볼품없긴 해도 생각했던 것보다는 편안했다.

잠이 막 들려고 할 무렵에 바깥에서 그르렁거리는 소리가 들리고,

잠시 후 문이 삐그덕 열렸다. 루헤인은 일어나지 않은 채 가만히 귀만 기울였다.

"뭐야, 무슨 말이 있어? 누구야?"

남자의 쉰 목소리에 여자가 재빨리 쉿 하고는 남자를 한쪽 구석으로 데려갔다. 그래봤자 손바닥만 한 집 안이라 이야기하는 소리는 전부 다 들렸다.

"뭐, 사례? 돈을 준다고?"

남자의 쉰 소리가 뚜렷하게 들린다. 여자가 재빨리 날카로운 소리를 냈다.

"그건 우리 돈이 아니에요. 우리가 받을 게 아니라구요. 돈 이야기는 꺼내지도 마세요."

"왜? 그놈이 우리 집에 묵으면서 먹고 쓰고 한 건 없는 줄 알아? 돈이라도 받아내야지!"

"무슨 말씀을 그렇게 하세요? 그 사람이 여기서 먹고 쓴 것보다 우리를 위해 해준 게 훨씬 많다는 거 잘 아시잖아요. 심지어 온 마을 사람들을 움직여 제대로 농사를 짓고 먹고 살 수 있게 해줬다구요. 우리가 그 사람에게 갚을 게 있다면 모를까, 그 사람이 우리한테 갚아야 할 건 아무것도 없어요!"

"죽은 놈이야. 돈을 준다면 받아서 우리 산 사람이 써야지!"

"안 죽었어요! 모르시겠어요? 그 사람이 전쟁터에서 그때 그냥 죽었다면, 저분이 어떻게 우리에 관해 알고 오셨겠어요? 그 사람은 죽지 않고, 기억을 되찾아 자기 자리로 돌아간 거예요. 꽤 높은 귀족이라 직접 우리를 보러 오기는 힘든 거겠죠. 그래서 돈을 보낸 거고요. 그런 돈, 받을 수 없어요. 돈을 받고 그 사람과의 관계를 정리하는 그런 건 안 된다구요."

"이 멍청한 년아! 그러니까 내가 진작 그놈을 잡으라고 했잖냐. 애라도 뱄으면 너도 지금쯤 성에 들어가서 떵떵거리고 살았을 텐데."

"아버지! 저흰 그런 관계가 아니었어요. 그 사람은 방탕하고 생각 없는 그런 종류의 귀족이 아니었다구요. 그 사람은 달랐다는 거 아시잖아요. 항상 자기보다 다른 사람들을 생각하고 위하고, 우리 모두가 잘살 수 있는 방법을 생각하려 하는 그런 사람이었어요. 그 사람은…… 그 사람은 진짜 귀족이었다구요. 기억을 잃었어도 그것만은 우리 모두 알고 있었잖아요."

여자의 비난조의 말에 남자가 한숨을 내쉬었다. 루헤인은 슬그머니 실눈을 뜨고 두 사람을 보았다. 화덕의 불길 속에서 두 사람은 그림자처럼 보였다. 남자가 어깨를 늘어뜨리고 고개를 숙인다.

"그래, 그건 알았지. 하지만 보통의 귀족들이랑 너무 달라서……. 귀족이라고 생각하는 것조차 어려운 놈이었어. 참 좋은 놈이었는데."

"괜찮아요. 그 사람이 죽지 않고 자기 자리로 돌아갔다면, 전 그걸로 만족해요. 죽었다는 건 절대로 믿을 수 없었어요. 그런 곳에서 죽을 사람이 아니었으니까요. 자기 영지를 잘 통치하는 좋은 귀족이 될 거예요."

"그래도 하다못해 우리를 자기 영지로 불러줄 수도 있는 거잖냐. 여기 앉아 있으면 우리 모두 굶어죽을 거다."

남자는 못내 투덜거리는 어조였지만, 여자의 말투는 조금도 누그러지지 않았다.

“아버지, 제가 그 사람의 영지에 살면서 매일같이 그 사람과 저의 신분차이를 느끼고, 그 사람이 누군가 신분 좋은 귀족 아가씨와 혼인해서 사는 모습을 보며 괴로워해야 하나요? 그 사람이 어디서 잘 살고 있을 거라는 그 생각만으로 충분해요. 바로 옆에서 매일 보며 손 뻗을 수 없는 존재라는 사실에 괴로워하고 싶지 않아요. 그 사람도 그걸 알기에 아마 사례금이라고 저런 걸 보낸 거겠죠. 저 돈이 없어도 그 사람이 남겨준 건 있어요. 아시잖아요.”

루헤인은 잠깐 움찔했다. 그런 관계가 아니라고 하더니 도대체 무슨…….

“그 사람은 우리가 이렇게 살고 있어도 열심히, 성실하게 노력하면 좀 더 잘살 수 있다는 걸 알려줬어요. 노력하고, 그게 부족할 때에는 귀족 나리에게 말을 하고 주장을 해서라도 우리가 잘살 수 있는 방법을 강구해야 한다고요. 전 그렇게 살 거예요. 그냥 그걸로 충분해요. 그 사람 생각하고, 그냥 그렇게 열심히 사는 걸로 만족한다고요.”

남자는 한참이나 아무 말도 하지 않았다. 그러다가 한숨을 푹 내쉬었다.

“저기 말이다, 레이라, 내가 장에 나갔다가 이웃마을에 산다는 젊은 녀석을 하나 만났는데 그놈이 그럭저럭 모아놓은 돈도 있다 그러고…….”

“싫어요.”

"평생 이런 곳에서 나랑 둘이 살 순 없잖냐!"

"알아요. 나중에, 좀 더 있다가요. 저도…… 마음 정리는 해야 되는 거잖아요. 그 사람이 살아 있다는 건 알았으니까요."

"살았다는 소리는 저 나리님도 안 했다면서! 무슨 수로 살아 있다는 걸 알아? 겨우 집까지 실려 갔다가 거기서 죽었는지도 모르지."

아비가 툴툴댔지만 여자는 아무 대답도 하지 않았다. 남자는 포기한 듯 몇 번인가 투덜거리는 소리를 내다가 결국 포기한 듯 의자에 앉았다. 여자는 이웃집에 가서 자고 오겠다며 나갔고, 남자는 부스럭거리는 소리를 내다가 구석에 자리를 펴고 눕는 것 같았다.

화덕의 불이 사위며 점차 집 안이 다시 어두워졌다. 루헤인은 어둠 속에서 눈을 뜨고 허공을 바라보았다. 가슴을 찔러대던 것의 정체를 점차 알 것 같았다.

저 여자였다. 다흐란을 저렇게나 믿고 있는 저 여자.

마음에 들지 않아.

자신이 평민이라고 믿고 그렇게 살았는데, 주변 사람들은 귀족이 분명하다고 믿을 정도로 그에게서 귀티가 났다는 건가? 고급스러운 옷을 벗겨 똑같은 옷을 입혀놓고 밭에서 며칠만 굴리면 귀족이든 평민이든 똑같아진다고 그는 믿었다. 다흐란이라고 해서 다를 리가 없다. 왜 달라야 하는가? 자기보다 다른 사람을 위해줬다고? 귀족 놈들도 그러지 않는다. 죄다 제 배 불리는 데에만 혈안이 되어 있다.

저에게 이러지 마십시오. 저는 그 자리에 앉고 싶지 않습니다.

그럴 리가 없잖아. 너는 항상 그랬어. 내가 마땅히 앉았어야 했던 자리를 네 것처럼 차지하고 있었지. 지금도 아마도 내가 자리를 비운 틈에 마치 네 자리인 것처럼 앉아 있을 테지.

네가 원했지만 가질 수 없었던 여자가 내 이야기를 하는 것을 들으면, 내 옆에서 나를 바라보는 것을 보면 네가 과연 어떻게 생각할까.

카밀라 공주를 갖긴 했었다. 하지만 그때는 그걸 옆에서 볼 다흐란이 없었다. 다흐란이 딱히 카밀라 공주를 좋아했던 것 같지도 않다.

이 여자는 다르다. 이 여자는 다흐란에게 가질 수 없는 여자다. 그리고 루헤인 자신은 평민 여자를 궁으로 데리고 들어가는 것에 대해 눈곱만큼도 불편함이 없었다. 그가, 왕이 마음에 드는 여자를 데리고 들어가겠다는데, 그게 문제가 되나?

될 리 없지.

저 여자를 끼고 왕궁으로 돌아갔을 때 다흐란이 어떤 표정을 할지 그것을 보고 싶었다. 다흐란이 세상에서 가장 훌륭하다고 생각하는 듯한 저 여자가 그에게 빠져들며 어떤 이야기를 할지도 알고 싶었다.

루헤인은 소리 없이 웃으며 눈을 감았다.

to be continued.